KB169726

그레이브야드 북

"저 관들 가운데 하나, 그 뒤에 굴이나 문이 있어."

보드가 말했다.

그들은 맨 아래 선반에 있는 관 뒤에서 굴을 발견했는데,

그건 겨우 사람이 기어 들어갈 수 있을 만한 좁은 공간이었다.

"저기 아래야. 저기로 내려가 보자."

보드가 말했다.

스칼릿은 갑자기 모험의 즐거움이 가시는 느낌이었다.

"저 아래로 내려가면 아무것도 안 보일 거야. 깜깜할 테니까."

스칼릿이 말했다.

"난 빛이 필요 없어. 내가 이 공동묘지에 있는 동안에는 필요 없어."

"하지만 난 필요해. 깜깜하니까."

스칼릿이 얼굴을 찡그리며 말했다.

"날 혼자 내버려 두고 가지 마."

"내가 내려가서 누가 있는지 알아보고 돌아와서 얘기해 줄게."

그레이브야드 북

닐 게이먼 | 황윤영 옮김

차 례

돌멩이 위에서
뼈가 덜거덕덜거덕하네.
이건 그냥 아무도 누군지 모르는
어느 가난뱅이의 시신일 뿐이라네.
　　　-구전 민요

1장
노바디가 그레이브야드로
오게 된 사연

어둠 속의 손 하나에 칼이 들려 있었다.

그 칼의 손잡이는 반들반들한 검은 뼈로 되어 있었고, 칼날은 면
도날보다 더 예리하고 날카로웠다. 누가 칼날에 슬쩍 베이더라도
자신이 베였는지 바로 알아차리지는 못할 것 같았다.

그 칼은 그 집에 들어온 소기의 목적을 거의 모두 달성해 칼날도
손잡이도 젖어 있었다.

길 쪽으로 난 현관문은 아직도 살짝 열려 있었다. 칼을 든 사내
가 슬그머니 들어왔던 문틈으로 밤안개가 스멀스멀 기어 들어와 집
안으로 퍼져 나가고 있었다.

잭이라는 사내는 층계참에서 잠시 멈췄다. 그는 왼손으로 검정
외투의 호주머니에서 커다랗고 하얀 손수건을 꺼내, 칼과 그 칼을
쥐고 있던 오른손 장갑을 깨끗이 닦았다. 그러고는 손수건을 호주
머니에 다시 찔러 넣었다. 사냥은 거의 끝나 가고 있었다. 여자는

침대에, 남자는 침실 바닥에, 큰 계집아이는 장난감과 반쯤 조립한 모형들에 둘러싸인 채로 화사한 색상의 자기 방에 쓰러져 있었다. 남은 건 이제 갓 걸음마를 떼기 시작한 아기를 처리하는 일뿐이었다. 하나만 더 처리하면 그의 임무는 끝나는 것이었다.

잭은 준비 운동하듯 손가락을 풀었다. 그는 무엇보다도 전문가였고 스스로도 그렇다고 생각했으며, 일을 완벽하게 마무리 짓기 전까지는 미소조차 짓지 않으려 했다.

까만 머리카락에 까만 눈동자를 지닌 그의 손에는 검정색의 아주 얇은 양가죽 장갑이 끼워져 있었다.

걸음마를 떼기 시작한 아기의 방은 집의 맨 꼭대기에 있었다. 잭은 카펫이 깔린 계단을 발소리를 죽이고 올라갔다. 그러고는 다락방 문을 밀고 안으로 들어갔다. 그의 검정 가죽 구두는 얼마나 반질반질하게 광이 나던지 마치 검정 거울에 비치듯 그의 구두에 아주 작은 반달이 비쳤다.

진짜 반달은 여닫이창으로 달빛을 비추고 있었다. 달빛이 밝지 않은 데다 자욱한 안개에 가려 흐릿해 보이기까지 했지만 잭에게는 그리 많은 빛이 필요하지 않았다. 이 달빛이면 충분했다. 이 정도 달빛이면 족했다.

유아용 침대에 누워 있는 아기의 형체가 그의 눈에 들어왔다. 머리와 팔다리 그리고 몸통까지.

침대에는 아기가 나오지 못하도록 얇은 나무로 된 침대 난간이 높게 쳐져 있었다. 잭은 침대 위로 몸을 구부리며 칼을 쥔 오른손을 치켜들어 아기의 가슴을 겨냥해……

그리고 다음 순간 그는 그냥 손을 내렸다. 침대에 있는 그 형체는 곰 인형이었다. 아기는 침대에 없었다.

잭은 이제 흐릿한 달빛이 눈에 익어 전등을 켤 필요도 없었다. 또 어차피 빛이 그리 중요하지도 않았다. 그에게는 다른 기술이 있었다.

잭은 코를 킁킁거리며 냄새를 맡았다. 자기가 방으로 들어올 때 따라 들어온 냄새는 무시하고, 그냥 넘겨도 무방할 냄새도 제쳐 버리고, 자기가 찾고자 하는 그 물건의 냄새에 온 신경을 집중했다. 그리고 마침내 그는 아기의 냄새를 맡을 수 있었다. 젖비린내, 초코칩 쿠키 비슷한 냄새, 축축한 일회용 기저귀의 시큼한 냄새. 아기의 머리카락에서 나는 아기용 샴푸 냄새와 아기가 들고 있던 고무로 된 작은 무언가 —그는 '장난감'이라고 생각했다가 '아니, 고무젖꼭지 같은 것'이라고 생각했다.— 의 냄새까지 맡을 수 있었다.

아기는 이곳에 있었던 게 분명했다. 조금 전까지도 틀림없이 이곳에 있었다. 잭은 냄새를 따라 높고 홀쭉하게 생긴 그 집의 중앙에 난 계단을 곧장 내려갔다. 그는 욕실, 주방, 세탁물 건조 벽장에 이어 마지막으로 아래층 현관을 살펴보았다. 현관에는 그 집 가족의 자전거 몇 대와 빈 쇼핑백 더미, 바닥에 떨어진 기저귀 한 장, 그리고 열린 문을 통해 현관으로 스며든, 길 잃은 덩굴 모양의 안개밖에 없었다.

그러자 잭은 작게 "끙" 하는 소리를 냈는데, 그 소리에는 좌절감과 만족감이 함께 담겨 있었다. 기다란 외투의 안주머니에 든 칼집에 칼을 밀어 넣고 그는 거리로 나갔다. 거리에는 달빛과 가로등 불빛이 있었지만, 모든 것을 질식시킬 듯 내려앉은 안개에 빛과 소리도 숨통이 막혀 밤거리는 어둑어둑하고 음산하기만 했다. 그는 먼저 언덕 아래 문 닫은 가게들 쪽을 쳐다본 다음, 거리 위쪽을 올려다보았다. 그곳에는 끝자락의 높은 곳에 자리한 집 몇 채 너머로 캄캄한 옛 공동묘지로 이어지는 언덕길이 구불구불하게 나 있었다.

잭은 킁킁거리며 냄새를 맡았다. 그런 다음 서두르지 않고 언덕길 쪽으로 걸어가기 시작했다.

그 아기는 걸음마를 배운 뒤로 줄곧 엄마 아빠의 골칫거리이자 기쁨이었다. 그렇게 여기저기 돌아다니고 어디든 기어 올라가고 아무 데나 들락날락하는 남자 아기는 전혀 찾아볼 수 없었기 때문이다. 그날 밤, 아기는 아래층 바닥으로 뭔가가 "쿵" 하고 떨어지는 소리에 잠에서 깼다. 잠에서 깨어나 이내 지루해진 아기는 자기 침대에서 벗어날 방법을 찾기 시작했다. 침대에는 아래층 놀이방에 쳐진 울타리처럼 높은 난간이 쳐져 있었지만 아기는 자기가 그 난간을 기어오를 수 있을 것이라고 확신했다. 딛고 올라설 것만 있으면 될 것 같은데…….

아기는 커다란 황금색 곰 인형을 침대 모서리로 끌어당긴 다음, 자그마한 두 손으로 침대 난간을 붙잡고는 곰 인형의 무릎 위에 한쪽 발을 올리고 다른 쪽 발로는 곰 인형의 머리를 밟아 똑바로 몸을 펴고 섰다. 그러고는 간신히 기어올라 난간 밖으로 떨어지다시피 해서 침대에서 벗어났다.

아기는 털이 많고 폭신폭신한 장난감 더미 위로 살짝 쿵 소리를 내며 떨어졌다. 장난감 가운데 어떤 것들은 아직 여섯 달도 지나지 않은 지난 첫돌에 친척들에게 선물받은 것이고, 어떤 것들은 누나에게서 물려받은 것이었다. 아기는 바닥에 부딪칠 때 깜짝 놀라긴 했지만 소리 내어 울지는 않았다. 울면 엄마 아빠가 바로 달려와 자기를 다시 침대에 눕힐 것 같았기 때문이다.

아기는 기어서 방을 나왔다.

위로 올라가는 계단은 꽤나 까다로운 것이어서, 아기는 위로 올라가는 계단에는 아직 완전히 숙달되지 못한 상태였다. 하지만 아래로 내려가는 계단은 꽤 간단하다는 것을 알고 있었다. 아기는 앉아서 통통한 엉덩이로 콩콩 바닥을 찧으며 한 칸씩 계단을 내려갔다.

아기는 고무젖꼭지를 빨고 있었는데, 요즘 들어 아기 엄마는 아기에게 이제 그걸 빨고 다닐 때는 지났다고 말하곤 했다.

엉덩이로 계단을 내려오던 중에 아기가 차고 있던 기저귀가 느슨해졌고, 계단의 마지막 칸까지 내려와 작은 현관으로 기어가서 몸을 일으키자 기저귀는 저절로 흘러내렸다. 아기는 발을 빼서 기저귀를 벗었다. 이제 아기는 잠옷 셔츠만 입고 있었다. 자기 방과 가족에게로 다시 돌아 올라가는 계단은 가팔랐지만, 거리로 난 문은 열린 채로 어서 오란 듯 아기를 유혹했다⋯⋯.

아기는 살짝 망설이며 집 밖으로 걸음마를 옮겼다. 안개는 오래전에 연락이 끊긴 친구를 만난 듯 아기를 감쌌다. 그러자 처음에는 머뭇거리던 아기도 점점 빠르게 자신감을 갖고 언덕길을 아장아장 걸어 올라갔다.

언덕 꼭대기로 다가갈수록 안개는 점점 더 옅어졌다. 비추고 있는 반달이 결코 대낮처럼 밝지는 않았지만 그 달빛이면 묘지를 보기에는 충분했다.

직접 보았다면,

여러분의 눈에는 버려진 장례 예배당, 자물쇠가 채워진 철문, 첨탑 옆면을 덮고 있는 담쟁이덩굴, 지붕 높이의 홈통에서 자라는 작은 나무가 보였을 것이다.

또한 비석과 무덤, 납골당과 고인의 이름과 날짜가 새겨진 기념 명판도 보였을 것이다. 가끔 토끼나 들쥐, 족제비가 덤불 속에서 후 다닥 튀어나와 오솔길을 바삐 가로질러 가는 것까지 모두 보였을 것이다.

그날 밤, 여러분이 그곳에 있었다면 달빛 속에서 이러한 것들을 보았을 것이다.

하지만 묘지 정문 근처의 오솔길을 걸어가고 있는 창백하고 통통한 여자는 보지 못했을지도 모른다. 만약 아주 잠시라도 그 여자가 보여서, 그녀를 주의 깊게 살펴볼 수 있었다면 여러분은 그 여자가 단지 달빛과 안개, 그림자에 지나지 않다는 사실을 깨달았을 것이다. 아무튼 통통하고 창백한 그 여자는 분명 그곳에 있었다. 그녀는 정문 쪽으로 반쯤 쓰러진 묘비들 사이로 난 오솔길을 걸어가고 있었다.

묘지의 정문은 자물쇠로 잠겨 있었다. 겨울에는 오후 네 시, 여름에는 저녁 여덟 시면 정문에는 늘 자물쇠가 채워졌다. 공동묘지의 일부는 꼭대기에 쇠못이 박힌 철책으로, 나머지는 높은 벽돌담으로 둘러싸여 있었다. 정문의 창살은 간격이 워낙 촘촘해서 어른은 물론이고 열 살짜리 아이조차도 통과할 수 없었다.

"여보!"

기다란 풀잎 사이로 창백한 여자는 바람이 스치는 것 같은 목소리로 소리쳤다.

"여보! 여기로 와서 이것 좀 봐요!"

그 여자가 쭈그리고 앉아 땅에 있는 뭔가를 자세히 들여다보고 있는데, 그림자 한 점이 달빛 속으로 늘어오더니 곧 머리가 희끗희

끗한 40대 중반의 남자가 모습을 드러냈다. 남자는 자기 아내가 살펴보고 있는 것을 보며 머리를 긁적였다.

"부인? 아니, 이건?"

오언스 씨는 우리 시대보다 더 격식을 갖춘 시대의 인물이었으므로 아내를 그렇게 불렀다.

그 순간 그가 살펴보고 있던 그것이 오언스 부인을 본 것 같았다. 그것은 입을 벌려 빨고 있던 고무젖꼭지를 땅에 떨어뜨리고는 마치 꼭 오언스 부인의 창백한 손가락을 붙잡으려는 것처럼 작고 오동통한 주먹을 내뻗었다.

"바보가 보더라도 이건 분명 아기이질 않소."

오언스 씨가 말했다.

"물론 아기가 맞아요. 문제는 이 아기를 어떻게 할 거냐는 거죠."

그의 아내가 대답했다.

"부인, 그게 문제이긴 하나, 우리가 고민할 문제는 아니질 않소. 여기 이 아기는 의심할 나위 없이 살아 있는 아기이오. 그러니 우리와는 아무 관련도 없고 우리 세계의 일부도 아니란 말이오."

"웃는 것 좀 봐요! 웃는 모습이 어쩜 이리 예쁠까."

오언스 부인은 이렇게 말하며 실체가 없는 손으로 아기의 숱이 적은 금발을 쓰다듬었다. 그러자 아기는 좋아서 까르륵거렸다.

쌀쌀한 바람이 묘지로 불어와 묘지 아래쪽 경사면에 있는 안개를 흩뜨렸다. (묘지는 언덕 꼭대기 전체에 걸쳐 있었고, 언덕 위아래와 뒤로 오솔길이 여러 군데에 구불구불하게 나 있었다.) 그때 덜커덩거리는 소리가 들려왔다. 누군가 묘지 정문을 잡고 흔들어 대고 있어서 낡은 철문과 무거운 자물쇠 그리고 그 둘에 둘러놓은 쇠사슬이 덜커덩거리는 소리였다.

"자, 자, 그만하구려. 이 아기의 가족들이 아기를 자신들의 다정한 품으로 다시 데려가려고 왔나 보오."

오언스 부인이 여전히 실체가 없는 두 팔로 아기를 안고 어루만지고 쓰다듬고 있었기 때문에 오언스 씨는 아내에게 이렇게 덧붙였다.

"이 아긴 그냥 내버려 두시구려."

"저자는 아기 부모가 아닌 것 같은데요."

오언스 부인이 말했다.

검정 외투를 입은 사내는 정문을 덜컹덜컹 흔들기를 그만두고 이제 보다 작은 쪽문을 살펴보고 있었다. 쪽문 역시 자물쇠로 단단히 잠겨 있었다. 지난해 묘지가 훼손당하는 일이 생겼던 탓에 시의회가 조치를 취했던 것이다.

"이보시오, 부인, 그냥 내버려 두고 갑시다. 제발……"

오언스 씨는 이렇게 말을 하다가 어떤 유령을 보고는 입이 딱 벌어지더니 말문이 막혀 버렸다.

오언스 부부 본인들이 죽은 자들이고, 이제 죽은 지도 수백 년이나 된 데다 부부가 만나는 자들 역시 전부 또는 거의 다 죽은 자들일 텐데, 오언스 씨가 유령을 보고 그렇게 화들짝 놀라다니 여러분은 이상하다고 생각할지 모른다. 또 그런 생각이 드는 게 당연하기도 하다. 하지만 지금 보이는 유령은 묘지의 유령들과는 달랐다. 텔레비전의 지지직거리는 회색 화면처럼 깜박거리는 생경하고 기겁할 만한 형상에 오언스 부부는 그들 자신을 송두리째 집어삼킬 듯한 대단히 극심한 공포와 충격에 휩싸였다. 그런 형상은 모두 세 개로, 두 개는 크고 하나는 좀 더 작았다. 하지만 그 가운데 하나만이 뚜렷해서 윤곽선만 보이거나 어렴풋한 빛으로 보이는 다른 두 형상

보다 더 잘 보였다.

그 형상이 말했다.

"우리 아기! 바깥의 저자가 우리 아기를 해치려 해요!"

덜컹덜컹하는 소리가 났다. 묘지 바깥의 그 사내가 골목길 건너편에 있는 무거운 금속 쓰레기통을 묘지 주변의 높은 벽돌담 앞으로 끌어오고 있었다.

"우리 아들을 지켜 주세요!"

그 유령이 이렇게 말하자 오언스 부인은 그 형상이 여자라고 생각했다. 물론 이 아기의 엄마일 것이다.

"저자가 당신들에게 무슨 짓을 한 거예요?"

오언스 부인은 이렇게 물으면서도 유령이 자신의 말을 들을 수 있을지는 확신하지 못했다. *최근에 죽은 불쌍한 유령 같아.* 오언스 부인은 생각했다. 평온하게 죽어서 때가 되면 자신이 묻힌 곳에서 깨어나, 자신의 죽음을 순순히 받아들이고 묘지의 동료들과 알고 지내게 되는 편이 언제나 더 쉬운 법이다. 하지만 이 유령은 자기 자식에게 그저 공포스럽고 무서운 존재일 뿐이었다. 그리고 오언스 부부에게는 낮은 비명 소리처럼 느껴지는 그녀의 극심한 공포가 이제는 주변의 시선까지 끌면서 묘지 곳곳에 있던 다른 창백한 유령들이 모여들기 시작했다.

"당신은 누구요?"

카이우스 폼페이우스가 그 형상에게 물었다. 그의 묘비는 비바람에 깎여 이제 바윗덩어리에 불과했지만, 2천 년 전 그는 자신이 죽거든 시신을 로마로 돌려보내지 말고 대리석 제단 옆의 둔덕에 묻어 달라는 유언을 남겨, 이제는 이 공동묘지의 원로 가운데 한 사람이었다. 그는 자신의 책무를 대단히 진지하게 여겼다.

"이곳에 묻혔소?"

그가 다시 물었다.

"물론 아니지요! 행색을 보아하니 이제 갓 죽은 여자 같네요."

오언스 부인이 대신 대답하고는 한 팔로 여자 형상의 유령을 감싸며 차분하고 사려 깊은 나직한 목소리로 유령에게 은밀히 말을 건넸다.

그때 골목길 옆의 높은 담장 쪽에서 쿵쾅거리는 소리에 이어 쿵 하는 소리가 났다. 쓰레기통이 넘어지는 소리였다. 사내가 묘지의 담장 꼭대기로 기어오르자 안개로 인해 흐릿해진 가로등 불빛을 배경으로 사내의 검은 윤곽이 드러났다. 사내는 담장 꼭대기에서 잠시 멈췄다가 안쪽 담장을 타고 내려오기 시작했다. 담장 꼭대기에 매달려 다리를 달랑거리다가 땅에서 1미터 남짓 떨어진 거리에서 뛰어내려 묘지 안으로 떨어졌다.

"하지만 아기 엄마,"

오언스 부인이 여자의 형상에게 말을 건넸는데, 묘지에 나타났던 세 형상 가운데 이제 남은 것은 그 형상밖에 없었다.

"아기는 살아 있지만 우리는 그렇지 못해요. 아기 엄마가 상상할 수 있을지 모르겠는데……"

아기가 어리둥절한 표정으로 그들을 올려다보고 있었다. 아기는 두 사람 가운데 한 사람에게 손을 뻗었다가 또 다른 한 사람에게 손을 뻗었지만 공기 말고는 아무것도 잡히지 않았다. 이제 여자의 형상은 빠른 속도로 희미해지고 있었다.

"알았어요."

다른 사람들은 아무도 듣지 못한 어떤 말에 오언스 부인이 대답했다.

"우리가 할 수 있다면 그렇게 할게요."

오언스 부인은 옆에 있는 남편에게 돌아서서 말했다.

"여보, 당신도 그렇게 할 거죠? 이 아기의 아빠가 되어 줄 거 죠?"

"내가 뭐가 된다고?"

오언스 씨가 이마를 찡그리며 말했다.

"우리는 아이를 가져 본 적이 한 번도 없잖아요. 그리고 아기 엄마는 우리한테 아기를 지켜 달라고 하고요. 그렇게 해 줄 거죠?"

검정 외투를 입은 그 사내는 서로 얽힌 담쟁이덩굴과 반쯤 부서진 비석에 발이 걸려 앞으로 고꾸라졌다. 사내는 일어나서 더욱 조심스레 걸어 나갔는데, 그 바람에 올빼미 한 마리가 깜짝 놀라 조용히 날개를 펼치고 날아갔다. 아기의 모습이 보이자 사내의 눈에 환희의 빛이 어렸다.

오언스 씨는 아내의 어조에서 그녀가 지금 무슨 생각을 하고 있는지 알아챘다. 그들은 생전과 사후를 모두 합해 지금껏 250년 넘게 부부로 지내 왔지만 아직까지 자식이 없었다.

"부인, 정말이오? 정말 진심이오?"

"진심이고말고요."

오언스 부인이 대답했다.

"그렇다면 좋소. 당신이 이 아기의 엄마가 되겠다면 나도 이 아기의 아빠가 되리다."

"들으셨죠?"

오언스 부인이 묘지에서 깜박거리고 있는 그 형상에게 말했다. 이제 그 형상은 윤곽만 어렴풋이 남아서 마치 여자의 형태를 띤, 여름밤 멀리 보이는 번개 같았다. 그 형상은 다른 사람들에게는 들리지 않는 말을 오언스 부인에게 하고 나서 완전히 사라졌다.

"아기 엄마는 다시 이곳에 오지 않을 거예요. 다음번엔 앞으로 묻히게 될 곳에서 깨어나겠죠."

오언스 부인은 허리를 굽혀 아기에게 두 팔을 내밀며 따뜻하게 말했다.

"자, 이리 온. 엄마한테 오려무나."

벌써 칼을 꺼내 손에 든 채로 무덤 사이로 난 오솔길을 통해 그들 쪽으로 걸어가고 있는 잭의 눈에는 달빛 속에서 안개가 소용돌이치듯 아기를 휘감고 있는 것이 보였다. 그런데 그곳에 이르자 아기는 보이지 않았다. 그곳에는 그저 축축한 안개와 달빛, 흔들리는 풀잎만이 있을 뿐이었다.

잭은 눈을 깜박거리며 코로 냄새를 맡았다. 무슨 일이 벌어진 게 분명했지만 그게 뭔지 전혀 짐작도 할 수 없었다. 그는 화나고 좌절한 맹수처럼 목구멍 깊은 곳에서 으르렁거리는 소리를 끄집어냈다.

"아가야?"

잭은 아기가 어딘가 보이지 않는 곳에 들어가 있는 게 아닐까 해서 소리쳐 불러 보았다. 그의 목소리는 음산하고 거칠었으며, 또 이상하게 날이 서 있어서 자기가 들어도 놀랍고 당황스러웠다.

그러나 묘지는 아기를 감춰 두고 내놓지 않았다.

"아가야, 어디 있니?"

잭은 다시 소리쳐 불러 보았다. 아기가 우는 소리나 옹알거리는 소리, 그도 아니면 움직이는 소리라도 들렸으면 하고 바랐다. 그런데 그가 전혀 예상하지 못한 소리가 들려왔다. 비단결같이 매끄러운 목소리로 누군가 말을 걸었다.

"무슨 일이시죠?"

잭은 키가 컸다. 그런데 그 사람은 잭보다 더 키가 컸다. 잭은 검은 옷을 입고 있었다. 그런데 그 사람의 옷은 잭의 옷보다 더 검었다. 한창 일에 몰두한 잭을 어쩌다 보게 된 사람들은 ─잭은 그렇게 사람들 눈에 띄게 되는 것을 좋아하지 않았지만─ 당혹스러워하거나 불편해하거나 뚜렷한 이유도 없이 겁을 먹거나 했다. 잭은 낯선 사내를 쳐다봤다. 그런데 당혹스러워한 쪽은 오히려 잭이었다.

"사람을 찾고 있었습니다."

잭은 오른손을 슬쩍 외투 호주머니 속으로 밀어 넣어 칼을 감추고는 만일의 사태를 대비해서 손을 빼지 않고 그대로 있었다.

"문이 잠긴 묘지에서, 이 야심한 시각에 말인가요?"

낯선 사내가 말했다.

"아기를 찾느라고요. 요 앞을 지나가는데 아기 울음소리가 들렸어요. 그래서 묘지 정문으로 이 안을 들여다봤더니 아기가 있더군요. 그걸 보고 어찌 그냥 지나치겠습니까?"

"공공심이 투철하신 분이군요. 그 점에 대해서는 박수를 보냅니다. 하지만 용케 아기를 찾아낸다 하더라도 아기를 데리고 여기서 어떻게 빠져나가실 생각이었습니까? 아기를 안고서는 담장을 다시 타고 넘어갈 수 없을 텐데요."

"누가 와서 밖으로 나가게 해 줄 때까지 소리를 지르려고 했습니다."

잭이 말했다.

묵직한 열쇠들이 짤랑거리는 소리가 났다.

"그렇다면 결국 제가 와야 하는 거였군요. 제가 와서 댁을 내보내 드려야 하니까 말이지요."

낯선 사내는 열쇠고리에서 커다란 열쇠 하나를 고르더니 말했다.

"저를 따라오십시오."

잭은 낯선 사내의 뒤를 따라갔다. 그는 호주머니에서 칼을 빼내며 물었다.

"그럼 댁은 이 묘지의 관리인이십니까?"

"저요? 예, 말하자면 그런 셈이지요."

낯선 사내가 대답했다.

정문 쪽으로 걸어가고 있었기에 잭은 아기에게서 점점 멀어지고 있다고 확신했다. 하지만 묘지 관리인에게 열쇠가 있었다. 어둠 속에서 칼 한 방이면 관리인을 처치할 수 있으니, 그런 다음 필요하다면 밤새도록 아기를 찾아다니면 될 것 같았다.

잭은 칼을 높이 치켜들었다. 바로 그때 낯선 사내가 뒤돌아보지 않고 말하기 시작했다.

"아기를 봤다고 하셨지만 그 아기는 이 묘지에 없을 겁니다. 아마도 잘못 보신 거겠지요. 어쨌든 아기가 여기로 들어왔을 리가 없어요. 밤에 날아다니는 새 소리를 들었거나 어쩌면 고양이나 여우를 봤을 공산이 훨씬 큽니다. 이곳에서 마지막으로 장례식을 치렀던 무렵인 30년 전, 시에서는 이곳을 공식적인 자연보호구역으로 지정했거든요. 자, 곰곰이 생각해 보십시오. 댁이 본 게 정말 아이가 확실합니까?"

잭은 잠시 생각에 잠겼다.

낯선 사내는 열쇠로 쪽문의 자물쇠를 열며 말을 이어 갔다.

"여우일지도 모르겠군요. 여우는 아주 희한한 소리를 내는데 꼭 사람 울음소리 같죠. 아무래도 댁이 착각을 하고 이 묘지로 잘못 들어오신 것 같습니다. 댁이 찾고 있는 아기가 어디에선가 댁을 기다릴지 모르겠지만, 이곳에는 분명히 없습니다."

낯선 사내는 잠시 잭의 머릿속에 그런 생각이 머물도록 놔뒀다가 요란하게 문을 열어 주며 말했다.

"만나 뵈어서 반가웠습니다. 밖으로 나가시면 원하는 게 뭐든 다 찾으시리라고 생각합니다."

잭은 묘지의 문밖에 서 있었다. 낯선 사내는 문 안쪽에 서서 자물쇠를 잠그고 열쇠를 뺐냈다.

"어디로 가시는 겁니까?"

잭이 물었다.

"이 문 말고 다른 문이 있습니다. 제 차는 언덕 맞은편에 있으니 제 걱정은 마십시오. 저와 나눈 대화는 기억하실 필요도 없습니다."

"그럼요. 그럴 필요 없지요."

잭이 선뜻 동의하며 말했다. 잭은 언덕을 돌아다닌 일, 아기라고 생각했던 게 알고 보니 여우였던 일, 도움을 준 묘지 관리인이 자신을 다시 바깥 거리로 나갈 수 있도록 바래다준 일들을 기억했다. 잭은 칼을 안쪽 호주머니 속 칼집에 밀어 넣으며 말했다.

"그럼 수고하십시오."

"안녕히 가세요."

잭이 묘지 관리인이라고 생각한 낯선 사내가 말했다.

잭은 아기를 찾아 언덕길을 내려가기 시작했다.

눈에 띄지 않는 그림자 속에서 낯선 사내는 잭이 보이지 않게 될 때까지 지켜보았다. 그런 뒤 그는 밤의 어둠을 뚫고 위로 계속 이동해 언덕 꼭대기 바로 아래의 편평한 곳까지 올라갔다. 조사이어 워딩턴을 추모하기 위해 바쳐진 그곳에는 기념비가 우뚝 솟아 있고 편평한 묘석이 박혀 있었다. 이 지역의 양조업자이자 정치인으로 나중에 준남작이 된 워딩턴은 약 300년 전에 오래된 공동묘지와 그 주위의 땅을 사들여 시에 영구히 기증했다. 그는 자신을 위해 언덕에서 가장 좋은 위치를 잡아 두었는데, 그곳은 도시 전체와 그 너머의 전경이 훤히 내려다보이는 자연적으로 형성된 원형 극장 형태의 지대였다. 또한 그는 그 공동묘지를 묘지 용도로만 사용해야 한다고 못 박아 두었다. 그 점에 대해 그곳 공동묘지의 거주자들은 조사이어 워딩턴 준남작에게 감사하게 생각하기는 했지만 결코 그 감사가 준남작이 마땅히 자신이 받아야 한다고 생각하는 만큼의 감사는 아니었다.

그 공동묘지에는 모두 합해 만여 명의 혼령이 있었다. 하지만 대부분은 깊이 잠들어 있거나 그곳에서 밤마다 일어나는 일에 전혀 관심이 없었기에 지금 달빛 속에서 원형 극장에 나와 있는 혼령은 300명도 되지 않았다.

낯선 사내는 안개처럼 소리 없이 그들에게로 다가가 눈에 띄지 않는 그림자 속에서 일이 어떻게 진행되고 있는지 아무 말 없이 지켜보았다.

조사이어 워딩턴이 말을 하고 있었다.

"이보시오, 오언스 부인. 부인의 고집은 정말…… 글쎄, 그게 얼마나 터무니없는 생각인지 모르겠소?"

"네, 전 모르겠어요."

오언스 부인이 말했다.

오언스 부인은 땅바닥에 책상다리를 하고 앉아 있었고, 살아 있는 아기는 그녀의 무릎에서 자고 있었다. 그녀는 창백한 두 손으로 아기의 머리를 부드럽게 안았다.

오언스 부인의 옆에 서 있던 오언스 씨가 대신 나섰다.

"남작님, 송구스럽지만 제가 대신 한 말씀 드리자면, 제 집사람은 자신이 그렇게 생각하지 않는다는 말을 하려고 했던 겁니다. 제 집사람은 그 아기를 맡는 것이 자신의 의무라고 생각하고 있습니다."

두 사람이 모두 살아 있던 시절, 오언스 씨는 조사이어 워딩턴을 직접 보기도 했고 잉글섬 부근에 있는 워딩턴의 저택에 들여놓을 멋진 가구 몇 점을 만들기도 했는데, 그래서인지 오언스 씨는 아직도 워딩턴 준남작을 어려워했다.

"의무라 했소?"

조사이어 워딩턴 준남작이 고개를 절레절레 흔들었는데, 마치 머리에 붙은 거미줄 한 가닥을 털어 버리려는 것처럼 보였다.

"부인, 부인의 의무는 말이외다, 이 공동묘지와 그 구성원들을 대상으로 해야 하오. 실체가 없는 영혼들, 망령들, 기타 혼령들로 이루어진 여기 이 공동묘지의 주민들을 대상으로 해야 한단 말이오. 그러니 이곳에서 부인의 의무는 그 아기를 여기 이곳이 아닌, 그 아기가 당연히 있어야 할 집으로 당장 돌려보내는 거요."

"아기 엄마가 저한테 애를 맡겼어요."

오언스 부인은 그 말로 충분하다는 듯 딱 잘라 말했다.

"이보시오, 부인… "

워딩턴 준남작이 말을 꺼내는데, 오언스 부인이 자리에서 일어서며 말했다.

"제가 남작님의 부인도 아닌데 자꾸 부인, 부인 하지 마세요. 솔직히 말씀드려서 저는 제가 왜 여기에서 머리가 텅 빈 멍청한 노인네들과 논쟁을 벌이고 있는지 모르겠어요. 이제 곧 아기가 배가 고파 잠에서 깨어날 판에 말이에요. 이 공동묘지에서 애한테 먹일 음식을 구할 수 있을까요?"

"바로 그게 문제요. 애한테 대체 뭘 먹일 작정이오? 또 부인이 어떻게 애를 돌볼 수 있단 말이오?"

카이우스 폼페이우스가 끼어들어 딱딱하게 말했다.

그러자 오언스 부인의 눈빛이 이글이글 타올랐다.

"저는 이 애를 친엄마만큼 잘 돌볼 수 있어요. 아기 엄마가 이미 저한테 애를 맡겼다니까요. 보세요, 제가 이렇게 애를 안고 있잖아요, 안 그래요? 제가 애를 만지고 있다고요."

"이봐, 벳시, 사리 분별을 해야지. 애를 대체 어디서 키우려고 그래?"

아주 작은 체구의 백정 할머니도 끼어들어 한마디 했다. 백정 할머니는 살아생전에는 물론 무덤에 묻힐 때까지 쓰고 있던 보닛 모자에 망투를 두르고 있었다.

"바로 여기에서요. 이 애한테 '묘지의 특권'을 주면 되잖아요."

오언스 부인의 대답에 백정 할머니는 놀라서 입이 조그맣게 벌어졌다.

"하지만… 하지만 난 절대 반대야."

백정 할머니가 말했다.

"아니, 왜 안 되죠? 외부인에게 '묘지의 특권'을 주는 게 이번이 처음은 아니잖아요."

"그렇긴 하오. 하지만 그는 산 사람이 아니었잖소."

카이우스 폼페이우스가 말했다.

그 말에 낯선 사내는 좋든 싫든 자기가 그들의 대화에 말려들어 갔단 사실을 깨닫고는 마지못해 그림자 속에서 걸어 나왔는데, 그는 그림자에서 떨어져 나온 한 조각 어둠 같았다. 그가 동의하며 나섰다.

"그렇습니다. 저는 산 사람이 아닙니다. 하지만 저는 오언스 부인의 주장을 받아들였으면 합니다."

"진심이오, 사일러스?"

조사이어 워딩턴이 묻자 사일러스가 대답했다.

"그렇습니다. 좋든 나쁘든, 저는 좋은 쪽이라고 굳게 믿습니다만, 오언스 부부는 이 아이를 맡기로 했습니다. 이 아이를 키우려면 마음씨 고운 한 쌍의 영혼만으로는 안 될 겁니다. 공동묘지에 있는 모두의 손길이 필요할 테지요."

"그럼 음식이나 그 밖의 것들은 어찌 해결할 셈이오?"

"제가 묘지 밖으로 나갔다 돌아올 수 있으니, 음식은 제가 구해다 줄 수 있습니다."

사일러스가 말했다. 그러자 백정 할머니가 말했다.

"그렇게 말하니 꽤 그럴 듯하구려. 하지만 당신이 묘지를 오간들 아무도 당신의 흔적을 파악하지 못하잖소. 당신이 일주일 동안 묘지를 떠나 있으면, 애가 죽을 수도 있단 말이오."

"부인은 정말 현명하신 분이시군요. 왜 그리 부인에 대한 칭찬이 자자한지 알겠습니다."

사일러스가 말했다. 그는 살아 있는 사람들의 마음은 조종할 수 있었지만 죽은 사람들의 마음은 조종할 수 없었다. 하지만 죽은 사람들은 아첨과 설득, 그 어디에도 면역이 되어 있지 않았기에, 그는 자신이 지닌 아첨과 설득이라는 도구를 맘껏 사용할 수 있었다. 그는 결정을 내렸다.

"좋습니다. 오언스 부부가 아기의 부모가 된다면 저는 아기의 후견인이 되겠습니다. 저는 이곳 묘지에 남을 것이며, 묘지를 비울 일이 생길 경우엔 저를 대신할 이를 구해 아이에게 음식을 가져다주고 돌보게 하겠습니다. 예배당 지하실을 사용하면 될 것 같습니다만."

"아니, 그렇지만, 이 아인 사람의 아기, 살아 있는 아기잖나. 내 말은, 그러니까 말이지, 이곳은 묘지이지 탁아소가 아니란 말일세. 제기랄."

조사이어 워딩턴이 반대하고 나섰다. 그러자 사일러스가 고개를 끄덕이며 말했다.

"맞습니다. 대단히 훌륭한 지적입니다, 조사이어 남작님. 저로서는 생각지도 못한 훌륭한 지적이에요. 다른 이유 때문이 아니라 바로 그 이유 때문에, 이런 표현을 써서 죄송하지만 공동묘지 사람들의 *삶*에 가급적이면 지장을 주지 않게 아이를 키우는 것이 절대적으로 중요합니다."

그렇게 말하며 사일러스는 오언스 부인 쪽으로 천천히 걸어가서 부인의 품에 안겨 잠든 아기를 내려다보았다. 그가 눈썹을 치켜 올리며 말했다.

"오언스 부인, 아기에게 이름이 있습니까?"

"그건 아기 엄마가 가르쳐 주지 않았어요."

오언스 부인이 대답했다.

"그렇다면 아기의 본래 이름은 이제 쓸모가 없겠군요. 저 바깥세상에는 이 아기를 해치려는 자들이 있습니다. 우리가 이 아기의 이름을 새로 지어 주는 게 어떻겠습니까?"

사일러스의 제안에 카이우스 폼페이우스가 다가와서 아기를 유심히 보았다.

"내가 데리고 있던 지방 총독 마르쿠스를 좀 닮았군. 마르쿠스라고 부릅시다."

그러자 조사이어 워딩턴이 나섰다.

"내가 보기엔 우리 집 수석 정원사 스테빈스를 많이 닮았소만. 그렇다고 스테빈스라고 부르자는 건 아니오. 그 친구는 대단한 술고래였지."

"제 조카 해리를 닮았네요."

백정 할머니가 말하자 묘지 사람들 모두가 너도나도 끼어들어 저마다 아기와 오래전에 잊어버린 어떤 사람이 닮았다며 한마디씩 했다. 그러자 오언스 부인이 끼어들어 단호하게 말했다.

"이 아기는 어느 누구도 닮지 않았어요. 이 아기는 아무도 안 닮았다고요."

"그럼 '아무도 아니'란 뜻의 '노바디'라고 부릅시다. 노바디 오언스!"

사일러스가 제안했다.

바로 그때, 마치 그 이름에 반응을 보이듯 아기가 잠에서 깨며 눈을 확 떴다. 아기는 말똥말똥한 눈으로 주변을 둘러보면서 죽은 사람들의 얼굴과 안개 그리고 달을 쳐다보았다. 그런 뒤 아기는 사일러스를 보았다. 아기의 시선은 움츠러들지 않았다. 아기는 아주 진지해 보였다.

"세상에 '노바디'라니, 무슨 이름이 그렇담?"

백정 할머니가 아연실색하며 분개했다.

"이 아이의 이름으로는 좋은 이름이에요. 그런 이름을 써야 아이를 안전하게 지키는 데 도움이 될 겁니다."

사일러스가 백정 할머니에게 대꾸했다.

"이러다 싸움 나겠소."

조사이어 워딩턴이 말했다. 아기가 그를 쳐다보더니 배가 고팠는지 아니면 피곤했는지, 그도 아니면 그냥 자기 집과 자기 가족, 자기가 있던 세상이 그리웠는지 조그마한 얼굴을 잔뜩 찡그리며 울음을 터뜨렸다.

"부인, 자리 좀 비켜 주겠소? 부인 없이 우리끼리 이 문제에 대해 좀 더 의논해 보게 말이오."

카이우스 폼페이우스가 오언스 부인에게 말했다.

오언스 부인은 장례 예배당 밖에서 기다렸다. 첨탑이 달린 작은 교회 같은 모습의 예배당 건물은 40여 년 전에 역사적으로 중요한 건축 문화재로 지정되었다. 시의회는 잡초가 무성한 공동묘지 안에 있는, 이미 구닥다리가 되어 가고 있는 작은 예배당을 개조하려면 너무 비용이 많이 들 것이라고 판단했다. 그래서 그들은 예배당을 자물쇠로 걸어 잠가 놓고 건물이 저절로 무너지기를 기다리고 있었다. 담쟁이덩굴이 예배당 건물을 뒤덮고 있기는 해도 튼튼하게 지은 건물이라 이번 세기 안에 무너질 것 같지는 않았다.

아기는 오언스 부인의 품에서 다시 잠들었다. 오언스 부인은 아기를 살살 흔들면서 옛 노래를 불러 주었다. 그녀 자신이 아기였을 때, 그러니까 남자들이 분을 바른 가발을 처음 쓰기 시작했던 시절에 그녀의 어머니가 불러 주던 노래였다.

잘 자라 우리 아가
잠에서 깰 때까지 잘 자거라
어른이 되면 너도 세상을 알게 되겠지

내 생각이 틀리지 않다면 말이지.
사랑하는 사람과 입도 맞추고,
음악에 맞춰 춤도 추고,
네 이름도
땅에 묻혀 있는 보물도 찾고······

거기까지 불렀는데 오언스 부인은 그 노래의 뒷부분이 생각나지 않았다. 마지막 소절에 '털투성이 베이컨'이라는 가사가 들어가는 것 같기도 했지만 그건 전혀 다른 노래의 가사일지도 몰랐다. 그래서 그녀는 그 노래를 멈추고 대신 '너무 일찍 내려온 달나라 사람'에 대한 노래를 불렀다. 그 노래 뒤에는 온화하고 정겨운 목소리로 좀 더 최근 노래인 '엄지손가락으로 자두를 파먹는 꼬마'에 대한 노래를 불렀다. 그러고는 '여자 친구가 특별한 이유도 없이 얼룩뱀장어 요리에 독을 넣어 목숨을 잃은 젊은 시골 신사'에 대한 긴 민요를 막 부르기 시작했을 때, 사일러스가 종이 상자를 들고 예배당 옆을 빙 돌아서 부인에게로 왔다.

"자, 받으세요, 오언스 부인. 한창 자라는 아이한테 필요한 여러 물건들이 든 상자입니다. 아기는 예배당 지하실에서 키우면 되겠죠?"

사일러스는 자물쇠를 풀어 손에 쥐고 철문을 당겨서 열었다. 오언스 부인은 안으로 걸어 들어가서 미심쩍은 표정으로 선반들 그리고 벽에 기대 세워 놓은 낡고 긴 나무 좌석들을 쳐다보았다. 한쪽 구석에는 옛 교구 신도 명부가 담긴 낡은 상자들이 곰팡이를 뒤집어쓰고 있었고, 다른 쪽 구석에는 열린 문으로 빅토리아 시대의 수세식 변기와 찬물 꼭지만 달린 세면대가 보였다.

아기가 눈을 뜨더니 말똥말똥 쳐다봤다.

"음식은 여기 두어도 될 것 같아요. 서늘한 곳이라 오래 저장할 수 있을 겁니다."

사일러스가 이렇게 말하며 상자 속에 손을 넣어 바나나 하나를 꺼냈다.

"그게 대체 뭐예요?"

오언스 부인은 그 황갈색 물건을 수상쩍다는 듯이 쳐다보며 물었다.

"이건 바나나라고 열대 지방에서 나는 과일이에요. 껍질을 이렇게 벗겨 내면 됩니다."

사일러스가 말했다.

이제 '노바디'라는 이름을 갖게 된 그 아기가 오언스 부인의 품에서 몸부림을 치자 그녀는 아이를 돌바닥에 내려놓았다. 아기는 쏜살같이 사일러스를 향해 아장아장 걸어가더니 그의 바짓가랑이를 잡고 매달렸다.

사일러스는 아기에게 바나나를 건네주었다.

오언스 부인은 아기가 바나나를 먹는 모습을 지켜보았다.

"'바ㅡ나ㅡ나'라, 전혀 들어 본 적 없는 과일이에요. 전혀요. 어떤 맛인가요?"

오언스 부인이 의심스러운 듯 물었다.

"저도 전혀 모릅니다."

사일러스는 단 한 가지 음식밖에 먹지 않았는데, 그것은 바나나가 아니었다.

사일러스가 덧붙여 말했다.

"아기의 잠자리도 이 안에다 마련해 주면 될 것 같군요."

"따로 잠자리를 마련해 주지는 않을 거예요. 수선화밭 옆에 있는 우리 부부의 멋지고 아담한 무덤에도 아기를 위한 공간은 충분하니까요. 또 아기가 당신께 방해가 되지 않았으면 해서요."

오언스 부인은 사일러스가 호의를 거절당했다고 생각할까 봐 염려되어 마지막 말을 덧붙였다.

"그렇진 않을 겁니다."

아기는 바나나를 금방 다 먹어 치웠다. 먹지 않은 건 얼굴과 옷에 묻은 것들뿐이었다. 아기는 지저분하고 사과같이 붉어진 뺨을 한 채 활짝 웃었다.

"나나."

아기가 행복하게 옹알거렸다. 그러자 오언스 부인이 말했다.

"어쩜 이리도 똑똑할까요. 그런데 꼴이 지저분한 게 말이 아니네요! 이런, 조심조심 먹어야지, 요 꼬맹이 녀석……"

오언스 부인은 아기의 옷과 머리에 묻은 바나나 찌꺼기를 떼어 냈다. 그러고는 사일러스에게 물었다.

"저분들이 어떤 결정을 내릴 것 같아요?"

"저도 잘 모르겠습니다."

"저는 이 아이를 포기할 수 없어요. 아기 엄마한테 약속까지 했는데, 그럴 순 없어요."

"옛날에 수없이 다양한 존재가 되어 봤지만 제가 엄마가 되어 본 적은 한 번도 없습니다. 이제 와서 엄마가 될 계획도 없고요. 하지만 저는 이곳을 떠날 수 있고…"

"전 떠날 수 없어요. 제 뼈가 여기 묻혀 있으니까요. 제 남편도 그렇고요. 저희는 이곳을 결코 떠나지 않을 거예요."

오언스 부인은 단호하게 말했다.

"자신이 속한 곳, 집이라 여길 수 있는 곳이 있다는 건 좋은 일이지요."

말은 그렇게 했지만 사일러스의 말투에는 전혀 아쉬워하는 기색이 없었다. 그는 사막보다 건조한 목소리로 이론의 여지가 없는 내용을 간단히 진술하듯 말했다. 오언스 부인도 그의 말에 토를 달지 않았다.

"저 사람들이 결론을 내리려면 한참 걸릴까요?"

"그렇지 않을 겁니다."

사일러스가 대답했지만 그건 그의 착각이었다.

위의 언덕배기에 있는 원형 극장에서는 아직도 논쟁이 계속되고 있었다. 이 터무니없는 일에 연루된 사람들이 어떤 경박한 신참들이 아니라 오언스 부부라는 사실이 대단히 중요했다. 오언스 부부는 존경할 만하고 실제로도 존경을 받는 사람들이었기 때문이다. 또한 사일러스가 아기의 후견인이 되어 주겠다고 자진해서 나선 사실도 중요했다. 사일러스는 묘지 사람들의 세계와 그들이 떠나 온 세계 사이의 경계 지대에 있는 존재였다. 그래서 그들은 사일러스를 조심성 있게 일종의 경외심을 갖고 대해 왔다. 하지만 그럼에도 불구하고, 하지만 그래도……

겉으로 드러나 보이는 공동묘지는 대개 민주주의 사회가 아니지만 죽은 자들의 사회는 대단히 민주적이었다. 죽은 사람들은 저마다 발언권이 있어서 살아 있는 아기가 그들의 묘지에 머무르도록 허락할 것인지에 대한 의견을 발표할 수 있었는데, 그날 밤 그들은 모두의 의견을 들어 보기로 결정했다.

늦가을이라 동이 더디게 트고 있었다. 하늘은 아직도 어두웠지만 이제 언덕길 저 아래에서 차들이 달리는 소리가 들려왔다. 살아 있는 사람들이 밤의 어둠이 가시지 않은 새벽녘 자욱한 안개를 뚫고 각자 일터로 차를 몰고 가기 시작한 무렵에도 묘지 사람들은 그들에게 오게 된 그 아이를 어떻게 해야 할지를 놓고 논의했다. 300가지 목소리가 300가지 의견을 내놓았다. 무너져 내린 묘지 북서쪽에 사는 시인 니허마이어 트롯이 시를 낭독하듯 과장되게 그 문제에 대한 자신의 생각을 말하기 시작했다. 그 말을 듣고 있는 어느 누구도 그가 무슨 말을 하는지 알 순 없었는데, 바로 그 순간, 어떤 일이 벌어졌다. 저마다 자기 의견을 굽히지 않는 입들을 꾹 다물게 만든 일이, 그 공동묘지 역사상 전례가 없는 일이 벌어졌던 것이다.

거대한 백마 —말에 대해 아는 사람이라면 정확히 '회색마'라고 불렀을 테지만— 한 마리가 언덕배기를 천천히 올라왔다. 말의 모습이 보이기도 전에 또각거리는 말발굽 소리가 언덕배기에 자란 작은 관목과 수풀, 검은딸기나무와 담쟁이덩굴, 가시금작화 덤불을 헤치는 소리와 함께 들려왔다. 크고 힘센 샤이어 종 말과 비슷한 크기의 그 말은 키가 2미터는 되어 보였다. 전투에서 완전무장한 기사를 태울 법한 말이었지만, 안장도 씌우지 않은 그 말의 등에 탄 사람은 머리에서 발끝까지 온통 회색으로 된 옷을 걸친 여인이었다. 여인의 긴 치마와 숄은 오래된 거미줄을 자아서 만든 것 같았다.

여인의 얼굴은 차분하고 평온했다.

묘지 사람들은 그 여인을 잘 알고 있었다. 우리 모두는 누구나 각자 자신의 생이 끝나는 날 '회색마를 탄 여인'을 만나기 때문에 어느 누구도 그 여인을 잊을 수 없기 마련이다.

그 말은 기념비 옆에서 멈춰 섰다. 동쪽 하늘이 서서히 밝아 왔다. 진주빛이 되어 동틀 준비를 하는 하늘에 불편해진 묘지 사람들은 슬슬 아늑한 자신들의 집으로 돌아갈 생각을 하기 시작했었다. 그렇지만 그들 가운데 움직이는 사람은 단 한 명도 없었다. 그들은 하나같이 흥분과 두려움이 뒤섞인 표정으로 '회색마를 탄 여인'을 쳐다보고 있었다. 죽은 자들은 대체로 미신을 믿지 않지만, 그들은 지혜와 단서를 구하려고 고대 로마의 복점관*이 성스러운 까마귀들이 하늘을 빙빙 도는 모습을 지켜보듯 그 여인을 지켜보았다.

이윽고 그 여인이 그들에게 말했다.

"죽은 자들은 자비심을 지녀야 해요."

그 여인은 아주 작은 은종 수백 개가 울리는 것처럼 아름다운 목소리로 그렇게만 말하고는 미소를 지었다.

바로 그 순간 우거진 풀을 만족스럽게 뜯어 먹던 말이 동작을 멈추었다. 그 여인이 말의 목을 건드리자 말이 몸을 돌렸다. 말은 다그닥다그닥 소리를 내며 크게 몇 걸음 내디디더니 언덕 비탈에서 하늘로 날아올랐다. 우레와 같은 말발굽 소리가 멀리서 천둥이 우르릉거리는 듯한 소리로 바뀌더니 순식간에 말과 여인이 시야에서 사라졌다.

아무튼 여기까지가 그날 밤 언덕배기에 모인 묘지 사람들이 일어났다고 주장하는 일이었다.

그로 인해 토론은 완전히 끝이 났고 거수로 표결하는 절차도 없이 그 문제는 결론이 났다. 노바디 오언스라는 이름의 그 아기는 이제 '묘지의 특권'을 갖게 될 것이었다.

백정 할머니와 조사이어 워딩턴 준남작은 오언스 씨와 함께 낡은 예배당의 지하실로 가서 오언스 부인에게 그 소식을 알렸다.

---

* 새의 움직임 등으로 길흉을 점치던 신관. 이하 * 표시 옮긴이 주.

오언스 부인은 기적 같은 소식을 듣고도 놀라지 않는 것 같았다.

"잘됐네요. 여기 사람들 가운데 일부는 머릿속에 전혀 눈곱만큼도 지각이 없다니까요. 하지만 말을 타고 오신 그분은 다르죠. 당연히 다르고말고요."

천둥이 울리는 잿빛 새벽, 해가 떠오르기 전, 아기는 오언스 부부의 멋지고 아담한 무덤 안에서 깊이 잠들어 있었다. (살아생전 그 지역의 가구 제작자 조합을 번창시킨 조합장이었던 명장 오언스가 죽자, 가구 제작자들은 그를 제대로 예우하고자 멋진 무덤을 만들어 주었다.)

사일러스는 동이 트기 전에 묘지 밖으로 그날의 마지막 여정을 나섰다. 그는 언덕 비탈에 있는 높은 집을 찾아 그곳에서 발견한 시신 세 구를 조사하고 칼에 찔린 상처의 형태를 살펴보았다. 만족할 만큼 살펴본 뒤, 머릿속이 여러 불쾌한 살해 가능성들로 뒤죽박죽인 가운데 그는 어둑어둑한 새벽 거리로 나왔다. 그러고는 묘지의 예배당 첨탑으로 돌아와 잠을 자며 낮 시간이 지나가기를 기다렸다.

언덕 아래쪽의 작은 마을에서 잭은 점점 더 화가 치밀어 오르고 있었다. 지난밤은 그가 아주 오랫동안 고대해 온 밤이었다. 여러 달, 아니 여러 해에 걸친 일을 마무리 지으려 한 밤이었던 것이다. 일을 시작할 때만 해도 아주 조짐이 좋았다. 세 사람이 어느 누구도 비명 한 번 질러 보지 못하고 쓰러졌다. 그런데 그 다음……

그 다음부터 일은 미친 것처럼 완전히 잘못되어 버렸다. 아이가 언덕 *아래쪽*으로 내려간 게 너무나도 분명한데 도대체 왜 자신은 언덕 위쪽으로 올라갔던 것일까? 그가 언덕 아래쪽으로 다시 내려왔을 즈음엔 이미 아이의 흔적이 사라져 버린 상태였다. 누군가 아이를 발견해 안으로 들여 숨겨 준 게 분명했다. 그 외에는 달리 설명할 길이 없었다.

찢어지는 듯한 천둥소리가 포화 소리처럼 크고 갑작스럽게 울리더니 본격적으로 비가 내리기 시작했다. 용의주도한 사람이었던 잭은 다음 수를 짜기 시작했다. 그건 바로 마을 사람들 가운데 그의 눈과 귀가 되어 줄 사람들을 찾아가서 부탁해 두는 것이었다.

자신이 실패했다는 사실을 '회합'에 알릴 필요는 없었다.

어쨌든, 아침 비가 눈물처럼 내릴 무렵, 그는 어떤 가게 입구 아래에서 비스듬히 조금씩 나아가면서 혼잣말을 했다.

"난 실패하지 않았어. 아직은 아냐. 앞으로 몇 년 동안도 아냐. 시간은 많아. 아직 끝내지 못한 이 일의 마지막 조각을 매듭지을 시간은 아직 충분해. 마지막 실을 끊어 버릴 시간은 아직 많다고."

그때 경찰차의 사이렌 소리가 들리더니, 경찰차를 선두로 구급차와 경찰 표시가 되어 있지 않은 또 다른 경찰차가 사이렌을 울리며 그의 앞을 빠르게 지나 언덕 위쪽으로 달려갔다. 그래서 잭은 마지못해 외투 깃을 세우고 고개를 숙인 채 걸음을 재촉해 얼른 그곳을 떠났다. 그의 칼은 비바람의 참상을 피해 젖지 않은 상태로 그의 호주머니 속 칼집에 안전하게 들어가 있었다.

2장
새로운 친구

보드는 차분한 회색 눈동자에 헝클어진 담갈색 더벅머리를 한 조용한 아이였다. 보드는 대체로 어른들의 말을 잘 들었다. 그런데 말하는 법을 배워 말문이 트이자 이런저런 질문들을 던져 묘지 사람들을 성가시게 하곤 했다.

보드는 "왜 저는 묘지 밖으로 나가면 아니 돼요?", "방금 그분이 한 것처럼 하려면 어떻게 해야 돼요?", "여기엔 누가 살아요?" 같은 질문들을 하곤 했다.

어른들은 최선을 다해 보드의 질문에 대답해 주었지만 그들의 대답은 대개 모순되거나 혼란스럽거나 모호했다. 그러면 보드는 낡은 예배당으로 걸어가 사일러스 아저씨에게 물었다.

보드는 해 질 무렵, 사일러스 아저씨가 깨어나기 직전이면 그곳에서 그를 기다리곤 했다.

보드는 자신의 후견인이 하는 설명을 늘 믿고 의지할 수 있었다. 사일러스 아저씨는 어떤 문제든 명확하고 명쾌하게 그리고 보드가 이해할 수 있도록 아주 평이하게 설명해 주었다.

"너는 이 공동묘지 밖으로 나갈 수 없어. 그런데 요즘엔 '아니 돼요' 대신 '안 돼요'라고 한단다. 우리는 이 공동묘지 안에서만 너를 안전하게 지켜 줄 수 있기 때문에 그런 거야. 여기는 네가 사는 곳이고 너를 사랑하는 사람들이 있는 곳이야. 묘지 밖은 너한테 안전하지 않을 거야. 아직은 말이야."

"아저씨는 밖으로 나가잖아요. 그것도 매일 밤마다요."

"얘야, 난 너보다 나이가 엄청 많단다. 그리고 어디를 가든 나는 안전해."

"저도 그런걸요."

"나도 네 말이 맞았으면 좋겠구나. 하지만 넌 이곳에서만 안전한 거야."

또 다른 질문에 대해서는 이렇게 대답했다.

"그렇게 하려면 어떻게 해야 되냐고? 어떤 기술은 교육을 통해, 어떤 기술은 연습을 해서, 또 어떤 기술은 시간이 가면 저절로 획득할 수 있단다. 열심히 공부하면 너도 그런 기술들을 갖게 될 거야. 머지않아 너는 '사라지는 법', '미끄러지듯 움직이는 법', '꿈속으로 들어가는 법'을 익히게 될 거야. 하지만 어떤 기술들은 살아 있는 사람들은 익힐 수 없는데, 그런 기술들을 익히려면 네가 좀 더 기다려야만 해. 그렇지만 틀림없이 때가 되면 그런 기술들도 익히게 될 거야."

"어쨌든 너에게는 '묘지의 특권'이 주어졌어. 그래서 여기 공동묘지와 묘지 사람들이 너를 돌봐 주고 있는 거야. 네가 여기 있는 동안, 너는 어둠 속에서도 볼 수 있어. 살아 있는 사람들이 다닐 수 없는 길도 걸어 다닐 수 있단다. 살아 있는 사람들의 눈에는 네가 보이지 않을 거야. 나 또한 '묘지의 특권'을 얻었지만 내 경우엔 이곳에 거주할 수 있는 권한만 얻었을 뿐이야."

"저도 아저씨처럼 되고 싶어요."

보드가 아랫입술을 삐죽 내밀며 말했다.

"안 돼. 그런 소리 마."

사일러스는 단호하게 말했다.

그리고 또 다른 질문에는 이렇게 대답했다.

"저기에 누가 누워 있냐고? 있잖니, 보드, 대부분의 경우, 비석에 그게 적혀 있단다. 이제 글은 읽을 줄 아니? 알파벳은 알고 있어?"

"그게 뭔데요?"

사일러스는 고개를 절레절레 내저었지만 아무 말도 하지 않았다. 오언스 부부는 살아 있을 때 책 읽는 것을 별로 좋아하지 않았다. 그리고 그 공동묘지에는 알파벳 책이 한 권도 없었다.

다음 날 밤, 사일러스는 커다란 책 세 권을 들고 오언스 부부의 아늑한 무덤 앞에 나타났다. 화려한 색상의 알파벳 책 두 권(『A는 Apple의 A』, 『B는 Ball의 B』)과 『모자 쓴 고양이』라는 책 한 권이었다. 그는 또한 종이와 크레용 한 통도 갖고 왔다. 그런 뒤 그는 보드를 데리고 묘지를 돌아다니며 아이의 작은 손가락으로 가장 최근에 세워 글자를 알아보기 쉬운 비석과 명판을 짚어 가며 날카로운 첨탑처럼 생긴 대문자 A부터 시작해 알파벳 글자 찾는 법을 가르쳐 주었다.

사일러스는 보드에게 묘지에서 알파벳 스물여섯 자를 모두 찾는 과제를 내주었다. 보드는 낡은 예배당의 벽면에 세워진 이지키얼 움슬리(Ezekiel Ulmsley)의 비석에서 Z를 찾아내 의기양양한 표정으로 그 과제를 마쳤다. 보드의 후견인은 보드를 보며 뿌듯해했다.

매일 낮마다 보드는 종이와 크레용을 가지고 묘지를 돌아다니며 이름과 낱말, 숫자를 최대한 정성스레 베꼈다. 그러고는 매일 밤마다 사일러스 아저씨가 세상으로 나가기 전에 자기가 옮겨 적어 온 것들을 보여 주며 설명해 달라고 하고, 대개의 경우 오언스 부부를 쩔쩔매게 만든 라틴 어 단문들을 해석해 달라고 조르곤 했다.

햇살이 환한 어느 날, 꿀벌들이 묘지의 한쪽 구석에서 자라는 들꽃 사이를 날아다니다 가시금작화와 블루벨에 매달려 윙윙거리며 낮고 나른한 소리를 내는 가운데, 보드는 따사로운 봄 햇살을 받으며 누워 청동색 딱정벌레 한 마리가 '*조지 리더와 그의 아내 도르카스, 그들의 아들 서배스천(Fidelis ad Mortem)*'의 비석 위를 이리저리 누비고 돌아다니는 모습을 지켜보았다. 보드는 리더 가족의 비석에 새겨진 글을 그대로 베껴 적어 놓고 나서 그냥 그 딱정벌레에 대해 생각하고 있었다. 그런데 그때 누군가가 말을 걸었다.

"애, 거기서 뭐 해?"

보드가 올려다보니 가시금작화 덤불 저편에서 누군가 자기를 지켜보고 있었다.

"아무것도."

보드가 대꾸하며 혀를 쏙 내밀었다.

그러자 가시금작화 덤불 저편에 있는 얼굴이 혀를 쏙 내밀고 눈알을 부라리며 괴물 모양으로 일그러졌다가 다시 여자애의 모습으로 돌아갔다.

"재밌네."

---

* 라틴 어 'Fidelis ad Mortem'은 '죽을 때까지 충실하였노라'란 뜻이다.

보드가 깊은 인상을 받고 말했다.

"난 진짜 재밌는 얼굴을 만들 수 있어. 이걸 봐 봐."

그 여자애는 손가락으로 코를 밀어 올리고 입술을 구겨 크게 흡족한 미소를 짓는 표정으로 만들고는 눈을 사팔뜨기처럼 하더니 두 볼을 불룩하게 부풀렸다.

"방금 그 얼굴이 뭐였게?"

"몰라."

"바보야, 돼지였잖아."

"아, 그렇구나."

그러고는 보드는 잠시 생각에 잠겼다.

"그러니까 'P는 돼지(Pig)의 P'할 때 그 돼지?"

"물론이지. 잠깐만."

그 여자애는 가시금작화 덤불을 빙 돌아 보드 옆으로 와서 섰다. 그러자 보드도 자리에서 일어나서 섰다. 그 여자애는 보드보다 나이도 조금 더 많아 보이고 키도 좀 더 컸다. 그 여자애는 노란색, 분홍색, 오렌지색이 뒤섞인 밝은 색상의 옷을 입고 있었다. 회색 수의를 걸친 보드는 자신이 볼품없고 칙칙하게 느껴졌다.

"넌 몇 살이야? 여기서 뭐 해? 여기서 살아? 이름은 뭐야?"

여자애가 질문을 쏟아 냈다.

"몰라."

"자기 이름도 모른다고? 에이, 설마. 자기 이름도 모르는 사람이 어디 있어. 거짓말쟁이!"

"내 이름은 알아. 내가 여기서 뭐 하는지도 알고. 하지만 네가 물은 다른 것들은 모르겠어."

"몇 살인지 모른다고?"

보드는 고개를 끄덕였다.

"음, 그럼 지난번 생일 때 몇 살이었어?"

"몰라. 난 그런 건 전혀 몰라."

"누구나 생일은 있어. 케이크나 사탕이나 뭐 그런 걸 받아 본 적이 한 번도 없단 말이야?"

보드는 그런 적이 없다고 고개를 끄덕였다. 여자애는 동정 어린 표정을 지었다.

"아이, 불쌍해라. 난 다섯 살이야. 너도 다섯 살 같아 보여."

보드는 동의하듯 고개를 열심히 끄덕였다. 보드는 자신의 새로운 친구와 말다툼 따위는 하지 않을 생각이었다. 그 여자애로 인해 보드는 행복해졌다.

여자애는 자기 이름이 스칼릿 엠버 퍼킨스이며 정원이 없는 아파트에서 산다고 했다. 그리고 자기 엄마는 지금 언덕 기슭에 있는 예배당 옆의 벤치에 앉아 잡지를 읽고 있는데, 자기한테 운동도 좀 하고 주위에서 놀다가 반 시간 후에 돌아오라고 했다고 했다. 단 말썽을 부리거나 낯선 사람에게 절대 말을 걸어서는 안 된다고 일렀다고도 했다.

"나도 낯선 사람이잖아."

보드가 지적했다.

"넌 아냐. 너는 어린아이잖아."

스칼릿이 딱 잘라 말했다. 그러면서 이렇게 덧붙였다.

"그리고 넌 내 친구야. 그러니까 넌 낯선 사람이 아냐."

보드는 좀처럼 미소 짓는 법이 없었지만 그 순간에는 너무나 기뻐서 활짝 미소를 지었다.

"맞아, 난 네 친구야."

보드가 말했다.

"넌 이름이 뭐야?"

"보드. 노바디를 줄여서 그렇게 불러."

그러자 스칼릿이 웃음을 터뜨렸다.

"웃기는 이름이네. 근데 여기서 뭐 하고 있었어?"

"알파벳 공부 중이었어. 비석을 보고 말이야. 비석에 있는 글자를 적어야 해."

"나도 같이 해도 돼?"

잠시 보드는 방어적으로 돌변했다. '여기 비석들은 내 거야!' 하는 생각이 들었던 것이다. 하지만 다음 순간 자기가 얼마나 어리석은 생각을 하고 있는지 깨달았다. 햇살 속에서 친구와 함께하면 재미있는 일들은 훨씬 더 많아질 게 분명했다.

"응."

둘은 함께 묘비의 이름들을 베껴 적었다. 스칼릿은 보드가 익숙지 않은 이름과 낱말들을 발음할 수 있도록 도와주었고, 보드는 자기가 아는 라틴 어가 나오면 그 뜻을 스칼릿에게 알려 주었다. 그렇게 얼마 지나지도 않은 것 같은데 언덕 저 아래쪽에서 누군가 외치는 소리가 들려왔다.

"스칼릿!"

여자애는 크레용과 종이를 보드에게 떠안기다시피 돌려주며 말했다.

"그만 가 봐야 해."

"다음에 또 볼 수 있지?"

"넌 어디에 살아?"

스칼릿이 물었다.

"여기."

그렇게 말한 보드는 자리에서 일어나 언덕을 달려 내려가는 스칼릿을 지켜보았다.

집으로 돌아가는 길에 스칼릿은 공동묘지에 사는 노바디라는 소년을 만나 함께 놀았다고 엄마에게 말했다. 그날 밤, 스칼릿의 엄마는 그 얘기를 스칼릿의 아빠에게 전했는데, 스칼릿의 아빠는 그 나이 때는 가상의 친구가 있는 게 일반적인 현상이므로 전혀 염려할 것 없다면서, 그렇게 가까운 데 자연보호구역이 있다니 자신들은 운이 참 좋다고 말했다.

첫 만남 이후로 스칼릿의 눈에 보드가 먼저 들어온 적은 한 번도 없었다. 비가 오지 않는 날이면 엄마나 아빠가 스칼릿을 데리고 공동묘지로 가곤 했다. 엄마나 아빠가 벤치에 앉아 책을 읽는 동안 스칼릿은 길에서 벗어나 선명한 녹색, 오렌지색, 분홍색의 화사한 꽃들이 만발한 풀밭을 헤매고 다니며 여기저기를 탐험했다. 그러다 보면 늘 얼마 안 가 작고 진지한 얼굴을 한 아이가 칙칙한 담갈색 더벅머리 아래의 회색 눈동자로 아래에서 자신을 빤히 올려다보고 있는 모습이 눈에 들어왔다. 그렇게 만난 스칼릿과 보드는 가끔 숨바꼭질도 하고, 어딘가에 기어 올라가기도 하고, 낡은 예배당 뒤에서 토끼들을 가만히 지켜보기도 하면서 함께 놀았다.

보드는 스칼릿을 자기 친구들에게 소개하기도 했다. 스칼릿은 보드의 친구들을 볼 수 없었지만 그런 것에는 상관하지 않았다. 스칼릿은 이미 부모님에게서 보드는 가상의 친구이고 가상의 친구와 사귀어도 전혀 문제될 게 없다는 이야기를 확실히 들었기 때문이다. 스칼릿의 엄마는 심지어 며칠 동안 저녁 식탁에 보드의 자리를 따로 마련해 줘야 한다고 주장하기까지 했다. 그래서 보드에게 가상의 친구들이 있다는 사실은 스칼릿에게 전혀 놀라운 일이 아니었다.

보드는 친구들이 하는 말을 스칼릿에게 전해 주곤 했다.

"바틀비가 '이 어린 낭자는 얼굴이 으깨진 자두 같군.'이라고 하네."

보드가 스칼릿에게 말해 주었다.

"걔 얼굴도 마찬가지야. 근데 걔는 말을 어쩜 그렇게 우스꽝스럽게 하니? 으깨진 '토마토'라고 해야 하는 거 아냐?"

"바틀비가 여기 왔을 때엔 토마토가 없었던 모양이야. 그땐 그런 식으로 표현했나 봐."

보드가 말했다.

스칼릿은 행복했다. 사실 스칼릿은 영리하지만 외로운 아이였다. 스칼릿의 엄마는 사이버 대학의 강사로, 한 번도 직접 만난 적 없는 사람들을 가르치고, 그 사람들이 컴퓨터로 보내온 영어 과제물의 점수를 매겨 조언이나 격려의 말을 적어서 돌려보내는 일을 했다. 스칼릿의 아빠는 소립자 물리학을 가르치는데, 스칼릿이 보드에게 말한 바에 따르면, 소립자 물리학을 가르치고 싶어 하는 사람들은 너무나 많은데 반해 배우고 싶어 하는 사람은 별로 없어서 스칼릿의 가족은 계속 다른 대학이 있는 도시로 이사를 다녀야만 했다. 그리고 새로운 도시로 이사를 갈 때마다 스칼릿의 아빠는 영구적인 교수 자리를 얻기를 바랐지만 그런 자리는 결코 나지 않았다.

"소립자 물리학이라는 게 뭐야?"

보드가 물었다.

스칼릿은 어깨를 으쓱했다.

"음, 세상에는 너무 작아서 우리 눈에 보이지 않는 원자라는 게 있어. 그리고 우리는 다 그런 원자로 이루어져 있지. 이 원자보다 더 작은 것들을 연구하는 게 바로 소립자 물리학이야."

보드는 고개를 끄덕였다. 그리고 스칼릿의 아빠는 가상의 것들에 관심이 많은 사람인가 보다 하고 생각했다.

보드와 스칼릿은 평일 오후마다 함께 공동묘지를 이리저리 돌아다니며 손가락으로 비석에 새겨진 이름을 따라 더듬어 보고 그 이름을 옮겨 적었다. 보드는 스칼릿에게 무덤이나 가족묘나 능의 주인들에 대해 자기가 아는 건 뭐든 다 말해 주었고, 스칼릿은 보드에게 자기가 읽거나 배운 이야기를 들려주었다. 때로 스칼릿은 보드에게 바깥세상과 자동차, 버스, 텔레비전, 비행기 같은 것에 대해 이야기해 주기도 했다. (보드는 비행기가 하늘 높이 날아가는 것을 본 적이 있었는데, 시끄러운 은빛 새라고 생각하고는 지금까지 전혀 그것에 대해 궁금해하지 않았다.) 자기가 이야기할 차례가 되면 보드는 무덤 속에 있는 사람들이 살아 있던 시절에 겪은 이야기를 들려주었다. 서배스천 리더가 런던에 가서 여왕을 본 일도 이야기해 주었는데, 모피 모자를 쓴 뚱뚱한 여왕은 모두를 노려보기만 할 뿐 말은 한 마디도 하지 않았다고 했다. 서배스천 리더는 그녀가 어느 여왕인지는 기억하지 못했지만 아주 오랫동안 여왕 자리에 있지는 않았던 것 같다고 회상했다.

"그때가 언제였는데?"

스칼릿이 물었다.

"묘비를 보면 서배스천 리더는 1583년에 죽었다고 되어 있어. 그러니까 그전이었겠지."

"그럼 여기에서 가장 나이가 많은 사람은 누구야? 공동묘지 전체에서 말이야."

보드는 얼굴을 찡그렸다.

"아마 카이우스 폼페이우스일 거야. 그는 고대 로마인들이 처음 이 나라에 들어오고 나서 백 년 뒤에 이 묘지로 왔거든. 그가 그렇게 말했어. 폼페이우스는 도로를 좋아했대."

"그러니까 그 사람이 가장 나이가 많다고?"

"그런 것 같아."

"우리, 저 돌집 안에다 작은 집을 지으면 안 될까?"

"넌 돌집 안에 들어갈 수 없어. 잠겨 있거든. 집들은 모두 잠겨 있어."

"그런데 *넌* 들어갈 수 있고?"

"물론이지."

"난 왜 안 되는데?"

"여긴 묘지니까. 난 '묘지의 특권'을 받았어. 그래서 어디든 갈 수 있어."

보드가 설명했다.

"난 돌집에 들어가서 작은 집을 짓고 싶어."

"안 돼."

"너 정말 쩨쩨하다."

"아냐."

"쩨쩨한 놈!"

"아니라니까."

스칼릿은 모자가 달린 점퍼 주머니에 양손을 찔러 넣고는 잘 있으라는 인사도 하지 않고 언덕을 걸어 내려갔다. 스칼릿은 보드가 자기에게 뭔가를 숨기고 있다고 확신했다. 동시에 자신이 불공평한

취급을 받고 있는 게 아닐까 하는 생각까지 들어 점점 더 화가 치밀어 올랐다.

그날 밤, 저녁을 먹으면서 스칼릿은 엄마 아빠에게 고대 로마인들이 오기 전에 이 땅에 살던 사람이 있었는지 물었다.

"고대 로마인들에 대해서는 어디에서 들었니?"

스칼릿의 아빠가 물었다. 그러자 스칼릿이 아주 교만한 표정으로 이렇게 말했다.

"그거야 상식이죠, 뭐. 그전에도 이 땅에 살던 사람들이 있었어요?"

이번에는 스칼릿의 엄마가 대답했다.

"켈트족이 있었어. 켈트족이 이 땅에 제일 먼저 살았지. 켈트족은 고대 로마인들과 마주치자 도망갔단다. 켈트족은 고대 로마인들에게 정복된 민족이야."

낡은 예배당 옆에 있는 벤치에 앉아 보드도 그와 비슷한 대화를 나누고 있었다. 사일러스가 이렇게 말했다.

"가장 나이 많은 사람이라? 보드, 솔직히 나도 잘 모르겠는걸. 이 공동묘지에서 내가 만난 사람들 가운데 가장 나이가 많은 사람은 카이우스 폼페이우스야. 하지만 고대 로마인들이 오기 전에도 이곳에는 사람들이 살고 있었어. 많은 사람들이 살았지. 아주 한참을 거슬러 올라가 보면 말이야. 그나저나 글자 공부는 어떻게 돼 가고 있니?"

"잘되고 있는 것 같아요. 그런데 언제쯤이면 글자들을 합친 낱말을 배우나요?"

사일러스는 잠시 골똘히 생각하더니 이렇게 대답했다.

"아마 이곳에 묻힌 많은 유능한 사람들 중에 생진에 선생님이었던 사람들이 있을 거야. 내가 한번 알아보마."

보드는 몹시 흥분되었다. 보드는 뭐든 다 읽을 수 있어서 모든 이야기를 접하고 알게 될 자신의 미래를 그려 보았다.

사일러스가 볼일을 보러 묘지를 떠나자 보드는 낡은 예배당 옆에 있는 버드나무 앞으로 걸어가 카이우스 폼페이우스를 불렀다.

그러자 늙은 로마인이 하품을 하며 무덤에서 나왔다.

"아, 그래. 살아 있는 꼬마로구나. 어떻게 지내니, 살아 있는 꼬마?"

"저는 잘 지내요."

"좋아. 그런 소리를 들으니 기쁘구나."

늙은 로마인의 머리카락은 달빛을 받아 하얗게 빛났다. 그는 무덤에 묻힐 때의 옷차림새를 그대로 하고 있었다. 토가*를 걸치고, 토가 속에는 두꺼운 모직 속옷 셔츠와 보온용 바지를 입고 있었는데, 이곳이 세상 언저리에 있는 추운 땅이었기 때문이다. 이곳보다 더 추운 유일한 곳인 북쪽의 칼레도니아**에 사는 사람들은 인간이라기보다는 동물에 가까웠고, 주황색 털투성이였으며, 너무나 야만적이어서 고대 로마인들에게도 정복당하지 않았다. 그리하여 얼마 안 가 그곳 사람들은 영원히 계속되는 겨울 속에서 외부 세계와 단절되고 말았다.

"할아버지가 가장 나이가 많아요?"

보드가 물었다.

"이 공동묘지에서 말이냐? 그렇단다."

"그럼 할아버지가 맨 처음으로 이곳에 묻힌 사람이겠네요?"

---

* 고대 로마인이 입던 낙낙하고 긴 겉옷.
** 스코틀랜드의 옛 이름.

카이우스 폼페이우스가 잠시 주저하더니 이렇게 말했다.

"거의 맨 처음이라고 할 수 있단다. 이 섬나라에는 켈트족보다 앞서 다른 사람들이 살았는데, 그들 가운데 한 사람이 이곳에 묻혀 있긴 하지."

"그렇군요."라고 말한 보드는 잠시 생각에 잠겼다가 이렇게 물었다.

"그분 무덤은 어디에 있어요?"

카이우스는 언덕 위쪽을 가리켰다.

"저기 위에 있나 봐요."

보드가 말하자 카이우스는 고개를 가로저었다.

"그럼요?"

늙은 로마인은 손을 아래로 뻗어 보드의 머리카락을 헝클어뜨렸다.

"위가 아니라 속에 있어. 언덕 속에 말이야. 내가 맨 처음 이곳에 묻힐 때 내 벗들이 나를 이곳으로 데려왔단다. 다음으로 내 벗들이 이곳에 올 차례가 되었을 때 지역 관리들과 광대들이 그들을 이곳으로 데려와 묻었고. 아무튼 나를 이곳으로 운구해 올 때 내 벗들은 카물로두넘*에서 열병으로 죽은 내 아내와 갈리아**국경에서 소규모 접전을 벌이다가 돌아가신 내 아버지의 밀랍 가면을 쓰고 있었지. 내가 죽고 300년 뒤, 어떤 농부가 양에게 풀을 먹일 새로운 장소를 찾아 헤매다가 언덕 속으로 들어가는 동굴 입구를 막은 바위

---

* 영국 에식스 주 콜체스터의 옛 이름. 기원 1세기경부터 5세기 초까지 고대 로마인이 영국을 점령했을 당시의 주요 도시이다.
** 고대 유럽 켈트족이 살던 시역으로. 기원전 1세기 무렵 로마의 카이사르에게 정복되어 로마령이 된 바 있으며, 지금의 서유럽에 자리하고 있었다.

를 발견했어. 농부는 바위를 굴려서 치우고는 보물이 있을지도 모른단 생각을 하며 동굴 안으로 들어가 아래로 내려갔어. 잠시 후 농부가 밖으로 나왔는데, 새까맣던 그의 머리카락이 지금의 내 머리카락만큼이나 하얗게 세어서… "

"농부가 뭘 본 거예요?"

카이우스는 아무 말도 하지 않다가 다시 입을 열었다.

"농부는 거기에 대해 아무 말도 하지 않으려고 했어. 아니, 아예 다시는 동굴에 들어가지도 않으려 했지. 사람들이 입구를 다시 바위로 막았고, 얼마쯤 시간이 흐르자 다들 거기에 대해서는 까맣게 잊어버렸지. 그런데 200년 전, 프로비셔가의 지하 납골당을 만들다가 그 동굴 입구가 다시 발견되었어. 그걸 발견한 젊은이는 그 속에 엄청난 보물이 숨겨져 있을 거라고 생각하고 아무한테도 말하지 않았지. 젊은이는 동굴 입구를 에프라임 페이퍼의 관으로 막아 뒀다가 어느 날 밤 다른 사람의 눈에 띄지 않고, 아무튼 다른 사람의 눈에 띄지 않았다고 생각하고, 동굴 안으로 들어가 아래로 내려갔어."

"동굴에서 나왔을 때 그 사람도 머리가 하얗게 세었나요?"

"그 젊은이는 동굴에서 나오지도 않았어."

"음, 저런. 그럼 대체 그곳에는 누가 묻혀 있나요?"

카이우스는 고개를 가로저었다.

"나도 모른단다, 오언스 군. 하지만 먼 옛날 이곳이 비어 있을 때도 난 그자의 존재를 느꼈어. 그때도 언덕 깊숙한 곳에서 뭔가가 기다리고 있다는 느낌을 받을 수 있었지."

"그가 뭘 기다리고 있었는데요?"

"내가 느낄 수 있는 거라고는 뭔가가 기다린다는 것뿐이었어."

카이우스 폼페이우스가 말했다.

묘지 정문 가까이에 있는 녹색 벤치에 엄마와 함께 앉은 스칼릿
은 엄마가 보충 교재를 검토하는 동안 큰 그림책을 읽었다. 스칼릿
은 봄 햇살을 즐기며 자기에게 손을 흔들어 대는 작은 소년을 못 본
척하려고 최대한 애썼다. 소년은 처음에는 담쟁이로 뒤덮인 기념비
뒤에서, 그러다가 스칼릿이 더 이상 기념비 쪽으로 눈길을 주지 않
으려고 마음을 먹었을 때는 어떤 비석(조지 G. 쇼지, 1921년 사망,
내가 나그네되었을 때 너희가 나를 영접하였노라.)*) 뒤에서 꼭 깜
짝 장난감 상자의 용수철 인형처럼 불쑥 튀어나왔다. 소년은 스칼
릿을 향해 미친 듯이 손을 흔들었다. 그래도 스칼릿은 그 애를 못
본 척했다.

결국 스칼릿은 책을 벤치에 내려놓았다.

"엄마? 이제 산책 좀 하고 올게요."

"그러렴. 하지만 아가, 길에서 벗어나진 말거라."

스칼릿은 길에서 벗어나지 않고 모퉁이를 도는 곳까지 갔다. 그
리고 모퉁이를 돌자 보드가 저 멀리 언덕 위에서 자기에게 손을 흔
들고 있었다. 스칼릿은 보드를 보고 얼굴을 찌푸렸다.

"내가 이것저것 알아냈어."

스칼릿이 말했다.

"나도 그래."

보드가 말했다.

"고대 로마인들에 앞서 이 땅에 사람들이 있었대. 아주 오래전

---

* 마태복음 25장 35절.

에. 그러니까 내 말은 사람들이 '살고' 있었다고. 그 사람들이 죽으면 이런 언덕 밑 깊은 곳에 보물 같은 것들과 함께 시신을 놓아 두었대. 그리고 그런 무덤을 '고분'이라고 부른대."

"아하, 그렇구나. 이제 다 설명이 되네. 고분 하나 보러 갈래?"

보드의 제안에 스칼릿은 망설이는 듯한 표정을 지었다.

"지금? 너 사실은 고분이 어디 있는지도 모르지, 안 그래? 그리고 난 네가 가는 곳을 어디든 다 따라가진 못한단 거 너도 잘 알잖아."

스칼릿은 보드가 그림자처럼 벽을 통과하는 것을 본 적이 있었다.

그에 대한 대답으로 보드는 녹이 슨 커다란 쇠 열쇠를 치켜들었다.

"이게 예배당 안에 있었어. 이거면 저 위에 있는 문이 다 열릴 거야. 보통 열쇠 하나로 모든 문을 열었거든. 그게 덜 수고로웠으니까 말이야."

스칼릿은 보드 옆에서 언덕 비탈을 기어 올라갔다.

"네가 지금 한 말 정말이지?"

입가에 활짝 기쁨의 미소를 띤 채 보드가 고개를 끄덕였다.

"그러니까 조금만 힘내."

보드가 말했다.

더할 나위 없이 완벽한 봄날이었다. 대기는 새들의 노랫소리와 벌들의 윙윙거리는 소리로 생기가 넘쳤다. 산들바람에 수선화들이 부산스레 흔들렸고 언덕 비탈 여기저기에 다소 이르게 핀 튤립 몇 송이가 나부꼈다. 두 아이는 파란 물망초 군락과 아름답고 멋진 노란 앵초꽃 무리가 점점이 박혀 있는 초록빛 언덕 비탈을 걸어 올라가 프로비셔가의 작은 능으로 향했다.

그 능은 낡고 모양이 단순했다. 사람들에게서 잊힌 이 작은 돌집 앞에는 철문이 달려 있었다. 보드는 열쇠로 문을 열어 스칼릿과 함께 안으로 들어갔다.

"저 관들 가운데 하나, 그 뒤에 굴이나 문이 있어."

보드가 말했다.

그들은 맨 아래 선반에 있는 관 뒤에서 굴을 발견했는데, 그건 사람이 겨우 기어 들어갈 수 있을 만한 좁은 공간이었다.

"저기 아래야. 저기로 내려가 보자."

보드가 말했다.

스칼릿은 갑자기 모험의 즐거움이 가시는 느낌이었다.

"저 아래로 내려가면 아무것도 안 보일 거야. 깜깜할 테니까."

스칼릿이 말했다.

"난 빛이 필요 없어. 내가 이 공동묘지에 있는 동안에는 필요 없어."

"하지만 난 필요해. 깜깜하니까."

보드는 스칼릿을 안심시켜 줄 만한 말들을 생각해 보았다. '저 아래에 무서운 건 아무것도 없어.' 같은 말을 해 줄 수도 있었다. 하지만 머리카락이 갑자기 하얗게 세었다거나 굴로 들어간 사람이 다시는 나오지 않았다는 이야기를 들은 이상, 그런 말은 양심상 차마 해 줄 수가 없었다. 그래서 보드는 이렇게만 말했다.

"내가 내려가 볼게. 넌 여기서 기다려."

그러자 스칼릿이 얼굴을 찡그리며 말했다.

"날 혼자 내버려 두고 가지 마."

"내가 내려가서 누가 있는지 알아보고 돌아와서 얘기해 줄게."

보드는 이렇게 말하고는 구멍 쪽으로 돌아서서 몸을 굽히고 기어서 안으로 들어갔다. 어느 정도 들어가자 일어서도 될 만큼 큰 공간이 나오며 돌을 파서 깎은 계단이 보였다.

"이제 계단을 내려갈 거야."

보드가 말했다.

"계단을 한참 내려가?"

"그런 것 같아."

"네가 내 손을 잡고 내가 어디를 걸어가고 있는지 얘기해 준다면 나도 너랑 같이 갈 수 있을 것 같아. 네가 날 안전하게 지켜 준다면 말이야."

스칼릿이 말했다.

"물론이지, 그렇게 하고말고."

보드가 말을 채 마치기도 전에 소녀는 구멍으로 기어 들어왔다.

"이제 일어서도 돼."

보드는 그렇게 말하면서 스칼릿의 손을 잡았다.

"바로 여기에 계단이 있어. 한 발을 내디디면 계단이란 걸 알 수 있을 거야. 그렇지, 바로 거기야. 그럼 내가 먼저 내려갈게."

"넌 정말 다 보여?"

스칼릿이 물었다.

"어둡지만 나는 볼 수 있어."

보드는 스칼릿을 이끌고 언덕 깊숙한 곳으로 계단을 조심스레 내려가며 자기 눈에 보이는 것들을 스칼릿에게 설명해 주기 시작했다.

"이건 아래로 가는 계단이야. 돌로 되어 있어. 그리고 우리 머리 위에도 온통 돌이야. 누가 벽에다 그림을 그려 놨어."

"어떤 그림인데?"

"'C는 소(Cow)의 C' 할 때 나오는 덩치가 크고 털이 많은 소 그림인 것 같아. 뿔도 있어. 그리고 커다란 매듭 같은 무늬가 있어. 벽에다 칠해서 그린 게 아니라 벽을 깎아 새긴 거야. 만져 볼래?"

그러면서 보드는 스칼릿의 손가락을 잡아서 벽에 새겨진 매듭 그림 위에 얹었다.

"와, 진짜네!"

"갈수록 계단이 점점 커지고 있어. 이제 우리는 어떤 커다란 방으로 들어서려고 해. 하지만 계단은 계속 이어져 있어. 움직이지 마. 좋아. 이제 바로 그 방 앞이야. 왼손으로 벽을 계속 짚으며 따라와."

둘은 계속해서 아래로 내려갔다.

"한 계단만 더 내려가면 암석 바닥이야. 바닥이 조금 울퉁불퉁해."

보드가 말했다.

그 방은 작았다. 바닥에는 석판이 하나 깔려 있었고, 한쪽 구석의 낮은 선반에는 작은 물건이 몇 개 놓여 있었다. 바닥에는 뼈들이 흩어져 있었는데, 정말 오래된 뼈 같았다. 그리고 방으로 들어서는 계단 아래쪽에 기다란 갈색 외투를 걸친 사람의 찌부러진 시신이 보였는데, 보드는 보물을 발견하리라 기대했던 그 젊은이일 거라고 생각했다. 그 사람은 틀림없이 발을 헛디뎌 어둠 속으로 굴러떨어졌을 것이다.

그 순간 사방에서 어떤 소리가 들려오기 시작했다. 마치 뱀이 마른 풀숲을 바스락거리며 스르르 나아가는 소리 같았다. 그러자 스칼릿이 잡고 있던 보드의 손을 더 꽉 잡았다.

"저 소린 뭐야? 뭔가 보여?"

"아니."

숨이 헉 막히는 것 같기도 하고 탄식하는 것 같기도 한 소리를 스칼릿이 내는 순간, 보드의 눈에 뭔가가 들어왔다. 보드는 스칼릿에게 묻지 않고도 스칼릿 역시 그게 보인다는 것을 알았다.

그 방의 한쪽 끝에 불빛이 비춰지더니, 그 불빛 속에서 어떤 남자가 바위를 뚫고 걸어 나왔다. 보드의 귀에 스칼릿이 터져 나오려는 비명을 삼키는 소리가 들렸다.

그 남자는 잘 보존된 것 같긴 했지만 죽은 지 꽤 오래된 것처럼 보였다. 남자의 피부에는 그린 것인지(보드가 생각하기에는 그랬다.) 문신한 것인지(스칼릿이 생각하기에는 그랬다.) 모를 자주색의 밑그림과 무늬가 있었다. 또 목에는 날카롭고 긴 이빨을 엮어서 만든 목걸이가 걸려 있었다.

"이 몸은 이곳의 주인이시다!"

그 남자의 말은 아주 오래전 사용하던 어투인 데다 목구멍 깊숙한 곳에서 울려 나오는 목소리였기 때문에 알아듣기 무척 힘들었다.

"나는 이곳을 해하려는 모든 자들로부터 이곳을 지켜 낸다!"

그 남자의 눈은 얼굴에 가득 찰 정도로 엄청나게 컸다. 보드는 이내 그 남자의 눈 주위에 자주색 원이 그려져 있어서 그의 얼굴이 올빼미처럼 보인다는 사실을 깨달았다.

"당신은 누구죠?"

보드는 스칼릿의 손을 꼭 쥐면서 그 남자에게 물었다.

온몸이 남색인 그 남자는 보드의 질문을 듣지 못한 것 같았다. 그 남자는 보드와 스칼릿을 매섭게 노려봤다.

"당장 여기서 나가라!"

남자가 외치자 보드의 머릿속에서 그 말이 들렸다. 또한 그 말은 목구멍에서 나오는 으르렁거리는 소리 같았다.

"저 사람이 우리를 해칠까?"

스칼릿이 물었다.

"그럴 것 같진 않아."

스칼릿에게 대답한 뒤, 보드는 남색의 그 남자에게 자기가 배운 대로 말했다.

"저는 묘지의 특권을 지니고 있기 때문에 제가 원하는 곳은 어디든 갈 수 있어요."

남색의 그 남자가 그 말을 듣고도 아무런 반응을 보이지 않자 보드는 훨씬 더 당황했다. 묘지에서 가장 성마른 사람들도 모두 조용하게 만들었던 그 말이 그 남자에게는 소용없었다.

"스칼릿, 너한테도 저 남자가 보여?"

보드가 물었다.

"물론 나한테도 보여. 덩치가 크고, 무시무시하고 문신을 하고 있는 남자잖아. 그런데 우릴 죽이려나 봐. 보드, 저 사람 좀 쫓아 버려!"

보드는 갈색 외투를 입은 남자의 유골을 바라보았다. 유골 옆 돌바닥에 램프가 부서져 있었다.

"저 사람은 달아났던 거야. 겁에 질려서 달아났어. 그러다 발을 헛디뎠거나 계단에서 발이 걸려 넘어지면서 굴러떨어진 거야."

보드가 큰 소리로 말했다.

"누가 말이야?"

"바닥에 있는 저 사람 말이야."

스칼릿은 당황스럽고 무서운데다 이제 짜증까지 나는 것 같았다.

"바닥에 누가 있는데? 너무 어두워. 내 눈에는 몸에 문신한 사람밖에 안 보여."

바로 그 순간 온몸이 남색인 그 남자는 마치 두 사람에게 자신이 거기 있다는 사실을 알리려는 것처럼 고개를 뒤로 젖히더니 토해 내듯 잇달아 괴성을 질러 대고 목이 터져라 포효했다. 그 소리에 스칼릿은 손톱이 보드의 살을 파고들 만큼 보드의 손을 꽉 쥐었다.

하지만 보드는 더 이상 무섭지 않았다.

"저런 괴물은 상상 속에만 존재한다고 말했던 거 사과할게. 이제는 믿어. 저런 괴물은 실제로 존재해."

스칼릿이 말했다.

남색의 남자가 머리 위로 뭔가를 치켜들었다. 날카로운 돌칼 같아 보였다.

"이곳을 침입하는 자는 모조리 다 죽여 버릴 테다!"

남색의 남자가 거친 목소리로 외쳤다. 보드는 이 방을 발견한 뒤 머리가 하얗게 세어 버린 그 사람에 대해, 그 사람이 두 번 다시는 묘지를 찾지 않았고 자기가 본 것이 무엇인지 절대 말하지 않았다는 것에 대해 생각했다.

"아니, 네 말이 맞는 것 같아. 저런 괴물은 그런 존재가 맞아."

보드가 말했다.

"그런 존재라니?"

"상상 속에만 존재하는 괴물이라고."

"바보 같은 소리 마. 내 눈에도 저 괴물이 보이는데."

스칼릿이 말했다.

"바로 그거야. 너는 죽은 사람들을 볼 수 없잖아."

그러면서 보드는 방을 둘러보며 말했다.

"이제 그만하시지. 우린 이게 실제가 아니란 걸 알아."

"너의 간을 파먹어 버리겠다!"

남색 남자가 소리쳤다. 그러자 스칼릿이 크게 한숨을 쉬며 말했다.

"아니. 그렇게는 못 할걸. 네 말이 맞아. 아마 저건 허수아비 같은 걸 거야."

"허수아비가 뭐야?"

보드가 물었다.

"농부들이 까마귀 같은 새들을 겁줘서 쫓아 버리려고 들판에 세워 두는 거야."

"왜 그렇게 하는데?"

보드는 까마귀를 꽤 좋아했다. 까마귀가 재미있기도 했고, 묘지를 깨끗이 유지하는 데 도움도 돼서 좋아했다.

"나도 정확히는 몰라. 엄마한테 물어볼게. 하지만 언젠가 기차를 타고 가다가 허수아비를 보고는 그게 뭐냐고 엄마한테 물어본 적이 있어. 까마귀들은 허수아비가 진짜 사람이라고 생각한대. 그러니까 허수아비는 그냥 사람처럼 보이게 만들어 놓은 거지, 진짜 사람은 아니야. 까마귀 같은 새들을 겁줘서 멀리 쫓아 버리기 위한 거야."

보드가 방을 둘러보고 나서 말했다.

"당신이 누구든 우리한텐 안 통해요. 우리는 겁먹지 않아요. 당신이 진짜로 존재하지 않는단 걸 우린 알아요. 그러니 이제 그만해요."

그러자 온통 남색인 남자가 농삭을 범췄나. 님자는 석편으로 걸어가더니 그 위에 누웠다. 그런 뒤에 바로 사라져 버렸다.

스칼릿의 입장에서 봤을 때 그 방은 다시 어둠에 잠겨 깜깜해졌다. 하지만 그 어둠 속에서 다시 무언가 둥근 방을 에워싸는 듯이 휘감는 소리가 스칼릿의 귀에 점점 더 크게 들려왔다.

뭔가가 말했다.

"우리는 슬리어다."

그 소리를 듣는 순간 보드는 목 뒤의 머리털이 쭈뼛 섰다. 그의 머릿속에 울려 퍼지는 그 목소리는 뭔가 굉장히 오래된 존재가 내는 듯이 무척 귀에 거슬리는 목소리였는데, 마치 죽은 나뭇가지가 예배당 창문을 긁어 대는 소리 같았다. 그리고 보드에게는 한 가지 이상의 목소리가 일제히 입을 모아 말하고 있는 것처럼 들렸다.

"저 소리 들었어?"

보드가 스칼릿에게 물었다.

"난 아무 소리도 못 들었어. 그냥 뭔가가 미끄러지듯 나아가는 소리밖에 안 들리는걸. 그 소리를 들으니 기분이 이상해. 배가 몹시 따끔따끔해. 뭔가 끔찍한 일이 벌어질 것 같아."

"끔찍한 일은 일어나지 않을 거야."

스칼릿에게 그렇게 말하고 나서 보드는 방을 향해 소리쳤다.

"당신들은 누구죠?"

"우리는 슬리어다. 우리는 이곳을 지키고 보호한다."

"뭘 지킨다는 거죠?"

"주인님의 안식처. 이곳은 모든 신성한 장소 가운데서도 가장 신성한 곳이고, 우리 슬리어가 이곳을 지킨다."

"당신들은 우리를 건드릴 수 없어요. 기껏해야 겁이나 줄 수 있겠죠."

그러자 미끄러지듯 움직이는 그것들의 목소리가 발끈한 것처럼 들렸다.

"두려움이야말로 우리 슬리어의 무기다."

보드는 벽에서 선반처럼 튀어나온 곳을 내려다보았다.

"저게 당신들 주인의 보물인가요? 낡은 브로치 하나, 잔 하나, 작은 돌칼 하나뿐인데요? 별로 대단해 보이지도 않네요."

"우리 슬리어는 그 보물들을 지켜야 한다. 브로치, 술잔, 칼. 우리는 돌아올 주인님을 위해 그것들을 지킨다. 주인님은 돌아온다. 반드시 돌아온다."

"당신들은 몇 명이에요?"

하지만 슬리어는 아무런 대답이 없었다. 보드는 자기 머릿속에 온통 거미줄이 쳐진 것처럼 느껴져서 그 느낌을 떨쳐 버리려고 머리를 흔들었다. 그런 다음 보드는 스칼릿의 손을 꼭 쥐며 말했다.

"우리는 이제 그만 가야 해."

보드는 스칼릿을 데리고 갈색 외투를 걸친 남자의 유골을 지나갔다. 그 유골을 보면서 보드는 솔직히 말해 그 사람이 겁을 집어먹고 계단에서 굴러떨어져 죽지 않았더라면 그 보물을 찾고 대단히 실망했을 거라고 생각했다. 만 년 전에는 보물이었을지 몰라도 오늘날 비추어 봤을 때에는 볼품없는 것들이었다. 보드는 스칼릿을 이끌고 언덕 속의 계단을 조심조심 올라가서 검은 돌로 만든 프로비셔가의 능으로 나왔다.

늦은 봄볕이 능의 돌 틈과 빗장 걸린 문 사이로 새어 들어왔다. 갑작스레 쏟아지는 강렬한 햇살에 눈이 부셔서 스칼릿은 눈을 깜박이며 손으로 눈을 가렸다. 새들이 덤불 속에서 노래하고, 꿀벌들이 윙윙거리며 날아다니고, 모든 것이 놀라울 정도로 평소와 같았다.

보드는 능의 문을 밀어서 열고 밖으로 나온 뒤 자물쇠를 다시 채웠다.

스칼릿의 화사한 옷은 때와 거미줄이 덕지덕지 묻어 있었고, 스칼릿의 어두운 얼굴과 두 손은 먼지로 허옇게 된 상태였다.

저 멀리 언덕 아래에서 누군가가 ―꽤 여러 명인 것 같았는데― 소리를 지르고 있었다. 큰 소리로 미친 듯이 소리를 질러 대고 있었다.

"스칼릿! 스칼릿 퍼킨스!"

그 소리에 스칼릿이 소리쳐 대답했다.

"저 여기 있어요! 여기요!"

그러고는 스칼릿과 보드가 굴속에서 본 것과 남색의 남자에 대해 애기를 나누기도 전에 등에 '경찰'이라는 글자가 적힌 노란 형광 재킷을 입은 여자가 달려오더니 스칼릿에게 몸은 괜찮은지, 어디에 있었는지, 누군가가 유괴를 하려고 하지 않았는지 캐물었다. 그러더니 무전기에 대고 아이를 찾았다고 사람들에게 알렸다.

보드는 언덕을 내려가는 두 사람 옆에서 슬며시 따라 내려갔다. 문이 열려 있는 예배당 안에서 스칼릿의 부모님이 기다리고 있었다. 스칼릿의 엄마는 눈물을 흘리고 있었고, 스칼릿의 아빠는 걱정 스럽게 휴대 전화로 사람들과 통화를 하고 있었다. 또 다른 여자 경찰관도 함께 있었다. 보드가 한쪽 구석에서 기다리는 동안 아무도 보드를 보지 못했다.

그들이 스칼릿에게 무슨 일이 있었는지 계속해서 묻자, 스칼릿은 노바디라는 아이가 언덕 속의 깊숙한 곳으로 자신을 데려갔고, 그 곳의 캄캄한 어둠 속에서 자주색 문신을 한 사람이 나타났으며, 그런데 알고 보니 사실은 사람이 아니라 허수아비였다고 최대한 솔직하게 대답했다. 그들은 스칼릿에게 초코바를 하나 주고 얼굴을 닦아 주며 혹시 문신을 한 그 사람이 오토바이를 타고 있지는 않았냐고 물었다. 그리고 스칼릿의 엄마와 아빠는 그제야 마음이 놓이고 걱정이 가시자, 서로 화를 내기도 하고 스칼릿을 나무라기도 했다. 그러면서 비록 공동묘지가 자연보호구역이긴 해도 자신들의 어린 딸이 공동묘지에서 혼자 놀게 놔둔 건 상대방의 잘못이라며 서로를 탓했다. 요즘 세상이 얼마나 험한데 아이한테서 한시라도 눈을 뗐다가는 어떤 끔찍한 일을 겪게 될지 알 수 없지 않으냐며 서로 언성을 높였다. 스칼릿 같은 아이는 특히 그렇다면서.

스칼릿의 엄마가 흐느끼기 시작하자 스칼릿도 따라 울기 시작했다. 그리고 이번에는 여자 경찰관 가운데 한 명이 스칼릿 아빠와 말다툼을 벌이기 시작했다. 스칼릿의 아빠는 납세자로서 자기가 그 경찰의 월급을 대 주는 거라고 주장했고, 그러자 그 여자 경찰관은 자기도 납세자니까 마찬가지로 그쪽 월급을 내가 대 주는 건지도 모른다고 맞받아쳤다. 그러는 동안 보드는 예배당 한쪽 구석의 어두운 곳에 앉아 있었는데, 보드의 모습은 어느 누구의 눈에도, 심지어는 스칼릿의 눈에도 보이지 않았다. 보드는 거기에 앉아 더 이상 견디지 못할 때까지 한참을 그들을 지켜보며 그들의 이야기에 귀를 기울였다.

이제 공동묘지에는 땅거미가 지고 있었다. 사일러스는 언덕 위쪽의 원형 극장 근처에서 마을을 내려다보고 있는 보드를 발견했다. 사일러스는 자신의 방식대로 아이 옆에 서서 아무 말도 하지 않았다.

"스칼릿 잘못이 아니었어요. 모두 제 잘못이었다고요. 그런데 지금 곤경에 빠진 사람은 스칼릿이에요."

보드가 말했다.

"그 애를 데리고 어디에 갔었니?"

사일러스가 물었다.

"가장 오래된 무덤을 보려고 언덕 속으로 들어갔어요. 하지만 그곳에는 아무도 없었어요. 그냥 사람들을 겁먹게 만드는 '슬리어'라는 괴물이 있었는데 꼭 뱀 같았어요."

"흥미롭구나."

그들은 함께 언덕을 걸어 내려오며 낡은 예배당 문이 다시 잠기고 경찰관과 스칼릿, 그리고 스칼릿의 부모님이 밤의 어둠 속으로 사라지는 모습을 지켜보았다.

"보로스 선생님이 알파벳 글자들을 합친 낱말들을 가르쳐 줄 거야. 『모자 쓴 고양이』는 이미 읽었지?"

사일러스가 말했다.

"예, 오래전에요. 책을 좀 더 가져다줄 수 있어요?"

"그리하마."

"제가 그 애를 다시 만날 수 있을까요?"

"그 여자애 말이냐? 그건 힘들지 않을까?"

하지만 사일러스가 틀렸다. 그로부터 3주 뒤, 어느 흐린 오후에 스칼릿이 부모님과 함께 묘지로 왔다.

스칼릿의 부모님은 스칼릿 조금 뒤에서 천천히 따라오면서 스칼릿에게 언제나 눈에 보이는 곳에 있어야 한다고 강조했다. 스칼릿의 엄마는 가끔씩 큰 소리로 그 모든 일이 얼마나 끔찍했는지 모른다며, 곧 이곳을 영원히 떠나게 돼서 더할 나위 없이 좋다고 말했다.

스칼릿의 부모님이 서로 얘기를 나누기 시작하자 보드가 스칼릿에게 말을 걸었다.

"안녕."

"안녕."

스칼릿이 몹시 차분한 목소리로 말했다.

"다시는 너를 못 볼 줄 알았어."

"마지막으로 한 번만 이곳에 데려다 달라고, 그렇지 않으면 엄마 아빠와 함께 이사 가지 않겠다고 떼를 썼어."

"어디로 가는데?"

"스코틀랜드. 거기에 대학교가 하나 있는데, 아빠가 거기서 소립 자 물리학을 가르칠 거야."

밝은 오렌지색 후드 점퍼를 입은 어린 소녀와 회색 수의를 입은 어린 소년, 그 둘은 함께 오솔길을 걸었다.

"스코틀랜드는 여기서 멀어?"

"응."

스칼릿이 대답했다.

"그렇구나."

"네가 이곳에 있기를 바랐어. 작별 인사를 하고 싶어서."

"나는 항상 이곳에 있어."

"하지만 넌 죽지 않았잖아. 안 그래, 노바디 오언스?"

"물론 죽지 않았지."

"그렇다면 넌 평생 동안 여기에 계속 있을 수 없어. 언젠가 네가 성장하면, 이곳을 떠나 바깥세상에서 살아야 할 거야."

보드는 고개를 가로저었다.

"바깥세상은 나한테 안전하지 않아."

"누가 그래?"

"사일러스 아저씨가. 부모님도. 이곳에 사는 모두가 그렇게 말했어."

스칼릿은 아무 말이 없었다.

그때 스칼릿의 아빠가 소리쳤다.

"스칼릿! 애야, 어서 가자. 갈 시간이야. 마지막으로 묘지를 둘러봤으니 이제 그만 집에 가자."

스칼릿이 보드를 보며 말했다.

"넌 용감해. 넌 내가 아는 사람들 가운데 가장 용감한 아이야. 그리고 넌 내 친구야. 네가 정말 가상의 존재라고 해도 난 상관없어."

스칼릿은 둘이 왔던 길을 되돌아 부모님과 세상을 향해 내달렸다.

3장

하느님의 사냥개

공동묘지마다 시체를 파먹는 악귀인 구울들이 차지한 무덤이 하나씩 있기 마련이다. 어느 공동묘지든 한참 돌아다니다 보면 구울들의 무덤을 발견할 수 있다. 물로 얼룩져 있고, 툭 불거져 나와 있으며, 비석은 금이 가거나 깨져 있고, 무덤 주변에는 잔디가 들쭉날쭉하게 나 있고, 잡초가 우거져 있으며, 가까이 다가가 보면 버려진 무덤이라는 느낌이 드는 무덤이 바로 그것이다. 또 비석이 다른 무덤의 비석보다 더 차가울지도 모르며, 비석에 적힌 이름은 대부분 읽기가 힘들지도 모른다. 무덤 앞에 석상이 세워져 있다면, 그 석상은 머리가 떨어져 나갔거나 곰팡이와 이끼가 덕지덕지 끼어 있어서 석상이 아니라 그냥 곰팡이 덩어리처럼 보일 것이다. 만약 묘지에서 어떤 무덤이 좀스러운 공공 기물 파괴자들의 손에 공격을 당한 것처럼 보인다면, 그 무덤이 바로 시체를 파먹는 악귀인 구울들이 드나드는 문이다. 만약 어떤 무덤을 보고 어딘가 다른 곳으로 가고 싶은 마음이 든다면, 그 무덤이 바로 구울들의 문인 것이다.

보드가 사는 공동묘지에도 그런 무덤이 하나 있었다.

공동묘지마다 그런 무덤이 하나씩은 있다.

사일러스 아저씨가 떠난다.

보드는 처음 그 사실을 알게 되었을 때 속이 상했다. 하지만 이제는 속이 상한 정도가 아니었다. 보드는 몹시 화가 났다.

"하지만 대체 왜요?"

보드가 따지듯 물었다.

"말했잖니. 난 이것저것 정보를 얻어야 해. 그러려면 여행을 해야 하고. 여행을 하려면 여기를 떠나야 해. 이 일에 대해선 우리가 이미 얘기를 끝낸 걸로 아는데?"

"여행을 하는 게 왜 그렇게 중요한데요?"

보드는 자기를 남겨 두고 사일러스 아저씨가 떠나고 싶어 하는 이유가 뭔지 떠올려 보려고 했지만 여섯 살짜리의 머리로는 떠올릴 수 없었다.

"이건 공평하지 않아요."

보드의 후견인은 동요하지 않았다.

"노바디 오언스, 이건 공평하고 불공평하고의 문제가 아니야. 그냥 해야 하는 일이야."

보드는 그 말에 설득당할 아이가 아니었다.

"아저씨는 저를 돌보기로 되어 있잖아요. 아저씨가 직접 그렇게 말씀하셨잖아요."

"맞아. 나는 너의 후견인으로서 너에 대한 책임이 있어. 다행스럽게도 이 책임을 기꺼이 떠맡겠다고 하는 사람이 이 세상에 나 말고도 있단다."

"어쨌든 어디를 가시는데요?"

"밖으로. 멀리. 알아내야 할 일이 있는데, 이곳에서는 알아낼 수 없거든."

보드는 콧방귀를 뀌면서 가상의 돌멩이를 발로 걷어차고는 그곳에서 나와 버렸다. 공동묘지의 북서쪽은 묘지 관리인이나 묘지 후원회의 능력으로는 도저히 어떻게 해 볼 도리가 없을 정도로 잡초가 지나치게 무성하게 자라 마구 뒤엉켜 있었다. 보드는 느릿느릿하게 그쪽으로 걸어가서 하나같이 열 살이 되기도 전에 죽은 빅토리아 시대의 아이들 일가를 깨웠다. 보드는 그 아이들과 담쟁이덩굴로 뒤덮인 울창한 수풀 속에서 달빛을 받으며 숨바꼭질을 했다. 보드는 사일러스 아저씨가 떠나지 않을 거라고, 아무것도 달라지지 않을 거라고 생각하려 했다. 하지만 놀이가 끝난 뒤 보드가 낡은 예배당으로 다시 달려갔을 때, 그곳에서 보게 된 두 가지 때문에 생각이 바뀌었다.

보드가 첫 번째로 본 것은 가방이었다. 그것을 보는 순간 바로 보드는 그것이 사일러스 아저씨의 가방이라는 것을 알았다. 가방은 족히 150년은 된 것 같았는데, 황동 부속품에 검정 손잡이가 달린 아름다운 검정 가죽 가방이었다. 빅토리아 시대에 의사나 장의사가 필요할지도 모르는 모든 도구를 넣어서 들고 다녔을 법한 종류의 가방이었다. 보드는 전에 한 번도 사일러스 아저씨의 가방을 본 적이 없었다. 심지어 사일러스 아저씨에게 가방이 있다는 사실조차 몰랐다. 하지만 그것은 오직 사일러스 아저씨만이 들고 다닐 수 있을 것 같은 가방이었다. 보드는 가방 속을 살짝 엿보려고 했지만 가방은 커다란 황동 자물쇠가 채워진 채 닫혀 있었다. 어찌나 무거운지 보드에게는 가방을 들어 올리는 일조차 불가능했다.

두 번째로 보드의 눈에 들어온 것은 예배당 옆 벤치에 앉은 어떤 여자였다.

"보드, 이분은 루페스쿠 선생님이야."

사일러스 아저씨가 말했다.

루페스쿠 선생님은 예쁘지 않았다. 얼굴은 파리했고 표정은 탐탁찮았다. 잿빛인 머리카락에 비해 얼굴은 굉장히 젊어 보였다. 앞니 몇 개는 약간 비뚤어져 있었다. 그녀는 낙낙한 방수 외투를 입고 남성용 넥타이를 매고 있었다.

"안녕하세요, 루페스쿠 선생님?"

보드가 인사했다.

루페스쿠 선생님은 아무 말도 하지 않고 그저 코를 킁킁거렸다. 그러더니 사일러스를 보며 말했다.

"그러니까 얘가 바로 그 꼬마로군요."

루페스쿠 선생님은 자리에서 일어나더니 마치 보드의 냄새를 맡는 것처럼 콧구멍을 벌름거리며 보드 주위를 빙 돌았다. 그리고 완전히 한 바퀴를 다 돌고 나서는 이렇게 말했다.

"앞으로는 잠자리에서 일어났을 때나 잠들기 전에 나한테 와서 보고하도록 해. 나는 저쪽에 있는 집에 방을 얻어 놨어."

루페스쿠 선생님은 그들이 서 있는 데서 겨우 보일까 말까 한 지붕을 가리키며 덧붙였다.

"하지만 주로 여기 공동묘지에서 시간을 보낼 거야. 난 오래된 무덤의 역사를 연구하는 역사학자로서 이곳에 왔거든. 알겠지, 꼬마? 응?"

"보드. 내 이름은 보드예요. 꼬마가 아니라요."

보드가 대꾸했다.

"노바디를 그렇게 줄여 부르나 보군. 정말 바보 같은 이름이야. 그리고 보드는 네 애칭에 불과해. 그건 별명이라고. 난 별명으로 부르는 걸 좋아하지 않아. 난 너를 '꼬마'라고 부를 거야. 넌 나를 '루페스쿠 선생님'이라고 불러."

보드는 애원하는 표정으로 사일러스 아저씨를 올려다봤지만 사일러스 아저씨의 얼굴에는 동정하는 기색이 전혀 보이지 않았다.

사일러스 아저씨가 가방을 들며 말했다.

"보드, 루페스쿠 선생님이 너를 잘 보살펴 주실 거야. 난 네가 선생님과 잘 지내리라고 믿는다."

"그렇지 않을 거예요! 난 이 선생님이 무서워요!"

보드가 소리쳤다.

"선생님 앞에서 그런 말을 하다니 정말 무례하구나. 나는 네가 선생님께 사과드려야 한다고 생각하는데, 안 그러니?"

사일러스 아저씨가 말했다.

보드는 사과하지 않았다. 하지만 사일러스 아저씨가 자신을 노려보며 검정 가방을 들고서 얼마가 될지 아무도 모르는 길을 떠나려하고 있었다. 그래서 보드는 어쩔 수 없이 이렇게 말했다.

"죄송해요, 루페스쿠 선생님."

루페스쿠 선생님은 처음에는 아무 대꾸도 하지 않고 그저 코만 킁킁거렸다. 그러다가 이렇게 말했다.

"꼬마야, 나는 너를 돌봐 주려고 먼 길을 왔단다. 부디 네가 그만한 가치가 있는 아이였으면 좋겠구나."

보드는 사일러스 아저씨와 포옹을 하는 것은 상상도 할 수 없어서 손을 내밀었다. 그러자 사일러스 아저씨는 허리를 구부려 자신의 큼지막하고 창백한 손으로 보드의 작고 지저분한 손을 감싸 쥐고는 가볍게 흔들었다. 그런 다음 전혀 무게가 나가지 않는 것처럼 검은 가죽 가방을 가뿐하게 들고 오솔길을 걸어 내려가 묘지 밖으로 사라졌다.

보드는 부모님에게 그 얘기를 했다.

"사일러스 아저씨가 가 버렸어요."

그러자 오언스 씨가 쾌활하게 말했다.

"사일러스는 돌아올 거야. 그러니 그 문제로 골머리 썩이지 말거라, 보드. 그는 매번 뜻밖의 순간에 불쑥 나타나곤 하니까 말이야."

그러자 오언스 부인도 옆에서 한마디 거들었다.

"네가 이곳에서 다시 태어났을 때, 사일러스는 우리한테 약속을 했단다. 자기가 이곳을 떠나야만 하는 일이 생기면 자기를 대신해 너에게 음식을 구해 주고 너를 돌봐 줄 사람을 구해 놓고 가겠다고 말이야. 그리고 그는 그 약속을 지켰어. 그는 정말 믿을 수 있는 사람이야."

정말로 사일러스 아저씨는 보드가 먹을 수 있도록 하루도 빠짐없이 밤마다 음식을 가져와서 예배당 지하실에 놓아 두곤 했었다. 하지만 보드 생각에 그것은 사일러스 아저씨가 자신을 위해 해 주었던 일 가운데 가장 작은 일이었다. 그는 냉철하고 분별 있고 한결같이 옳은 조언을 해 주었다. 또 그는 묘지 사람들보다 아는 것도 더 많았는데, 밤마다 바깥세상을 돌아다니기 때문에 수백 년 뒤진 세상이 아니라 지금 세상에 대해 이야기해 줄 수 있었던 것이다. 그는 쉽사리 동요하지 않았고 늘 믿음직했으며, 이제까지 보드의 모든 삶에서 밤 시간이면 언제나 그 작은 예배당에 있었다. 그러므로 예배당의 유일한 거주자인 사일러스 아저씨가 없는 예배당은 보드로서는 상상조차 하기 힘들었다. 그리고 무엇보다도 보드는 사일러스 아저씨 곁에서 안전하다고 느꼈다.

루페스쿠 선생님도 자신이 보드에게 음식을 챙겨 주는 일 이상의 것을 해야 한다고 생각했다. 하지만 그녀는 음식을 챙겨 주는 일 역시도 열심이었다.

"그게 뭐죠?"

보드가 겁에 질려 물었다.

"몸에 좋은 음식이야."

루페스쿠 선생님이 말했다.

그들은 예배당 지하실에 있었다. 루페스쿠 선생님은 탁자에 플라스틱 용기 두 개를 올려놓고 뚜껑을 열었다. 그녀가 첫 번째 용기를 가리켰다.

"이건 비트와 보리를 넣어서 끓인 스튜 국물이고,"

그러고는 두 번째 용기를 가리키며 말을 이어 갔다.

"이건 샐러드야. 자, 둘 다 먹어 봐. 너한테 주려고 내가 직접 만들었어."

보드는 농담인가 싶어서 그녀를 빤히 쳐다봤다. 사일러스 아저씨가 가져다준 음식은 대개 봉지에 들어 있었는데, 밤늦게까지 음식을 파는 곳에서 사 온 것들로 보드가 어떤 질문도 할 필요가 없는 것들이었다. 보드에게 뚜껑 있는 플라스틱 용기에 담긴 음식을 가져다준 사람은 이제까지 단 한 명도 없었다.

"냄새가 지독하네요."

보드가 말했다.

"스튜 국물은 빨리 먹지 않으면 더 지독해질 거야. 식기 전에 얼른 먹어."

보드는 배가 고팠다. 보드는 플라스틱 숟가락을 들고 적자색 스튜를 떠먹었다. 끈적끈적하고 낯선 음식이었지만 보드는 계속해서 먹었다.

"이제 샐러드도 먹어 봐!"

루페스쿠 선생님은 그렇게 말하면서 두 번째 용기의 뚜껑을 열었다. 그 샐러드는 큼직한 조각의 생양파와 비트, 토마토를 걸쭉하고 시큼한 드레싱에 버무려 놓은 것이었다. 보드는 비트 한 조각을 입에 넣고 씹기 시작했다. 입안에 침이 고이는 게 느껴졌는데, 그것을 삼켰다가는 바로 토해 버릴 것만 같았다. 그래서 보드는 이렇게 말했다.

"이건 못 먹겠어요."

"몸에 좋은 거야."

"토할 것 같단 말이에요."

헝클어진 담갈색 머리의 어린 소년과 한 올도 흐트러지지 않은 은백색 머리의 파리하고 창백한 여자, 그 둘은 서로를 쏘아봤다. 그러다가 루페스쿠 선생님이 말했다.

"한 조각 더 먹어."

"못 먹겠어요."

"지금 한 조각 더 먹지 않으면 그걸 다 먹을 때까지 여기 있어야 할 거야."

보드는 시큼한 토마토 한 조각을 골라 입에 넣고 씹다가 힘겹게 삼켰다.

루페스쿠 선생님이 플라스틱 용기의 뚜껑을 덮어 비닐봉지에 넣고는 말했다.

"자, 그럼 이제 수업을 하자꾸나."

때는 한여름이었다. 한여름에는 거의 자정이 될 때까지 날이 완전히 어두워지지 않았다. 그래서 한여름에는 수업이 없었고, 보드는 아직 잠이 오지 않을 때면 끝없이 계속되는 따스하고 어슴푸레한 빛 속에서 놀거나 탐험을 하거나 나무를 타며 시간을 보내곤 했다.

"수업이라뇨?"

보드가 말했다.

"네 후견인이 내가 너한테 이것저것 가르쳐 주면 좋을 것 같다더구나."

"제게는 이미 선생님들이 있어요. 리티샤 보로스 선생님은 쓰기와 낱말을, 페니워스 선생님은 '보충 교재를 이용한 어린 망자용 완전 교육 과정'이란 과목을 가르쳐 주세요. 지리와 다른 것들도 다 배우는걸요. 그러니 더 이상의 수업은 필요 없어요."

"꼬마야, 그럼 넌 뭐든 다 알겠네? 여섯 살밖에 안 됐는데 넌 이미 모든 걸 다 아는구나."

"그렇게 말하진 않았어요."

그러자 루페스쿠 선생님이 팔짱을 끼며 말했다.

"구울에 대해 말해 봐."

보드는 수년 간 사일러스 아저씨가 구울에 대해 말해 준 것을 기억해 내려고 애썼다.

"구울은 멀리해야 해요."

"그게 다야? 응? 왜 구울을 멀리해야 하지? 구울은 어디에서 오지? 또 어디로 가고? 왜 구울의 문 근처에 서 있지 말아야 하지? 응? 말해 봐, 꼬마야."

보드는 어깨를 으쓱하면서 고개를 가로저었다.

"그럼 사람들의 종류에 대해 말해 봐. 지금 당장."

보드는 잠시 생각하다가 입을 열었다.

"살아 있는 사람들, 그리고… 어… 죽은 사람들. 그리고 또……"

그러다 보드는 잠시 말을 멈추었다가 "음… 고양이들?" 하며 확신 없는 말투로 머뭇거리면서 떠오르는 대로 하나를 댔다.

"꼬마야, 너 정말 멍청하구나. 멍청한 건 나쁜 거야. 게다가 이렇게 아는 것도 없으면서 거기에 만족하다니, 그건 더 나쁜 거야. 자, 나를 따라서 말해 봐. 사람들의 종류에는 살아 있는 사람들과 죽은 사람들, 낮에만 돌아다니는 사람들과 밤에만 돌아다니는 사람들, 구울들과 안개 속을 걸어 다니는 사람들, 대사냥꾼들과 하느님의 사냥개들이 있어. 그리고 또 혼자 돌아다니는 유형의 사람들도 있지."

"선생님은 어디에 속하세요?"

보드가 물었다.

"나는 그냥 루페스쿠야."

루페스쿠 선생님이 단호하게 말했다.

"그럼 사일러스 아저씨는요?"

루페스쿠 선생님은 잠시 망설이다가 말했다.

"그는 혼자 돌아다니는 사람이지."

보드는 루페스쿠 선생님의 수업을 참고 들어야 했다. 사일러스 아저씨는 무엇이든 재미있게 가르쳐 주었다. 그래서 보드는 사일러스 아저씨가 가르칠 때에는 대개 자신이 뭔가를 배우고 있다는 사실을 전혀 깨닫지 못했다. 루페스쿠 선생님은 목록을 만들어 체계적으로 가르쳤음에도 불구하고 보드는 배운 내용을 이해하지 못했다. 보드의 몸은 비록 지하실에 앉아 있었지만, 그의 마음만은 바깥의 으슴푸레한 여름 달빛 속으로 향하고 있었다.

기분이 바닥을 칠 때쯤 수업이 끝났고 보드는 밖으로 쏜살같이 달려 나갔다. 보드는 같이 놀 친구를 찾아보았지만 아무도 보이지 않았다. 보이는 것이라곤 커다란 회색 개 한 마리밖에 없었는데, 그 개는 비석 주위를 어슬렁거리며 보드와 계속 일정 거리를 유지한 채 비석과 비석 사이 그림자 속으로 슬그머니 움직이며 돌아다녔다.

날이 갈수록 상황은 더 나빠졌다.

루페스쿠 선생님은 계속해서 자신이 직접 만든 요리를 보드에게 가져다주었다. 돼지기름투성이 만두, 신맛이 나는 사워크림 한 덩어리를 넣은 걸쭉한 적자색 수프, 다 식은 조그만 삶은 감자, 마늘을 심하게 많이 넣은 차가운 소시지, 입맛을 떨어뜨리는 잿빛 액체에 담긴 삶은 달걀 같은 것들이었다. 보드는 루페스쿠 선생님의 노여움을 면할 수 있는 최소한의 음식만 먹었다. 수업은 계속되었다. 이틀 동안 그녀는 세상의 모든 언어로 도와 달라고 구조 요청하는 방법을 가르쳤다. 그러면서 보드가 실수를 하거나 잊어버리면 볼펜으로 보드의 손마디를 톡 치곤 했다. 사흘째 되는 날, 그녀는 보드에게 지난 이틀 동안 배운 것에 대한 질문 공세를 퍼부었다.

"프랑스 어로는 도와 달라는 구조 요청을 어떻게 하지?"

"오 스쿠(Au secours)."

"모스 부호로는?"

"에스-오-에스. 짧게 세 번, 길게 세 번, 또 짧게 세 번 치면 돼요."

"나이트곤트들의 언어로는?"

"이건 바보 같은 짓이에요. 나이트곤트가 대체 뭔지 기억도 안 나요."

"나이트곤트들은 털 없는 날개가 달렸고 하늘을 낮고 빠르게 날아다니지. 그들은 이 세상을 찾아오지 않지만 굴하임으로 가는 길 위의 붉은 하늘을 날아다녀."

"제가 그런 것까지 알아야 할 필요는 없잖아요."

그러자 루페스쿠 선생님은 입을 꽉 다물었다. 그러고는 그저 이렇게만 말했다.

"나이트곤트들의 언어로는?"

보드는 그녀가 가르쳐 준 대로 목구멍 안쪽에서 나는 소리를 냈다. 독수리 울음소리 같은 거친 소리였다. 루페스쿠 선생님은 코를 킁킁거리며 말했다.

"그 정도면 됐어."

보드는 사일러스 아저씨가 돌아오는 날까지 기다릴 수 없었다.

"커다란 회색 개 한 마리가 묘지에 가끔 나타나요. 선생님이 오시면서부터 그 개도 나타나기 시작했어요. 선생님 개예요?"

"아니."

루페스쿠 선생님이 넥타이를 고쳐 매며 대답했다.

"이제 수업은 끝난 거죠?"

"오늘 수업은 끝났어. 오늘 밤에는 내가 너한테 준 목록을 읽고 암기해. 내일 물어볼 테니까."

루페스쿠 선생님이 준 목록들은 하얀 종이에 연한 자주색 잉크로 글자가 적혀 있었는데, 그 종이에서는 꼭 이상한 냄새가 났다. 보드는 새로 받은 목록을 가지고 언덕 비탈로 올라가서 읽어 보려고 했지만 자꾸만 주의가 흐트러져 집중이 되지 않았다. 결국 보드는 목록을 접어 비석 밑에 끼워 두었다.

그날 밤에는 어느 누구도 그와 놀려고 하지 않았다. 함께 놀거나 얘기를 나누고 싶어 하는 아이도, 거대한 여름 달 아래에서 뛰어다니거나 나무에 오르고 싶어 하는 아이도 없었다.

보드는 오언스 부부의 무덤으로 내려가서 부모님에게 불만을 늘어놓았다. 보드는 자기 생각에 사일러스 아저씨가 일방적으로 루페스쿠 선생님을 선택해 데려온 것은 부당하다며 계속 투덜거렸다. 하지만 오언스 부인은 루페스쿠 선생님에 대한 험담은 한 마디도 들으려 하지 않았고, 오언스 씨는 그저 어깨를 으쓱하고는 가구 제작자의 도제로 살았던 자신의 젊은 시절 얘기를 들려주기 시작했다. 그러면서 자기도 그 시절에 보드가 지금 배우고 있는 온갖 유용한 것들을 배웠더라면 얼마나 좋았을까 하며 탄식했다. 그러자 보드는 기분이 더욱 나빠졌다.

"그래서 이제 공부를 하지 않겠다는 거니?"

오언스 부인이 물었지만 보드는 두 주먹을 불끈 쥐고 아무 말도 하지 않았다.

보드는 발을 쾅쾅 구르며 그곳을 떠나 묘지로 나갔다. 자신이 사랑을 받지도, 인정을 받지도 못한다고 느꼈다.

보드는 그 모든 일의 부당함에 대해 곱씹어 생각하면서, 발길에 걸리는 대로 돌멩이를 걷어차며 묘지를 돌아다녔다. 그러던 중 보드는 그 짙은 회색 개를 발견하고는 그 개가 자기에게로 와서 자기와 놀아 줄 것인지를 알아보려고 큰 소리로 불렀다. 하지만 그 개가 그대로 일정한 거리를 유지한 채 꼼짝도 하지 않자 보드는 낙담한 마음에 개를 향해 진흙 덩어리를 집어 던졌다. 진흙 덩어리가 개 근처의 비석에 맞아 부서지며 흙이 사방으로 튀었다. 그 큰 개는 비난하는 눈빛으로 보드를 노려보다가 발길을 돌려 그림자 속으로 들어가더니 이내 사라져 버렸다.

보드는 낡은 예배당을 피해 언덕의 남서쪽으로 걸어 내려왔다. 사일러스 아저씨가 없는 예배당은 보고 싶지 않았던 것이다. 보드는 자신의 처량한 신세와 비슷해 보이는 무덤 옆에서 걸음을 멈추었다. 그 무덤은 언젠가 벼락 맞은 적이 있는 참나무 아래에 있었다. 그 참나무는 이제 시커먼 나무 몸통만이 남아 있어서, 마치 언덕에서 튀어나온 날카로운 발톱처럼 보였다. 그 무덤은 물로 얼룩져 있고 금이 가 있었다. 무덤 앞에는 머리가 떨어져 나간 천사상이 달린 기념비가 세워져 있었는데, 천사상이 걸친 옷은 꼭 나무에 난 거대하고 보기 흉한 곰팡이 덩어리처럼 보였다.

보드는 풀 더미 위에 주저앉아 자기 신세를 한탄하고 모든 사람을 증오했다. 보드는 심지어 자기를 두고 떠나 버렸다는 이유로 사일러스 아저씨까지 미워했다. 그러다가 보드는 눈을 감고 풀밭에서 공처럼 몸을 동그랗게 말고는 자기도 모르게 꿈도 꾸지 않는 깊은 잠 속으로 빠져들었다.

길 아래쪽에서 언덕 위로 웨스터민스터 공작과 아치볼드 피츠휴 경, 그리고 바스-웰스 교구의 주교가 그림자에서 그림자로 미끄러지듯이 슬쩍 나아가기도 하고 껑충껑충 건너뛰기도 하며 오고 있었다. 그들은 비쩍 마르고 가죽처럼 딱딱하고 질겨 보이는 피부에 온통 툭툭 불거져 나온 힘줄과 연골, 완전히 너덜너덜하게 해진 누더기 옷을 걸치고 있었다. 그들은 통통 튀듯 달려가기도 하고 성큼성큼 뛰어가기도 하고 살금살금 숨기도 했다가 쓰레기통을 짚고 뛰어넘기도 하면서 나무 울타리의 어두운 뒤쪽을 따라 계속 이동했다.

그들은 다 큰 어른이 햇볕을 받아 쪼그라든 것처럼 덩치가 작았다. 그들은 작은 소리로 서로 이런 얘기를 했다.

"우리가 지금 어디 있는지 빌어먹게도 우리보다 더 잘 아는 사람이 있다면 그렇다고 말해 주면 고맙겠는데. 그렇지 않다면 가벼운 주둥아리 닥치고 있어."

"내가 말하고자 하는 바는 여기 가까이에 공동묘지가 있다는 것뿐이야. 냄새가 나거든."

"네가 묘지 냄새를 맡을 수 있다면 나도 당연히 묘지 냄새를 맡을 수 있어야지. 내가 너보다 냄새를 더 잘 맡으니까."

이런 대화를 주고받으면서 그들은 잽싸게 몸을 숨겨 가며 교외의 정원들을 이리저리 누비듯 통과했다. 하지만 한 정원에서는 ("잠깐! 개들이야!" 하고 아치볼드 피츠휴 경이 낮은 목소리로 경고하자) 담장 위로 몸을 피해 그 위를 따라 달리기 시작했는데, 마치 아이만 한 쥐들이 날쌔게 달리는 것 같았다. 담장에서 내려온 그들은 큰길로 나가 언덕 꼭대기로 가는 길을 따라 올라갔다. 그러다가 어느새 묘지의 담장에 이르자 나무를 기어오르는 다람쥐처럼 담장을 기어올라가서 코를 킁킁거리며 냄새를 맡았다.

"개 조심해."

웨스트민스터 공작이 말했다.

"어디 있는데? 난 모르겠는걸. 어쨌든 이 근처 어딘가에 있겠지. 냄새가 그냥 일반적인 개 같지는 않아."

바스-웰스 교구의 주교가 말했다.

"누구도 이 묘지의 냄새를 맡지 못하는 거 몰라? 그건 그냥 일반적인 개일 뿐이야."

아치볼드 경이 말했다.

그들 셋은 담장 위에서 묘지 안쪽으로 뛰어내려 다리만큼이나 팔도 열심히 휘저으며 묘지를 내달려 벼락 맞은 나무 옆에 있는 구울들의 문으로 갔다.

그리고 달빛이 비추는 가운데 그 문 옆에서 잠시 멈췄다.

"이건 대체 뭐야?"

바스-웰스 교구의 주교가 물었다.

"아니 이건!"

웨스트민스터 공작이 말했다.

바로 그때 보드가 잠에서 깼다.

보드를 응시하고 있는 그 셋의 얼굴은 살 하나 없이 바짝 마른 미라 같았지만 이목구비가 움직이고 있었고 흥미로운 모양이었다. 입을 벌리고 활짝 웃자 날카롭고 누런 이빨이 드러났고, 눈알은 말똥말똥 빛나는 구슬 같았다. 그리고 긴 손톱이 달린 손가락들을 가볍게 톡톡 두드리며 움직이고 있었다.

"당신들은 누구죠?"

보드가 물었다.

"우리?"

그들 가운데 하나가 말했다. 보드는 그들의 몸집이 자신보다 조금밖에 크지 않다는 사실을 깨달았다.

"우리로 말할 것 같으면 이 세상에서 가장 중요한 몸들이지. 이쪽은 웨스트민스터 공작이야."

그들 가운데 제일 덩치가 큰 사람이 머리를 숙여 인사하며 말했다.

"반갑기가 한량없구나."

"그리고 이쪽은 바스-웰스 교구의 주교고… "

그 사람이 활짝 웃자 날카로운 이와 함께 그 사이로 끝이 뾰족하고 있을 법하지 않는 길이의 기다란 혀가 움직였는데, 그건 보드가 생각하는 주교의 모습이 아니었다. 그의 피부에는 얼룩무늬가 있었고, 한쪽 눈을 가로지르는 커다란 반점까지 있어서 주교가 아니라 거의 해적처럼 보였다.

"마지막으로 나를 소개하게 돼서 영광인데, 난 아치볼드 피츠휴 경이야. 잘 부탁해."

그 셋은 모두 함께 고개를 숙여 인사했다.

그러고는 바스−웰스 교구의 주교가 말했다.

"그런데, 애야, 무슨 일로 여기 와 있는지 네 사연을 들려주겠니? 주교 앞이란 걸 명심하고 거짓말해서는 안 돼."

"그래, 주교님께 얼른 말씀드리렴."

다른 두 사람이 말했다.

그래서 보드는 자신의 사연을 그들에게 들려주었다. 보드는 그들에게 아무도 자기를 좋아하지 않고 자기와 놀고 싶어 하지도 않는다고, 아무도 자기를 인정해 주거나 신경 써 주지도 않는다고, 심지어 자신의 후견인까지 자기를 버렸다고 말했다.

그러자 웨스트민스터 공작이 코(일반적으로 콧구멍이라고 할 수 있는 쭈그러든 작은 구멍 하나)를 긁으며 말했다.

"아이고 이런! 너는 너의 진가를 인정해 줄 사람들이 있는 곳으로 가야 해."

"그런 곳은 어디에도 없어요. 그리고 저는 이 묘지 밖으로는 나가지 못하게 돼 있는걸요."

보드의 대답에 바스−웰스 교구의 주교가 기다란 혀를 꿈틀거리며 말했다.

"너한테는 너의 편이 되어 주고 같이 놀아 줄 친구들이 필요해. 기쁨과 재미와 신비로 가득한 도시로 가면 무시당하지 않고 너의 진가를 인정받을 수 있을 거야."

"저를 돌봐 주는 여자 분이 계신데요. 그분은 끔찍한 음식만 만들어 줘요. 삶은 달걀 수프 같은 것들 말이에요."

"음식이라! 우리가 지금 가려는 곳에는 전 세계에서 가장 맛있는 지상 최고의 음식이 있지. 생각만 해도 벌써 배에서 꼬르륵 소리가 나고 군침이 도네."

"저도 같이 가면 안 될까요?"

"우리와 같이 간다고?"

웨스트민스터 공작이 깜짝 놀란 것처럼 말했다. 그러자 바스−웰스 교구의 주교가 나섰다.

"이봐, 그러지 마. 빌어먹을 인심 좀 써. 이 어린 것을 보라고. 아주 오랫동안 제대로 식사 한 번 못한 모양인데."

"난 이 아일 데려가는 데 찬성이야. 우리가 사는 곳에는 맛있는 음식이 잔뜩 있잖아."

아치볼드 피츠휴 경이 그렇게 말하며 음식이 얼마나 맛있는지 보여 주려는 듯 자신의 배를 토닥거렸다.

"그래, 기꺼이 모험할 준비가 되어 있는 거냐?"

웨스트민스터 공작은 그렇게 묻다가 새로운 생각이 떠올랐는지 뼈가 앙상하게 드러난 손가락으로 캄캄한 묘지를 가리키며 덧붙였다.

"아니면 이런 형편없는 데서 남은 인생을 허비하며 살고 싶어?"

보드는 루페스쿠 선생님과 그녀가 만들어 준 끔찍한 음식 그리고 그녀가 준 암기 목록들과 그녀의 꽉 다문 입을 떠올렸다.

"저는 모험을 할 준비가 되어 있어요."

보드가 대답했다.

보드의 새 친구 셋은 덩치가 보드와 비슷할지는 몰라도 힘은 어떤 아이보다도 훨씬 강했다. 어느새 바스-웰스 교구의 주교가 보드를 자기 머리 위로 번쩍 들어 올리고 있었다. 그리고 웨스트민스터 공작은 지저분해 보이는 풀을 한 움큼 움켜잡고는 "스카아! 데흐! 카바가!"처럼 들리는 소리를 외치면서 풀을 끌어당겼다. 그러자 무덤을 덮은 석판이 뚜껑 문처럼 활짝 열리면서 무덤 아래의 어둠이 모습을 드러냈다.

"어서 서둘러."

웨스트민스터 공작이 말하자 바스-웰스 교구의 주교는 보드를 캄캄한 구멍 속으로 던져 넣은 다음 자신도 구멍 속으로 뛰어내렸다. 그 뒤를 이어 아치볼드 피츠휴 경이 뛰어내렸고, 그런 뒤 마지막으로 웨스트민스터 공작이 날렵하게 구멍 속으로 뛰어내렸다. 구멍 속에 들어오자마자 웨스트민스터 공작은 "웨흐 카라도스!" 하고 외쳤다. 그러자 머리 위에서 구울의 문과 석판이 쿵 소리를 내며 닫혔다.

보드는 얼마나 깜짝 놀랐던지 미처 두려움을 느낄 새도 없이 대리석 덩어리처럼 어둠 속으로 굴러떨어지며 이 무덤 아래의 구덩이가 얼마나 깊을까 생각했다. 그 순간 힘센 손 두 개가 보드의 겨드랑이 밑으로 들어와 보드를 잡았고, 보드는 칠흑 같은 어둠 속에서 자신의 몸이 앞으로 흔들리는 것을 느꼈다.

보드는 여러 해 동안 완전한 어둠을 경험해 본 적이 없었다. 묘지에서 보드는 죽은 사람들처럼 볼 수 있었으므로, 어떤 지하 납골당도 무덤도 보드에게는 완전히 어둡지 않았다. 그런데 지금 보드는 캄캄한 어둠 속에 있었으며 자기가 앞으로 세게 내던져지고 있는 느낌이었다. 연달아 확 던져졌다가 급히 앞으로 나아가는 느낌이 드는 가운데 바람이 스쳐 지나가는 소리도 들렸다. 보드는 무섭기도 했지만 한편으로는 아주 신나기도 했다.

그러다가 어느 순간 불빛이 보이면서 모든 것이 달라졌다.

하늘이 붉은빛이기는 했지만 해 질 녘의 따사로운 붉은 노을빛은 아니었다. 그것은 화가 나고 기분이 나빠 시뻘게진 얼굴빛 같기도 하고, 감염된 상처의 검붉은 핏빛 같기도 했다. 태양은 오래되고 멀리 있는 것처럼 작아 보였다. 대기는 차가웠고, 그들은 지금 벽을 타고 내려가고 있었다. 벽면에는 마치 거대한 묘지를 엎어 놓은 것처럼 비석과 조각상들이 튀어나와 있었다. 그리고 단추를 뒤로 채운 검정 누더기 양복을 입은 쭈글쭈글한 세 마리의 침팬지처럼 웨스트민스터 공작과 바스-웰스 교구의 주교, 아치볼드 피츠휴 경은 보드를 매단 채 조각상과 비석을 잡고 몸을 흔들어 그것들을 휙휙 건너뛰면서 자기들끼리 보드를 던지고 받았다. 그들은 제대로 보지도 않은 상태에서 보드를 놓치지 않고 용케도 잘 받아 냈다.

보드는 이 기묘한 세계로 들어오게 만든 무덤을 보려고 위를 쳐다보았지만 보이는 거라곤 비석들뿐이었다.

문득 보드는 그들이 건너뛰고 있는 무덤 하나하나가 지금 자신을 나르고 있는 종류의 사람들이 세상을 드나드는 문일지도 모른다는 생각이 들었다.

"지금 어디로 가고 있는 거죠?"

보드가 물었지만 그의 목소리는 바람에 실려 흩어져 버렸다.

그들은 점점 더 빨리 내려가고 있었다. 그때 그들 머리 저 위에서 조각상 하나가 흔들리며 위로 들리더니 보드를 나르고 있는 사람들과 똑같이 생긴 두 사람이 갑자기 진홍빛 하늘 세상 속으로 총알처럼 튕겨져 나왔다. 그중 하나는 한때는 흰색이었을 것 같은 누더기 비단 가운을 입고 있었고, 다른 하나는 심하게 크고 얼룩투성이인 회색 양복을 입고 있었는데 양복 소매가 갈가리 찢겨 있었다. 그들은 보드와 그의 새 친구 셋을 발견하고는 6미터 남짓을 훌쩍 뛰어내리며 그쪽을 향해 다가왔다.

웨스트민스터 공작은 거칠게 꽥꽥거리는 소리를 내며 겁을 집어먹은 척했다. 새로 나타난 두 사람이 뒤를 쫓는 가운데 보드와 세 사람은 무덤들로 이루어진 벽을 잡고 재빨리 획획 이동하며 내려갔다. 식어 버린 태양이 죽은 눈처럼 내려다보는 시뻘건 하늘 아래, 그들 가운데 어느 누구도 지치지도 숨이 차지도 않는 것 같았다. 마침내 그들은 얼굴이 온통 곰팡이로 뒤덮인 어떤 거대한 조각상 옆에 도착했다. 그리고 어느새 보드는 미국의 33대 대통령과 중국의 황제에게 소개되고 있었다.

"이쪽은 보드라고 해. 이제 우리와 같은 존재가 될 거야."

바스-웰스 교구의 주교가 말했다.

"맛있는 음식을 찾아다니는 친구야."

아치볼드 피츠휴 경이 말했다.

"그렇군. 우리 같은 존재가 되면 맛있는 음식이야 실컷 먹을 수 있지."

중국의 황제가 말했다.

"그렇고말고."

미국의 33대 대통령이 말했다.

"내가 당신들 같은 존재가 된다고요? 그럼 제가 당신들처럼 변한단 말인가요?"

보드가 물었다.

"예리하기가 채찍 같고, 날카롭기가 압정 같은걸. 뭐든 이 애를 능가하려면 다들 밤에 아주 서둘러 일어나야겠어."

바스–웰스 교구의 주교가 자기 동료들에게 그렇게 말하고는 보드를 보며 말했다.

"그럼. 우리 같은 존재가 되는 거야. 우리처럼 강하고 날랜 무적의 존재가 되는 거지."

"이가 워낙 튼튼해서 어떤 뼈도 쉽게 으깰 수 있고, 혀는 뾰족하고 길어서 가장 깊은 곳에 있는 골수 뼈에 둘러싸인 골수도 핥아 먹을 수 있고 뚱뚱한 사람의 얼굴에서 껍질도 잘 벗겨 낼 수 있어."

중국의 황제가 옆에서 거들었다.

"그림자에서 그림자로 누구의 눈에도 띄지 않고 쥐도 새도 모르게 슬며시 이동할 수도 있어. 공기만큼 자유롭고, 생각만큼 빠르고, 서리만큼 차갑고, 못만큼 단단하고, 이렇게 *우리*만큼 위험한 존재가 되는 거지."

웨스트민스터 공작도 나서서 한마디했다.

보드는 그 괴물들을 바라봤다. 그러고는 이렇게 말했다.

"하지만 내가 당신들 같은 존재가 되고 싶어 하지 않는다면요?"

"그러고 싶어 하지 않는다고? 설마! 당연히 그러고 싶어 해야지! 이 세상에서 우리보다 더 멋진 존재가 뭐가 있어? 이 우주에서 우리처럼 되고 싶어 하지 않는 영혼은 단 하나도 없다고!"

"우리한테는 최고의 도시도 있는데… "

"바로 굴하임이지."라며 미국의 33대 대통령이 끼어들어 말했다.

"최고의 삶에 최고의 음식, 그리고 또… "

"납으로 된 관에 고이는 검은 이코르*가 얼마나 맛있는 음료인지 넌 아마 상상도 못 할 거야. 또 확실히 사람이 방울양배추보다 더 중

---

* 신들의 혈관에 혈액처럼 흐른다고 여겨지는 영액.

요한 대접을 받는 것과 같은 식으로 자신이 왕이나 왕비, 대통령이나 수상, 영웅보다 더 중요한 존재인 것처럼 대접을 받는다면 기분이 얼마나 좋을지 상상할 수 있겠니?"

바스-웰스 교구의 주교가 끼어들어 말했다.

"대체 당신들 정체가 뭐예요?"

보드가 물었다.

"구울! 이런! 내 말에 주의를 기울이고 있지 않았군. 우리는 구울이야."

바스-웰스 교구의 주교가 말했다.

"저길 봐요!"

보드가 말했다.

그들의 발아래로 그들과 같은 종류의 작은 괴물들이 껑충껑충 뛰고 달음박질치고 훌쩍 뛰어넘기도 하며 그들 아래에 있는 길을 향해 오고 있었다. 그리고 보드가 입을 열어 다른 말을 채 하기도 전에 보드는 뼈가 다 드러난 두 손에 확 낚아채여 튀어 오르기도 하고 휘청거리기도 하면서 다섯 구울들의 손에서 손으로 공중을 날았다. 다섯 구울들은 자신들의 동족들을 만나려고 아래로 내려가고 있었다.

무덤들로 이루어진 벽이 끝나자 이제 길이 나왔는데, 그 길은 바위와 해골이 널린 사막의 황량한 평원을 가로지르는, 발자국 가득한 길에 불과했다. 길은 수십 킬로미터 떨어져 있는 거대한 붉은 바위 언덕 높이 자리한 도시를 향해 구불구불하게 나 있었다.

보드는 멀리 떨어진 그 도시를 올려다보자 소름이 끼쳤다. 충격이 깃든 반감과 두려움, 역겨움과 증오심 같은 감정이 한데 뒤섞인 복잡한 감정에 휩싸였다.

구울들은 뭔가를 건설하는 법이 없다. 그들은 어딘가에 기생하고 쓰레기 더미를 뒤지고 썩은 고기를 먹는 존재이다. 그들이 '굴하임'이라고 부르는 도시는 그들이 오래전에 발견한 것이지 건설한 것이 아니었다. 어떤 종류의 존재가 그런 건물들을 지었는지, 누가 그 바위에 벌집 모양으로 구멍을 뚫어 터널과 탑을 만들었는지 아무도 몰랐다(인간은 알지도 모르지만). 하지만 구울 족속들 말고는 아무도 그곳에 머물고 싶어 하지도, 그곳에 접근하고 싶어 하지도 않을 것만은 확실했다.

굴하임에서 아래로 몇 킬로미터나 떨어진 그 길에서만 보아도 보드는 그곳에 있는 모든 건물의 각도가 잘못됐다는 것을 알 수 있었다. 벽들은 거대한 주둥이에서 돌출된 이빨처럼 말도 안 되게 기울어져 있었는데, 보드가 이제껏 견뎌 낸 모든 악몽이 한곳에 재현된 것 같았다. 그것은 단지 버려지기 위해서 건설된 도시였다. 도시를 건설한 존재들이 느낀 모든 두려움, 광기, 혐오감이 그 도시 곳곳의 돌 속에 깃들어 있었다. 도시를 발견한 구울족들은 매우 기뻐하며 망설임 없이 그곳을 자신들의 집으로 삼았다.

구울들은 빠르게 움직인다. 그들은 독수리가 날아가는 것보다 더 빠르게 사막에 난 그 길을 따라 무리 지어 움직였다. 보드는 구울의 힘센 팔에 머리 위로 높이 들린 채로 이리 던져지고 저리 던져지면서 가다 보니 속이 메슥거리면서 두렵고 당황스러워 바보가 된 기분이었다.

그들 위의 음산한 붉은 하늘에서 어떤 물체들이 거대한 검은색 날개를 펴고 빙빙 돌고 있었다.

"조심해. 아이를 숨겨. 나이트곤트가 아이를 낚아채 가면 안 돼. 망할 도둑놈들."

웨스트민스터 공작이 말했다.

"맞아! 우린 도둑놈들은 딱 질색이야!"

중국의 황제가 소리쳤다.

'나이트곤트라고? 수업 시간에 배운 그 나이트곤트? 굴하임 위의 붉은 하늘을 나는……'

보드는 숨을 깊이 들이마시고 나서 루페스쿠 선생님이 가르쳐 준대로 소리를 질렀다. 목구멍 안쪽에서부터 독수리의 울음소리 같은 외침 소리를 냈다.

날개 달린 짐승들 가운데 하나가 그들을 향해 하강하더니 좀 더 낮은 곳에서 빙빙 돌았다. 보드는 다시 한 번 외침 소리를 냈는데, 급기야 거친 손에 입이 틀어 막혀 그 소리는 더 이상 들리지 않게 되었다.

"저것들을 불러 아래로 내려오게 만들 생각을 하다니 훌륭해. 하지만 말이야, 저것들을 먹으려면 죽은 지 적어도 두 주는 지나야 해. 게다가 저놈들은 말썽을 일으키기만 할 뿐이야. 그래서 우리는 저것들과 사이가 굉장히 안 좋단 말이지. 알아들어?"

아치볼드 피츠휴 경이 말했다.

낮은 곳까지 내려왔던 그 나이트곤트는 건조한 사막의 하늘로 다시 올라가 동료들과 합류했다. 보드는 모든 희망이 사라져 버리는 것만 같았다.

구울들은 바위 위의 도시를 향해 계속 빠르게 달려갔다. 이제 웨스트민스터 공작의 악취를 풍기는 어깨 위로 인정사정없이 내던져진 보드는 그렇게 실린 채 그들과 함께 갈 수밖에 없었다.

다 식어 버린 해가 지고 두 개의 달이 떠올랐다. 하나는 표면에 패인 자국이 있는 하얗고 거대한 달이었다. 그 달은 처음에 떠오를 때는 지평선 절반을 차지하고 있는 것처럼 보였는데, 하늘 높이 올라가면서 크기가 점점 줄어들었다. 그보다 크기가 작은 다른 달은 치즈에 생긴 줄무늬 곰팡이 같은 청록색이었다. 그 달이 떠오르는 건 구울족에게 축하할 일이었다. 그들은 행군을 멈추고 길가에서 야영할 준비를 했다.

구울 무리 가운데 새로 보는 한 구울이 ―보드 생각에는 '유명한 작가 빅토르 위고'라고 소개된 자인 것 같았다.― 자루를 하나 꺼냈는데, 그 안에는 담뱃불용 쇠 라이터 하나와 함께 장작이 가득 들어 있었다. 장작 가운데 몇 개는 아직도 경첩이나 황동 손잡이가 붙어 있었다. 그 구울이 곧바로 모닥불을 피우자 모닥불 주위에 모든 구울족이 둘러앉아 쉬었다. 그들은 청록색 달을 올려다보다가 모닥불 가에서 가장 좋은 자리를 차지하려고 옥신각신 실랑이를 벌였는데, 서로 욕설을 퍼붓는가 하면 때로는 할퀴거나 물어뜯기까지 했다.

"여기서 얼른 자고 일어나서 달이 질 때 굴하임을 향해 출발할 거야. 이제 이 길을 앞으로 아홉 시간이나 열 시간만 더 달려가면 돼. 다음 달이 떠오르기 전까지는 그곳에 도착해야 해. 그런 다음 잔치를 벌일 생각이야. 알겠지? 네가 우리처럼 되는 의식을 치르는 거야!"

웨스트민스터 공작이 말했다.

"아프진 않을 거야. 넌 아마 의식을 치르는 줄도 모를걸. 의식을 치른 뒤, 네가 얼마나 행복해질지 생각해 봐."

아치볼드 피츠휴 경이 말했다.

그러자 그들 모두가 이런저런 이야기를 늘어놓기 시작했다. 구울이 되는 게 얼마나 근사하고 멋진 일인지 모른다면서 자신들의 강력한 이빨로 으깨어 삼켜 버린 모든 것들에 대해 얘기를 했다. 그들 가운데 하나가 자신들은 아프지도 않고 병에 걸리지도 않는다고 자랑했다. 글쎄, 자신들의 먹잇감이 무슨 병에 걸려 죽었는지 상관없이 자신들은 그 먹잇감을 그냥 우적우적 씹어 먹을 수 있다는 것이었다. 그들은 자신들이 가 본 장소들에 대해서도 말해 주었는데, 대부분이 지하 묘지나 전염병으로 죽은 사람들을 집단으로 파묻은 구덩이였다. ("그런 구덩이에는 맛있는 게 정말 많지." 하고 중국의 황제가 말하자 다들 동의했다.) 그들은 보드에게 각자 자신의 이름을 갖게 된 사연을 들려주며, 보드도 차례가 되어 일단 이름 없는 구울이 되면 자기들처럼 새로 멋진 이름을 갖게 될 거라고 했다.

"그렇지만 난 당신들처럼 되고 싶지 않아요."

보드가 말했다.

"어떻게 해서든 넌 우리와 동족이 되는 게 좋을 거야. 그 외의 다른 길은 더 골치 아플걸. 누군가의 뱃속에서 소화되어 버리면 오랫동안 여기 주변에서 즐길 수도 없거든."

바스-웰스 교구의 주교가 쾌활하게 말했다.

"그런 무시무시한 얘기는 안 하는 게 좋아. 구울이 되는 게 가장 좋지. 우리 구울들은 아무것도 두렵지 않아!"

중국의 황제가 말했다.

관에서 떼어 낸 나무로 지핀 모닥불 주위에 있던 모든 구울들이 그 말을 듣고 길게 짖는 소리를 내며 웃고, 으르렁거리는 듯한 소리로 환호하고, 노래를 부르다가 자기들이 얼마나 현명한지, 그리고 자기들이 얼마나 강한지 그리고 아무것도 두렵지 않다는 게 얼마나 멋진 일인지 감탄하며 외쳐 댔다.

그 순간 저 멀리 사막에서 어떤 소리가 들려왔다. 멀리서 무언가가 길게 울부짖는 소리였다. 그러자 구울들은 공포에 질린 듯 횡설 수설하면서 모닥불 쪽으로 바짝 옹송그리며 모여들었다.

"저게 무슨 소리죠?"

보드가 물었다.

구울들은 고개를 가로저었다.

"사막에 뭔가가 있어. 쉿, 조용히 해! 이러다 우리 소릴 듣겠어!"

구울 하나가 나지막이 속삭였다.

그러자 모든 구울들이 잠시 동안 조용해졌지만 사막에 뭔가가 있다는 사실을 금세 잊어버리고는 다시 상스러운 말과 욕설로 가득한 구울들의 노래를 부르기 시작했다. 그 가운데 가장 인기 있는 대목은 썩어 가는 시신의 부위를 어떤 순서로 먹을 것인지 죽 읊는 것이었다.

"집으로 돌아가고 싶어요. 난 여기에 있고 싶지 않아요."

그들이 그 노래에 나오는 부위를 마지막 한 조각까지 다 읊고 나자 보드가 말했다.

"그런 소리 마. 글쎄, 꼬마야, 내가 장담하는데, 네가 우리 동족이 되는 순간 넌 너한테 집이 있었다는 사실조차 전혀 기억하지 못할 거야."

웨스트민스터 공작이 말했다.

"난 내가 구울이 되기 전의 나날들에 대해선 아무것도 기억 못해."

유명한 작가 빅토르 위고도 옆에서 거들었다.

"나도 그래."

중국의 황제가 자랑스럽게 말했다.

"나도."

미국의 33대 대통령도 맞장구쳤다.

"넌 선택받은 무리의 일원이, 세상에서 가장 똑똑하고 강하고 용감한 종족의 일원이 되는 거야."

바스-웰스 교구의 주교가 뽐내듯 말했다.

보드는 구울들의 용기나 지혜에 전혀 감명받지 않았다. 하지만 그들이 강하고 무자비할 정도로 빠르다는 사실만은 인정했다. 그리고 지금 보드는 그들 무리 한가운데에 있었다. 여기서 탈주를 시도한다는 건 불가능했다. 10미터도 못 가 붙잡히고 말 것 같았다.

캄캄한 어둠 속 저 멀리에서 뭔가가 다시 또 울부짖었다. 그러자 구울들이 모닥불 쪽으로 더 가까이 이동했다. 보드의 귀에 구울들이 코를 훌쩍이며 욕설을 퍼붓는 소리가 들렸다. 보드는 비참한 심정으로 집을 몹시 그리워하며 눈을 감았다. 그는 정말 구울이 되고 싶지 않았다. 보드는 이렇게 걱정스럽고 절망적인 상황에서 과연 자기가 잠들 수나 있을까 생각했다. 그런데 아주 놀랍게도 어느새 잠이 들어 두세 시간을 잤다.

무척 크고 가까이에서 들리는 당황한 듯한 소리에 보드는 잠에서 깼다.

"아니, 그 친구들은 대체 어디로 간 거야? 응?"

보드가 눈을 떠보니 바스-웰스 교구의 주교가 중국의 황제를 향해 외치고 있었다. 그들 무리 가운데 둘이 밤에 흔적도 없이 그냥 사라졌는데, 그들이 어디로 갔는지를 아무도 설명하지 못했다. 나머지 구울들은 안절부절못했다. 그들은 재빨리 짐을 쌌고, 미국의 33대 대통령이 보드를 어깨에 둘러멨다.

구울들은 바위 절벽을 허우적거리며 다시 내려가 길로 들어서는 불길한 핏빛 하늘 아래에서 굴하임을 향해 갔다. 오늘 아침 그들은 유난히 활기가 없어 보였다. 지금 그들은 무언가로부터 도망을 치고 있는 것처럼 보였다. 구울에게 들려 흔들거리며 길을 가고 있는 보드가 봤을 때는 적어도 그래 보였다.

생기 없는 눈빛을 한 태양이 하늘 높이 걸린 정오 무렵, 구울들이 걸음을 멈추고 옹송그리며 모였다. 그들 앞에는 상승 온난 기류를 타고 하늘 높은 곳에서 빙빙 돌고 있는 나이트곤트 수십 마리가 있었다.

구울들은 두 파로 나뉘었다. 동료들이 사라진 걸 별다른 의미가 없다고 느끼는 파와 나이트곤트 같은 뭔가가 자신들을 잡아가려고 하는 것이라고 믿는 파가 그것이었다. 구울들은 합의에 이르지 못했고, 그저 다만 나이트곤트들이 하강할 때를 대비해 그것들에게 던질 돌멩이로 무장하자는 데만 전체가 합의했다. 그들은 사막 바닥에서 자갈들을 주워 옷 호주머니를 가득 채웠다.

그들 왼쪽 저 멀리 사막에서 뭔가가 길게 울부짖었다. 그러자 구울들은 서로의 눈을 쳐다봤다. 이번 소리는 간밤에 들은 소리보다 더 컸고 더 가깝게 들렸는데, 늑대가 굵직하게 울부짖는 소리 같았다.

"저 소리 들었어?"

런던 시장이 물었다.

"아니."

미국의 33대 대통령이 대답했다.

"나도 못 들었는데."

아치볼드 피츠휴 경이 말했다.

그때 다시 울부짖는 소리가 들려왔다.

"빨리 집으로 돌아가야 해."

웨스트민스터 공작이 커다란 돌멩이를 집어 들며 말했다.

악몽의 도시 굴하임은 그들 앞에 놓인 높은 바윗덩어리 위에 자리하고 있었다. 구울들은 그 도시를 향해 껑충껑충 달려갔다.

"나이트곤트들이 나타났다! 놈들에게 돌을 던져라!"

바스-웰스 교구의 주교가 소리쳤다.

이 시점에서 보드는 미국 33대 대통령의 등에 매달린 채 위아래로 튕기듯이 흔들거리며 가고 있었던 탓에 시야에 들어오는 모든 것이 거꾸로 뒤집혀 보이는 데다, 길에서 피어오른 모래 먼지가 얼굴을 뒤덮어 상황을 제대로 볼 수조차 없었다. 그래도 보드는 독수리 울음소리 같은 소리가 들리자 다시 한 번 나이트곤트들의 언어로 소리 높여 구조 요청을 했다. 이번에는 어느 누구도 보드를 막지 않았지만, 보드는 나이트곤트들이 울부짖는 소리와 구울족이 하늘을 향해 돌멩이를 집어 던지며 퍼붓는 욕설과 저주 소리 너머로 누군가에게 자신의 소리가 들릴지 확신할 수 없었다.

보드는 또다시 울부짖는 소리를 들었는데, 이번에는 오른쪽에서 들려왔다.

"망할 놈들 수십 마리가 또 나타났군."

웨스트민스터 공작이 침울하게 말했다.

미국의 33대 대통령이 보드를 유명한 작가 빅토르 위고에게 넘겨주자, 위고는 아이를 자루 속에 던져 넣고 어깨에 둘러멨다. 보드는 자루에서 먼지를 뒤집어쓴 장작 냄새보다 더 나쁜 냄새가 나지 않아서 정말 기뻤다.

"놈들이 물러간다! 놈들이 가고 있어!"

구울 하나가 외쳤다.

"꼬마야, 이제 걱정 마. 굴하임에 도착하면 이런 터무니없는 일은 하나도 겪지 않을 거야. 굴하임은 뚫고 들어올 수 없는 난공불락의 요새니까."

자루 가까이에서 누군가가 말했는데, 보드 생각에는 바스-웰스 교구의 주교 목소리 같았다.

보드는 나이트곤트들과 싸우다가 죽거나 다친 구울들이 있는지 알 수 없었다. 보드는 바스-웰스 교구의 주교가 퍼붓는 저주의 말을 듣고 구울들 일부가 달아났을지도 모른다고 짐작했다.

"어서, 서둘러!"

웨스트민스터 공작인 듯한 구울이 소리치자 구울들이 달리기 시작했다. 자루 속에 있는 보드는 유명한 작가 빅토르 위고의 등에 아플 정도로 부딪치기도 하고 가끔은 바닥에 떨어지기도 하다 보니 불편하기 짝이 없었다. 자루 속에는 관에서 떼어 낸 장작 가운데 마지막으로 남은 장작 몇 개가 나사와 못까지 박힌 채 같이 들어 있어서 훨씬 더 불편했다. 그런데 나사 하나가 보드의 손 바로 아래를 쿡쿡 찔렀다.

자신의 포획자가 한 걸음씩 내디딜 때마다 보드는 이리저리 치이고, 덜컹거리고, 퍽 거꾸러지고, 부딪쳤지만 간신히 오른손으로 그 나사를 잡았다. 나사 끝을 만져 보니 날카로웠다. 보드는 마음속으로 희망을 품었다. 그런 뒤 나사로 자신의 뒤에 있는 천을 꾹 밀어 뾰족한 나사 끝이 천에 박히자 도로 나사를 빼내 구멍을 뚫은 다음, 처음 뚫은 그 구멍 조금 아래에 구멍 하나를 더 뚫었다.

뒤쪽에서 뭔가가 다시 한 번 울부짖는 소리가 들렸다. 그러자 보드는 구울족을 두려움에 떨게 만들 수 있는 존재라면 자신이 상상할 수 있는 것보다 훨씬 더 무시무시할 거라는 생각이 들었다. 잠시 그는 나사로 자루의 천을 찌르는 것을 멈췄다. 자루에서 떨어져 어떤 사악한 짐승의 입으로 들어가게 되면 어떡하지? 하지만 적어도 그렇게 죽는다면 자기 자신의 본모습으로, 자신의 모든 기억을 안고, 부모가 누구인지, 사일러스 아저씨가 누구인지, 심지어는 루페스쿠 선생님이 누구인지 아는 상태로 죽는 거라고 보드는 생각했다.

그거면 충분했다.

보드는 다시 자루로 덤벼들어서 놋쇠 나사로 자루의 천을 쿡 찔러 또 다른 구멍이 날 때까지 힘껏 밀었다.

"가만히 있어, 꼬마야! 이제 계단만 올라가면 우린 집에 도착해. 굴하임에 정말 무사히 도착하는 거야!"

바스-웰스 교구의 주교가 소리쳤다.

"만세!"

다른 누군가가 소리쳤는데, 아마도 아치볼드 피츠휴 경 같았다.

이제 보드의 포획자들의 움직임이 달라졌다. 더 이상 앞으로만 움직이고 있지 않고 이제는 위로 올랐다 앞으로 나아갔다, 다시 또 위로 올랐다 앞으로 나아갔다 하는 식으로 계속 움직이고 있었다.

보드는 손가락으로 자루를 힘껏 찔러 밖을 내다볼 수 있는 구멍을 만들었다. 그는 구멍으로 밖을 내다보았다. 위로는 음울한 붉은 하늘이 보였고, 아래로는……

사막의 바닥이 보였지만 그것은 이제 그의 아래로 수백 미터 떨어진 곳에 있었다. 그들 뒤로 계단이 뻗어 있었으나 그건 거인들을 위해 만들어 놓은 계단이었다. 보드의 오른쪽에는 황토색 바위로 된 벽이 있었다. 보드가 있는 위치에서는 굴하임이 보이지 않았지만, 그들 위쪽에 있는 게 분명했다. 보드의 왼쪽에는 몹시 가파른 낭떠러지가 있었다. 보드는 계단에 똑바로 일직선으로 떨어져야만 하겠다고 판단했다. 그리고 구울들이 집으로 무사히 돌아가는 데

필사적이 되어 있어서 자신이 탈출 시도를 하려는 것을 알아차리지 못하기를 간절히 바랐다. 붉은 하늘 높이 나이트곤트들이 망설이듯 빙빙 도는 것이 보였다.

보드는 자기 뒤로는 구울이 하나도 없는 걸 보고 기뻤다. 유명한 작가 빅토르 위고가 맨 뒤에서 가고 있었던 것이다. 그러니 자루에 뚫린 구멍이 점점 커져 간다는 사실을 동료들에게 알려 줄 구울은 하나도 없었다. 또 보드가 자루 밖으로 떨어져도 그걸 볼 구울 역시 하나 없었다.

하지만 바로 그때 다른 뭔가가 눈에 들어왔다…….

보드는 자루의 구멍에서 얼른 몸을 떼고 옆으로 누웠다. 하지만 그는 이미 계단 아래쪽에서 회색의 거대한 뭔가가 그들을 뒤쫓아 오고 있는 것을 보았다. 보드는 격렬하게 으르렁거리는 소리를 들을 수 있었다.

오언스 씨는 똑같이 싫은 두 가지가 있으면 "나는 지금 '악마'와 '깊고 푸른 바다' 사이에 있어."와 같은 식으로 표현을 하곤 했다. 보드는 묘지에서 살았던 평생 동안 악마도, 깊고 푸른 바다도 본 적이 없었기 때문에 대체 그 말이 무슨 뜻일까 궁금해했다.

나는 지금 구울과 괴물 사이에 있어. 보드는 생각했다.

그런 생각을 하고 있을 때, 날카로운 송곳니가 자루를 물더니 끌어당겨 급기야 자루가 보드가 만들어 놓은 구멍까지 죽 찢어졌다. 보드는 돌계단으로 굴러떨어졌는데, 그곳에는 개처럼 생겼지만 개보다 훨씬 큰, 거대한 회색 동물이 으르렁거리고 침을 흘리며 보드를 옆에서 지켜보고 있었다. 이글이글 타오르는 눈, 새하얀 송곳니, 거대한 발을 지닌 동물이 숨을 헐떡거리며 보드를 뚫어지게 바라보고 있었다.

보드 앞에 가던 구울들이 걸음을 멈췄다.

"제길, 노라가 나타났다! 지옥의 개가 빌어먹을 꼬마를 잡아간다!"

웨스트민스터 공작이 소리쳤다.

"녀석은 잡아가게 놔두고, 어서 달아나!"

중국의 황제가 말했다.

"에잇!"

미국의 33대 대통령이 외쳤다.

구울들은 계단을 달려 올라갔다. 계단의 각 단이 자신의 키보다 높은 걸 보고 보드는 이제 그 계단이 거인들이 깎아서 만든 게 틀림없다고 확신했다. 달아나는 중에도 구울들은 뒤를 돌아보며 그 짐승을 향해서, 어쩌면 보드까지 포함한 것인지도 모르지만, 저속한 손짓을 날리기 위해 멈춰 서곤 했다.

그 짐승은 그 자리에 그대로 있었다.

이 짐승이 날 잡아먹을 거야. 꼴좋다, 보드. 보드는 비통한 생각을 했다.

보드는 묘지에 있는 자기 집을 떠올렸다. 그런데 이제는 자기가 왜 집을 떠났는지 더 이상 기억나지 않았다. 그 짐승이 괴물이든 아니든, 보드는 다시 집으로 돌아가야 했다. 그곳에는 자신을 기다리는 사람들이 있었다.

보드는 그 짐승을 밀치며 넉 자 정도 아래에 있는 다음 계단으로 뛰어내렸는데, 착지할 때 발목이 땅에 닿으며 삐끗하는 바람에 고통스러워하며 바위 계단에 "쿵" 하고 넘어지고 말았다.

그 짐승이 달려와 자기 쪽으로 훌쩍 뛰어내리는 소리가 들렸다. 보드는 꿈틀거리며 몸을 일으켜 멀리 피하려고 했지만 발목이 극심한 고통으로 마비되어 말을 듣지 않았다. 그는 몸을 가누지도 못한 채로 다시 쓰러졌다. 보드는 그 계단의 바위 벽 쪽에서 옆에 아무것도 없는 낭떠러지 쪽으로 쓰러지며, 자신이 상상조차 할 수 없는 악몽과도 같은 높이에서 굴러떨어졌다.

그리고 그렇게 떨어지고 있는 동안 보드는 그 회색 짐승이 있는 곳에서 분명한 어떤 목소리를 들었다. 그것은 루페스쿠 선생님의 목소리였다.

"오, 보드!"

보드는 이제껏 자신이 꾸었던 추락하는 모든 꿈에서처럼 허공을 가르며 아래의 땅바닥을 향해 무섭게 정신없이 떨어졌다. 그때 보드는 자기 마음이 단 하나의 생각을 품을 수 있는 크기밖에 되지 않는 것처럼 느껴졌다. '저 커다란 개는 사실은 루페스쿠 선생님이야' 하는 생각과 '내 몸은 이제 곧 바위투성이 바닥에 철퍼덕 하고 떨어질 거야' 하는 생각이 자신의 머릿속을 서로 점령하려고 다투었다.

그 순간 뭔가가 보드와 같은 속도로 떨어지며 보드를 감쌌다. 그러고는 가죽처럼 튼튼한 날개의 요란한 날갯짓 소리가 들리더니 모든 것이 느려졌다. 바닥은 이제 더 이상 방금 전과 같은 속도로 그를 향해 다가오고 있지 않는 것 같았다.

날개가 더 세게 펄럭거리더니, 그들은 살짝 하늘로 떠올랐다. 이제 보드의 머릿속에는 '내가 날고 있어!' 하는 생각뿐이었다. 그리고 정말로 그는 날고 있었다. 보드는 고개를 돌렸다. 자기 위로 완전히 벗겨진 암갈색 머리가 보였는데, 움푹 들어간 눈은 마치 반들반들 윤이 나는 검정 유리 조각 같았다.

보드는 나이트곤트들의 언어로 "도와주세요!"란 뜻을 지닌 새된 소리를 냈다. 그러자 나이트곤트는 싱긋 웃으며 그 대답으로 굵직하게 "우우" 하는 소리로 냈다. 나이트곤트는 기뻐하는 것처럼 보였다.

급강하한 후 서서히 속도가 늦어지더니 쿵 소리를 내며 그들은 사막 바닥에 착륙했다. 보드는 일어서려고 했지만 이번에도 그를 배반한 발목에 비틀거리다가 모래에 처박혔다. 세찬 바람에 매서운 사막 모래가 몰아쳐 보드는 살갗이 따끔거렸다.

나이트곤트는 가죽 같은 날개를 접고 보드 옆에 웅크리고 앉았다. 보드는 묘지에서 자랐기 때문에 날개 달린 종족의 모습을 많이 보아 왔지만 비석에 있는 천사들의 모습은 나이트곤트와 완전히 달랐다.

그리고 이제 굴하임의 그림자 속에서 사막을 가로질러 그들을 향해 엄청나게 큰 개처럼 보이는 거대한 회색 짐승이 달려왔다.

그 개는 루페스쿠 선생님의 목소리로 말했다.

"보드, 나이트곤트들이 네 목숨을 구해 준 게 이번이 세 번째야. 첫 번째는 네가 도와 달라고 큰 소리로 외쳤을 때야. 나이트곤트들은 그 소리를 듣고 나한테 와서 그 소식을 전해 주며 네가 있는 곳을 알려 줬어. 두 번째는 어젯밤 모닥불 주변에서 네가 잠들어 있을 때였어. 나이트곤트들은 어둠 속에서 빙빙 날아다니다가 구울 둘이 하는 얘기를 들었대. 그 둘은 네가 자기들에게 불행을 안겨 줄 거라면서 돌로 네 머리를 내리쳐 죽인 다음 나중에 다시 찾아낼 수 있는 곳에다 숨겨 놨다가 네 시체가 적당히 썩으면 먹어 치우자고 하더래. 그래서 나이트곤트들이 그 문제를 조용히 처리했어. 그리고 이번에 떨어지는 너를 받으면서 세 번째로 너를 구한 거야."

"루페스쿠 선생님 맞죠?"

개처럼 생긴 커다란 머리가 보드 쪽으로 다가왔다. 순간적으로 보드는 미칠 듯한 공포에 사로잡혀 그것이 자기를 물어뜯을 것이라 생각했다. 하지만 그것은 혀로 보드의 뺨을 사랑스럽게 핥았다.

"발목을 다쳤니?"

"예. 일어설 수가 없어요."

"그럼 내 등에 올라타."

루페스쿠 선생님으로 밝혀진 거대한 회색 짐승이 말했다.

그녀는 끽끽거리는 듯한 새된 나이트곤트의 언어로 뭐라고 말했다. 그러자 나이트곤트가 다가와 보드를 떠받쳐 주었고, 보드는 루페스쿠 선생님의 목에 팔을 둘렀다.

"내 털을 잡아. 꽉 잡으렴. 자, 출발하기 전에 인사를 하자꾸나."

그러면서 그녀는 깩깩거리며 새된 고성을 질렀다.

"그 소리는 무슨 뜻이에요?"

"'고맙습니다.' 또는 '안녕히 가세요.'란 뜻이야. 둘 다를 뜻할 때도 있고."

보드가 최선을 다해 루페스쿠 선생님이 낸 소리와 비슷하게 깩깩거리며 소리를 지르자 나이트곤트는 재미있는지 킬킬거리며 웃었다. 그런 뒤 나이트곤트는 보드와 비슷한 소리를 지르고는 가죽 같은 커다란 날개를 펼치고 힘차게 날갯짓을 하며 사막의 바람 속으로 뛰어들어, 바람을 타고 하늘을 나는 연처럼 높이 날아올랐다.

"자, 잘 잡아."

짐승의 모습을 한 루페스쿠 선생님이 그렇게 말하고 나서 달리기 시작했다.

"무덤들로 이루어진 벽으로 가는 거예요?"

"구울의 문 말이니? 아니야. 그 문은 구울들이 드나드는 곳이야. 나는 하느님의 사냥개란다. 지옥을 드나들 때는 나만이 다니는 길이 따로 있지."

보드 느낌에는 그녀가 조금 전보다 훨씬 더 빨리 달리는 것 같았
다.

하늘에 거대한 달과 그보다 작은 크기의 곰팡이색 달이 떴다. 심
홍색의 또 다른 달이 거기에 합류했다. 회색 늑대 모습의 루페스쿠
선생님은 그 달들 아래에서 해골투성이 사막을 가로질러 계속 성큼
성큼 달려갔다. 그녀는 작은 실개천 옆에 지어진 거대한 벌집처럼
생긴 부서진 진흙 건물 옆에 멈춰 섰다. 그 실개천은 사막의 바위에
서 졸졸 흘러나와 작은 웅덩이로 톡톡 떨어져 들어갔다가 다시 어
디론가 흘러갔다. 회색 늑대는 고개를 숙이고 물을 마셨고, 보드는
두 손으로 물을 퍼서 조금씩 여러 번에 나눠 마셨다.

"여기가 경계야."

루페스쿠 선생님인 회색 늑대가 말하자 보드는 위를 쳐다봤다.
세 개의 달은 사라지고 없었다. 이제 은하수가 보였는데, 아치 모
양의 하늘을 가로질러 희미하게 빛나는 장막 같은 은하수를 보드는
한 번도 본 적이 없는 것처럼 바라보았다. 하늘은 별들로 가득했다.

"참 아름답네요."

보드가 말했다.

"집으로 돌아가면 별들의 이름과 별자리를 가르쳐 줄게."

"좋아요."

보드는 그녀의 거대한 회색 등에 다시 기어올라 털 속에 얼굴을
파묻고 꼭 매달렸다. 그리고 단 몇 초가 지난 것 같은데 어느새 보
드는 꼴사납게도 성인 여자의 등에 업힌 여섯 살짜리 꼬마의 모습
으로 묘지를 가로질러 오언스 부부의 무덤으로 향하고 있었다.

"아이가 발목을 다쳤어요."

루페스쿠 선생님이 말했다.

"아유, 어린 게 가여워서 어쩌나!"

오언스 부인이 루페스쿠 선생님에게서 아이를 건네받아 실체가 없는 두 팔로 흔들어 어르며 이렇게 덧붙였다.

"걱정하지 않았단 말은 못 하겠어요. 실제로 걱정을 많이 했으니까요. 하지만 아이가 이제 돌아왔으니 그걸로 됐어요."

그리고 보드가 더할 나위 없이 편안한 마음으로 땅속의 아늑한 곳에 누워 베개에 머리를 기대자 온화하지만 노곤한 어둠이 그를 찾아왔다.

보드의 왼쪽 발목이 퉁퉁 부어오르면서 시퍼레졌다. 트레푸시스 박사(1870~1936, *신의 은총 속에서 깨어나기를.*)는 보드의 발목을 살펴보더니 단순히 발목을 삐었을 뿐이라고 진단했다. 루페스쿠 선생님은 약국에 가서 발목용 압박 붕대를 구해서 돌아왔고, 흑단 지팡이와 함께 묻혔던 조사이어 워딩턴 준남작은 지팡이를 보드에게 빌려주겠다고 고집했는데, 보드는 그 지팡이를 짚고 백 살이 된 할아버지인 척하며 대단히 재미있어 했다.

보드는 절뚝거리며 언덕을 올라가 비석 밑에서 접혀진 종이 한 장을 꺼냈다.

하느님의 사냥개

그는 종이에 적힌 글자를 읽었다. 자주색 잉크로 적혀 있는 그것은 목록의 첫 번째 항목이었다.

사람들이 '늑대인간'이라고 부르는 존재. 늑대인간 자신들은 스스로를 '하느님의 사냥개'라고 부르는데, 자신들의 몸이 늑대로 변하는 것은 자신들의 조물주인 하느님이 주신 선물이라고 주장하면서 불굴의 끈기로 악인을 지옥의 문까지 뒤쫓아 하느님의 선물에 보답하기 때문이다.

보드는 고개를 끄덕였다.

악인한테만 그러는 건 아냐. 보드는 생각했다.

그는 그 목록의 나머지 내용도 읽어 내려가며 최대한 기억하려고 애썼다. 그런 다음 예배당으로 내려가 보니 루페스쿠 선생님이 언덕 아래쪽에 있는 피쉬앤칩스* 가게에서 사 온 작은 고기 파이 하나와 커다란 감자튀김 한 봉지를 앞에 놓고 그를 기다리고 있었다. 그리고 그 옆에는 자주색 잉크로 적은 또 다른 목록들이 쌓여 있었다.

두 사람은 감자튀김을 나눠 먹었고, 루페스쿠 선생님은 심지어 한두 번 미소를 짓기도 했다.

사일러스 아저씨가 그달 말에 돌아왔다. 그는 왼손에 자신의 검정 가방을 들고 오른팔을 뻣뻣하게 들고 있었다. 하지만 그 사람은 사일러스 아저씨가 분명했고, 보드는 그가 돌아와서 기뻤다. 그리고 그가 선물을 주었을 때는 더욱 행복했는데, 선물은 샌프란시스코에 있는 금문교의 소형 모형이었다.

거의 자정이 다 되었지만 아직도 완전히 어둡지는 않았다. 세 사

---

* 생선 튀김에 감자튀김을 곁들여 먹는 영국의 대중적인 요리.

람은 언덕 꼭대기에 앉아 그들 아래로 희미하게 빛나는 도시의 불빛을 내려다보았다.

"내가 없는 동안 아무 문제도 없었겠지?"

사일러스 아저씨가 물었다.

"많은 것을 배웠어요."

보드는 아직도 금문교 모형을 손에 든 채였다. 보드가 밤하늘을 손으로 가리켰다.

"저건 큰곰자리와 아들인 작은곰자리예요. 그들 사이에 뱀처럼 구불구불한 모양으로 있는 건 용자리고요."

"아주 훌륭한데."

사일러스 아저씨가 말했다.

"아저씨는요? 이곳을 떠나 있는 동안 배운 게 있나요?"

보드가 물었다.

"오, 그럼."

사일러스 아저씨는 그렇게만 대답하고, 자세히 말해 주려고 하지는 않았다.

"저도요. 저도 배운 게 있어요."

루페스쿠 선생님이 새침하게 말했다.

"다행이군요."

사일러스 아저씨가 말했다. 참나무 가지에서 올빼미 한 마리가 "부엉부엉" 하며 울었다.

"사실은 내가 떠나 있는 동안 이상한 소문을 들었는데, 몇 주 전에 두 사람이 이곳을 벗어나 내가 따라갈 수 없는 아주 먼 곳까지 나갔다는 소문이었소. 보통은 내가 조심하라고 충고를 하겠지만 다른 존재들과 달리 구울들은 기억력이 나빠서 금방 잊는다오."

"괜찮아요. 루페스쿠 선생님이 저를 잘 보살펴 주셨어요. 저는 결코 어떤 위험에도 처하지 않았어요."

보드가 이렇게 말하자 루페스쿠 선생님은 두 눈을 반짝반짝 빛내며 보드를 바라보았다. 그러고는 사일러스 아저씨를 바라보며 말했다.

"이 아이가 배워야 할 게 굉장히 많아요. 내년에도 한여름에 오면 이 아이를 또 가르쳐야 할 것 같아요."

사일러스 아저씨는 루페스쿠 선생님을 향해 한쪽 눈썹을 살짝 올렸다. 그런 뒤 보드를 바라보았다.

"저도 좋아요."

보드가 말했다.

4장
마녀의 비석

묘지의 끄트머리에 마녀가 한 사람 묻혀 있다는 것은 누구나 다 아는 사실이었다. 보드는 자신이 기억할 수 있는 아주 어린 시절부터 오언스 부인에게서 그쪽으로는 절대 가까이 가지 말라는 말을 누누이 들어왔다.

"왜요?"

보드가 물었다.

오언스 부인은 "살아 있는 사람의 건강에는 좋지 않기 때문이야. 그쪽 끝은 축축해. 사실 그곳은 습지야. 그곳에 갔다가는 지독한 감기에 걸릴 거야."라고 대답했다.

오언스 씨는 아내만큼 잘 둘러대지 못하고 대충 얼버무리며 "거긴 좋은 곳이 아니야."라고만 말했다.

엄밀한 의미에서의 묘지는 언덕의 서쪽 비탈 기슭의 오래된 사과나무 아래에서 끝이 나는데, 그곳에는 꼭대기에 녹이 슬어 가는 작은 철침이 달린 철책이 둘러쳐져 있었다. 그리고 그 철책 너머 황무지에는 쐐기풀, 잡초, 가시관목, 가을 낙엽 같은 것들이 가득했다. 대체로 말을 잘 듣는 아이였던 보드는 철책 사이로 몸을 비집고 들어가 그곳으로 넘어가지는 않았지만 그곳으로 가서 철책 사이로 바깥을 살펴본 적은 있었다. 보드는 자신이 그곳에 얽힌 사연을 전부 다 듣지 못했다는 사실을 알고 있었고, 그 사실은 보드를 안달 나게 했다.

보드는 다시 언덕을 올라 묘지 정문 근처에 있는 작은 예배당으로 가서 날이 이두워질 때까지 기나렸다. 해 질 녘이 되어 하늘이 회색빛에서 자줏빛으로 서서히 바뀌자 첨탑 안에서 무거운 벨벳이 펄럭이는 것 같은 소리가 나더니 사일러스가 종탑에 있는 자신의 안식처를 떠나 첨탑 아래로 머리부터 거꾸로 기어 내려왔다.

"묘지의 저쪽 끝에는 뭐가 있어요? 그러니까 이 교구의 제빵사인 해리슨 웨스트우드와 그의 부인들인 매리언과 조앤의 무덤 너머에는 뭐가 있죠?"

보드가 물었다.

"그건 왜 묻지?"

그의 후견인이 상앗빛 손가락으로 검정 옷에 묻은 먼지를 털어 내며 말했다.

보드는 어깨를 으쓱했다.

"그냥 궁금해서요."

"그곳엔 성화(聖化)되지 않은 땅이 있어. 그게 무슨 뜻인지 아니?"

"사실은 잘 몰라요."

사일러스는 떨어진 나뭇잎 하나 건드리지 않고 오솔길을 가로질러 와 보드의 옆자리에 앉았다.

그는 비단결 같은 목소리로 이렇게 말했다.

"모든 땅이 성스럽다고 믿는 사람들이 있단다. 우리가 이 땅에 오기 전에도, 그리고 온 후에도 성스럽다고 믿는 사람들 말이야. 하지만 바로 여기, 네가 사는 땅의 사람들은 사람이 죽으면 묻힐 교회와 땅을 따로 마련해 신의 축복을 빌어 성스럽게 만들었어. 그리고 그 성스럽게 만든 땅 주변은 신의 축복을 빌지 않은 채로 놔두고는 무연분묘*로 삼아, 범죄자들, 자살한 사람들, 믿음이 없는 자들이 묻히게끔 했지."

"그럼 울타리 저편에 있는 땅에 묻힌 사람들은 나쁜 사람들이군요?"

사일러스는 완벽한 한쪽 눈썹을 치켜 올렸다.

"음? 아니, 그건 아냐. 어디 보자, 그러고 보니 그쪽으로 내려가 본 지도 꽤 됐군. 하지만 내 기억에 특별히 악한 사람은 없었던 것 같아. 옛날에는 동전 한 닢 훔쳤다고 목을 매달아 죽이기도 했어. 그리고 자신의 삶이 너무나 견딜 수가 없어서 서둘러 저세상으로 가는 게 최선이라고 믿는 사람들 역시 언제나 있어 왔단다."

"자살하는 사람들 말이죠?"

보드가 말했다. 이제 여덟 살쯤 된 보드는 천진난만하고 호기심이 많았다. 하지만 멍청하지는 않았다.

"그렇단다."

"그런데 그런 게 통해요? 그 사람들은 죽어서 행복해졌을까요?"

"가끔은 그런 사람도 있겠지. 하지만 대부분은 그렇지 않아. 그

---

* 자손이나 관리해 줄 사람이 없는 무덤.

건 마치 어딘가 다른 곳으로 가서 살면 더 행복할 거라고 믿는 사람들이 그런 식으로 해 봤자 통하지 않는단 걸 깨닫게 되는 것과 같아. 사람은 어디를 가든 본래 자신의 모습을 잃지 않는 법이거든. 무슨 말인지 알겠니?"

"어느 정도는요."

사일러스는 손을 뻗어 아이의 머리카락을 헝클어뜨렸다.

"마녀는요?"

보드가 물었다.

"미녀도 마찬가지야. 자살한 사람들, 범죄자들, 마녀들. 고해성사로 죄를 용서받지 못하고 죽은 사람들도 다 그곳에 묻혀 있어."

사일러스가 일어서자 어스름 속에 까만 그림자가 드리워졌다.

사일러스가 덧붙여 말했다.

"계속 얘기하느라 아직 아침도 못 먹었구나. 이러다 너도 수업에 늦겠다."

묘지의 어스름 속에서 까만 벨벳이 펄럭이는 소리가 들리는가 싶더니 사일러스는 자취를 감추었다.

보드가 페니워스 선생님의 웅장한 묘에 이르렀을 무렵 달은 이미 하늘에 떠올라 있었다. 톰스 페니워스(*가장 영광스런 부활을 확신하며 여기 잠들다.*)는 벌써 보드를 기다리고 있었는데, 기분이 그리 썩 좋아 보이지는 않았다.

"지각이로군."

그가 말했다.

"죄송해요, 페니워스 선생님."

페니워스 선생님은 "쯧쯧" 하고 혀를 찼다. 지난주에 페니워스 선생님은 보드에게 '요소와 기질'에 대해 가르쳤지만 보드는 뭐가 뭔지 자꾸만 잊어버렸다. 그래서 시험을 볼 거라는 보드의 예상과는 달리 페니워스 선생님은 이렇게 말했다.

"이제 때가 된 것 같아. 앞으로 며칠 동안은 실제로 도움이 되는 문제들을 다룰 생각이야. 어쨌든 시간이 빠르게 흘러가는구나."

"그래요?"

"유감스럽지만 그래, 오언스 군. 보자, 눈앞에서 사라지는 건 잘돼?"

그 질문은 보드가 정말 받지 않기를 바란 것이었다.

"괜찮은 편이에요. 정말이에요. 선생님도 잘 아시잖아요."

"아니, 오언스 군. 난 몰라. 내 앞에서 사라지는 걸 한번 보여 주겠니?"

보드는 가슴이 철렁 내려앉았다. 보드는 숨을 깊게 들이마신 뒤 눈을 가늘게 뜨고 사라지려고 최선을 다했다.

그러나 페니워스 선생님을 감동시키지는 못했다.

"쳇! 그렇게 하는 게 아냐, 그렇게 하는 게 전혀 아니라고! 죽은 사람들이 하는 식으로 미끄러지듯 슬쩍 사라져야지. 그림자 속으로 슬쩍 미끄러지듯이 말이야. 상대가 의식하지 못하게 사라져야지. 다시 해 봐!"

보드는 사라지려고 더욱 안간힘을 썼다.

"네 모습이 **명명백백하게** 보여. 코도 아주 확실하게 보이고. 얼굴의 다른 부분도 마찬가지야, 오언스 군. 몸도 마찬가지로 또렷이 보여. 제발 마음을 비워, 당장. 넌 텅 빈 골목길이야. 넌 비어 있는 출입구야. 넌 존재하지 않아. 어떤 눈도 너를 볼 수 없어. 어떤 마음도 너를 담을 수 없어. 네가 어디 있든 넌 그 누구도, 그 무엇도 아니야."

보드는 다시 시도해 보았다. 눈을 감고 자신이 그 웅장한 묘의 얼룩이 묻은 벽 속으로 사라져 밤의 그림자가 되어서는 더 이상 존재하지 않는다고 상상했다. 그러다가 보드는 재채기를 했다.

"형편없군."

페니워스 선생님은 한숨을 푹 내쉬고는 계속 말했다.

"형편없기 짝이 없어. 아무래도 이 문제에 대해 네 후견인과 얘길 해 봐야겠어."

그는 고개를 절레절레 흔들었다.

"그럼, 그냥 기질에 대해 복습이나 하시. 하나씩 대 봐."

"음, 다혈질, 담즙질, 점액질. 그리고 또 하나가 더 있는데…… 으음, 우울질인 것 같아요."

그런 식으로 페니워스 선생님의 수업 시간은 지나갔다. 다음은 이 교구의 노처녀 리티샤 보로스(*살아평생 어떤 남자에게도 해를 끼치지 않은 사람. 이 글을 읽는 당신, 자신도 마찬가지라고 말할 수 있는가?*)와 함께하는 문법과 작문 시간이었다. 보드는 보로스 선생님도, 그녀의 작은 무덤이 주는 아늑함도, 수업을 하다가 너무나도 쉽게 주제에서 벗어나 옆길로 새는 것도 좋았다.

"선생님, 사람들이 그러는데, 그 뭐라더라, '성화'되지 않은 땅에 마녀가 한 사람 묻혀 있대요."

보드가 말했다.

"그렇단다. 그런데 설마 그곳에 가 보고 싶은 건 아니겠지?"

"그럼 왜 안 되죠?"

보로스 선생님은 죽은 사람들 특유의 악의 없는 미소를 지었다.

"거기에 묻힌 사람들은 우리와 다른 종류의 사람들이거든."

"하지만 그곳 또한 묘지가 맞잖아요. 안 그래요? 제 말은 제가 원한다면 거기에 가 봐도 되지 않느냐는 거예요."

"아무튼 그건 권하고 싶지 않아."

보드는 말을 잘 듣는 아이였지만 호기심이 많은 아이이기도 했다. 그래서 그날 밤 수업이 모두 끝나자 보드는 제빵사 해리슨 웨스트우드와 그의 가족들의 무덤 앞에 놓인, 한쪽 팔이 떨어져 나간 천사상이 달린 기념비를 지나갔다. 하지만 보드는 무연분묘 쪽으로 언덕을 기어 내려가지는 않았다. 대신 보드는 언덕 비탈을 걸어 올라가 30년 전 소풍을 왔던 사람들이 기념으로 심은 커다란 사과나무 한 그루가 있는 곳으로 갔다.

보드가 살면서 터득한 교훈이 몇 가지 있었다. 몇 년 전 그는 맛이 시고 씨가 하얀 익지 않은 사과를 배가 터지도록 따먹었다가, 위에 경련이 이는 고통에 며칠 동안 고생을 하며 그러지 말걸 하고 후회한 적이 있었다. 그때 오언스 부인에게 어떤 것을 먹지 말아야 하는지를 배웠다. 그래서 이제 보드는 반드시 사과가 익을 때까지 기다렸다가 따먹었고, 또 하룻밤에 두세 개 이상은 절대로 먹지 않았다. 지난주에 사과나무에 열린 마지막 사과 한 알까지 다 따먹어 버려 사과는 더 이상 없었지만, 그 사과나무는 생각하기에 안성맞춤이라 보드가 즐겨 찾는 곳이었다.

보드는 사과나무 몸통을 잡고 그가 가장 좋아하는 가지가 둘로 갈라지는 지점까지 조금씩 올라갔다. 그는 거기에서 자기 아래에 있는 무연분묘를 내려다보았는데, 달빛 속에 잡초와 베어 내지 않은 풀로 무성한 땅이 보였다. 보드는 그곳의 마녀가 무쇠 이빨과 닭다리처럼 생긴 다리로 집 안을 온통 휘젓고 다니는 늙은 노파인지, 아니면 비쩍 마른 몸에 코는 뾰족하고 빗자루를 가지고 다니는 여자인지 궁금했다.

그때 배에서 꼬르륵 소리가 나자 보드는 배가 고프다는 사실을 깨달았다. 보드는 '나무에 열린 사과를 다 따먹지 않았더라면 좋았을 텐데' 하고 생각했다. 딱 한 알만이라도 남겨 뒀더라면 얼마나 좋았을까…….

그러면서 보드가 흘낏 위를 쳐다보자 눈에 뭔가가 보이는 것 같았다. 보드는 다시 한 번 쳐다보고, 또다시 쳐다보고는 확신했다. 그건 바로 빨갛게 익은 사과였다.

보드는 자신의 나무를 타고 오르는 기술에 자부심을 갖고 있었다. 그는 이 가지에서 저 가지로 놈을 옮겨 휙휙 올라가며 자기가 몹시 가파른 벽돌담도 매끄럽게 타고 올라가는 사일러스 아저씨라고 상상했다. 달빛 속에서 거의 겁게 보이는 빨간 사과는 아직 손이 닿지 않는 곳에 매달려 있었다. 보드는 나뭇가지를 따라 천천히 앞으로 이동했고 마침내 그 사과 바로 아래에 이르렀다. 보드가 위로 손을 뻗자 손가락 끝이 그 완벽한 사과에 닿았다.

하지만 그는 그 사과를 맛보지 못할 운명이었다.

"딱" 하는 소리가 사냥꾼의 총소리만큼이나 크게 나면서 보드의 몸을 지탱하고 있던 나뭇가지가 부러졌다.

얼음처럼 날카로운 섬광 같은 통증에 보드는 여름 밤, 나무 아래의 잡초 속에서, 느린 벼락을 맞은 낯빛으로 정신을 차렸다.

그가 쓰러져 있는 땅바닥은 비교적 푹신했으며 이상하게도 따뜻했다. 그는 한 손으로 바닥을 짚었는데 뭔가 따스한 털 같은 게 만져졌다. 보드는 묘지 관리인이 풀을 베어서 쌓아 둔 풀 더미 위로 떨어졌던 것이다. 그 덕택에 보드는 크게 다치지 않았다. 그래도 가슴에는 통증이 있었고 떨어지는 순간 발목을 삐었는지 다리가 아팠다.

보드는 신음 소리를 냈다.

"쉿, 조용. 쉿, 조용히 해야지, 꼬마야. 넌 어디서 왔니? 뇌석처럼 떨어지던데, 어쩌다 그리된 거야?"

뒤쪽에서 어떤 목소리가 들려왔다.

"사과나무에서 떨어졌어요."

보드가 말했다.

"아, 그랬구나. 어디 다리 한번 볼까. 나뭇가지처럼 부러진 게 틀림없어 보이는데 말이야."

그 말과 함께 차가운 손가락이 그의 왼쪽 다리를 쿡쿡 찔렀다.

"아니, 부러지지는 않았네. 삐었군. 맞아, 접질린 것 같아. 퇴비더미에 떨어지다니, 꼬마야, 넌 정말 운이 좋았어. 세상이 끝나는 것도 아닌데, 힘내."

"다행이네요. 하지만 아파요."

보드는 고개를 돌려 자기 뒤쪽을 올려다보았다. 그 여자는 보드보다 나이가 들었지만 어른은 아니었으며, 다정해 보이지도 그렇다고 매정해 보이지도 않았다. 다만 경계심이 많아 보였다. 지적인 얼굴이기는 했지만 아름다움과는 전혀 거리가 먼 얼굴이었다.

"저는 보드예요."

"살아 있다는 그 애?" 하고 그녀가 물었다.

보드는 고개를 끄덕였다.

"나도 그럴 거라고 짐작은 했어. 이곳 무연분묘에 묻혀 있는 사람들도 네 얘기를 들었어. 사람들은 너를 어떻게 부르니?"

"오언스요, 노바디 오언스. 줄여서 보드라고 불러요."

"안녕, 보드?"

보드는 그녀를 아래위로 훑어보았다. 그녀는 소박한 흰색 원피스를 입고 있었다. 머리카락은 칙칙한 담갈색으로 길었고 얼굴은 어딘지 좀 요귀 비슷한 데가 있었는데, 그건 바로 얼굴의 나머지 부분이 무얼 하고 있던 입가에 계속 머금고 있는 삐딱한 엷은 미소 때문이었다.

"저, 혹시 자살을 한 거예요? 아니면 동전 한 닢을 훔친 거예요?"

보드가 물었다. 그러자 그녀가 발끈하며 말했다.

"난 결코 아무것도 훔치지 않았어. 손수건 한 장도 훔친 적 없다고. 아무튼, 자살한 사람들은 저쪽 산사나무 맞은편에 묻혀 있고, 교수형 당한 흉악범들은 둘 다 나무딸기 덤불숲에 묻혀 있어. 하나는 위조 화폐를 만든 놈이고, 다른 하나는 노상강도였던 놈이야. 아무튼 자기 말로는 노상강도라는데, 내가 볼 땐 흔한 소매치기나 밤손님 이상은 아냐."

"그렇군요."

그러다가 문득 보드는 뭔가를 알아채고 머뭇거리며 이렇게 말했다.

"저기, 사람들이 그러는데 여기에 마녀가 한 사람 묻혀 있대요."

그녀는 고개를 끄덕였다.

"물에 빠뜨리고 불로 태운 다음 여기에 파묻었지. 묻은 곳을 표시해 줄 비석조차 하나 세워 주지 않고 말이야."

"그럼 혹시 물에 빠지고 불태워졌다는 그 사람이 당신인가요?"

그녀는 베어서 쌓아 놓은 풀 더미 위의 보드 옆에 앉더니 얼음장 같은 손으로 덜덜 떨리고 있는 보드의 다리를 잡았다.

"새벽에 사람들이 내 작은 오두막으로 쳐들어와서는, 아직 잠도

다 깨지 않은 나를 마을 중앙의 잔디밭으로 질질 끌고 갔어. '넌 마녀야!' 하고 사람들이 소리쳤는데, 다들 뚱뚱하고 아침에 북북 문질러 세수해서 얼굴이 벌게져 있는 꼴이, 꼭 장날에 팔려고 깨끗이 씻겨 놓은 돼지 새끼 같았지. 그들이 한 명씩 일어나더니 자기 집 우유가 상했다는 둥, 자기 집 말이 갑자기 절름발이가 되었다는 둥 허튼소리를 해 대는 거야. 그러다가 마지막으로 '저마이마'라는 여자가 일어났는데, 거기 모인 사람들 가운데서 가장 뚱뚱하고 얼굴이 제일 벌건 게 가장 열심히 북북 문질러 씻은 것 같았어. 그 여자가 하는 말이, 솔로몬 포리트가 요즘 자기를 멀리하고, 대신 꿀단지 주변을 맴도는 말벌처럼 세탁장 주변을 어슬렁거린다는 거였어. 그런데 글쎄 그가 그렇게 된 건 다 나의 마법 때문이며, 그 불쌍한 젊은이는 마법에 걸린 게 틀림없다는 거야. 그러자 사람들이 나를 징벌 의자에 꽁꽁 묶더니 의자째 오리 연못 속에 빠뜨렸어. 내가 마녀라면 죽지도 상관하지도 않을 거고, 내가 마녀가 아니라면 고통을 느낄 거라면서 말이야. 그리고 저마이마의 아버지는 그들에게 은화를 한 닢씩 주며 더러운 녹색 물속에서 의자를 오랫동안 붙잡고 있는 동안 내가 숨이 막혀 죽는지 아닌지 확인하라고 했지."

"그래서 어떻게 됐어요?"

"폐에 가득 물이 들어찼고 난 거의 다 죽어 갔지."

"그랬군요. 그럼 당신은 결국 마녀가 아니었네요."

소녀는 구슬 같은 유령의 눈으로 보드를 뚫어지게 쳐다보더니 한쪽 입꼬리가 처지게 씩 웃었다. 그녀는 여전히 요귀처럼 보이긴 했지만 이제는 예쁜 요귀처럼 보였다. 보드는 그녀가 솔로몬 포리트의 마음을 끌기 위해 마법 같은 건 필요하지 않았을 거라고 생각했다. 그런 미소를 지니고 있는 데 마법 따위는 필요 없을 것 같았다.

"터무니없는 소리야. 나는 마녀였어. 그들이 그 사실을 알게 된 건 징벌 의자에 묶인 나를 풀어서 잔디밭에 눕혔을 때였어. 난 거의 다 죽어 가는 채로 수초와 악취 나는 연못의 오물로 뒤덮여 있었어. 나는 눈을 부릅뜨고 눈알을 굴리며 그곳 마을 잔디밭에 있던 사람들 하나하나를 저주했어. 그들 가운데 어느 누구도 결코 무덤에서 편히 쉬지 못할 것이라면서 말이야. 내 입에서 저주가 얼마나 쉽게 술술 터져 나오던지 난 깜짝 놀랐어. 마치 춤을 추듯이 저주의 말이 쏟아져 나오는 거야. 전혀 들어 본 적도 없고 알지도 못하는 새로운 곡에 맞춰 발이 절로 움식이며 새벽까지 계속 춤을 추듯이 말이야."

그녀가 일어서더니 춤을 추듯 빙글빙글 돌며 발을 앞으로 쭉쭉 뻗자 달빛 속에서 그녀의 맨발이 하얗게 빛났다.

"그런 식으로 나는 그들을 저주했어. 연못의 물을 많이 마신 탓에 꺽꺽대며 마지막 숨을 토해 내는 순간까지 말이야. 그러고는 숨이 멈췄지. 그들은 마을 잔디밭에서 내 시신을 까만 숯덩이가 될 때까지 태웠어. 그러고는 무연분묘에 있는 구덩이에다 휙 던져 버렸어. 내 이름 적은 비석 하나 세워 주지 않고 말이야."

그녀는 여기까지만 말하고 말을 멈췄는데 한순간 애석해하는 표정이 떠오르는 것 같았다.

"그럼, 그 사람들 가운데 묘지에 묻힌 사람은 없나요?"

보드가 물었다. 그러자 소녀가 눈을 반짝거리며 말했다.

"한 사람도 없어. 그들이 나를 물에 빠뜨렸다가 불태워 버린 그 주 토요일에 멀리 런던에서 포린저 씨 앞으로 양탄자가 하나 배달되었어. 튼튼한 양털을 가지고 훌륭한 솜씨로 짠 아주 멋진 양탄자였지. 그런데 나중에 밝혀지길 그 양탄자만 온 게 아니었어. 그

양탄자의 무늬 속에 전염병 균도 딸려 왔던 거였지. 월요일이 되자 그들 가운데 다섯 명이 기침을 하며 피를 토했고, 그들의 피부는 불속에서 끄집어 낸 내 시신처럼 시커메졌어. 일주일 뒤에는 마을 사람들 대부분이 전염병에 걸렸고, 살아남은 사람들은 마을 바깥에 전염병으로 죽은 사람들을 집단으로 묻을 구덩이를 파 놓고 시신들을 완전히 마구잡이로 던져 넣은 뒤, 구덩이를 메워 버렸지.”

“그럼 마을 사람들 모두가 죽은 거예요?”

그녀는 어깨를 으쓱했다.

“내가 물에 빠지고 불에 타는 모습을 지켜본 사람들은 모두 다 죽었어. 그건 그렇고 이제 다리는 어때?”

“한결 좋아진 것 같아요. 고마워요.”

보드는 천천히 일어서서 풀 더미에서 절뚝거리며 내려왔다.

보드가 철책에 몸을 기대며 물었다.

“그럼 당신은 처음부터 마녀였나요? 그러니까 그들 모두를 저주하기 전에도요?”

“넌 솔로몬 포리트가 내 오두막 주위를 맴돈 게 내가 마법을 부려서라고 생각하나 봐.”

그녀는 콧방귀를 뀌며 말했다.

그 말은 사실 보드 자신이 한 질문에 대한 대답이 전혀 아니었지만 보드는 그런 생각을 입 밖으로 내지 않았다.

“이름이 뭐예요?”

보드가 물었다.

“비석도 없는데, 아무나면 어때, 안 그래?”

입꼬리가 축 처지며 그녀가 시무룩하게 대답했다.

"하지만 이름은 있을 거 아니에요."

"괜찮다면 리자 헴스톡이라고 불러."

그녀가 톡 쏘듯이 말하고는 이렇게 덧붙였다.

"아니, 그게 그렇게 무리한 부탁이야? 내 무덤을 표시할 뭔가를 부탁하는 게. 난 바로 저기에 묻혀 있어, 보여? 내가 묻혀 있는 곳이라고 알려 주는 건 쐐기풀 밖에 없어."

한순간이었지만 그녀가 너무 슬퍼 보여서 보드는 그녀를 껴안아 주고 싶었다. 그리고 울타리의 철책 사이로 몸을 비집고 나오는데 이런 생각이 떠올랐다. 리자 헴스톡의 비석을 마련해 거기에다 그녀의 이름을 적어 주자. 그녀를 웃게 만들어 주자.

보드는 언덕을 기어오르기 전에 손을 흔들어 작별 인사를 하려고 돌아섰지만 그녀는 이미 그곳에 없었다.

묘지에는 다른 사람들의 비석이나 조각상에서 떨어져 나온 돌덩이들이 굴러다녔지만 무연분묘에 있는 잿빛 눈동자의 마녀에게 그런 것들을 가져다주는 것은 전적으로 잘못된 일이라고 보드는 생각했다. 그보다 더 나은 것을 마련해야 할 것 같았다. 보드는 누군가에게 말하면 그러지 말라고 말릴 것이라는 전적으로 부당하지만은 않은 근거를 바탕으로, 어느 누구에게도 지금 자신이 꾸미고 있는 일을 말하지 않기로 결심했다.

그다음 며칠에 걸쳐 보드의 마음은 이런저런 계획들로 가득했는데, 떠오르는 계획들은 시간이 갈수록 더 복잡하고 터무니없는 쪽으로 변했다. 페니워스 선생님은 절망한 나머지 칙칙한 수염을 긁으며 선언하듯 말했다.

"분명히 점점 더 안 좋아지고 있어. 넌 전혀 사라지지 않고 있어.

아주 똑똑히 보여. 너를 못 보고 지나치기도 어렵겠다. 네가 자주색 사자나 초록색 코끼리, 예복을 걸치고 영국 왕을 상징하는 진홍색 유니콘을 타고 온다면 분명히 사람들은 다른 것들은 다 제쳐 두고 너만 빤히 쳐다볼 거야."

보드는 그저 페니워스 선생님의 얼굴을 빤히 쳐다보기만 하고 아무 말도 하지 않았다. 사실 보드는 산 사람들이 모이는 곳에는 비석만 전문적으로 파는 가게가 있을까, 만약 있다면 자기가 어떻게 그런 가게를 하나 찾아낼 수 있을까 하고 생각하는 중이었다. 눈앞에서 사라지는 일 따위에는 전혀 관심이 없었다.

문법과 작문 시간이 되자 보드는 수업 중에 다른 어떤 화제로도 기꺼이 전환하는 보로스 선생님의 성향을 활용해 선생님에게 돈에 대해, 그러니까 정확히 돈의 역할이 뭔지, 원하는 물건을 얻기 위해서는 돈으로 어떻게 해야 하는지를 물어보았다. 보드는 수년에 걸쳐 동전을 많이 모아 뒀고 (보드는 돈을 발견할 수 있는 가장 좋은 장소는 연애 중인 남녀가 껴안고 바싹 달라붙어 키스하며 뒹구는 장소로 사용하는 묘지의 풀밭이라는 것을 알고 있었다. 그런 연인들이 있었던 장소를 나중에 가 보면 땅에서 동전들을 종종 발견하곤 했다.) 드디어 이 동전들을 사용할 수 있겠다고 생각했다.

"비석 하나에 얼마쯤 할까요?"

보드가 보로스 선생님에게 물었다.

"내가 살던 시대에는 15기니*면 됐는데, 요즘에는 얼마나 하는지 잘 모르겠구나. 그보단 비싸겠지. 훨씬 더 많이 비쌀 거야."

---

* 영국의 옛 금화.

보드는 수중에 2파운드 53펜스를 가지고 있었다. 그 돈으로는 턱없이 부족할 것 같았다.

보드가 온몸이 남색인 남자의 무덤을 찾아간 뒤로 그의 인생의 반평생, 그러니까 4년이 흘렀다. 하지만 보드는 그곳에 가는 길을 아직도 기억하고 있었다. 그는 언덕 꼭대기를 기어올라 전체 마을 보다 높고, 사과나무의 꼭대기보다도, 작은 예배당의 첨탑보다도 높은 곳으로 갔다. 거기에는 프로비셔가의 능이 썩은 이빨처럼 서 있었다. 보드는 프로비셔의 능 안으로 슬며시 들어가서 관 뒤에 있는 구멍을 통해 아래로, 아래로, 훨씬 더 아래로, 계속 아래로 내려가 언덕 속 중심부 쪽으로 난 자그마한 돌계단 앞까지 갔다. 그런 뒤 그 돌계단을 내려가 마침내 돌로 된 방에 도착했다. 그 지하 무덤은 주석 광산만큼이나 캄캄했지만 보드는 죽은 사람들과 마찬가지로 어둠을 볼 수 있었으므로 그 방은 보드 앞에 자신의 비밀을 고스란히 드러냈다.

슬리어는 고분의 벽을 휘감고 있었다. 보드는 슬리어의 존재를 느낄 수 있었다. 슬리어는 보드가 기억하는 모습 그대로였다. 온통 덩굴손 모양의 안개로 자욱한 가운데, 눈에 보이지는 않아도 증오와 탐욕으로 가득한 그 존재를 느낄 수 있었다. 하지만 이번에는 그것이 두렵지 않았다.

"우리를 두려워하라. 절대 잃어선 안 되는 소중한 것들을 지키는 우리를 두려워하라."

슬리어가 속삭였다.

"난 당신들이 두렵지 않아요. 내가 그렇게 말했던 것 기억하죠? 난 이곳에서 뭔가를 가져가려고 왔어요."

보드가 말했다. 그러자 어둠 속에서 고분의 벽에 휘감겨 있는 그것으로부터 대답이 들려왔다.

"절대 어느 것도 가져갈 수 없다. 칼, 브로치, 술잔. 우리 슬리어는 어둠 속에서 그것들을 지킨다. 우리는 기다리고 있다."

"죄송하지만 한 가지 물어볼게요. 여기가 당신들의 무덤인가요?"

"이곳을 지키도록 주인님이 우리를 여기 평원에 세워 두셨다. 우리의 두개골을 이 돌 아래에 묻어 두시고, 우리가 무엇을 해야 하는지 가르쳐 주시고 우리를 떠나셨다. 우리는 주인님이 돌아오실 때까지 보물을 지켜야 한다."

그러자 보드가 이렇게 지적했다.

"당신들의 주인님은 당신들을 까맣게 잊은 것 같은데요? 당신들의 주인님은 이미 오래전에 죽은 게 틀림없어요."

"우리는 슬리어. 우리는 이곳을 지킨다."

보드는 언덕 속의 가장 깊은 무덤이 평원에 있었을 때로 거슬러 올라가려면 얼마나 오래전으로 가야할까 궁금했다. 그건 틀림없이 굉장히 오래전일 거라고 생각했다. 보드는 슬리어가 공포의 물결을 굽이치게 만들어 어떤 벌레잡이 식물의 덩굴손처럼 자기 주위를 휘감는 것을 느꼈다. 마치 북극의 독사한테 심장이 물려 얼음같이 찬 독이 자신의 몸속으로 들어오는 것처럼 그는 서서히 냉기를 느끼기 시작했다.

보드는 한 발짝 앞으로 나아가 석판에 바싹 붙어 섰다. 그러고는 손을 뻗어 차가운 브로치를 움켜쥐었다.

"쉭쉭! 우리는 주인님을 위해 그걸 지켜야 한다."

슬리어가 속삭였다.

"당신들의 주인님은 이런 것에 신경 쓰지 않을 거예요."

보드는 그렇게 말하며 뒤로 한 발짝 물러난 다음, 바닥에 있는 사람들과 동물들의 말라 버린 유골을 피하며 돌계단 쪽으로 걸어갔다.

화가 난 슬리어는 꿈틀거리며 온몸을 비틀어 유령처럼 흐릿한 연기의 모습으로 작은 방을 휘감았다. 그 움직임은 매우 느릿느릿했다.

"보물은 돌아온다. 언제나 돌아온다."

뒤엉킨 세 개의 목소리로 슬리어가 말했다.

보드는 인딕 속의 돌세난을 최대한 빠르게 올라갔다. 어느 지점에서는 뒤에서 뭔가가 자신을 뒤쫓아 온다는 생각이 들었다. 하지만 계단 꼭대기까지 올라와서 프로비서가의 능으로 나와 새벽의 시원한 공기를 맡았을 때는 더 이상 아무것도 움직이거나 따라오지 않았다.

보드는 브로치를 손에 쥐고 언덕 꼭대기의 탁 트인 곳에 앉아 있었다. 처음에는 브로치가 완전히 검은색이라고 생각했는데, 해가 떠오르자 검은색 쇠붙이의 한가운데에 붙은 돌이 소용돌이 모양의 빨간색이라는 것을 알 수 있었다. 보드는 꼭 울새 알 크기만 한 그것을 빤히 들여다보았다. 꼭 돌 중심부에 무언가가 움직이고 있는 것 같았기 때문이다. 보드가 지금보다 조금 더 어렸더라면 입으로 그것을 삼켜 버렸을지도 모를 만큼 그의 눈과 마음은 진홍빛 세상에 깊이 빠져들었다.

그 돌은 갈고리 발톱처럼 생긴 검정 쇠붙이의 걸쇠로 고정되어 있었으며, 그 돌 주위에는 기어 다니는 듯한 뭔가가 있었다. 그 뭔가는 뱀과 비슷하게 생겼지만 머리가 굉장히 많이 달려 있었다. 보드는 햇빛 속에서 보면 슬리어가 이런 모습일지도 모르겠다고 생각했다.

그는 자기가 아는 지름길을 따라 언덕을 내려갔다. 담쟁이덩굴로 뒤덮인 바틀비가의 지하 묘지를 지나고(그 안에서는 바틀비 가족들이 툴툴대며 잠자리에 들 준비를 하고 있었다), 계속 길을 가 철책을 통과해 무연분묘로 갔다.

"리자! 리자!"

보드는 소리치며 주변을 둘러보았다.

"안녕, 꼬마."

리자의 목소리가 들려왔다. 그녀의 모습은 보이지 않았지만 산사나무 아래에 나무 그림자 말고 그림자가 하나 더 있었다. 보드가 그쪽으로 다가가자 이른 아침의 햇살 속에서 그 그림자는 진주광택이 나는 반투명한 뭔가로 모습이 바뀌었다. 소녀의 모습 같은 뭔가로. 잿빛 눈동자를 지닌 뭔가로.

"곱게 잠들려고 했는데, 대체 무슨 일이야?"

"당신의 비석 말인데요, 비석에다 뭐라고 적고 싶은지 알고 싶어서요."

"내 이름. 비석에는 내 이름이 있어야지. 내가 태어나던 해에 숨을 거둔 늙은 여왕*을 나타내는 대문자 이(E)를 크게 새기고, 헴스톡을 나타내는 대문자 헤이치**를 새겨야지. 그것만 새겨 주면 다른 건 상관 안 해. 내가 다른 글자는 전혀 몰라서 말이야."

"날짜는요?"

그러자 그녀는 산사나무 안에서 새벽바람이 속삭이는 것 같은 목소리로 노래하듯 이렇게 말했다.

---

* 1603년 사망한 엘리자베스 1세를 말한다.
** 알파벳 에이치(H)를 잘못 발음한 것.

"정보왕 윌럼 천육십육*. 대문자 이 그리고 대문자 헤이치."

"혹시 직업이 있었나요? 그러니까, 마녀가 아니었던 시절에 말이에요."

"세탁 일을 했어."

죽은 소녀가 말했다. 그런 뒤 아침 햇살이 그곳 황무지로 쏟아져 내렸고, 보드는 혼자 남게 되었다.

이제 아침 9시였고, 보드 주변의 모든 세상은 잠이 들었다. 그러나 보드는 자지 않고 깨어 있어야겠다고 마음먹었다. 어쨌든 그에게는 수행해야 할 임무기 있었다. 여덟 살짜리 보느에게 묘지 밖의 세상은 전혀 두려움의 대상이 아니었다.

옷. 일단 옷이 있어야 할 것 같았다. 평소에 입는 회색 수의는 적절치 못한 옷차림이었다. 묘지에서는 비석이나 그림자와 같은 색인 이 수의를 입어도 괜찮았다. 하지만 묘지 담장 너머의 세상으로 모험을 나서려면 그곳에 섞일 필요가 있었다.

폐허가 된 교회 지하실에 옷이 몇 벌 있기는 했지만 보드는 지금이 대낮일지라도 그 지하실에는 내려가고 싶지 않았다. 그는 오언스 부부에게는 자신이 하려는 일을 밝힐 준비가 돼 있었지만 사일러스 아저씨에게는 밝히지 않을 작정이었다. 화가 난 어두운 그 두 눈만 생각해도, 아니 더 심하게는 실망한 아저씨의 두 눈만 생각해도 보드의 마음은 수치심으로 가득 찼다.

묘지 한쪽 끝에 정원사의 오두막이 있었다. 엔진 오일 냄새가 나

---

*비석에는 대개 연도가 들어간다는 사실을 아는 리자가 어디선가 귀동냥으로 들은, 연도가 들어가는 그럴싸한 구절을 그대로 옮기고 있다. 하지만 사실 리자는 글자도 아라비아 숫자도 모른다. 또한 정복왕 윌리엄이 누군지도 모르고 프랑스의 노르만족이 정복왕 윌리엄을 앞세워 잉글랜드를 침략해서 정복한 1066년이 그녀의 출생이나 사망 연도는 더더욱 아니다.

는 그 작은 녹색 건물 안에는 사용하지 않는 낡은 잔디 깎는 기계가 녹슨 채로 다른 정원 작업 도구들과 함께 놓여 있었다. 오두막은 보드가 태어나기 전, 이 묘지의 마지막 정원사가 일을 그만둔 뒤로 계속 방치되어 있었다. 이제 묘지를 돌보는 일은 시의회(시의회에서는 4월에서 9월까지 한 달에 한 번씩 사람을 보내 잔디를 깎고 오솔길을 청소하게 했다.)와 '묘지 후원회'라는 단체의 지역 자원봉사자들이 함께 나누어 맡았다.

문에는 커다란 자물쇠가 달려 있어 오두막 안에 있는 물건들에 접근하지 못하도록 했지만, 보드는 오래전 오두막 뒤쪽에서 헐거운 나무판을 발견한 적이 있었다. 가끔 혼자 있고 싶을 때면 그는 정원사의 오두막 안에 앉아 생각에 잠기곤 했다.

그동안 오두막에 드나들면서 보드는 갈색 작업복 재킷이 문 뒤쪽에 걸려 있다는 것을 알고 있었다. 재킷은 여러 해 전에 잊혔거나 버려진, 풀물이 밴 정원용 작업 바지와 함께 걸려 있었다. 그 바지는 보드에게는 너무 컸지만 일단 보드는 발목이 드러날 때까지 바짓단을 말아 올렸다. 그런 다음 정원용 갈색 끈으로 허리띠를 만들어 허리에 묶었다. 한쪽 구석에 장화도 있어서 신어 보았지만 보드에게 엄청 큰 데다 진흙과 콘크리트로 뒤덮여 있어서 발을 질질 끌어야만 겨우 움직일 수 있었다. 제대로 한 걸음을 떼면 발만 쏙 빠지고 장화는 오두막 바닥 제자리에 그대로 있었다. 보드는 헐거운 나무판 틈새로 재킷을 먼저 밖으로 밀어내고 자기도 몸을 비집고 나와 재킷을 걸쳤다. 소매를 접어서 말아 올리면 괜찮을 것 같았다. 재킷에는 호주머니가 여럿 달려 있었다. 보드는 호주머니에 두 손을 찔러 넣자 자신이 꽤 멋쟁이처럼 느껴졌다.

묘지의 정문으로 걸어 내려간 보드는 정문의 창살 사이로 밖을 내다보았다. 도로에 버스 한 대가 덜컹거리며 지나갔다. 또 그곳에는 차들도 달려가고 있었으며 이런저런 소음도 들리고 가게들도 보였다. 보드의 뒤에는 나무와 담쟁이덩굴이 우거진 시원한 초록색 그늘이, 바로 그의 집이 있었다.

두근대는 가슴을 안고 보드는 바깥세상으로 걸어 나갔다.

아바나저 볼저는 살면서 이상한 사람들을 꽤 많이 만났다. 여러분이 아바나저처럼 그런 가게를 소유하고 있다면 여러분도 그런 종류의 사람들을 심심치 않게 볼 수 있을 것이다. 올드 타운*의 북적한 거리에 있는 아바나저의 가게는 조금은 골동품 가게 같기도 하고, 조금은 중고품 가게 같기도 하고, 또 조금은 전당포 같기도 했다(아바나저 자신조차 자신의 가게가 어떤 가게인지 전적으로 확신하지 못했다). 아무튼 그 가게에는 기묘한 물건들을 다루거나 이상한 사람들이 드나드는 일이 잦았다. 그 가운데는 물건을 사러 오는 사람도 있고 팔러 오는 사람들도 있었다. 아바나저 볼저는 카운터를 사이에 두고 사람들과 물건을 사고팔았다. 카운터 뒤쪽이나 가게 안쪽에 있는 밀실에서는 더 수지맞는 거래가 이루어졌는데, 정당하게 해서는 손에 넣지 못할 물건들을 그곳에서 몰래 입수해 조용히 처리하곤 했다. 그의 일은 빙산과도 같았다. 표면에는 먼지 자욱한 작은 가게만이 보였고, 나머지는 아래에 감춰져 있었는데, 그것이 바로 아바나저 볼저가 추구하는 가게 운영 방식이었다.

아바나저 볼저는 두꺼운 안경을 끼고 시종일관 살짝 못마땅한 표정을 짓고 있었다. 마치 차를 마시다가 차 속에 넣은 우유가 살짝

* 도시에서 가장 오래된 지역.

맛이 가려고 한다는 사실을 깨달았는데도 불구하고, 입에서 뱉지 못하고 머금고 있는 듯한 표정이었다. 그런 표정은 사람들이 그에게 물건을 팔려고 할 때 아주 효과적이었다. 그는 떫은 표정으로 사람들에게 이렇게 말하곤 했다.

"솔직히 말씀드려서 이건 값어치가 하나도 없는 물건입니다. 하지만 추억이 담긴 물건이니 최대한 비싸게 쳐드리지요."

아바나저 볼저에게 물건을 팔러 와 자신이 원하는 값을 받아 가는 사람은 대단히 운이 좋은 것이었다.

아바나저 볼저는 자신이 하는 일의 특성상 이상한 사람들을 많이 접해 왔지만, 그날 아침 찾아온 아이는 아바나저가 귀중품을 들고 찾아온 사람들을 속여 헐값에 손에 넣는 일을 해 오는 동안 만난 사람들 가운데 가장 기억에 남는 손님이었다. 일곱 살 가량 되어 보이는 아이는 자기 할아버지의 옷을 입고 있었다. 아이에게서는 헛간 냄새가 났다. 머리카락은 길고 텁수룩했으며 얼굴은 아주 진지했다. 양손은 먼지투성이인 갈색 재킷 호주머니에 깊숙이 찔러 넣고 있었는데, 굳이 들여다보지 않아도 아바나저는 아이가 오른손에 뭔가를 보호하듯이 아주 꽉 쥐고 있다는 것을 알 수 있었다.

"저기요."

아이가 말했다.

"그래, 안녕, 꼬마야."

아바나저는 아이를 주의 깊게 살피며 말했다. 그는 '애 녀석들. 녀석들은 훔친 무언가나 자기 장난감을 팔러 오지.' 하고 생각했다. 둘 중 어느 쪽이든, 그는 대개 그런 물건은 사지 않는다며 돌려보냈다. 아이에게서 훔친 물건을 샀다간 격분한 어른이 찾아 와 아이가 훔친 자신의 결혼반지를 10파운드에 사들였다며 비난당할 우려가 있기 때문이다. 애들은 돈이 되기보다는 골치를 썩일 소지가 더 많았다.

"친구를 위해 사야 할 게 있어서 그러는데, 제가 가지고 있는 물건을 아저씨가 사 주실 수 있을까 해서 왔어요."

아이가 말했다.

"나는 애들한테서는 물건을 사지 않아."

아바나저는 딱 잘라 말했다.

보드는 호주머니에서 손을 꺼내 더러운 카운터 위에 브로치를 올려놓았다. 아바나서는 그것을 흘깃 내려다보더니 이내 자세히 바라보았다. 아바나저는 끼고 있던 안경을 벗고 카운터에 있는 접안렌즈를 잡아 한쪽 눈에 갖다 대었다. 그리고는 카운터에 있는 작은 등을 켜서 접안렌즈를 통해 브로치를 살펴보았다.

"스네이크 스톤이잖아?"

그는 아이가 아니라 자신에게 혼잣말을 했다. 그리고 나서 접안렌즈에서 눈을 떼고 안경을 다시 쓰고는 떨떠름하고 의심스러운 눈초리로 아이를 뚫어지게 바라보았다.

"이건 어디서 났지?"

아바나저 볼저가 물었다.

"사실 거예요?"

"훔친 거로군. 박물관 같은 데서 이걸 슬쩍한 거야, 그렇지?"

그러자 보드가 단호하게 말했다.

"아뇨. 사실 거예요? 안 사시겠다면 전 이만 다른 사람을 찾으러 가 봐야겠어요."

그 순간 아바나저 볼저는 계속 짓고 있던 떫은 표정을 벗어던졌다. 갑자기 그는 무척 상냥한 얼굴이 되었다. 그가 활짝 웃으며 말했다.

"미안하구나. 이런 건 어디서나 흔히 볼 수 있는 물건이 아니라서 그래. 이런 허름한 가게에서는 보기 힘든 물건이거든. 박물관 밖에서는 보기 힘들어. 하지만 난 이 브로치가 정말 맘에 든단다. 있잖니, 안쪽 방에 초코칩 쿠키가 한 봉지 있으니, 우리 함께 자리에 앉아서 차와 과자를 들며 브로치의 값을 정하는 게 어떻겠니, 응?"

사내가 상냥하게 굴자 보드는 그제야 마음이 놓였다.

"저는 비석 하나를 살 돈이 필요해요. 제 친구를 위한 비석이에요. 음, 사실 그녀는 친구가 아니라 그냥 아는 사람이에요. 있잖아요, 그녀 덕분에 제 다리가 빨리 나은 것 같아요."

아바나저 볼저는 아이가 지껄이는 말을 건성으로 들으며 아이를 데리고 카운터 뒤로 가서 창고 문을 열었다. 창고는 유리창 하나 없는 작은 공간이었는데, 그곳에는 잡동사니로 가득한 종이 상자들이 위태위태하게 잔뜩 쌓인 채 꽉 들어차 있었다. 한쪽 구석에는 크고 낡은 금고가 하나 있었다. 바이올린, 박제된 동물 더미, 앉는 자리가 없는 의자, 책, 인쇄물로 가득 찬 상자도 하나 보였다.

문 옆에 놓인 작은 책상에 아바나저 볼저는 하나밖에 없는 의자를 끌어당겨 앉고 보드는 세워 뒀다. 아바나저가 서랍을 뒤적거렸는데, 서랍 안에 든 반쯤 마신 위스키 병이 보드의 눈에 들어왔다. 그리고 그는 거의 다 먹은 초코칩 쿠키 봉지를 서랍에서 꺼내 쿠키 하나를 아이에게 건넸다. 그런 다음 책상 등을 켜고 다시 브로치를 자세히 살펴보았다. 빨간색과 주황색이 섞인 소용돌이 모양의 돌에 이어, 그 돌을 둘러싼 검정색 금속 걸쇠를 살펴보다가 뱀처럼 생긴 동물 여러 개의 머리에 어린 표정을 보고는 전율에 휩싸이려는 것을 애써 참았다. 마침내 그가 입을 열었다.

"오래된 물건이군. 이건… "

값을 매길 수 없을 정도로 귀한 물건이야. 아바나저는 속으로만 생각하고 말을 이어 갔다.

"이건 사실 별로 값어치 있는 물건이 아니야. 넌 전혀 모르겠지만 말이지."

보드의 얼굴에는 실망한 기색이 역력했다. 아바나저 볼저는 기운을 돋워 주고 싶은 듯한 표정을 지으려 했다.

"이게 훔친 물건이 아니란 걸 알아야 내가 너한테 한 푼이라도 쥐여 줄 수 있단다. 혹시 엄마의 화장대에서 슬쩍해 온 건 아니겠지? 아님 박물관에서 훔쳤다던가? 아저씨한테 다 털어놔 봐. 널 곤경에 처하게 하지 않을 테니까. 그냥 알고 싶어서 그런 거란다."

보드는 고개를 가로저었다. 그리고는 쿠키를 와삭와삭 베어 먹었다.

"그럼 이 물건은 어디서 났니?"

보드는 아무 대답도 하지 않았다.

아바나저 볼저는 브로치를 내려놓고 싶지 않았지만 책상 너머 아이 쪽으로 그것을 밀었다.

"어디서 났는지 나한테 말해 줄 수 없다면 도로 가져가는 게 좋겠어. 어쨌든 양측이 서로 믿어야 거래를 할 수 있는 법이니까. 만나서 반가웠어. 미안하지만 거래를 더 진행시키기 힘들 것 같구나."

그러자 보드는 걱정스러운 얼굴이 되더니 이렇게 말했다.

"오래된 무덤 속에서 찾아냈어요. 하지만 어딘지는 알려 드릴 수 없어요."

보드는 갑자기 말을 딱 멈췄는데, 아바나저 볼저의 얼굴에서 상냥한 표정이 사라지고 탐욕과 흥분이 그 자리를 대신했기 때문이다.

"그럼 거기에 이런 물건이 더 있다는 거냐?"

"아저씨가 이걸 사고 싶어 하지 않으니 다른 사람을 찾아봐야겠어요. 과자 잘 먹었어요."

"왜 그리 서두르니, 응? 엄마 아빠가 기다리고 있나 보구나?"

아이는 고개를 가로저었는데, 곧바로 차라리 고개를 끄덕일 걸하고 후회했다.

"기다리는 사람이 없다니 잘됐어."

아바나저 볼저는 두 손으로 브로치를 감싸 쥐며 덧붙였다.

"자, 이제 이걸 정확히 어디서 찾아냈는지 말해, 응?"

"기억이 안 나요."

보드가 말했다.

"그런 말을 하기엔 너무 늦었어. 이걸 어디에서 찾았는지 너 혼자 여기서 잠깐 생각해 보는 게 좋겠구나. 생각이 나면 우리 다시이야기하자고."

그는 자리에서 일어나 방을 나가더니 문을 닫았다. 그러고는 커다란 쇠 열쇠로 문을 잠갔다.

그는 손을 펼쳐 브로치를 바라보며 탐욕스런 미소를 지었다.

바로 그 순간 "딸랑" 하고 출입구 위에 매달린 종이 울리며 누군가 가게 안으로 들어왔음을 알렸다. 그는 죄진 것마냥 화들짝 놀라고개를 들었지만 거기에는 아무도 없었다. 하지만 출입문은 약간열려 있었다. 아바나저 볼저는 문을 밀어서 닫은 다음, 추가로 유리창에 달린 알림판을 '영업 끝남' 쪽으로 돌려놓았다. 그리고 문에 빗

장까지 걸었다. 오늘은 참견하기 좋아하는 사람들이 나타나지 않았
으면 싶었다.

화창하던 가을날이 어느새 잿빛으로 변해 있었다. 지저분한 가게
유리창에 가볍게 빗물이 톡톡 떨어지기 시작했다.

아바나저 볼저는 카운터의 전화기를 들고 가늘게 떨리는 손가락
으로 버튼을 눌렀다.

그가 말했다.

"톰, 횡재했어. 최대한 빨리 이리로 와."

창고 문을 잠그는 소리를 들었을 때, 보드는 자신이 갇혔다는 사
실을 깨달았다. 보드는 문을 힘껏 당겨 보았지만 문은 꿈쩍도 하지
않았다. 꼬임에 넘어가 이곳으로 따라 들어온 자기가 멍청하게 느
껴졌다. 떫은 표정의 사내를 처음 봤을 때 느꼈던, 그에게서 멀리
달아나고 싶은 충동을 따르지 않은 자기가 바보같이 느껴졌다. 자
신이 묘지의 모든 규칙을 깨뜨린 것도 모자라 일까지 다 꼬여 버렸
다. 사일러스 아저씨가 알면 뭐라 하실까? 또 부모님은? 그런 생각
을 하자 갑자기 엄청 두려워지기 시작했지만 보드는 그런 걱정을
마음속 깊이 도로 꾹꾹 밀어 넣으며 두려움을 억눌렀다. 다 잘될 것
이다. 보드는 분명 그렇게 될 것이라고 확신했다. 물론 그러려면 먼
저 창고에서 빠져나가야 했다.

보드는 자신이 갇힌 방을 살펴보았다. 그곳은 책상 하나만이 달
랑 놓인 창고에 지나지 않았다. 그곳을 드나들 수 있는 곳이라곤 보
드가 들어왔던 문이 유일했다.

책상 서랍을 열어 보니, (골동품을 화사하게 손볼 때 사용하는)
작은 물감 병들과 붓 한 자루밖에 없었다. 보드는 과연 자신이 사내

의 얼굴에 물감을 확 끼얹어, 사내가 앞을 못 보는 사이 도망칠 수 있을까 궁금했다. 그는 물감 병 하나의 뚜껑을 열고 손가락을 살짝 담가 보았다.

"뭐 해?"

그의 귀 가까이에서 어떤 목소리가 물었다.

"아무것도 안 해요."라고 말하며 보드는 물감 병의 뚜껑을 돌려서 닫고 재킷의 커다란 호주머니 가운데 하나 속으로 살짝 떨어뜨려 넣었다.

목소리의 주인공은 리자 헴스톡이었다. 그녀가 무표정한 얼굴로 보드를 바라보며 물었다.

"왜 여기에 들어와 있어? 그리고 저 밖에 있는 비곗덩어리 아저씨는 누구야?"

"이 가게 주인이에요. 난 그 사람한테 물건을 팔러 왔고요."

"물건은 왜?"

"당신은 몰라도 돼요."

그 말에 그녀가 콧방귀를 뀌었다.

"아무튼 넌 묘지로 돌아가야 해."

"그럴 수 없어요. 가게 주인이 날 이곳에다 가뒀어요."

"그럴 수 없긴 뭐가 그럴 수 없어? 그냥 벽을 통과하면 되잖아."

보드는 고개를 가로저었다.

"난 여기 벽은 통과 못 해요. 내가 아기였을 때 얻은 묘지의 특권 덕분에 묘지에서는 그렇게 할 수 있지만, 여기서는 그렇게 못 해요."

보드는 그녀를 올려다보았다. 밝은 전등불 아래에서는 그녀를 제대로 쳐다보기 힘들었지만 보드는 평생을 죽은 사람들과 얘기를 나

누면서 살아오고 있었다. 그러다 문득 어떤 사실을 깨닫고 보드가
말했다.

"그나저나 여기서 뭐 하는 거예요? 묘지 바깥으로 나와서 뭐 하
는 거예요? 지금은 낮이라고요. 그리고 당신은 사일러스 아저씨와
는 달라요. 당신은 묘지 안에만 머물러야 하잖아요."

"묘지에 있는 자들은 지켜야 할 규칙이 있지만 신성하지 않은 땅
에 묻힌 자들에게 지켜야 할 규칙은 없어. 그러니 *나*한테는 아무도
뭘 하라는 둥 어디로 가라는 둥 간섭 못 해."

그녀는 분을 노려보더니 이렇게 말했다.

"난 저 인간이 맘에 안 들어. 저 인간이 뭐 하고 있는지 가 봐야
겠어."

불빛이 한 번 깜박인 후, 보드는 그 방에서 또다시 혼자가 되었
다. 멀리서 천둥이 우르릉거리는 소리가 들렸다.

〈볼저 골동품점〉의 어수선한 어둠 속에서 아바나저 볼저는 누군
가 자신을 지켜보고 있다고 확신하며 꺼림칙하다는 듯 고개를 들었
지만 곧바로 자신이 바보같이 굴고 있음을 자각했다.

"에이, 왜 이래. 아이는 창고에 가둬 놓았고, 가게 문은 걸어 잠
가 놓았는데 말이야."

그는 혼잣말을 했다. 아나바저는 고고학자가 유물을 발굴할 때만
큼이나 조심스럽게 스네이크 스톤을 둘러싸고 있는 금속 걸쇠를 윤
이 나도록 살살 닦고 있었는데, 걸쇠의 시커먼 묵은 때를 닦아 내자
반짝반짝 빛나는 은이 모습을 드러냈다.

아바나저 볼저는 덩치가 커서 사람들에게 겁을 주기에 딱 좋긴
해도 톰 허스팅스를 오라고 한 것을 슬슬 후회하기 시작했다. 또한
일이 끝나면 브로치를 팔아야 하는 것도 후회가 되기 시작했다. 그

브로치는 특별했다. 카운터의 조그만 전등 아래서 브로치가 빛나는 것을 보면 볼수록, 브로치가 자신의 것이, 오직 자신만의 것이 되었으면 하고 바라는 마음도 점점 커져만 갔다.

하지만 이 브로치를 찾은 곳에 이런 게 더 있다고 하질 않는가. 그 아이는 그곳이 어디인지 자신에게 실토하게 될 것이다. 그 아이가 그곳으로 자신을 데려갈 것이다.

그 아이가……

순간 그에게 어떤 생각이 떠올랐다. 그는 내키지 않았지만 마지못해 브로치를 내려놓고 카운터 뒤의 서랍을 열어 양철로 된 비스킷 통을 하나 꺼냈는데, 그 안에는 봉투, 카드, 쪽지가 가득했다.

그는 그 통에 손을 넣어 명함보다 아주 약간 더 큰 카드 한 장을 빼냈다. 그 카드에는 검은 테두리가 둘러져 있었다. 하지만 이름이나 주소가 찍혀 있지는 않았다. 그 카드 한가운데에는 잉크로 직접 쓴 단 한 글자만이 있었다. 본연의 색이 바래 이제는 갈색이 되어 버린 그것은 바로 '잭'이라는 글자였다.

아바나저 볼저는 그 카드 뒷면에 연필로 아주 조그맣고 정확한 글씨로 자기 자신에게 필요한 내용을 적어 둔 바 있었다. 자신이 그 카드 사용법을, 즉 잭이라는 사내를 호출하려면 그 카드를 어떻게 사용해야 하는지를. 자신이 잊어버릴 것 같지는 않았지만 그래도 혹시나 하여 잊어버렸을 경우 그 방법을 상기시킬 수 있도록 적어 두었던 것이다. 아니, 호출이 아니라, 초청한다고 해야 할 것이다. 잭과 같은 사람은 감히 아무나 호출할 수 있는 사람이 아니었다.

바로 그때 누군가 가게 문을 두드리는 소리가 들려왔다.

아바나저 볼저는 그 카드를 카운터에 툭 던져 놓고 문으로 걸어가 비 내리는 오후의 바깥 거리를 내다보았다.

"빨리 문 열어! 여기 바깥 날씨 장난 아냐. 지독해. 이러다 다 젖겠어!"

톰 허스팅스가 소리쳤다.

아바나저 볼저가 문을 열어 주자 톰 허스팅스는 가게 안으로 밀치고 들어왔는데, 그의 비옷과 머리카락에서 빗물이 뚝뚝 떨어졌다.

"그래, 무슨 그리 중요한 일이기에 전화로는 말을 못 한다는 거야?"

"우리 운명이 걸린 일이야. 그래서 그런 거야."

아바나저 볼저가 특유의 떫은 얼굴을 하며 대답했다.

허스팅스는 비옷을 벗어서 가게 문 뒤에다 걸었다.

"뭔데? 엄청난 장물이라도 들어온 거야?"

"보물이야. 그것도 두 가지씩이나."

그렇게 말한 아바나저 볼저는 친구를 카운터로 데려가 작은 등불 아래에서 브로치를 그에게 보여 줬다.

"오래돼 보이는데?"

"이 땅에 기독교가 들어오기 전 시대의 유물 같아. 정말 오래전이지. 아무래도 고대 켈트족 시대의 유물 같아 보여. 고대 로마인들이 이 땅에 들어오기 전 말이야. 이건 스네이크 스톤이라는 거야. 박물관에서 본 적 있어. 하지만 이런 금속 세공품은 한 번도 본 적이 없어. 이렇게 정교한 세공품은 처음 봐. 틀림없이 왕의 물건이었을 거야. 이런 물건들로 가득 찬 고분을 상상해 봐."

아바나저 볼저의 말을 들은 허스팅스가 생각에 잠겨 이렇게 말했다.

"합법적으로 해 볼 만한 가치가 있는 일 같군. 이걸 매장물*로 신고하는 거야. 그러면 이 물건을 갖는 대가로 사람들은 우리한테 시세에 해당하는 금액을 지불해야 하지. 그리고 그들이 우리 이름을 따서 이 물건에 이름을 붙이게 허락해 줄 수도 있어. '허스팅스-볼저 유물' 같은 이름으로 말이야."

"'볼저-허스팅스'라고 해야지."

아바나저가 반사적으로 대꾸하고는 이렇게 덧붙였다.

"내가 아는 사람들이 몇 명 있는데 엄청난 부자들이야. 그 사람들은 시세보다 훨씬 높은 금액을 지불하려고 할 거야. 이 물건을 손에 넣을 수만 있다면 말이야. 꼭 지금 자네처럼 말이지."

마지막 말은 톰 허스팅스가 새끼고양이를 쓰다듬듯 손가락으로 브로치를 살살 만지고 있었기 때문에 한 말이었다. 아바나저는 계속 말했다.

"여러 말 할 것도 없이 바로 사 가려고 할걸."

이렇게 말하며 아바나저가 손을 내밀자 톰 허스팅스는 마지못해 브로치를 그에게 건넸다.

"그런데 보물이 두 가지라고 했지 않나. 다른 보물은 뭔가?"

허스팅스가 물었다.

아바나저 볼저는 검은 테두리가 둘러진 카드를 집어 자신의 친구가 볼 수 있도록 내밀었다.

"이게 뭔지 알아?"

아바나저가 묻자 그의 친구는 고개를 가로저었다.

아바나저는 카드를 카운터에 내려놓으며 말했다.

---

*땅 속에 묻혀 있는 물건으로 그 소유자를 알 수 없는 물건을 말한다.

"어떤 사람을 찾는 일당이 있어."

"그래서?"

"내가 들은 바에 따르면 그 일당이 찾는 어떤 사람이란 남자애야."

아바나저 볼저가 말했다.

"남자애라면 어디든 있잖아. 온 사방을 다 뛰어다니며 말썽만 일으키는 놈들이지. 난 애들은 딱 질색이야. 그래, 특정한 한 아이를 찾는 일당이 있다고?"

"그들이 찾고 있는 딱 그 나이대로 보여. 옷 입은 것도 그렇고…… 음, 그 애가 어떤 옷을 입고 있는지 자네도 보게 될 거네. 그리고 그 애가 이걸 발견했어. 그들이 찾고 있는 애가 그 애일지도 몰라."

"그들이 찾고 있는 애가 맞다면?"

아바나저 볼저는 카드 끝을 살짝 잡아 들고는 마치 상상의 불꽃으로 태우는 것처럼 앞뒤로 천천히 흔들었다. 그러면서 노래를 부르기 시작했다.

"침대에 있는 너를 비추려 초가 다가오네……"

"네 목을 치려 도끼가 다가오네……"*

허스팅스가 그 노래를 이어받아 마무리하며 깊은 생각에 잠긴 듯한 표정으로 이렇게 말을 이었다.

"이봐, 하지만 잭이라는 사내를 부르면 우리는 그 애를 잃게 돼. 그리고 그 애를 잃으면 우리는 그 보물까지 잃게 되는 거야."

두 사람은 그 애를 잭에게 신고해서 얻게 되는 장단점과 그 보

---

* 영국 전래 동요 〈오렌지와 레몬〉의 마지막 소절의 가사.

물을 수집해서 얻게 되는 장단점을 따져 보며 그 문제를 놓고 계속 오락가락했다. 그러는 사이에 두 사람의 마음속에는 귀중한 보물들로 가득 찬 거대한 지하 동굴에 대한 갈망이 커져만 갔다. 그렇게 토론을 하던 아바나저가 카운터 밑에서 슬로진 한 병을 꺼내두 잔에 가득 따르고는 "머리가 잘 돌아가게 한 잔 드세."라고 말했다.

리자는 그 둘의 토론을 듣다가 금방 지루해졌다. 그 둘의 토론은 팽이처럼 계속 오락가락하며 제자리에서 빙빙 돌기만 하고 아무런 진전이 없었다. 그래서 리자는 창고로 돌아갔다. 보드는 창고 한가운데에 서서 눈을 질끈 감고 주먹을 불끈 쥔 채 꼭 치통이 심한 사람처럼 얼굴을 잔뜩 찡그리고 있었다. 억지로 숨을 참아서 그런지 얼굴이 새빨갰다.

"너 지금 뭐 해?"

리자가 무표정하게 물었다.

보드는 눈을 뜨고 몸에서 힘을 풀었다.

"사라지려고요."

보드의 말에 리자는 코웃음을 쳤다.

"다시 해 봐."

보드는 훨씬 더 숨을 오래 참으며 다시 한 번 시도해 보았다.

"그만해. 그러다 '펑' 하고 터져 버릴라."

리자가 말했다.

보드는 숨을 깊이 들이마시고 나서 한숨을 쉬었다.

"잘 안 되네요. 아무래도 그 아저씨를 돌멩이로 치고 달아나야 할 것 같아요."

하지만 창고에는 돌멩이가 없었다. 그래서 보드는 색유리로 된

서진*을 집어 손으로 무게를 어림짐작해 보며 과연 아바나저 볼저가 뒤쫓아 오지 못하게 만들 수 있을 정도로 그것을 세게 집어 던질 수 있을까 생각해 봤다. 그런데 리자가 이렇게 말했다.

"이제 저 밖에 있는 사람은 둘이야. 한 사람은 너를 잡지 못한다 하더라도 다른 사람은 안 그럴걸. 저들은 네가 브로치를 발견한 곳으로 자기들을 데려가 주길 원해. 그런 다음 무덤을 파헤쳐 보물을 차지하겠다는 속셈이지."

그녀는 그들이 나누고 있는 다른 나머지 얘기나 검은 테두리가 둘러진 카드에 대해서는 보드에게 전해 주지 않았다. 그녀는 고개를 저었다.

"아무튼 어쩌다가 이런 멍청한 짓을 저지른 거야? 묘지를 떠나선 안 된다는 규칙을 잘 알잖아. 들으라는 말은 안 듣고 문제나 일으키고."

보드는 자기 자신이 정말 초라하고 바보 같다는 기분이 들었다. 보드가 기어 들어가는 목소리로 이렇게 해명했다.

"당신한테 비석을 선물해 주고 싶었어요. 그런데 그러려면 비용이 더 많이 들 것 같아서, 그래서 저 사람한테 브로치를 팔러 온 거예요. 당신에게 비석을 하나 사 주려고요."

리자는 아무 말도 하지 않았다.

"화났어요?"

보드가 묻자 리자는 고개를 저었다. 예쁜 요귀 같은 미소를 엷게 머금으며 그녀가 말했다.

"지난 500년 동안 날 위해 이런 고마운 일을 해 준 사람은 아무

---

* 책장이나 종이 쪽이 바람에 날리지 아니하도록 눌러 주는 물건.

도 없었어. 그런데 내가 왜 화를 내겠어? 넌… 사라지려고 할 때 어떻게 하니?"

"페니워스 선생님이 가르쳐 주신 대로 해요. '난 텅 빈 골목길이야. 난 비어 있는 출입구야. 난 존재하지 않아. 어떤 눈도 나를 볼수 없어. 어떤 마음도 나를 담을 수 없어. 어떤 눈길도 나를 보지못하고 그냥 지나치지.'라고 속으로 되뇌죠. 하지만 전혀 잘 되지가않아요."

그러자 리자가 콧방귀를 뀌며 이렇게 대꾸했다.

"그건 네가 살아 있기 때문이야. 그런 건 최상의 상태일 때조차눈에 띄려면 고군분투해야 하는 나처럼 죽은 사람들은 잘 되지만너처럼 살아 있는 사람들은 전혀 잘 되지 않을 거야."

리자는 두 팔로 자기 몸을 꼭 껴안고 뭔가 곰곰이 생각하듯이 몸을 앞뒤로 움직였다. 그러더니 이렇게 말했다.

"나 때문에 이런 곤경에 처하다니…… 이리 와 봐, 노바디 오언스."

보드는 조그마한 방에서 그녀를 향해 한 걸음 다가섰다. 그러자그녀는 차가운 손을 보드의 이마에 얹었다. 그녀의 손길이 닿자 보드는 마치 피부에 젖은 비단 스카프가 닿는 느낌이었다.

"이번엔 아마 내가 너에게 도움이 될 수 있을 거야."

그 말과 함께 그녀는 혼자 중얼거리기 시작했는데, 보드는 그녀가 중얼거리는 말을 알아들을 수 없었다. 그러다가 그녀는 큰소리로 분명하게 말했다.

구멍, 먼지, 꿈, 바람이 되어라.
밤, 어둠, 소망, 마음이 되어라.

이제 스르르. 슬며시, 눈에 보이지 않게 움직여라.

위로, 아래로, 가운데로, 사이로.

무언가 거대한 것이 보드의 몸을 건드리며 머리부터 발까지 쓸어내렸다. 보드는 온몸에 전율이 일었다. 머리칼이 쭈뼛 서고 온몸에 소름이 돋았다. 자신의 몸에 뭔가 변화가 생긴 것이었다.

"뭘 한 거예요?"라고 보드가 물었다.

"그냥 좀 도와주었을 뿐이야. 내가 죽은 사람이긴 하지만 마녀잖니. 우리는 잊지 않아."

"하지만… "

"쉿! 그들이 오고 있어."

창고 문에 열쇠를 꽂는 소리가 들렸다.

"이봐, 꼬마 친구."

보드가 들어보지 못한 목소리였다.

"우린 분명 좋은 친구가 될 수 있을 거야."

그 말과 함께 톰 허스팅스가 문을 열어젖혔다. 그런 뒤 그는 어리둥절한 표정으로 문간에 서서 창고 안을 둘러보았다. 그는 덩치가 엄청나게 컸고 머리카락은 적갈색이었으며 코는 술고래처럼 빨갰다.

"이봐, 아바나저? 애가 여기 있다고 하지 않았어?"

"그랬지." 하고 그의 뒤에서 아바나저가 대답했다.

"그런데 애는 흔적도 안 보이는걸."

그 말에 아바나저가 불그레한 사내 뒤에서 얼굴을 들이밀고 창고 안을 자세히 들여다보았다.

"숨은 모양이군."

이렇게 말하면서 아바나저는 지금 보드가 서 있는 곳을 똑바로 뚫어져라 쳐다봤다. 그러면서 큰 소리로 "꼬마야, 숨어 봤자 소용없어. 거기 있는 거 다 알아. 이제 그만 나와." 하고 말했다.

두 사람은 작은 창고 안으로 들어왔다. 보드는 두 사람 사이에서 꼼짝도 하지 않고 서서 페니워스 선생님이 가르쳐 준 것을 생각했다. 보드는 반응하지도 움직이지도 않았다. 보드는 그들의 눈길이 자신을 보지 못하고 그냥 지나치도록 했다.

"나중에 후회하지 말고 지금 내가 부를 때 나오는 게 좋을 거야."

아바나저는 그렇게 말하면서 문을 닫았다. 그러고는 톰 허스팅스에게 말했다.

"됐어. 이제 녀석이 달아나지 못하게 자네는 문을 지켜."

그렇게 말한 뒤 아바나저는 방을 돌아다니며 물건 뒤를 주의해서 보고 어색한 자세로 허리를 굽혀 책상 아래를 살펴보기도 했다. 그는 보드를 그냥 지나쳐 벽장문을 열더니 "요 녀석, 여기 숨어 있었네. 어서 나와!" 하고 소리쳤다.

그 모습에 리자가 킥킥거렸다.

"무슨 소리지?"

톰 허스팅스가 몸을 휙 돌리며 물었다.

"난 아무 소리도 못 들었는데?"

아바나저 볼저가 말했다.

리자가 다시 킥킥거렸다. 그러더니 그녀가 입술을 모으고 "후" 하고 입김을 불자, 처음에는 휘파람 같은 소리가 나더니 잠시 뒤 멀리서 바람이 부는 듯한 소리가 났다. 작은 창고 안의 전등들이 깜박거리며 치직 소리를 내더니 모두 꺼져 버렸다.

"빌어먹을, 퓨즈가 나갔군. 그만 나가자고. 괜히 시간 낭비만 하는 것 같아."

아바나저 볼저가 말했다.

밖에서 열쇠로 문을 잠그는 소리가 들렸고, 이제 그 창고 안에는 리자와 보드만 남았다.

"녀석이 도망갔나 봐. 저렇게 쪼그만 창고에 녀석이 숨을 곳은 어디에도 없어. 녀석이 숨어 있었다면 우리가 못 찾아냈을 리가 없지."

아바나저 볼저가 말했다. 문 너머로 그의 말이 보드에게 들려왔다.

"잭이라는 사내가 알면 안 좋아할 거야."

"누가 그한테 알린대?"

둘은 잠시 말이 없었다.

"이봐, 톰 허스팅스. 브로치는 어디로 갔지?"

"응? 그거? 여기 있어. 내가 안전한 곳에 잘 보관하고 있어."

"안전한 곳에 잘 보관하고 있다고? 자네 호주머니에다가 말이야? 내가 보기엔 안전한 곳이라기보다는 오히려 수상한 곳인데. 자네 혹시 그걸 갖고 도망칠 생각 아냐? 내 브로치를 자네가 꿀꺽하려는 속셈 아니냐고?"

"아바나저, 자네 브로치라니? 이게 왜 자네 거야? 우리 브로치지."

"우리라고! 내가 그 애한테서 브로치를 손에 넣었을 때 자네는 여기에 없었던 것 같은데?"

"그 애? 잭이라는 그 사내에게 고이 넘겨줘야 한다면서 안전하게 잘 지키지도 못한 그 애 말이야? 자신이 찾고 있는 그 애를 자네 손으로 잡았다가 자네 손으로 놓쳐 버렸던 사실을 알게 되면 그가 과연 어떻게 나올까, 응?"

"어쩌면 잭이 찾는 아이가 아닐지도 몰라. 세상에 애들이 얼마나 많은데, 그 애가 잭이 찾고 있는 애일 확률이 얼마나 되겠어? 그 앤 내가 등을 돌린 순간 뒷문으로 빠져나간 게 틀림없어."

그런 뒤 아바나저 볼저는 목청을 돋워 살살 구슬리는 목소리로 덧붙였다.

"톰 허스팅스, 잭에 대해선 걱정 붙들어 매. 그 애는 틀림없이 잭이 찾는 아이가 아니야. 나이가 들다 보니 내가 착각한 거야. 이런, 슬로진이 다 떨어져 가는군. 스카치위스키 좋은 게 있는데 한 잔 더 어때? 안쪽 방에 있으니까 여기서 잠깐만 기다려."

창고 문을 열고 아바나저가 아까보다 훨씬 더 뜬 표정을 한 채 지팡이와 손전등을 들고 창고 안으로 들어갔다. 그러고는 시큰둥하니 투덜거리는 듯한 목소리로 이렇게 말했다.

"네 녀석이 아직도 이 안에 있다면, 달아나는 건 꿈도 꾸지 않는 게 좋을 거야. 네 녀석을 잡아가라고 경찰을 불러 놨어."

아바나저는 서랍을 뒤져 반쯤 들어 있는 위스키 병을 꺼내더니 곧바로 조그만 검은색 병도 꺼냈다. 그는 조그만 병에 든 액체를 위스키 병에 몇 방울 떨어뜨리고 병은 호주머니에 넣었다.

그는 "내 브로치니까 나 혼자 가져야 해."라고 중얼거리고는 뒤이어 큰 소리로 "조금만 기다려, 톰. 금방 갈게!" 하고 외쳤다.

그는 눈을 부릅뜨고 어두운 방을 다시 찬찬히 둘러봤다. 보드가 있는 쪽을 빤히 쳐다봤지만 보드를 보지 못한 채로 보드 앞에서 위스키 병을 들고 창고를 나갔다. 그는 창고를 나가 다시 문을 잠갔다.

문 너머로 아바나저 볼저의 목소리가 들려왔다.

"위스키 가져왔어. 톰, 잔을 이리 줘. 근사한 스카치위스키지만 엄청 독하네. 술을 따를 테니 언제 멈출지 말해 주게."

잠시 침묵이 흘렀다.

"아바나저, 자넨 안 마셔?"

"아까 마신 슬로진이 아직 내 위장에 있으니, 내 위장에 잠시 쉴 시간을 줬다 마시려고. 아니, 이봐, 톰! 내 브로치를 어떻게 한 거야?"

"지금 '자네' 브로치라고 했나? 워워, 이런, 자네 무슨 짓을… 제길, 자네 내가 마신 술에다 이상한 걸 탔군, 이 벌레 같은 놈!"

"그랬다면 어쩔 건데? 아까 자네 얼굴을 보고 무슨 꿍꿍인지 난 다 알아챘어. 톰 허스팅스, 이 도둑놈아!"

곧이어 고함이 오가더니 뭔가가 박살 나는 소리에 이어 무거운 가구가 뒤집어지는 듯한 쿵 하는 소리가 나고……

그러다가 갑자기 고요해졌다.

"지금이야, 어서 가자! 여기서 빠져나가!"

리자가 말했다.

"하지만 문이 잠겨 있는걸요. 당신이 어떻게 해 볼 수 없어요?"

보드가 리자를 바라보며 말했다.

"내가? 얘, 난 문이 잠긴 방에서 너를 꺼내 줄 마법은 부리지 못해."

보드는 쪼그리고 앉아 열쇠 구멍으로 밖을 내다보려고 눈을 갖다 댔다. 하지만 열쇠 구멍은 막혀 있었다. 보드는 잠시 생각하다가 순간적으로 미소를 지었는데, 그 미소에 그의 얼굴이 백열전구의 불빛처럼 환해졌다. 보드는 포장 상자에서 구깃구깃한 신문지한 장을 꺼내 최대한 반듯하게 폈다. 그런 뒤 문 밑으로 그 종이를 밀어 넣고 자신이 있는 문 안쪽에서는 신문지 끝만 살짝 보이게 놔뒀다.

"대체 뭐하는 거야?"

리자가 조바심을 내며 물었다.

"연필 같은 게 필요해요. 연필보다 조금만 더 가늘면 될 것 같은데……. 맞아, 그게 있었지."

그러면서 보드는 책상 위에 있는 가느다란 붓을 집어서 털이 없는 쪽 끝을 열쇠 구멍에 밀어 넣고는 이리저리 움직여 가며 조금 더 밀어 넣었다.

열쇠 구멍에 꽂힌 열쇠가 앞으로 밀려 나가면서 살짝 "톡" 하며 신문지 위로 떨어지는 소리가 들렸다. 보드는 문 밑으로 신문지를 다시 안으로 끌어당겼고, 이제 그 위에는 열쇠가 얹혀 있었다.

리자가 아주 기뻐하며 웃음을 터뜨렸다.

"기지가 대단한데, 꼬마. 정말 지혜로워."

보드는 열쇠 구멍에 열쇠를 꽂고 돌린 다음 창고 문을 밀어서 열었다.

물건들로 꽉 찬 골동품 가게의 한복판에 두 사람이 쓰러져 있었다. 그곳은 박살 난 시계들과 의자들, 넘어진 가구들로 완전히 엉망진창이 되어 있었다. 그 한가운데에 덩치가 큰 톰 허스팅스가 쓰러져 있었고, 그 밑에 덩치가 작은 아바나저가 깔려 있었다. 두 사람 모두 꼼짝도 하지 않았다.

"죽은 걸까요?"

보드가 물었다.

"그렇게 운이 좋을 리가 없지."

리자가 말했다.

그 사내들 옆의 바닥에 반짝거리는 은으로 된 브로치가 떨어져 있었다. 그 브로치에는 진홍색과 빨간색의 줄무늬가 뒤섞인 돌이 걸쇠로 고정되어 있었으며, 그 돌 주위에는 머리 여럿 달린 뱀 장식이 있었다. 그리고 뱀 머리들에는 승리감과 탐욕 그리고 만족이 뒤섞인 표정이 어려 있었다.

보드는 브로치를 주워 자신의 호주머니에 넣었는데, 그의 호주머니 속에는 묵직한 유리 서진, 붓, 작은 물감 병도 같이 들어 있었다.

"이것도 가져가."

리자가 말했다.

보드는 한쪽 면에 '잭'이라는 글씨가 적혀 있는 테두리가 검은색으로 둘러진 카드를 바라보았다. 그것을 보자 보드는 불안한 마음이 들었다. 왠지 낯익은 구석이 있었다. 그것은 오래된 기억을 뒤흔드는 뭔가 위험한 물건 같았다.

"그건 가져가지 않을래요."

"여기 놔두면 안 돼. 저자들이 이걸 이용해 너를 해치려고 했어."

"그건 가져가고 싶지 않아요. 불길해요. 그냥 불태워 버려요."

그 말에 리자가 숨이 멎을 듯 다급하게 외쳤다.

"안 돼! 그러면 안 돼, 절대로 그래선 안 돼!"

"그럼 사일러스 아저씨한테 갖다 줄게요."

그렇게 말하며 보드는 될 수 있으면 그 작은 카드에 손을 대고 싶지 않아 그것을 봉투에 넣어서 자신의 낡은 정원 작업용 재킷의 안주머니, 자신의 심장 가까이에 찔러 넣었다.

300킬로미터 넘게 떨어진 거리에 있는 잭은 잠에서 깨어나 코를 킁킁거리며 냄새를 맡았다. 그는 아래층으로 내려갔다.

"무슨 일이냐? 뭣 때문에 그래?"

그의 할머니가 가스레인지에 올려놓은 커다란 무쇠솥에 든 내용물을 휘젓다가 물었다.

"저도 모르겠어요. 무슨 일이 벌어지고 있는 것 같아요. 뭔가… 흥미로운 일이요."

그는 혀로 입술을 핥으며 덧붙였다.

"맛있는 냄새가 나네요. 아주 맛있는 냄새가 말이죠."

번갯불이 자갈 깔린 도로를 비추었다.

보드는 빗속을 뚫고 서둘러 올드 타운을 벗어나 어김없이 언덕길을 올라 묘지로 향했다. 그가 창고에 갇혀 있는 동안 잿빛 낮이 어느새 이른 밤으로 바뀌어 있었으므로, 낯익은 그림자가 가로등 아래에서 빙빙 도는 것을 보고도 보드는 전혀 놀라지 않았다. 보드가 잠시 머뭇거리는 사이 새까만 벨벳이 펄럭거리는 소리와 함께 남자의 형태가 나타났다.

사일러스가 팔짱을 끼고 보드 앞에 서 있었다. 그는 안절부절못하며 보드를 향해 성큼성큼 걸어왔다.

"어떻게 된 거야?"

사일러스가 물었다.

"죄송해요, 아저씨."

보드가 말했다.

"보드, 너한테 정말 실망했다."

그러면서 사일러스가 고개를 절레절레 흔들더니 계속 말했다.

"나는 잠에서 깬 뒤 줄곧 너를 찾아다녔어. 너한테서 온통 말썽을 피운 냄새가 풀풀 나는구나. 네가 여기 바깥의 살아 있는 자들의 세상으로 나와선 안 된단 거 너도 잘 알잖아."

"저도 알아요. 죄송해요."

빗물이 아이의 뺨을 타고 눈물처럼 흘러내렸다.

"우선 너를 안전한 곳으로 데리고 돌아가야겠다."

사일러스는 손을 뻗어 살아 있는 아이를 자신의 망토 안에 감쌌다. 그러자 보드는 자기가 밟고 있는 땅이 점점 사라지고 있는 기분이 들었다.

"사일러스 아저씨,"

사일러스는 대납하시 않았다.

"겁이 조금 나긴 했어요. 하지만 상황이 많이 안 좋아지면 아저씨가 오셔서 저를 구해 주실 거라고 생각했어요. 그리고 리자도 그곳에 같이 있었어요. 사실 리자가 많이 도와줬어요."

"리자라고?"

사일러스의 목소리가 날카로워졌다.

"왜, 그 마녀 있잖아요. 무연분묘에 있는."

"그 마녀가 너를 도와줬다고?"

"예. 특히 제가 안 보이게 사라지는 걸 도와줬어요. 이제 혼자서도 사라지는 걸 할 수 있을 것 같아요."

그러자 사일러스가 불만스러운 목소리로 말했다.

"집에 돌아가거든 무슨 일이 있었는지 모두 얘기해 다오."

보드는 예배당 옆에 내릴 때까지 조용히 있었다. 비가 더욱 거세게 퍼붓자 땅 곳곳에 물웅덩이가 생겨 흙탕물을 튀기고 있었기 때문에 그들은 예배당 안의 텅 빈 홀로 들어갔다.

보드는 테두리를 검정색으로 두른 카드가 들어 있는 봉투를 꺼냈다.

"저, 아저씨가 이걸 가지고 계셔야 할 것 같아서 갖고 왔어요. 저기 그게, 사실은 리자가 갖고 와야 한다고 했어요."

사일러스는 봉투를 바라보았다. 그런 뒤 봉투를 열어 카드를 꺼내 빤히 쳐다보더니, 뒤집어서 아바나저 볼저가 연필로 아주 조그맣게 메모해 놓은 그 카드의 정확한 사용 방법을 읽었다.

"무슨 일이 있었는지 모두 말해 다오."

사일러스가 말했다.

보드는 그날 낮에 있었던 일에 대해 기억나는 대로 전부 그에게 말해 주었다. 그런데 마지막에 사일러스는 깊은 생각에 잠긴 채로 천천히 고개를 저었다.

"제가 곤경에 처한 건가요?"

보드가 물었다.

"노바디 오언스, 넌 이제 정말로 곤경에 처했어. 하지만 네게 마땅한 징계를 내리고 비난을 하는 일은 모두 다 네 부모님 뜻에 맡길 생각이야. 그동안 난 이 일을 처리해야겠어."

테두리를 검정색으로 두른 카드는 벨벳 망토 속으로 사라졌고, 그런 뒤 사일러스 역시 자신의 방식으로 사라졌다.

보드는 재킷을 머리에 뒤집어쓰고 미끄러운 오솔길을 기어올라 언덕 꼭대기에 있는 프로비셔가의 능으로 갔다. 그는 에프라임 페티퍼의 관을 옆으로 제쳐놓고 아래로, 아래로, 언덕 속 훨씬 더 깊은 아래로 내려갔다.

그는 브로치를 원래 있던 자리인 술잔과 칼 옆에 내려놓았다.

"여기 다시 가져왔어요. 반짝반짝 윤을 냈어요. 한결 좋아 보이죠?"

"보물이 돌아왔다. 보물은 언제나 돌아오게 되어 있다."

슬리어가 덩굴손 모양의 자욱한 안개가 낀 듯한 목소리로 만족스럽게 말했다.

그날 밤은 정말 길었다.

보드는 졸린 가운데 다소 조심스럽게 걸어, 리버티 로치(그녀가 써 버린 것들은 없어져도 그녀가 베푼 것들은 언제나 그녀 곁에 있으리라. 이 글을 읽는 사람들이여, 자비를 베풀라.)라는 멋진 이름을 지닌 여자의 작은 무덤을 지나고, 이 교구의 제빵사인 해리슨 웨스트우드와 그의 부인들인 매리언과 조앤의 묘지 끝에 위치한 안식처도 지나 무연분묘로 갔다. 오언스 부부는 아이를 체벌하는 것이 잘못된 일이라는 결정이 내려지기 훨씬 전인 수백 년 전에 죽은 사람들이었다. 그날 밤, 오언스 씨는 유감스럽게도 아이의 아버지인 자신의 의무라고 여기는 일을 했고, 보드는 엉덩이가 무척 쓰라렸다. 하지만 보드는 매를 맞는 것보다 오언스 부인의 얼굴에 어린 수심 가득한 표정을 보는 것이 훨씬 더 마음 아팠다.

보드는 무연분묘와 묘지의 경계를 이루는 철책 사이로 빠져나갔다.

"저기요?"

보드가 소리쳐 불렀지만 아무런 대꾸가 없었다. 산사나무 밑에 다른 그림자는 전혀 보이지 않았다.

"나 때문에 곤란을 겪었을까 봐 걱정이 되어서요."

보드가 말했다.

이번 역시 아무런 대꾸가 없었다.

보드는 이미 바지를 정원사 오두막의 원래 있던 자리에 가져다

놓고 훨씬 편안한 자신의 회색 수의로 갈아입은 상태였다. 하지만 재킷은 계속 그대로 걸치고 있었다. 호주머니가 여럿 달린 게 맘에 들었던 것이다.

바지를 도로 갖다 놓으려고 갔을 때 보드는 벽에 걸린 작은 낫을 가져왔다. 보드는 낫을 들고 무연분묘의 쐐기풀 길로 뛰어들어 땅에 뾰족한 밑동만 남을 때까지 쐐기풀을 뽑고 베어 냈다.

보드는 호주머니에서 커다란 유리 서진을 꺼냈는데, 서진 안쪽에는 여러 가지 밝은 색깔이 들어가 있었다. 보드는 물감 병과 붓도 꺼냈다. 보드는 붓을 물감 병 속에 담가 갈색 물감을 묻힌 다음 유리 서진의 표면에 조심스럽게 한 글자 한 글자 적었다.

E. H.

그리고 그 글자 밑에는 또 이렇게 썼다.

우리는 잊지 않아요.

이제 곧 잠자리에 들 시간이었다. 앞으로 당분간은 잠자리에 드는 시간에 늦지 않는 것이 현명할 것 같았다.

보드는 글자가 적힌 서진을 조금 전까지 쐐기풀이 무성했던 땅바닥에 내려놓은 다음, 리자의 머리가 있을 것이라 추정되는 곳에 그 서진의 자리를 바로잡아 주었다. 그러고는 자신이 정성 들여 손수 만든 작품을 바라보느라 잠시 멈추었을 뿐 철책을 통과해 아까보다는 다소 덜 조심스럽게 언덕 위쪽으로 다시 돌아갔다.

"생각보다 괜찮은데? 정말 좋은걸."

보드 뒤의 무연분묘에서 생기발랄한 목소리가 들렸다.

하지만 보드가 돌아보았을 때, 그곳에는 아무도 없었다.

5장

죽음의 무도

'무슨 일이 벌어지고 있어.'

보드는 그렇게 확신했다. 그는 상쾌한 겨울 공기, 별, 바람, 어둠에서 그것을 느낄 수 있었다. 규칙적으로 반복되는 긴 밤과 쏜살같이 지나가는 낮 동안에도 그것을 느낄 수 있었다.

오언스 부인은 자신들의 작은 무덤에서 보드를 밖으로 밀어냈다.

"나가 있어! 할 일이 있으니까."

그러자 보드는 엄마를 바라보았다.

"하지만 밖은 춥단 말이에요."

"겨울이니까 당연히 추워야지. 당연히 그래야지. 이런, 내 신발 좀 봐. 이 원피스 꼴은 또 어떻고. 단을 감침질해야 되겠네. 또 거미줄은 왜 이리 많아. 맙소사, 온통 거미줄투성이네."

그녀는 보드에게라기보다는 자기 자신에게 말을 하는 것 같았다. 그러더니 이번에는 정확히 보드를 향해서 말했다.

"넌 나가 있으래도. 엄만 할 일이 많으니까. 네가 거치적거리지 않았으면 좋겠어."

그런 뒤 오언스 부인은 보드가 전에는 한 번도 들어보지 못한 짤막한 노래를 혼자 흥얼거렸다.

돈 많은 사람도 가난한 사람도 모두 오세요.
모두 와서 죽음의 무도를 추어요.

"그게 무슨 노래예요?"

보드가 물었다. 하지만 그런 질문을 던진 것은 실수였다. 오언스 부인의 표정이 먹구름처럼 어두워졌기 때문이다. 보드는 그녀가 더욱 강하게 불쾌감을 드러내기 전에 서둘러 무덤 밖으로 나왔다.

묘지는 추웠다. 춥고 어두웠으며 별들이 벌써 나와 있었다. 담쟁이덩굴로 뒤덮인, 이집트 풍으로 꾸며진 오솔길에서 백정 할머니 앞을 지나는데 할머니가 눈을 가늘게 뜨고 담쟁이덩굴의 푸른 잎을 바라보고 있었다.

"꼬마야, 너는 나보다 눈이 좋겠구나. 네 눈엔 꽃이 보이니?"

백정 할머니가 말했다.

"꽃이요? 이 겨울에요?"

"꼬마야, 그런 얼굴로 쳐다보지 마라. 뭐든 때가 되면 꽃을 피우지. 꽃봉오리를 맺었다가 서서히 피었다가 활짝 만개한 뒤 시든단다. 모든 것은 다 자기 때가 있단다."

망토와 보닛 모자 속으로 몸을 점점 파묻으며 백정 할머니가 이렇게 말했다.

"일해야 하는 시간도 있고 놀아야 하는 시간도 있지만 지금은 죽

음의 무도를 출 시간이야. 무슨 말인지 알겠니, 애야?"

"전 무슨 말씀인지 모르겠어요. '죽음의 무도'란 게 뭐예요?"

하지만 백정 할머니는 담쟁이덩굴 속으로 들어가 시야에서 사라져 버렸다.

"정말 이상해!"

보드는 큰 소리로 말했다. 그는 온기와 친구를 찾아 북적거리는 바틀비 가문의 묘로 갔다. 하지만 일곱 세대가 모여 있는 바틀비 가문 사람들도 그날 밤은 보드를 위해 내어 줄 시간이 없었다. 바틀비 가문 사람들은 가장 나이가 많은 사람(1831년 사망.)부터 가장 어린 사람(1690년 사망.)까지 다들 쓸고 닦고 치우느라 정신이 없었다.

폐결핵으로 죽은 열 살짜리 소년 포틴브라스 바틀비(보드는 수년 간 포틴브라스가 사자나 곰한테 잡아먹혀 죽었다고 잘못 알고 있었는데, 그가 그냥 병으로 죽었다는 사실을 그의 입을 통해 알게 되고는 엄청 실망했다.)가 보드에게 같이 놀아 주지 못해 미안하다고 말했다.

"보드, 우린 지금 너랑 놀아 줄 수 없어. 이제 곧 '내일 밤'이 찾아오니까 말이야. *내일 밤*은 매일같이 찾아오는 게 아니거든."

"무슨 소리야? 내일 밤은 매일같이 찾아와."

보드가 말했다.

"*이번* 내일 밤은 아냐. 이번 *내일 밤*은 드물게, 아니 평생 가도 찾아오지 않을지 몰라."

"불꽃놀이를 하는 가이포크스의 날도 아니고 핼러윈도 아니잖아. 크리스마스도 아니고 새해 첫날도 아니고 말이야."

보드의 말에 포틴브라스는 미소 지었는데, 그러자 파이 모양의 주근깨투성이 얼굴에 한가득 기쁨의 미소가 활짝 번졌다.

"물론 그런 날은 아냐. 하지만 내일은 정말 특별한 날이야."

포틴브라스가 말했다.

"무슨 날인데? 내일 무슨 일이 일어나는데?"

"가장 좋은 날이야."

포틴브라스가 말했다. 보드는 포틴브라스와 계속 이야기를 나누고 싶었지만 (스무 살밖에 되지 않은) 그의 할머니 루이자 바틀비가 손자를 부르더니 손자의 귀에 대고 날카로운 목소리로 뭐라고 말했다.

"아무것도 아니에요."

포틴브라스는 할머니에게 그렇게 말한 뒤 보드를 향해 말했다.

"미안해. 이제 그만 일해야 해."

포틴브라스는 넝마 조각을 집어 들더니 자신의 먼지투성이 관의 옆면을 닦기 시작했다. 그는 "*랄랄라 뿜빠뿜빠, 랄랄라 뿜빠뿜빠.*" 하고 노래를 흥얼거리면서 '뿜빠뿜빠' 소리를 낼 때마다 넝마 조각을 들고 온몸을 격렬하고 과장되게 흔들었다.

"넌 그 노래 안 불러?"

보드가 물었다.

"무슨 노래?"

"모두 부르는 그 노래 있잖아."

"지금은 그런 노래를 부를 때가 아니야. 그 노래는 *내일* 부르는 거야. 아무튼 내일이야."

포틴브라스가 말했다.

"맞아, 아직 때가 아니지. 너도 가서 네 할 일이나 하렴."

쌍둥이를 낳다가 죽은 루이자 할머니가 말했다. 그러고는 그녀는 맑고 달콤한 목소리로 노래를 부르기 시작했다.

"모두 발길을 멈추고 귀 기울여 봐요.
이리 와서 죽음의 무도를 추어요."

보드는 허물어질 듯한 작은 예배당으로 걸어 내려갔다. 보드는 돌 사이를 통과해 지하실로 들어가 앉아서 사일러스 아저씨가 오기를 기다렸다. 날씨가 무척 춥기는 했지만 보드에게 추위 따위는 전혀 문제가 되지 않았다. 묘지가 그를 감싸 주었고 죽은 사람들은 추위 따위에는 신경도 쓰지 않았다.

그의 후견인은 한밤중이 되어서야 돌아왔다. 그의 손에는 커다란 비닐봉지가 들려 있었다.

"그 안에 든 건 뭐예요?"

"옷이야. 너한테 주려고. 한번 입어 봐."

사일러스는 비닐봉지에서 보드의 수의와 같은 색깔인 회색 스웨터에 이어 바지와 속옷, 연두색 운동화도 꺼냈다.

"이것들은 뭣 하려고요?"

"네 말은 이런 것들을 왜 가져왔느냐는 말이니? 음, 우선 너는 그동안 많이 자랐어. 이제 네 나이가 열 살이지, 아마? 그리고 살아 있는 평범한 사람들의 옷은 꽤 멋있어. 너도 언젠가는 이런 옷을 입어야 할 거야. 그러니 지금부터 습관을 들여놓는 게 좋잖아. 게다가 위장도 할 수 있고 말이야."

"위장이 뭔데요?"

"어떤 사물이 다른 사물과 아주 비슷하게 보여서 사람들이 그걸 보고도 자기가 보는 것이 무엇인지 잘 알 수 없게 만드는 걸 위장이라고 해."

"그렇군요. 대충 알 것 같아요."

보드는 옷을 입어 보았다. 신발 끈을 묶느라 다소 애를 먹자 사일러스 아저씨가 신발 끈 묶는 법을 가르쳐 주었다. 보드에게는 그게 무척 복잡한 것 같았는데, 여러 번 신발 끈을 묶고 풀기를 반복한 끝에 드디어 사일러스 아저씨가 만족할 정도로 잘 묶을 수 있게 되었다. 그때서야 비로소 보드는 사일러스 아저씨에게 질문을 던졌다.

"아저씨, 죽음의 무도가 뭐예요?"

사일러스가 이맛살을 찌푸리며 고개를 갸웃했다.

"그것에 대해서는 어디서 들었니?"

"묘지 사람들 모두가 그것에 대해 얘기를 해요. 그게 바로 내일 밤에 벌어질 일인 것 같아요. 죽음의 무도가 뭐예요?"

"그냥 춤이야."

그러자 보드는 사람들에게 들은 이야기를 떠올리며 말했다.

"모두 죽음의 무도를 춰야 한다던데요. 아저씨도 그 춤을 춰 보셨어요? 어떤 춤이에요?"

그의 후견인은 검은 웅덩이 같은 눈으로 보드를 바라보다가 말했다.

"나는 모른단다, 보드. 나는 아주 오랫동안 밤마다 세상을 돌아다녔기 때문에 많은 것들을 알고 있어. 하지만 죽음의 무도가 어떤 춤인지는 모르겠구나. 그 춤을 추려면 산 사람이거나 죽은 사람이어야만 하는데…… 난 그 어느 쪽도 아니니까."

보드는 몸을 떨었다. 그는 자신의 후견인을 꼭 껴안고 자기는 결코 그를 버리지 않을 거라고 말해 주고 싶었지만 그런 행동은 도저히 상상도 할 수 없는 일이었다. 달빛을 껴안을 수 없는 것과 마찬가지로 보드는 사일러스 아저씨를 껴안을 수 없었다. 그건 자신의 후견인이 실체가 없는 존재여서가 아니라 그게 잘못된 일처럼 느껴졌기 때문이다. 껴안을 수 있는 사람이 있는 반면, 사일러스 아저씨처럼 그렇게 할 수 없는 사람도 있었다.

보드의 후견인은 생각에 잠긴 채 새 옷을 입은 보드를 유심히 보았다.

"넌 그 춤을 추게 될 거야. 그렇게 입으니 평생 묘지 밖에서 살아온 사람 같구나."

보드는 자랑스럽게 미소를 지었다. 그러다가 갑자기 미소를 지우고 다시 심각한 표정을 지었다.

"하지만 아저씨는 언제나 여기에 계실 거죠? 그리고 저도 제가 원하지 않는다면 이곳을 떠나지 않아도 되죠?"

"모든 일에는 때가 있는 법이란다."

그 말을 한 뒤 사일러스는 그날 밤 더 이상 아무 말도 하지 않았다.

이튿날 보드는 일찍 잠에서 깼다. 태양이 잿빛 겨울 하늘 높이 걸린 은화 같았다. 겨울에는 긴 밤을 보내고 나면 다음 날 해 구경도 못 하고 해가 떠 있는 시간 내내 자기 일쑤였다. 그래서 보드는 매일 밤 잠들기 전이 되면 낮 시간에 일어나 오언스가의 아늑한 무덤에서 나가야겠다고 다짐하곤 했다.

공기 중에서 낯선 냄새가 났다. 코를 찌르는 꽃향기였다. 보드는 그 향기를 따라 언덕을 올라 이집트 오솔길로 갔다. 그곳에는 겨울 담쟁이가 푸르게 넝쿨지어 매달려 있었는데, 담쟁이덩굴은 사시사철 늘 푸르게 이집트 풍의 벽과 조각상과 상형 문자를 가리고 있었다.

그 향기는 그곳에서 가장 강하게 풍겼다. 그리고 한순간 보드는 눈이 내렸나 보다고 생각했다. 담쟁이의 푸른 이파리에 뭔가 하얀 색 송이 같은 것들이 앉아 있었던 것이다. 보드는 그 송이를 더 자세히 살펴보았다. 그것은 잎 다섯 장짜리의 작은 꽃송이였다. 보드가 향기를 맡으려고 얼굴을 갖다 대는 순간 오솔길을 올라오는 발자국 소리가 들렸다.

보드는 자신의 모습을 눈에 보이지 않게 사라지게 만든 다음 담쟁이덩굴 속으로 들어가서 지켜봤다. 남자 세 명과 여자 한 명이었는데, 모두 살아 있는 사람들이었다. 그들은 길을 걸어 올라와 이집트 오솔길로 접어들었다. 여자는 화려하게 장식된 목걸이를 하고 있었다.

"여기예요?"

여자가 물었다.

"예, 캐러웨이 부인."

뚱뚱하고 머리가 하얀 남자가 숨을 헐떡거리며 대답했다. 다른 남자들처럼 그 남자도 잔가지를 엮어서 만든 커다란 빈 바구니를 들고 있었다.

여자는 애매한 동시에 어리둥절한 표정이었다.

"뭐, 당신들이 그렇게 해야 한다고 말하니까 할 수 없죠. 하지만 저는 그게 이해가 안 되네요."

그러면서 여자는 하얀 꽃들을 올려다보며 "이제 뭘 하면 되죠?" 하고 물었다.

셋 중 가장 작은 남자가 자신의 바구니 속에 손을 넣어 변색된 은색 가위를 꺼내며 말했다.

"시장님, 여기 가위 있습니다."

여자는 그 남자한테서 가위를 받아 꽃을 자르기 시작했다. 여자와 세 남자는 바구니를 꽃으로 채우기 시작했다. 잠시 뒤 캐러웨이 시장이 입을 열었다.

"이건 정말 말도 안 되는 짓이에요."

"그렇지만 *전통*이 그런 걸 어쩌겠습니까?"

뚱뚱한 남자가 말했다.

"정말 웃기는 짓거리예요."

말은 그렇게 하면서도 캐러웨이 시장은 계속해서 하얀 꽃을 가위로 잘라 바구니에 넣었다. 다함께 첫 번째 바구니를 가득 채우자 그녀가 물었다.

"이 정도면 충분하지 않아요?"

"바구니 네 개 모두를 가득 채워야 합니다. 그런 뒤 올드 타운에 있는 모든 사람에게 꽃을 한 송이씩 나눠 줘야 합니다."

가장 작은 남자가 말했다. 그러자 캐러웨이 시장이 이렇게 대꾸했다.

"무슨 그런 전통이 다 있어요? 제 앞의 전 시장님한테 물어봤는데 그분도 이런 전통에 대해선 전혀 들어 본 적이 없대요."

그러다가 그녀는 "그런데 누가 우리를 지켜본다는 느낌 안 들어요?" 하고 물었다.

"뭐라고요?"

지금까지 한마디도 하지 않던 세 번째 남자가 말했다. 턱수염을 기르고 터번을 두른 그는 바구니를 두 개나 들고 있었다.

"유령 같은 것 말입니까? 저는 유령의 존재를 믿지 않습니다."라고 그가 말했다.

"유령이 아니라 그냥 누군가가 우리를 보고 있는 것 같은 느낌이 든다고요."

캐러웨이 시장이 말했다.

보드는 뒤로 물러나 담쟁이덩굴 속으로 좀 더 깊숙이 들어가고 싶은 충동과 싸웠다.

"전 시장님께서 이런 전통에 대해 모르는 것도 무리는 아닙니다. 담쟁이덩굴이 이렇게 겨울에 꽃을 피운 건 80년 만에 처음 있는 일이니까요."

뚱뚱한 남자가 말했는데, 어느덧 그가 들고 있는 바구니는 거의 다 차 가고 있었다.

턱수염을 기르고 티번을 두른 남자는 유령을 믿지 않는다면서도 초조한 듯 주위를 두리번거렸다.

"남녀노소 할 것 없이 올드 타운의 모든 사람은 꽃을 한 송이씩 받게 되어 있습니다."

작은 남자는 이렇게 말한 뒤 아주 오래전에 배운 뭔가를 떠올리려고 애쓰는 것처럼 천천히 덧붙였다.

"떠날 사람도 머물 사람도 모두 와서 죽음의 무도를 추어요."

캐러웨이 시장은 "흥" 하고 콧방귀를 뀌며 "순 말도 안 되는 소리!"라고 비웃고는 계속해서 꽃을 땄다.

오후 일찍부터 황혼이 깃들더니 네 시 반이 되자 캄캄한 밤이 되었다. 보드는 묘지의 오솔길을 돌아다니면서 얘기를 나눌 사람을 찾았지만 한 사람도 눈에 띄지 않았다. 리자 헴스톡이 있나 싶어서 무연분묘로 내려가 보았지만 거기에도 아무도 없었다. 그래서 오언 스가의 무덤으로 돌아갔지만 그곳 역시 텅 비어 있었다. 아버지와 어머니는 어디에도 보이지 않았다.

그러자 보드는 살짝 공포심이 들기 시작했다. 언제나 자신의 집이라고 생각했던 곳에서 홀로 버려진 기분이 든 것은 태어나 10년 만에 처음이었다. 그는 언덕을 달려 내려가 낡은 예배당에서 사일러스 아저씨를 기다렸다.

사일러스 아저씨는 오지 않았다.

'아마 아저씨가 보고 싶어서 그랬나 봐.' 하고 보드는 생각했지만 그렇게 믿지는 않았다. 보드는 언덕 꼭대기까지 걸어 올라갔다. 쌀쌀한 하늘에는 별들이 걸려 있었고, 발아래로는 가로등과 자동차 그리고 뭔가 움직이는 것들이 비추는 도시의 불빛들이 무늬를 그리듯 펼쳐져 있었다. 그는 언덕을 천천히 걸어 내려가 묘지 정문에 이르러 발걸음을 멈추었다.

음악 소리가 들려왔다.

보드는 지금껏 온갖 종류의 음악을 들어 보았다. 아이스크림 트럭에서 울려 퍼지는 감미로운 종소리, 일꾼들의 라디오에서 흘러나오는 노랫소리, 클라레티 제이크가 그의 먼지투성이 바이올린으로 죽은 사람들을 위해 연주하는 곡까지 온갖 종류의 음악을 들어 봤지만 지금 들려오는 것과 비슷한 음악은 한 번도 들어 본 적이 없었다. 연속적으로 장중하게 점점 고조되는 소리. 그 소리는 뭔가의 시작을 알리는 음악 소리, 전주곡이나 서곡 같았다.

보드는 자물쇠로 잠긴 정문을 통과해 언덕을 걸어 내려가 올드 타운으로 갔다.

그는 길모퉁이에 서 있는 그 여자 시장 앞을 지나갔다. 보드가 지나가면서 지켜보니 그녀는 지나가는 사업가의 옷깃에 작고 하얀 꽃을 손수 꽂아 주고 있었다.

"저는 개인적으로 자선 기부금을 내지 않습니다. 사무실에서 하도록 맡겨 두고 있지요."

그 사업가가 말했다.

"기부를 하라는 게 아니에요. 이건 이 지역 전통이에요."

캐러웨이 시장이 설명했다.

"아, 그렇군요."

그 사업가는 옷깃에 달린 작고 하얀 꽃을 세상 사람들에게 내보이듯 가슴을 활짝 펴고 의기양양하게 걸어갔다.

그다음으로 어떤 젊은 여자가 유모차를 밀며 지나갔다.

"이게 뭐죠?"

시장이 꽃을 들고 다가오자 그 여자는 수상쩍다는 듯이 물었다.

"한 송이는 아기 어머니한테, 또 한 송이는 아기한테 주는 거예요."

시장이 이렇게 말하며 젊은 여자의 겨울 외투에 꽃을 꽂아 주었다. 그런 다음 아기의 외투에는 테이프로 꽃을 붙여 주었다.

"그런데 이걸 왜 주시는 건데요?"

젊은 여자가 물었다.

"올드 타운에선 이렇게 한대요. 전통이라나 뭐라나."

시장은 모호하게 얼버무렸다.

보드는 계속 걸어갔다. 가는 곳마다 사람들이 하얀 꽃을 달고 있었다. 다른 길목에서 보드는 시장과 함께 꽃을 따던 남자들을 지나치게 되었다. 그 남자들은 각자 바구니를 하나씩 들고 사람들에게 하얀 꽃을 나눠 주었다. 모든 사람이 꽃을 받지는 않았지만 대부분의 사람들이 꽃을 받았다.

여전히 연주되고 있는 그 음악은 어디에선가, 인지하기 힘든 곳에서, 엄숙하고 묘한 느낌을 주며 울려 퍼지고 있었다. 보드는 음악 소리가 어디에서 흘러나오는지 알아보려고 고개를 한쪽으로 기울였지만 소용없었다. 그 음악 소리는 대기 중에 가득했다. 그 음악 소리는 깃발이나 차양이 펄럭이는 소리 속에, 멀리서 차들이 덜거 덕거리며 달리는 소리 속에, 건조한 포장도로에 또각또각 닿는 구 두 소리 속에서도 울려 퍼졌다.

집을 향해 가는 사람들을 지켜보다가 보드는 문득 이상하다는 생 각이 들었다. 그들은 음악에 박자를 맞춰 걸어가고 있었다.

턱수염을 기르고 터번을 두른 남자의 바구니에 든 꽃은 이제 다 떨어져 가고 있었다. 보드는 그 남자 쪽으로 걸어갔다.

"저기요."

보드가 말을 걸었다.

그 남자가 움찔 놀랐다.

"아휴, 깜짝이야. 난 네가 지나가는 걸 못 본 것 같은데?"

그 남자는 비난하듯 말했다.

"죄송해요."

보드가 사과하며 덧붙였다.

"저도 꽃을 하나 받을 수 있을까요?"

터번을 두른 남자는 의심스런 눈초리로 보드를 바라보았다.

"여기 근처에 사니?"

그 남자가 물었다.

"아, 예." 하고 보드가 대답했다.

그 남자는 보드에게 하얀 꽃 한 송이를 건넸다.

"아얏!"

보드가 그 꽃을 건네받다가 뭔가에 엄지손가락 끝을 찔려 소리쳤 다.

"꽃을 외투에 꽂아. 핀에 찔리지 않게 조심하고."

그 남자가 말했다.

보드의 엄지손가락에서 새빨간 피 한 방울이 솟아올랐다. 보드가 손가락의 피를 빠는 동안, 그 남자가 보드의 스웨터에 꽃을 꽂아 주었다. 그러면서 이렇게 말했다.

"여기 근처에서 너는 한 번도 못 본 것 같은데?"

"여기 살아요. 정말이에요. 근데 꽃은 왜 나눠 주시는 거예요?"

"이건 올드 타운의 전통이었어. 올드 타운을 중심으로 도시가 커 나가기 전에 말이야. 언덕 위의 묘지에서 겨울 꽃이 피어나면 그 꽃을 잘라 모두에게 나눠 주는 서시. 남녀노소, 부유한 사람, 가난한 사람 가릴 것 없이 말이야."

이제 그 음악 소리는 더욱 커졌다. 보드는 자기가 꽃을 달고 있어서 그 음악 소리가 더 잘 들리는 것은 아닐까 하고 생각했다. 이제는 멀리서 북을 치는 것 같은 리듬도, 백파이프 같은 걸 길게 "삐" 하고 부는 것 같은 선율도 또렷이 들렸다. 보드는 뒤꿈치를 들고 그 음악 소리에 박자를 맞춰 행진을 하고 싶었다.

보드는 여태껏 유람객처럼 어딘가를 돌아다녀 본 적이 한 번도 없었다. 이미 그는 묘지를 떠나서는 안 된다는 규칙을 다 잊은 상태였다. 오늘 밤 언덕 위 묘지에서 죽은 사람들이 모두 제자리에 없다는 사실도 까맣게 잊어버렸다. 보드의 머릿속에는 오직 올드 타운밖에 없었다. 보드는 올드 타운을 누비며 올드 타운 시청(사실 시청은 도심지에 위치한 더 새롭긴 해도 칙칙한, 훨씬 더 인상적인 건물로 이전했고, 현재 이 건물은 박물관 겸 관광 안내소로 쓰이고 있었다.) 앞에 있는 정원으로 총총 걸어갔다.

벌써 사람들이 몰려들어 시청 정원을 돌아다니고 있었다. 한겨울이라 커다란 잔디밭에 지나지 않는 그곳 여기저기에는 계단과 관목과 조각상이 하나씩 놓여 있었다.

보드는 넋을 잃고 음악 소리에 귀를 기울였다. 사람들이 하나둘씩, 가족끼리, 또는 혼자서 정원 광장으로 흘러 들어왔다. 보드는 살아 있는 사람들을 한꺼번에 이렇게 많이 본 적은 한 번도 없었다. 분명 수백 명은 될 것 같았는데, 그들 한 명 한 명이 모두 보드처럼 숨을 쉬는, 살아 있는 사람들이었다. 그들 모두 하얀 꽃을 하나씩 몸에 달고 있었다.

'살아 있는 사람들은 원래 이러고 사나?' 하고 생각했지만 이내 보드는 그렇지 않다는 것을 알았다. 뭔지는 몰라도 이 행사는 아주 특별했다.

앞서 봤던 유모차를 밀고 가던 젊은 여자가 보드의 옆에 서 있었다. 그녀는 아기를 품에 안고 음악에 맞춰 머리를 흔들고 있었다.

"이 음악은 얼마나 오랫동안 흘러나오나요?"

보드가 물었지만 그녀는 아무 말도 하지 않고 그저 몸을 흔들며 미소를 지었다. 보드는 그녀가 미소를 짓는 모습이 별로 정상 같지 않다고 생각했다. 그리고 그녀가 자신의 질문을 듣지 못했다는 확신이 들자 그제야 보드는 자신의 모습이 사라져 사람들 눈에 보이지 않는다는 사실을 깨달았다. 그러니 자신은 그 여자가 신경 써서 이야기를 들어 줘야 할 상대가 전혀 아니었던 것이다.

"미칠 듯 좋아. 마치 크리스마스 같아."

그녀는 꿈속에 있는 여자처럼 말했는데, 마치 그 바깥에서 자기 자신을 보고 있는 것 같았다. 그러면서 여전히 지금 여기에 있지 않은 듯한 꿈꾸는 목소리로 계속 혼자 말했다.

"클라라 이모할머니가 생각나. 할머니가 돌아가신 뒤로 우리는 크리스마스이브가 되면 이모할머니한테 가곤 했었지. 이모할머니는 자신의 낡은 피아노로 음악을 연주하며 중간중간 노래를 불렀고 우리는 초콜릿과 땅콩을 먹었어. 나는 이모할머니가 부른 노래는 하나도 기억 안 나. 하지만 그 음악, 그건 모든 노래가 동시에 연주되고 있는 것 같았어."

여자의 아기는 엄마의 어깨에 머리를 기대고 잠이 든 것 같았지만 잠을 자면서도 음악에 박자를 맞춰 두 손을 살짝살짝 흔들고 있었다.

바로 그때 음악이 멈추며 광장에 침묵이 찾아들어, 하늘에서 소리 없이 눈이 떨어질 때와 같은 숨죽인 침묵이 감돌았다. 모든 소리가 어두운 밤 속으로 완전히 사라져 버리고 광장에 있는 사람들은 누구 하나 발소리도 내지 않고 심지어는 숨소리도 내지 않았다.

근처 어딘가에서 시계 종소리가 울리기 시작했다. 자정을 알리는 종소리였다. 그러자 그들이 왔다.

그들은 한 줄에 다섯씩 행렬을 이뤄 길을 가득 채우고 박자에 맞춰 장중하게 발걸음을 떼면서 천천히 언덕길을 내려왔다. 보드는 그들을 알고 있었다. 아니 그들 대부분을 알고 있었다. 맨 앞줄에서는 백정 할머니와 소사이어 워딩턴, 십자군 전쟁 당시 부상을 입고 집으로 돌아와 죽은 늙은 백작, 트레푸시스 박사를 알아보았는데, 다들 엄숙하면서도 왠지 으스대는 표정이었다.

광장에 모인 사람들 사이에서 "헉" 하는 숨소리가 터져 나왔다. 그 순간 누군가 울부짖듯 외치기 시작했다.

"주여, 자비를 베푸소서. 저희를 심판하지 마소서!"

사람들 대부분은 그저 멍하니 행렬을 바라보았는데, 그들은 꿈에서 일어나는 일을 바라보듯 전혀 놀라지 않았다.

죽은 사람들은 줄지어 계속 걸어와 마침내 광장에 이르렀다.

조사이어 워딩턴은 계단을 올라가 캐러웨이 시장에게 다가갔다. 그는 시장에게 한쪽 손을 내밀고는 광장에 있는 사람들 전체가 들을 수 있도록 큰 소리로 말했다.

"자애로우신 시장님, 바라건대 죽음의 무도를 저와 함께해 주십시오."

캐러웨이 시장은 망설였다. 그녀는 도움을 구하듯 자기 옆에 있는 남자를 흘끗 올려다보았다. 그 남자는 잠옷 위에 가운을 걸치고 슬리퍼를 신고 있었는데, 가운의 옷깃에 하얀 꽃이 꽂혀 있었다. 그는 미소를 지으며 캐러웨이 시장에게 고개를 끄덕였다.

"그렇게 해요, 부인."

캐러웨이 시장의 남편이 말했다.

그러자 캐러웨이 시장은 한 손을 내밀었다. 그녀의 손가락이 조사이어 워딩턴의 손에 닿자 음악이 다시 한 번 울려 퍼지기 시작했다. 앞서 보드에게 전주곡처럼 들렸던 음악은 더 이상 전주곡이 아니었다. 그들 모두가 듣고 이끌려 온 이 곡은 이제 하나의 멋진 선율이 되어 그들의 발과 손가락을 잡아당기고 있었다.

죽은 사람들과 산 사람들이 서로의 손을 잡고 춤을 추기 시작했다. 보드는 백정 할머니가 터번을 두른 남자와 춤을 추는 것을 보았다. 사업가는 루이자 바틀비와 춤을 추고 있었다. 오언스 부인은 신문을 파는 늙은이의 손을 잡으면서 보드를 향해 미소를 지었다. 오언스 씨는 공손히 춤을 청하지도 않고 손을 뻗어 어린 소녀의 손을 덥석 잡았다. 그러자 그 소녀는 마치 평생을 그와 춤추기를 기다려 온 사람처럼 기꺼이 그의 손을 잡았다. 그런 뒤 보드는 다른 사람들을 구경하던 것을 멈췄는데 누군가의 손이 자신의 손을 감싸 쥐면서 보드도 그 춤을 추기 시작했기 때문이다.

리자 헴스톡이 보드를 보며 활짝 웃었다.

"이건 정말 멋져."

두 사람이 함께 스텝을 밟으며 그 춤을 추기 시작했을 때 리자가 말했다.

그런 뒤 그녀는 춤곡에 맞춰 노래를 흥얼거렸다.

"스텝을 밟다가 돌고, 걷다가 멈추며,

이제 우리 죽음의 무도를 추어요."

그 음악은 보드의 머리와 가슴을 격렬한 기쁨으로 가득 채웠고, 보드의 발은 그 춤의 스텝을 이미 오래전부터 알고 있었던 것처럼 저절로 움직였다.

보드는 분명 리자 헴스톡과 춤을 추고 있었는데, 그 곡이 끝났을 때는 어느새 포틴브라스 바틀비와 손을 잡고 있었다. 보드가 포틴브라스와 함께 춤추며 줄지어 춤추는 사람들을 지나가자 춤추는 사람들의 줄이 둘로 갈라졌다.

보드는 아바나저 볼저가 예전에 보드를 가르치던 보로스 선생과 춤을 추고 있는 것을 보았다. 죽은 사람들이 산 사람들과 어울려 춤을 추는 것을 보았다. 그리고 일대일로 쌍을 이루어 춤을 추던 사람들은 이제 길게 줄을 맞춰 일제히 다함께 스텝을 밟으며 걷고 발을 차며(랄랄라 *뿜빠뿜빠!* 랄랄라 *뿜빠뿜빠!*) 아주 옛날, 천 년 전에 추었던 춤을 추었다.

이제 보드는 리자 헴스톡의 옆줄에 있었다.

"음악이 어디에서 흘러나오는 거죠?"

보드가 묻자 리자는 자기도 모르겠다는 듯 어깨를 으쓱했다.

"누가 이 모든 일이 일어나게 만드는 거죠?"

"이런 일은 늘 있어 왔어. 살아 있는 사람들은 기억하지 못할지도 모르지만 우리는 언제나 기억해……."

리자가 말을 갑자기 멈추더니 흥분해서 소리쳤다.

"저길 봐!"

그때까지 보드는 단 한 번도 말을 본 적이 없었다. 그림책에서만 봤을 뿐이었다. 그런 보드의 눈앞에 백마가 보였다. 백마가 그들을 향해 따가닥따가닥 소리를 내며 거리를 걸어왔는데, 그것은 보드가 상상하던 말과 전혀 달랐다. 그 말은 보드가 생각했던 것보다 훨씬 컸으며 얼굴이 길고 진지한 표정을 하고 있었다. 안장도 씌우지 않은 그 말의 등에는 어떤 여자가 타고 있었다. 그녀는 기다란 회색 드레스 차림이었는데, 12월의 달빛 아래에 길게 드리워진 그녀의 드레스는 이슬이 맺힌 거미줄처럼 어슴푸레 빛났다.

광장에 이르자 말이 멈춰 섰다. 그러자 회색 드레스를 입은 여인이 말에서 가볍게 미끄러져 내려 땅을 딛고는 살아 있는 사람들과 죽은 사람들 모두를 향해 섰다.

그 여인은 무릎을 굽히고 몸을 살짝 숙여 인사를 했다.

그러자 광장에 모인 사람들이 모두 함께 허리를 굽히거나 몸을 살짝 숙여 답례했다. 그리고 그 춤이 다시 시작되었다.

"이제 회색 옷을 입은 여인이
우리를 죽음의 무도로 이끌어 주시네."

리자 헴스톡이 이렇게 노래하며 빙글빙글 돌면서 춤추는 사람들 속으로 들어가 보드에게서 멀어져 갔다. 사람들은 음악에 맞춰 발을 쿵쿵 구르다가 스텝을 밟고 빙 돌면서 발을 찼고, 회색 드레스를 입은 여인도 열심히 스텝을 밟고 빙그르르 돌고 발을 차며 그들과 함께 춤을 추었다. 백마도 고개를 까닥까닥하며 음악에 맞춰 걷고 움직이고 했다.

음악이 빨라지면서 사람들도 음악에 맞춰 점점 빠르게 춤을 추었다. 보드는 숨이 막힐 듯했지만 그 춤을, 죽음의 무도를, 죽은 사람들과 살아 있는 사람들이 한데 어울려 추는 춤을, 죽음의 여신과 함께 추는 춤을 멈춘다는 것은 상상도 할 수 없었다. 보드는 미소를 짓고 있었다. 모든 사람들이 미소를 짓고 있었다.

시청 정원을 가로질러 빙빙 돌고 발을 구르며 춤을 추면서 보드는 회색 드레스를 입은 여인을 언뜻언뜻 보았다.

모두가, 정말 한 사람도 빠짐없이 모두가 춤을 추고 있어! 보드는 생각했다. 하지만 그런 생각을 하자마자 바로 보드는 자신의 생각이 틀렸음을 깨달았다. 올드 타운 시청 옆 그림자 속에 온통 검은색으로 된 옷을 입은 한 남자가 서 있었다. 그는 춤을 추고 있지 않았다. 그는 그들을 지켜보고 있었다.

보드는 사일러스 아저씨의 얼굴에 어린 표정이 갈망인지 슬픔인지, 그도 아니면 다른 어떤 감정인지 궁금했지만 자신의 후견인의 얼굴 표정을 읽을 수는 없었다.

"사일러스 아저씨!"

보드는 자신의 후견인이 그들에게로 와서 함께 춤을 추며 그들처럼 즐거운 시간을 보내기를 바라며 큰 소리로 불렀다. 하지만 사일러스는 자기를 부르는 소리를 듣고 그림자 속으로 더 깊숙이 물러섰고, 더 이상 보이지 않게 되었다.

"마지막 춤곡입니다!"

누군가가 그렇게 외치자 백파이프처럼 들리는 소리와 함께 장엄하고 느리면서 마지막을 알리는 듯한 음악이 시작되었다.

사람들은 저마다 파트너를 정했는데, 살아 있는 사람과 죽은 사람이 서로서로의 파트너가 되었다. 보드가 손을 내밀자 누군가의 손가락이 닿았다. 바로 거미줄을 자아서 만든 드레스를 입은 여인의 손가락이었다. 보드는 그 여인의 잿빛 눈동자를 응시했다.

그 여인이 보드에게 미소를 지으며 말을 건넸다.

"보드, 안녕?"

"안녕하세요. 저는 당신의 이름을 몰라요."

보드가 그 여인과 춤을 추며 말했다.

"정말로 중요한 건 이름이 아니란다."

"당신이 타고 온 말이 맘에 들어요. 와, 진짜 엄청 크던데요! 말이 그렇게 클 수 있을 줄은 전혀 몰랐어요."

"내 말은 아무리 덩치가 큰 사람이라도 넓은 등에 가뿐히 태워 나를 수 있고, 아무리 덩치가 작은 사람이라도 안정되게 태워 나를 수 있어."

"저도 한번 타 볼 수 있을까요?"

보드가 물었다.

"언젠가는. 언젠가는 탈 수 있단다. 모든 사람이 타게 되어 있으니까."

여인이 보드에게 말했다. 여인의 거미줄을 자아서 만든 치마가 희미하게 빛났다.

"약속하시는 거죠?"

"약속할게."

그 말과 함께 춤이 끝났다. 보드는 자신의 파트너에게 머리 숙여 정중히 인사했다. 그리고 그때야 비로소 보드는 몇 시간이고 춤을 춘 것처럼 자신의 몸이 녹초가 된 기분을 느꼈다. 온몸의 근육이 아프고 쓰셨다. 숨이 찼다.

어디에선가 정각을 알리는 시계 종소리가 울리기 시작하자 보드는 종소리를 세어 보았다. 열두 번이었다. 보드는 자신들이 열두 시간 동안 춤을 췄는지, 아니면 스물네 시간 동안 춤을 췄는지, 그도 아니면 전혀 시간이 흐르지 않은 것인지 의아했다.

보드는 몸을 똑바로 펴고 주변을 둘러보았다. 죽은 사람들은 이미 가 버려 보이지 않았고, 회색 드레스를 입은 여인도 보이지 않았다. 오직 살아 있는 사람들만이 남아 있었는데, 이제 그들은 각자 자신의 집으로 돌아가기 시작하고 있었다. 졸린 듯이 뻣뻣하게 마을 광장을 떠나는 모습들이 마치 깊은 잠에서 깨어난 사람들 같았다. 하지만 사실 그들은 깨지 않은 상태로 걸어가고 있었다.

마을 광장은 아주 작은 하얀 꽃들로 뒤덮여 있었다. 그곳은 마치 조금 전에 결혼식을 치른 장소처럼 보였다.

다음 날 오후, 보드는 오언스 부부의 무덤에서 깨어났을 때 자신이 거대한 비밀을 알게 된 것 같은 기분이었다. 뭔가 중요한 일을 해낸 것 같은 기분이어서 그것에 대해 이야기하고 싶어 입이 근질거렸다.

오언스 부인이 일어나자 보드가 말했다.

"어젯밤은 정말 대단했어요."

"그랬니?"

오언스 부인이 대꾸했다.

"우린 춤을 췄잖아요. 우리 모두 다요. 올드 타운에 내려가서 춤을 췄잖아요."

그러자 오언스 부인은 코웃음을 치며 말했다.

"우리가 그랬다고? 춤을 췄다고? 그리고 넌 마을에 내려가면 안 된다는 거 알잖아."

보드는 자기 어머니의 기분이 이럴 때 말을 걸 정도로 어리석진 않았다. 그는 무덤에서 빠져나와 점점 짙어가는 황혼 속으로 걸어 나갔다.

그는 언덕을 올라가서 검은색 기념비와 조사이어 워딩턴의 비석이 있는 곳으로 갔다. 자연적으로 형성된 원형 극장이 있는 그곳에서 보드는 올드 타운과 그곳을 둘러싼 도시의 불빛들을 내려다보았다.

조사이어 워딩턴 준남작이 어느새 그의 곁에 서 있었다.

"남작님이 그 춤을 시작하셨죠. 시장님과 함께요. 남작님이 시장님과 춤을 추셨죠."

보드가 말했다.

조사이어 워딩턴은 보드를 바라보기만 할 뿐 아무 말도 하지 않았다.

"어제 분명히 춤을 추셨잖아요."

보드의 말에 조사이어 워딩턴은 이렇게 말했다.

"얘야, 죽은 사람과 살아 있는 사람은 서로 어울리지 않는단다. 우리는 더 이상 살아 있는 사람들의 세상에 속해 있지 않아. 그들도 우리 죽은 사람들의 세상에 속해 있지 않고. 어쩌다 우리가 그들과 함께 죽음의 무도, 그러니까 죽음의 춤을 춘 일이 있었더라도 우리는 그 일을 입 밖에 내지 않아. 살아 있는 사람에게는 더더욱 그 일에 대해 말하지 않아."

"그렇지만 저는 이곳 사람들의 일원이잖아요."

"아직은 아니란다, 얘야. 살아 있는 동안은 아니야."

그러자 보드는 자신이 왜 언덕을 걸어 내려온 행렬의 일원으로서가 아니라 살아 있는 사람들의 일원이 되어 춤을 추었는지를 깨달았다. 그래서 보드는 이렇게만 말했다.

"무슨 말씀이신지…… 알 것 같아요."

보드는 언덕을 달려 내려갔다. 열 살짜리 아이는 너무 급하게 달려가다가 하마터면 딕비 풀(1785~1860, *내가 그러하듯 너 또한 그리되리니.*)의 비석에 발이 걸려 넘어질 뻔했다. 보드는 얼른 분발하여 몸의 균형을 잡고 예배당을 향해 돌진하듯 달려 내려갔다. 보드는 사일러스 아저씨를 놓칠까 봐, 그러니까 자기가 *그곳*에 도착했을 때쯤 자기 후견인이 이미 나가고 없을까 봐 불안했던 것이다.

보드는 벤치에 앉았다.

움직이는 소리를 듣지는 못했지만 옆에서 뭔가 움직이는 듯했다. 그러더니 그의 후견인이 말을 건넸다.

"보드, 안녕."

"아저씨도 어젯밤에 거기 계셨죠? 거기에 안 계셨다거나 하는 말씀은 하지 마세요. 아저씨가 거기 계셨단 걸 전 잘 아니까요."

"그래. 나도 거기 있었단다."

"저는 그 여인과 춤을 췄어요. 백마를 타고 온 그 여인과 말이에요."

"그랬니?"

"아저씨도 보셨잖아요! 아저씨도 우리를 지켜보셨잖아요! 죽은 사람들과 살아 있는 사람들을요! 우리는 함께 춤을 췄어요. 그런데 왜 어느 누구도 그것에 대해 얘기를 하지 않으려는 거예요?"

"세상에는 수수께끼 같은 일들이 있기 때문이지. 결코 말해선 안되는 일들이 있기 때문이야. 또 사람들이 기억하지 못하는 일들도 있기 때문이란다."

"하지만 아저씨는 지금 그것에 대해 말씀하고 계시잖아요. 우리는 죽음의 무도에 대해 얘기를 나누고 있잖아요."

"난 그 춤을 추지 않았어."

"하지만 그 춤을 추는 건 보셨잖아요."

그러자 사일러스는 그냥 이렇게만 말했다.

"나는 내가 무엇을 보았는지 모르겠구나."

"사일러스 아저씨, 저는 그 여인과 춤을 췄다고요!"

보드가 소리치자 그의 후견인은 거의 비통해하는 것 같은 표정을 지었다. 그러자 보드는 자기 자신이 잠자는 표범을 깨운 아이처럼 겁을 집어먹고 있다는 사실을 깨달았다.

하지만 사일러스는 이렇게만 말했다.

"그 얘기는 이제 그만하자꾸나."

보드는 자신이 해서는 안 되는 말을 해 버린 것일지도 모른다고 생각했다. 말하는 것이 현명하지 않다는 걸 알고 있음에도 불구하고 말하고 싶었던 수백 가지 말 중에 하나를 보드가 말해 버린 것일지도 몰랐다. 이런 생각을 하고 있는데 뭔가가 주의를 흐트러뜨렸다. 부드럽고 조용하게 바스락거리는 소리가 나면서 차가운 깃털 같은 뭔가가 얼굴을 스치는 느낌이 들었다.

그 순간 춤에 관한 모든 생각이 잊히고 보드의 두려움은 기쁨과 경외감으로 바뀌었다.

보드가 그것을 본 것은 태어나서 이번이 세 번째였다.

"아저씨, 저것 좀 보세요. 눈이 오고 있어요!"

보드는 가슴도 머리도 기쁨으로 가득 차서 소리쳤다. 이제 그의 머리는 다른 것을 생각할 틈이 없었다.

"진짜 눈이에요!"

막간을 이용한 장

비밀 회합

호텔 로비에 있는 자그마한 안내판에는 그날 밤 워싱턴 룸이 사적 모임을 위해 예약되었다고 적혀 있었다. 하지만 어떤 종류의 모임인지에 대한 정보는 적혀 있지 않았다. 솔직히 여러분이 그날 워싱턴 룸에 모인 사람들을 본다고 하더라도 그곳에서 무슨 일이 벌어지고 있는지는 알지 못할 것이다. 흘깃 쳐다보면 그곳에 여자가 없다는 사실쯤은 바로 알 수 있을 테지만 말이다. 그 모임의 참석자들이 모두 남자라는 것만큼은 분명했다. 그들은 둥근 테이블 앞에 앉아서 후식을 먹고 있었다.

그곳에 온 사람들은 백 명 정도 되었는데, 모두 수수한 검은색 양복 차림이었다. 하지만 그들이 지닌 공통점은 검은색 양복을 입었다는 사실 그 하나였다. 그들은 하얀 머리카락, 검은 머리카락, 노란 머리, 빨간 머리 그리고 대머리에 이르기까지 머리카락 색깔도 다 달랐다. 친절해 보이는 얼굴, 불친절해 보이는 얼굴, 남을 잘 도울 것 같은 얼굴, 둔한 얼굴, 숨기는 게 없어 보이는 얼굴, 비밀

이 많아 보이는 얼굴, 난폭해 보이는 얼굴, 예민해 보이는 얼굴 등 표정도 제각각 달랐다. 그들 대다수가 피부가 하얗지만 피부가 검은 사람도 있고 갈색인 사람도 있었다. 출신 지역도 유럽, 아프리카, 인도, 중국, 남미, 필리핀, 미국으로 다 달랐다. 그들 모두 서로 얘기를 나눌 때나 웨이터에게 말할 때는 영어를 사용했지만 억양은 그곳에 모인 사람들 숫자만큼이나 다양했다. 그들은 유럽과 세계 전역에서 온 사람들이었다.

검은 양복을 입은 사람들이 테이블 둘레에 앉아 있는 동안, 그들 가운데 마치 방금 결혼식을 미치고 온 사람처럼 예복을 차려입은, 어깨가 넓고 유쾌해 보이는 남자가 연단 위에서 그들이 베푼 선행을 발표하고 있었다. 자신들 덕분에 가난한 지역에 사는 아이들이 색다른 휴일을 보낼 수 있었으며, 자신들이 버스를 한 대 마련해 준 덕분에 여행이 필요한 사람들이 여행을 갈 수 있었다는 내용이었다.

잭은 앞쪽 가운데 테이블에 앉은 은발의 말쑥한 남자 옆에 앉아 있었다. 그들은 커피가 나오기를 기다리고 있었다.

"시간은 째깍거리며 가고 있는데 우리 가운데 젊어지는 사람은 하나도 안 보이는군."

은발의 남자가 말했다.

"나도 그 생각을 하고 있었어. 4년 전 샌프란시스코에서 있었던 그 일 때문에……."

잭이 말했다.

"그 일은 운이 없었지. 하지만 봄에 피는 꽃이 그 사건과 아무 관련 없듯, 그 일은 그 사건과 아무 관련이 없어. 잭, 자네는 실패했어. 자네는 그들 모두를 처리하기로 되어 있었지. 아기까지 포함해서 말이야. 특히 그 아기를 처리했어야지. 일을 완벽하게 처리해야지 *거의 다* 처리하는 건 좋지 않아."

하얀색 재킷을 입은 웨이터가 와서 그 테이블에 앉은 사람들 한 사람 한 사람에게 커피를 따라 주었다. 연필로 그은 것처럼 얇은 콧수염을 기른 키 작은 남자, 영화배우나 모델을 해도 될 정도로 잘생긴 금발의 키 큰 남자 그리고 화난 황소처럼 창밖의 바깥세상을 노려보고 있는 머리가 크고 피부가 까만 남자. 이들은 잭과 상대방의 대화에는 전혀 귀를 기울이지 않고 연사의 말에 집중하면서 이따금 박수도 쳐 주고 있었다. 은발의 남자는 자기 커피에 설탕을 숟가락 가득 몇 숟갈이나 넣고 나서 힘차게 저었다.

"벌써 10년이 지났어. 세월은 사람을 기다려 주지 않지. 그 아기는 이제 곧 다 자랄 거네. 그렇게 되면 어쩔 셈이야?"

은발의 남자가 말했다.

"이봐, 댄디. 아직 시간이 있으니… "

잭이 말을 시작하려 하자 은발의 남자는 커다란 분홍빛 손가락으로 잭 쪽을 가리키며 말을 잘랐다.

"아니, 자네에겐 이미 충분한 시간을 줬네. 이제 끝을 봐야 해. 이봐, 상황 파악을 확실하게 하라고. 우리는 자네한테 더 이상 기회를 줄 수가 없네. 우리 잭들은 너나할 것 없이 기다리는 것도 이제 넌더리가 나."

잭은 무뚝뚝하게 고개를 끄덕였다. 그런 뒤 잭이 말했다.

"몇 가지 단서를 잡았어."

은발의 남자는 자신의 커피를 후루룩 마셨다.

"정말이야?"

"그래, 정말일세. 아무래도 샌프란시스코에서 우리의 골치를 썩였던 그 일과 관련이 있는 것 같아."

"그 문제를 총무와 의논해 봤나?"

댄디는 연단에 올라가 있는 남자를 가리키며 물었다. 그 순간 그 남자는 자신들이 아량을 베풀어 작년에 구입한 의료기기에 대해 말하고 있었다. ("하나도 아니고 둘도 아니고, *무려* 세 개나 되는 인공 신장을 구입했습니다."라고 그가 말하고 있었다. 그 방에 있는 사람들은 자신들과 자신들이 베푼 아량에 정중하게 박수갈채를 보냈다.)

잭은 고개를 끄덕였다.

"총무한테는 말했어."

"그러니까 뭐라던가?"

"총무는 별로 흥미를 보이지 않더군. 그는 오직 결과만을 원해. 그는 내가 시작한 일을 빨리 마무리 짓기를 원해."

"그건 우리도 마찬가지라네, 친구. 그 아이는 살아 있어. 그리고 이제 시간은 더 이상 우리 편이 아니야."

은발의 남자가 말했다.

테이블 앉아 두 사람의 대화에 귀를 기울이지 않는 척하던 다른 사내들이 툴툴거리며 동의한다는 듯 고개를 끄덕였다.

"아까도 말했듯이 시간이 째깍거리며 가고 있네."

댄디가 무표정하게 말했다.

6장
노바디 오언스의
학교 생활

묘지에 비가 내리면서 물웅덩이에 세상의 모습이 흐릿하게 비쳤다. 보드는 살아 있는 사람이건 죽은 사람이건 자기를 찾아올지 모르는 사람을 피해, 이집트 오솔길과 그 너머의 북서쪽 황야를 묘지의 나머지 부분과 구분해 주는 아치형 구조물 밑에 앉아서 책을 읽고 있었다.

그런데 그때 오솔길 아래쪽에서 고함치는 소리가 들려왔다.

"빌어먹을! 에잇, 제기랄! 어디 내 손에 잡히기만 해 봐. 이 세상에 태어난 걸 후회하게 해 줄 테다!"

보드는 한숨을 쉬며 읽던 책을 내리고는 몸을 앞으로 쭉 뺐다. 새커리 포린저(1720~1734, *위 사람의 아들*.)가 질척한 오솔길을 퍽퍽 밟으며 올라오고 있는 모습이 보였다. 새커리는 덩치가 큰 아이였다. 그는 열네 살 때 죽었는데, 숙련된 주택 도장공 밑에서 수습공으로 일을 배우기 시작한 뒤에 그렇게 되고 말았다. 도장공은 새커리에게 달랑 페니 여덟 닢을 주면서 이발소의 간판 기둥을 칠

하는 데 필요한 붉은색과 하얀색 줄무늬 페인트 한 통을 사오기 전
에는 돌아오지 말라고 일렀다. 새커리는 눈이 녹아 질척질척한 1월
의 어느 아침, 한 가게에 들어갔다가 비웃음만 사고 다음 가게로 보
내지기를 반복하며 온 마을을 다섯 시간이나 돌아다녔다. 그러다가
자신이 놀림감이 됐다는 사실을 깨닫고는 분을 참지 못해 결국 뇌
졸중으로 쓰러져 그 주를 못 넘기고 다른 수습공들과 도장공 호로
빈을 부릅뜬 눈으로 사납게 노려보며 죽었다. 하지만 호로빈은 자
기 자신이 수습공이었던 시절 훨씬 더 심한 일을 하도 많이 겪은 터
라 그딴 일로 왜 그리 야단인지 전혀 알지 못했다.

　새커리 포린저는 그렇게 분노에 사로잡힌 채 숨을 거두었는데,
손에는 자신의 책『로빈슨 크루소』를 꽉 쥔 채였다. 가장자리가 깎
인 6펜스짜리 은화 한 닢과 입고 있던 옷을 제하면 그 책이 그가
몸에 지닌 전부였다. 그래서 새커리의 엄마의 요청으로 그는 자신
의 책과 함께 묻히게 되었다. 죽어서도 새커리 포린저의 화는 누그
러지지 않고 있었는데, 지금 고래고래 소리를 질러 대고 있는 것 역
시 그였다.

　"네놈이 여기 어딘가에 숨어 있단 거 다 알아! 이리 나와서 벌을
받아, 이 도둑놈아!"

　보드는 책을 덮었다.

　"새커리, 난 도둑이 아니야. 그냥 좀 빌린 거야. 다 읽고 돌려준
다고 약속할게."

　보드의 소리가 들리자 새커리는 위를 올려다보았고, 보드가 오
시리스*의 조각상 뒤에 앉아 있는 것을 발견했다. 그러자 새커리가

---

* 고대 이집트 신화에 나오는 대지의 신이자 저승의 왕으로, 죽은 사람의 죄를
심판한다.

또 소리쳤다.

"내가 안 된다고 했잖아!"

보드는 한숨을 쉬었다.

"하지만 이곳에는 책이 너무 적어. 아무튼 이제 막 재미있는 부분에 이르렀어. 로빈슨 크루소가 발자국을 하나 발견했는데 자기 발자국이 아냐. 그건 그 섬에 다른 누군가 있다는 뜻이야!"

"그건 내 책이야. 내놔."

새커리는 완강하게 말했다.

보드는 말다툼이나 간단한 협상도 불사하려 했지만 새커리의 얼굴에서 상처 입은 표정을 보고는 마음이 누그러졌다. 보드는 아치형 구조물의 옆면을 타고 내려오다가 땅에서 몇 발자국 떨어진 거리에 이르자 풀쩍 뛰어내렸다. 보드가 그 책을 내밀었다.

"여기 있어."

새커리는 그것을 우악스럽게 낚아채고는 보드를 노려봤다.

"내가 그 책을 읽어 줄 수 있는데. 내가 읽어 줄까?"

보드가 제안했다.

"필요 없으니까 썩 꺼져, 이 얼간이 녀석!"

그렇게 말하며 새커리는 보드의 귀를 향해 주먹을 날렸다. 한 대 얻어맞자 보드는 귀가 얼얼했지만 새커리 포린저의 표정을 보아하니 분명 자기가 맞아서 아픈 것만큼이나 새커리도 주먹이 아픈 모양이었다.

몸집이 보드보다 큰 그 아이가 오솔길을 퍽퍽 밟으며 내려갔고, 보드는 귀가 얼얼하고 눈이 따끔거리는 가운데 그 아이가 멀어지는 모습을 지켜보았다. 보드는 빗속을 뚫고 비에 젖어서 미끄러운, 담쟁이로 뒤덮인 오솔길을 다시 걸어 내려갔다. 그러다 어느 순간 미끄러지는 바람에 바지가 찢어지고 무릎이 긁혔다.

묘지의 담장 옆에 있는 버드나무 숲에서 보드는 유피미아 호스폴과 톰 샌즈와 하마터면 부딪칠 뻔했다. 그 둘은 여러 해 동안 연인 사이로 지내고 있었다. 톰은 아주 오래전에 땅에 묻혔기 때문에 이제 그의 비석은 그저 비바람을 맞아 깎인 바윗덩어리에 불과했다. 그는 프랑스와의 백년 전쟁*이 벌어졌던 시기에 살다 세상을 떠났고, 반면 유피미아(1861~1883, *그래요, 그녀는 잠들었어요. 하지만 천사들과 함께 잠들었어요.*)는 빅토리아 시대**에 땅에 묻혔다. 그런데 그때는 묘지가 확장에 확장을 거듭하며 약 50년 동안 이곳 묘지 사업이 호황을 이룬 뒤의 시기였기 때문에 그녀는 버드나무 오솔길의 검은 문 뒤에 있는 무덤 전체를 혼자 독차지하고 있었다. 하지만 두 연인은 각자 살았던 역사적 시기가 다름에도 아무런 문제없이 잘 사귀고 있는 듯했다.

"천천히 다녀, 보드. 그러다 다치겠다."

톰이 말했다.

"벌써 다쳤네. 아유, 이를 어째! 틀림없이 네 엄마한테 한 소리 듣겠어. 손쉽게 꿰맬 수 있는 정도라면 우리가 바지를 꿰매 줄 텐데, 안 될 것 같아."

"아니, 괜찮아요."

보드가 말했다.

"참, 네 후견인이 너를 찾던데."

---

* 1337~1453
** 1837~1901

톰이 덧붙였다.

보드는 잿빛 하늘을 올려다보며 말했다.

"하지만 아직 낮인걸요."

"그가 조기 기상을 했더구나." 하고 톰이 말했는데, 보드는 '조기 기상'이란 말의 뜻이 '일찍 일어났다'는 뜻이란 걸 알고 있었다. 톰이 계속 말했다.

"그리고 자기가 널 찾는다고 전해 달라고 했어. 혹시 우리가 너를 보게 되면 말이야."

보드는 고개를 끄덕였다.

"리틀존 기념비 바로 너머의 덤불숲에 있는 개암나무에 다 익은 열매들이 많더구나."

보드가 충격받은 것처럼 보이자 톰이 마치 그의 충격을 덜어 주려는 듯 미소 지으며 말했다.

"알려 주셔서 감사해요."라고 말한 보드는 사일러스 아저씨가 찾는단 소식에 다시 빗속을 뚫고 허겁지겁 달음박질로 구불구불한 오솔길을 내려가, 묘지 아래쪽 비탈로 접어든 다음 낡은 예배당까지 계속 내달렸다.

비도, 아주 조금의 햇빛도 싫어하는 사일러스 아저씨가 문도 열어 놓은 채로 예배당 안의 그늘 속에 서 있었다.

"저를 찾으셨다면서요?"

보드가 말했다.

"그렇단다. 그런데 바지가 찢어진 것 같구나."

"달려오다가 넘어지는 바람에요. 음, 그런데 저기, 새커리 포린저하고 조금 싸웠어요. 『로빈슨 크루소』를 읽고 싶었거든요. 그건 배를 타고 가던 어떤 사람에 대한 이야기를 담은 책이에요. '배'는 바다를 떠다니는 물건이에요. '바다'는 엄청 거대한 웅덩이에 있는 물 같은 거고요. 아무튼 그 배가 어떤 섬에서 난파돼요. '섬'은 바다에 있는 장소인데, 발을 딛고 설 수도 있어요. 그리고… "

"11년이나 됐구나, 보드. 네가 우리와 함께한 지도 벌써 11년이나 됐어."

사일러스가 말했다.

"아저씨가 그렇게 말씀하신다면 그게 맞을 거예요."

사일러스는 자기가 맡은 아이를 내려다보았다. 아이는 마른 편이었고 담갈색 머리카락은 나이를 먹어 가면서 약간 어두운 색으로 변해 있었다.

예배당 안은 이제 완전히 어두웠다.

"내 생각에는 네가 어디서 왔는지에 대해 얘기할 때가 된 것 같아."

사일러스가 말했다.

보드는 숨을 깊이 들이쉬었다.

"꼭 지금이 아니어도 돼요. 아저씨가 원하지 않는다면 말이에요."

보드는 한껏 가볍게 대꾸했지만 가슴이 쿵쾅거렸다.

침묵이 찾아들었다. 오직 빗방울이 떨어지는 소리와 물받이에서 빗물이 흘러내리는 소리만이 들렸다. 침묵이 길어지자 급기야 보드는 자기가 침묵을 깨야겠다고 생각하기에 이르렀다.

그 순간 사일러스가 먼저 입을 열었다.

"너는 잘 알 거야. 네가 우리와 다르다는 걸. 네가 살아 있다는 걸. 우리, 아니 그들이 너를 이곳에 받아들였고 내가 너의 후견인이 되겠다고 나섰다는 걸 너는 잘 알고 있어, 그렇지?"

보드는 아무 말도 하지 않았다.

사일러스는 벨벳 같은 목소리로 계속 말했다.

"너에겐 부모님이 계셨어. 누나도 한 명 있었고. 하지만 모두 살해당했단다. 내 생각엔 너 또한 살해당했을 테지만 요행으로 살아남았어. 그리고 오언스 부부가 나섰던 거야."

"그리고 아저씨도요."

보드가 말했다. 보드는 지난 수 년간 여러 사람들에게서 그날 밤의 일에 대한 이야기를 들었는데, 그 가운데 몇 명은 그날 밤 그곳에 있기까지 했던 사람들이었다. 그날 밤은 묘지에서 대단히 중요한 밤이었다고 했다.

"저 바깥에서는 네 가족을 죽인 그자가 아직도 너를 찾고 있는 것 같아. 아직도 너를 죽이려고 혈안이 되어서 말이야."

보드는 어깨를 으쓱했다.

"그래서요? 고작 죽는 것일 뿐인데요, 뭘. 그러니까 제 말은, 저랑 친한 친구들도 다 죽은 거잖아요."

"그렇긴 하지."

사일러스는 잠시 망설이다 다시 말을 이어 갔다.

"그래, 네 친구들은 죽은 사람들이 맞아. 네 친구들 대부분은 세상과의 인연이 다했지. 하지만 넌 아냐. 넌 이렇게 생생히 살아 있어, 보드. 그건 네가 무한한 잠재력을 지니고 있다는 뜻이기도 해. 넌 뭐든 할 수 있고, 뭐든 이룰 수 있고, 뭐든 꿈꿀 수 있어. 넌 맘만 먹으면 세상을 변화시킬 수 있어. 그런 게 바로 잠재력이지. 그런데 네가 죽으면 그 잠재력은 없어져. 끝나는 거야. 네가 이룬 것도 네가 꿈꾼 것도 거기서 끝나고, 이제 묘비에 네 이름이 새겨지는 거지. 넌 이곳에 묻힐 수도 있고 심지어 이곳에서 걸어

다닐 수도 있어. 하지만 그걸로 잠재력은 끝이야."

보드는 그 말에 대해 생각해 보았다. 거의 맞는 말인 것 같았다. 물론 부모님이 자기를 입양한 것 같은 예외가 있긴 했지만 말이다. 비록 자신이 죽은 사람들과 공감하기는 했지만, 그래도 보드는 죽은 사람과 살아 있는 사람이 다르다는 사실을 잘 알고 있었다.

"아저씨는 어떤 종류예요?"

"어떤 종류라니?"

"음, 아저씨는 살아 있지 않잖아요. 그린데도 어기서기 돌아다니고 이런저런 일들을 하잖아요."

"정확히 지금 이 모습이 바로 나야. 더 이상은 아무것도 없어. 네 말대로 나는 살아 있지 않아. 하지만 만약 내게 마지막 순간이 찾아온다면, 나는 그냥 존재하지 않게 돼. 나와 같은 종류의 사람은 있기도 하고 없기도 해. 내 말뜻을 네가 알아들었는지 모르겠구나."

"잘 모르겠어요."

사일러스는 한숨을 쉬었다. 어느새 비가 멈추고 구름이 걷혀 맑은 하늘에 어스름이 깔리고 있었다.

"보드, 우리가 너를 안전하게 지키는 게 중요한 이유는 여러 가지가 있단다."

"우리 가족을 해친 그 사람. 나까지 죽이려 한다는 그 사람. 그 사람이 정말 아직도 저 바깥세상에 있어요?"

이 물음에 대해 얼마 동안 생각하고 있던 보드는 비로소 자기가 무엇을 원하는지 깨달았다.

"그래. 아직도 저 바깥세상에 있단다."

"그렇다면 저는 학교에 다니고 싶어요."

보드가 논란의 소지가 다분해 꺼내기 힘든 이야기를 꺼냈다.

사일러스는 쉽게 동요하지 않았다. 세상의 종말이 온다 해도 그는 눈썹 하나 까닥하지 않았을 것이다. 하지만 그런 그가 지금 입을 벌리고 이맛살을 찌푸리며 한 말은 이게 다였다.

"뭐라고?"

"저는 이 묘지에서 많은 것을 배웠어요. 눈앞에서 안 보이게 사라질 수도 있고 다른 사람의 마음속에 들어갈 수도 있어요. 구울들의 문도 열 수 있고 별자리도 알아요. 하지만 저기 밖에는 다른 세상이 있어요. 그 세상에는 바다도 있고 섬도 있고 난파선도 있고 돼지도 있죠. 그러니까 제 말은, 바깥세상은 제가 모르는 것들로 가득차 있다는 거예요. 여기 선생님들이 제게 많은 것을 가르쳐 주셨지만 저는 더 많이 배워야 해요. 언젠가 제가 저 바깥세상에서 살아가야 한다면 말이죠."

사일러스에게는 보드의 말이 별로 인상적이지 않은 듯했다.

"그건 절대로 안 될 말이야. 우린 여기에서는 너를 안전하게 지킬 수 있어. 하지만 저 바깥세상에서는 우리가 어떻게 너를 안전하게 지킬 수 있겠어? 바깥세상에선 어떤 일이든 일어날 수 있어."

"맞아요. 그런데 그런 게 바로 아저씨가 말씀하신 잠재력이잖아요."

보드는 잠시 침묵에 잠겼다. 그런 뒤 이렇게 말했다.

"누군가 제 어머니와 아버지 그리고 누나까지 죽였다고 하셨죠?"

"그래. 누군가 그런 짓을 저질렀어."

"남자인가요?"

"그래, 남자야."

"그렇다면 아저씨는 질문을 잘못하셨어요."

"어째서?"

사일러스가 한쪽 눈썹을 치켜 올리며 물었다.

"음, 제가 바깥세상으로 나간다면 누가 저를 그로부터 안전하게 지켜 주겠느냐고 물으시면 안 돼요."

"그래?"

"네, 그래요. 누가 그를 저로부터 안전하게 지켜 주겠느냐고 물으셔야죠."

잔가지가 마치 안으로 들여 달라는 듯 높은 유리창을 긁는 소리를 냈다. 사일러스가 칼날처럼 뾰족한 손톱으로 소매에 묻은 가상의 먼지 한 점을 털어 내면서 말했다.

"아무래도 네가 다닐 학교를 알아봐야겠구나."

처음에는 어느 누구도 그 아이의 존재를 눈치채지 못했다. 그들은 자신들이 그 아이의 존재를 눈치채지 못한다는 사실조차 몰랐다. 아이는 교실에서 중간 뒤쪽에 앉았다. 말도 별로 하지 않았는데, 직접 질문을 받지 않는 한 먼저 말하지 않았다. 그리고 질문에 답할 때도 짧고 쉽게 잊히고 재미없는 대답만 했다. 아이는 사람들의 마음과 기억 속에서 서서히 사라졌다.

"그 애의 가족이 신앙심이 깊은 것 같나요?"

교무실에서 커비 선생이 물었다. 그는 과제물을 채점하고 있었다.

"어떤 애 말이에요?"

매키넌 선생이 물었다.

"8학년* B반의 오언스요."

커비 선생이 대답했다.

"키가 크고 여드름이 많은 애 말인가요?"

"큰 것 같지 않던데요. 보통 키 같았어요."

매키넌 선생은 어깨를 으쓱했다.

"그런데 그 애가 왜요?"

"그 앤 모든 걸 다 손으로 쓰는데, 글씨체가 얼마나 예쁜지 몰라요. 꼭 동판에 새긴 초서체 같다니까요."

커비 선생이 말했다.

"그런데 그게 신앙심과 무슨 상관이 있다는 거죠?"

"아이 말로는 자기 집에 컴퓨터가 없대요."

"그래서요?"

"전화도 없대요."

"저는 그게 신앙심 깊은 것과 무슨 상관이 있는지 전혀 모르겠네요."

매키넌 선생이 대꾸했다. 교무실에서 담배를 못 피우게 하자 취미로 코바늘뜨기를 시작한 그녀는 딱히 줄 사람도 없으면서 교무실에 앉아서 아기 이불을 코바늘로 뜨고 있었다.

커비 선생이 어깨를 으쓱하며 이렇게 말했다.

"똑똑한 아이예요. 모르는 게 없어요. 그리고 역사 시간에는 책에도 나오지 않는 사소한 이야기를 지어내 툭툭 던지곤 하는데……"

"어떤 이야기인데요?"

---

* 영국에서 8학년은 우리나라의 중학교 2학년에 해당한다. 영국 나이로 5세에 초등학교에 입학하므로 8학년생의 나이는 12세 정도가 된다.

커비 선생은 보드의 과제물을 채점하고 나서 과제물 더미 위로 치웠다. 그런데 바로 자기 눈앞에서 보드의 이름이 사라지자 말하고 있던 것 전체가 어렴풋해지고 대수롭지 않은 것처럼 여겨졌다.

커비 선생은 "뭐 그냥 시시한 것들요." 하고 대답하고 나서는 그것에 대해 잊어버렸다. 그가 출석부에 보드의 이름을 올리는 걸 잊어버린 것도, 보드의 이름을 학교 전산 기록에서 찾아볼 수 없게 된 것도 다 이런 식이었다.

그 아이는 잊히기 쉽고, 또 실제로도 쉽게 잊히는 모범생이었다. 그 아이는 틈이 날 때마다 대부분의 시간을 낡은 문고판 책꽂이가 있는 영어 교실의 뒤쪽과 학교 도서관에서 보냈다. 도서관의 책과 낡은 안락의자로 가득한 커다란 열람실에서 그는 몇몇 아이들이 먹는 데 열을 올리는 만큼이나 열광적으로 이야기책을 읽는 데 열을 올렸다.

다른 아이들도 그에 대해 잊었다. 그가 아이들 앞에 앉아 있을 때는 그렇지 않았다. 그때는 그를 기억했다. 하지만 그 오언스라는 아이가 눈에 보이지 않으면 아이들은 곧바로 그 아이를 잊었다. 아이들은 그에 대해 생각하지 않았다. 그럴 필요가 없었다. 만약 누군가가 8학년 B반의 모든 아이들에게 눈을 감고서 그 반의 스물다섯 명의 남학생과 여학생 명단을 작성해 보라고 한다면 오언스라는 아이는 아마 그 명단에 오르지 않을 것이다. 그의 존재는 거의 유령과도 같았다.

물론 그가 사람들 눈에 보일 때는 달랐다.

닉 파딩은 열두 살이었지만 열여섯 살이라고 해도 통할 만큼 ― 가끔은 실제로도 통했다.― 몸집이 큰 아이였다. 입가에는 뒤틀린 미소를 띠고 있었으며 상상력이라고는 거의 없었다. 그는 기본적으로 자기 실속만 차리는 아이였으며 노련한 좀도둑이기도 했다. 또 때로는 폭력배처럼 굴면서 자기보다 덩치가 작은 다른 모든 아이들이 자기가 시키는 대로 하는 한은 다른 아이들이 자기를 싫어하건 말건 개의치 않았다. 아무튼 그런 그에게도 친구가 하나 있었다. 그녀의 이름은 모린 퀼링이었는데 다들 그냥 '모'라고 불렀다. 모는 마른 몸매에, 창백한 피부, 옅은 노랑머리, 연파랑 눈동자, 뾰족하고 캐묻기 좋아할 것 같은 모양새의 코를 하고 있었다. 닉은 좀도둑질을 즐겼고, 모는 닉에게 무엇을 훔칠 것인지 말해 주었다. 닉은 아이들을 때리고 상처 입히고 겁을 줄 수 있었고, 모는 겁을 줄 필요가 있는 아이가 있으면 손가락만 까딱해서 닉에게 가르쳐 주면 됐다. 모가 닉에게 가끔 말했듯이, 그 둘은 완벽한 팀이었다.

둘은 7학년생들의 용돈을 빼앗은 뒤 도서관 구석에 앉아 각자의 몫을 나누고 있었다. 둘은 열한 살짜리 아이들 가운데 여덟아홉 명에게 매주 각자의 용돈을 자신들에게 바치도록 교육시켜 놓았다.

"싱이란 애가 아직 돈을 내놓지 않았어. 아무래도 네가 직접 그 앨 찾아가야겠어."

모가 말했다.

"알았어. 안 내놓곤 못 배길 거야."

닉이 말했다.

"그때 걔가 훔쳤던 게 뭐였지? CD였나?"

닉이 고개를 끄덕였다.

"그럼 그냥 그 애의 잘못만 지적해."

모는 텔레비전에서 본 어려운 사건을 해결하는 형사의 말처럼 들리기를 바라며 말했다.

"알았어. 그거야 쉽지. 우린 훌륭한 팀이야."

닉이 말했다.

"배트맨과 로빈처럼?"

모가 말했다.

"지킬 박사와 하이드 씨에 더 가깝지."

창가의 자리에서 다른 사람들의 눈에 띄지 않게 책을 읽던 누군가가 말했다. 그런 뒤 그는 자리에서 일어나 그곳을 나가 버렸다.

폴 싱은 두 손을 호주머니에 깊숙이 찔러 넣고 탈의실 창턱에 앉아 암울한 생각에 잠겨 있었다. 그는 호주머니에서 한 손을 빼내 펼치고는 1파운드짜리 동전 한 움큼을 바라보며 고개를 설레설레 흔들더니 다시 손을 오므려 동전을 쥐었다.

"닉과 모가 기다리고 있는 게 그거야?"

누군가 묻자, 폴이 화들짝 놀라서 동전을 떨어뜨리는 바람에 온 바닥에 동전이 다 흩어졌다.

말을 건 그 아이가 함께 동전을 주워 폴에게 건넸다. 자기보다 나이가 많은 아이였는데 폴은 전에 그 아이를 주위에서 본 적이 있는 것 같았지만 확신할 수는 없었다.

"너도 그 애들하고 같은 편이야? 닉과 모하고 말이야."

폴이 물었다.

그러자 그 아이는 고개를 저었다.

"아냐. 그 애들은 정말 혐오스러운 애들이야."

그 아이는 말을 멈추고 머뭇거렸다. 그러더니 다시 입을 열었다.

"사실 내가 여기에 온 건 너한테 조언을 좀 해 주기 위해서야."

"그래?"

"그 애들한테 더는 그런 거 갖다 바치지 마."

"너야 네 일이 아니니까 그렇게 쉽게 말할 수 있겠지."

"그 애들이 나한테는 돈을 뜯어 내지 않았으니까 그렇단 거야?"

그 아이가 폴을 바라보자, 폴은 부끄러워서 눈길을 피했다.

"그 애들은 네가 자신들을 위해 CD를 훔쳐 올 때까지 너를 때리고 협박했어. 그런 다음 네가 용돈을 자신들에게 갖다 바치지 않으면 네 도둑질을 일러바치겠다며 협박했지. 그 애들이 네가 도둑질하는 걸 찍어 두기라도 한 거야?"

폴은 고개를 끄덕였다.

"그냥 싫다고 말해. 더는 그러지 마."

그 아이가 말했다.

"그럼 걔들이 날 죽일 거야. 걔들이 뭐라 그랬냐면… "

"그럼 걔들한테 가서 이렇게 말해. 경찰과 학교 측에서는 자신의 뜻에 반해 어쩔 수 없이 CD 한 장을 훔친 애보다 자기보다 어린 애들한테 억지로 도둑질을 시키고 강제로 용돈을 갖다 바치게 하는 두 아이에게 훨씬 더 관심이 많을 거라고 말이야. 두 번 다시 네 몸에 손대면 경찰에 신고하겠다고도 말해. 그리고 그 모든 일을 빠짐없이 다 기록해 놨으니, 너한테 무슨 일이 생기면, 어떤 일이든, 눈에 멍이 들거나 뭐 그런 일이 생긴다면, 네 친구들이 알아서 그냥 바로 그 기록을 학교와 경찰 측에 보내 버릴 거라고도 말해."

"하지만… 난 못 해."

폴이 말했다.

"그럼 너는 이 학교에 다니는 동안 계속해서 그 애들한테 용돈을 갖다 바쳐야겠군. 무서워 벌벌 떨면서 말이야."

폴은 잠시 생각에 잠겼다. 그러더니 이렇게 물었다.

"그냥 경찰에 신고하는 건 어떨까?"

"네가 원한다면 그래도 되고."

"먼저 네가 일러 준 대로 한번 해 볼게."

폴은 그렇게 말하며 미소 지었다. 활짝 미소를 지은 건 아니지만 그건 폴이 3주 만에 처음 지은 미소였기에 그것만으로도 충분했다.

그리하여 폴 싱은 닉 파딩에게 자신이 더 이상 그에게 돈을 갖다 바치지 않을 것이라 선언하며 왜 그런 것인지 설명한 다음 자리를 떴다. 그러자 닉 파딩은 그냥 서서 아무 말도 하지 못한 채 주먹만 쥐었다 폈다 했다. 그리고 다음 날에는 다른 열한 살짜리 아이들 다섯이 운동장에 있는 닉을 찾아가 지난달에 갖다 바친 자기들 용돈 전부를 돌려줄 것을 요구했다. 그렇지 않으면 경찰서에 가서 신고해 버리겠다고 엄포까지 놓았고, 이제 닉 파딩은 몹시 불행한 아이가 되었다.

"이게 다 '그 녀석' 때문이야. 이건 다 *그 녀석* 때문에 비롯된 일이라고. *그 녀석이 없었다면… 그 애들이 자기네들끼리 그런 생각을 했을 리가 없어. 그 녀석한테 따끔한 맛을 보여 줘야 해.* 그러면 애들 모두가 다시 얌전히 굴 거야."

모가 말했다.

"그 녀석이라니?"

닉이 물었다.

"왜 늘 책만 읽는 녀석 있잖아. 밥 오언스라는 녀석 말이야."

닉이 천천히 고개를 끄덕이더니 말했다.

"대체 어떤 녀석이야?"

"내가 손으로 가리켜서 알려 줄게."

보드는 남들의 시선을 받지 않고 어두운 곳에 있는 데 익숙했다. 남들의 시선이 자연스럽게 자신을 비켜 지나쳐 버리던 사람일수록 오히려 자기를 바라보는 눈길, 자기 쪽을 향하는 시선, 누군가 자신을 주목하고 있단 사실을 아주 잘 알아차리는 법이다. 그리고 남들의 마음속에 살아 있는 사람으로는 거의 존재하지 않던 사람에게 누가 자신을 가리킨다든가 따라붙는다든가 하는 일이 생긴다면…… 이런 일들은 그 사람의 주의를 끌기 마련이다.

그들은 몰래 보드의 뒤를 밟아 학교를 벗어나고 길을 올라 길모퉁이의 신문 가판대를 지나고 철교를 건넜다. 보드는 천천히 걸어갔다. 자신의 뒤를 밟고 있는 건장한 남자애와 살결이 희고 머리가 금발인 날카로운 인상의 여자애가 자기를 놓치지 않는지 확인해 가며 천천히 걸었다. 그러다가 보드는 길 끝에 있는 아주 작은 교회 부속 묘지로 들어갔다. 마을 교회 뒤편의 소규모 묘지로 들어간 그는 로더릭 페르손과 그의 아내 아마벨라와 그의 두 번째 아내 포투니아의 무덤(*이들은 다시 깨어나기 위해 이곳에 잠들어 있다.*) 옆에서 기다렸다. 잠시 후 여자애의 목소리가 들렸다.

"네가 그 애로군, 밥 오언스. 이런, 넌 이제 진짜 큰일 났다, 밥 오언스."

"보드, 내 이름은 밥이 아니라 보드야. 그리고 너희 둘은 지킬 박사와 하이드 씨로군."

보드가 그 둘을 바라보며 말했다.

"바로 너지? 7학년 녀석들한테 접근한 녀석이."

여자애가 말했다.

"그래서 우리가 너한테 따끔하게 수업을 좀 해 줄까 해."

닉 파딩이 웃기지도 않는 말을 해 놓고는 혼자 씩 웃으며 말했다.

"수업이라면 대환영이지. 그런데 너희가 너희 수업에 관심을 좀 더 쏟았더라면 어린애들한테 용돈을 뜯어내는 짓은 하지 않았을 텐데 말이야."

보드가 그렇게 대꾸하자, 닉이 이마를 찌푸리며 소리쳤다.

"오언스, 넌 이제 죽었어!"

보드는 고개를 가로저으며 손짓으로 주위를 가리켰다.

"내가 아니라 저 사람들이 죽었지."

"저 사람들이라니? 누구 말이야?"

모가 물었다.

"이곳에 있는 사람들 말이야. 이봐, 닌 신댁의 기회를 주려고 너희를 여기로 데려왔다고."

"무슨 소리야? 네 녀석이 언제 우리를 여기로 데려왔는데?"

닉이 끼어들었다.

"너희 둘이 지금 여기 있는 건, 내가 너희 둘이 여기 오기를 원해서였어. 내가 여기로 오자 너희 둘이 내 뒤를 따라왔잖아. 그게 그거 아냐?"

모는 초조하게 주위를 둘러보았다.

"여기에 네 친구들이 있다는 거야?"

모가 물었다.

"유감스럽게도 너희 둘은 내 의도를 잘못 이해하고 있어. 너희는 그런 짓을 그만둬야 해. 다른 사람들이 중요하지 않은 것처럼 행동하지 마. 사람들을 그만 괴롭히란 말이야."

모는 날카로운 표정으로 씩 웃었다.

"도저히 안 되겠군. 녀석을 좀 손봐 줘."

그녀가 닉에게 말했다.

"난 너희에게 기회를 줬어."

보드가 말했다. 바로 그 순간 닉이 보드를 향해 세게 주먹을 날렸다. 하지만 보드는 더 이상 그 자리에 없었고, 닉의 주먹은 비석의 옆면에 "퍽" 하고 부딪쳤다.

"어디로 간 거야?"

모가 말했다. 닉은 욕설을 내뱉으며 손을 털었다. 모는 어리둥절한 표정으로 그늘진 공동묘지를 둘러보았다. 그러면서 덧붙여 말했다.

"녀석은 분명히 여기에 있었어. 너도 봤잖아."

그러자 상상력이 부족한 닉은 이제 생각해 보지도 않고 그냥 떠오르는 대로 말했다.

"달아났나 보지 뭐."

"아냐. 녀석은 달아나지 않았어. 그냥 그 자리에 있지 않았을 뿐이야."

닉보다는 모가 상상력이 있었다. 그래서 그런 생각을 해낼 수 있었던 것이다. 어느새 으스스한 교회 묘지에 어스름이 깔리고 있었다. 그녀는 목 뒤의 머리털이 쭈뼛 곤두섰다.

"정말이지 뭔가 아주 잘못됐어. 어서 여기에서 나가자."

모는 공포에 질려 아주 높은 목소리로 말했다.

"그 녀석을 찾아내고 말 거야. 찾아내서 흠씬 두들겨 패 줄 거야."

닉 파딩이 말했다. 모는 왠지 모르게 마음이 불안했다. 그림자들이 그들 주위에서 움직이는 것만 같았다.

"닉, 나 무서워."

모가 말했다.

두려움은 전염되기 쉽다. 때로는 누군가 마음속 공포가 실제가 될 것 같아 두렵다고 말하는 것만으로도 두려움은 옆 사람에게 전염되는 법이다. 모가 두렵다고 말하자 이제 닉도 두려움에 휩싸였다.

닉은 아무 말도 하지 않았다. 그는 그냥 달렸다. 모도 바로 뒤에 바싹 붙어서 달렸다. 그들이 세상을 향해 다시 달려갈 때 가로등 불이 하나둘 켜지며 황혼이 밤으로 바뀌었고 그림자로 가득했던 곳은 어떤 일이든 벌어질 수 있을 만큼 어두운 곳으로 변했다.

그들은 닉의 집에 도착할 때까지 계속해서 달렸다. 그리고 집으로 달려 들어가 등이란 등은 모두 켰다. 모는 자기 엄마에게 전화를 걸어 울먹이는 목소리로 얼른 차로 자기를 데리러 와 달라고 했다. 닉의 집에서 그녀의 집까지는 아주 가까운 거리였지만 그날 밤은 도저히 집까지 걸어갈 수 없을 것 같았기 때문이다.

보드는 두 사람이 달아나는 모습을 만족스럽게 지켜보았다.

"잘했어, 얘야. 사라지는 것도, 두려움을 심어 주는 것도."

보드 뒤에서 누군가가 말했다. 하얀 옷을 입은, 키가 큰 여자였다.

"고마워요. 살아 있는 사람들에게 두려움을 심어 주는 일을 해 본 적은 없었어요. 그러니까 이론만 알고 있었는데, 잘되네요."

보드가 말했다.

"아주 성공적으로 잘 해내던걸. 난 아마벨라 페르손이라고 해."

그녀는 쾌활하게 말했다.

"전 보드라고 해요. 정식 이름은 노바디 오언스고요."

"살아 있다던 그 아이? 언덕에 있는 커다란 묘지에 산다던 그 아이? 정말이니?"

"예."

보드는 자기가 사는 묘지 너머에서도 누가 자기를 알아볼 거라고
는 생각조차 못했다. 아마벨라는 무덤 옆쪽을 두드리며 소리쳤다.

"여보, 로디! 포투니아! 어서 나와서 여기 누가 와 있나 봐요!"

그러자 그 무덤에 사는 세 사람 다 밖으로 나왔다. 아마벨라가
보드를 소개하자, 보드가 그들과 악수를 하며 말했다.

"이렇게 만나 뵙게 되어 감개무량합니다."

보드는 9백 년에 걸쳐 변화해 온 예법에 따라 사람들을 만날 때
그에 맞춰 공손히 인사할 줄 알았다.

"여기 오언스 군이 애들을 겁줘서 쫓아냈어요. 필히 그렇게 해야
마땅한 애들을 말이죠."

아마벨라가 설명했다.

"잘했어. 괘씸한 짓을 저지른 버르장머리 없는 녀석들이었나 보
군?"

로더릭 페르손이 말했다.

"약한 애들을 괴롭히는 녀석들이에요. 애들한테 용돈을 갖다 바
치라고 협박한다든가 하는 그런 못된 짓을 하면서요."

"처음엔 겁을 주는 걸로 시작하는 게 좋고말고."

포투니아 페르손이 말했다. 그녀는 아마벨라보다 훨씬 나이가 들
어 보이는 통통한 여자였다. 그녀가 덧붙여 물었다.

"그런데 겁을 줬는데도 효과가 없으면 어떻게 할 작정이었니?"

"사실 그건 미처 생각을 못… "

보드가 말을 하는데 아마벨라가 끼어들었다.

"내 생각에 그럴 땐 그 애들의 꿈속으로 들어가는 것이 가장 효
과적인 방안일 거야. 넌 꿈속으로 들어가는 것도 물론 할 수 있겠
지?"

"잘 모르겠어요. 페니워스 선생님이 어떻게 하는 건지 가르쳐 주시긴 했는데, 실제로 해 본 적은 없어서요. 사실 그냥 이론만 아는 것들이 몇 가지 있는데… "

이번엔 포투니아가 보드의 말을 자르고 끼어들었다.

"꿈속으로 들어가는 것도 좋기는 하지만 유령처럼 나타나 괴롭히는 건 어떨까? 그런 종류의 애들한테 통하는 건 그런 방법뿐이지."

그러자 아마벨라가 한마디 하고 나섰다.

"아니, 유령처럼 나타나 괴롭힌다고? 이봐, 포투니아, 사실 그건 좀 아닌 것 같은데… "

"그거야 네 생각이고, 다행히도 난 너랑 생각이 전혀 달라."

"저는 그만 집에 가 봐야겠어요. 집에서 걱정하고 계실 거예요."

보드가 서둘러 말했다.

그러자 페르손 가족들이 한 마디씩 인사를 건넸다.

"그래, 얼른 가 봐."

"만나서 반가웠다."

"얘야, 저녁 시간 즐겁게 보내려무나."

아마벨라 페르손과 포투니아 페르손은 도끼눈을 뜨고 서로를 노려보았다.

"실례가 안 된다면 하나만 물어보자꾸나. 너의 후견인 말인데, 그는 잘 있니?"

로더릭 페르손이 물었다.

"사일러스 아저씨요? 예, 잘 계세요."

"그에게 안부를 전해 다오. 이곳처럼 작은 교회 묘지에 있다 보니 우린 '근위내'의 실제 대원을 전혀 못 만나 봤단다. 그래도 여전히 근위병들이 그곳에 있다는 걸 알게 되어 좋구나."

"그럼 안녕히 계세요. 사일러스 아저씨께 안부 전해 드릴게요."

보드는 로더릭 페르손이 무슨 말을 하는지 전혀 알 수 없었지만, 그건 나중에 사일러스 아저씨한테 물어보면 되기에 일단 머릿속에 담아 두었다. 보드는 책가방을 집어 들고 어둠 속에서 위안을 받으며 집으로 걸어갔다.

보드가 살아 있는 아이들의 학교에 다닌다고 해서 죽은 선생님들과의 수업이 면제되는 건 아니었다. 밤은 길었고, 가끔 보드는 자정도 안 된 시간에 용서를 구하고 기진맥진한 채로 침대로 기어들어 갔다. 하지만 대부분의 경우에는 힘들어도 견뎌 내며 계속해서 수업을 받았다.

페니워스 선생님은 요즘 불평할 게 거의 없었다. 보드는 열심히 공부했고 이것저것 질문도 많이 했다. 오늘밤 보드는 유령처럼 나타나 괴롭히는 법에 대해 물었다. 하지만 점점 더 구체적으로 파고들자 페니워스 선생님은 몹시 짜증이 났는데, 사실 그가 그런 종류의 것을 몸소 해 본 적은 한 번도 없었다.

"냉기를 감돌게 하려면 정확히 어떻게 해야 하죠? 누군가에게 두려움을 심어 주는 건 이제 어느 정도 터득한 것 같아요. 그런데 그 두려움을 키워 극한의 공포를 느끼게 하려면 어떻게 해야 하죠?"

보드가 물었다.

그러자 한숨을 내쉰 페니워스 선생님은 헛기침을 하고는 최선을 다해 설명해 주었고, 수업은 새벽 네 시가 지나서야 겨우 끝이 났다.

이튿날 보드는 학교에서 무척 피곤했다. 첫 수업은 역사 시간이었는데, 역사는 보드가 대부분의 경우에 즐거워하는 과목이었다.

비록 그런 일은 일어나지 않았다고, 아무튼 그 역사의 현장에 있었던 사람들에 따르면 아니라고 반박하고 싶은 충동을 억눌러야 하는 때가 잦았지만 말이다. 하지만 이날 아침 보드는 졸지 않으려고 애쓰고 있었다.

보드는 역사 수업에 집중하기 위해 자기가 할 수 있는 모든 것을 다 하고 있었다. 그래서 자기 주변에서 일어나는 다른 일에는 별로 주의를 기울이지 않고 있었다. 그는 찰스 1세에 대해 생각하다가 부모님 생각으로 빠져, 오언스 부부와 자신이 기억하지 못하는 다른 가족에 대해 생각하고 있었다. 바로 그때 누군가 교실 문을 두드렸다.

반 아이들과 커비 선생님이 누구인지 보려고 문 쪽으로 고개를 돌렸을 때(문을 두드렸던 건 교과서를 빌리러 온 어떤 7학년 아이였다), 보드는 뭔가가 자신의 손등을 찌르는 것을 느꼈다. 그는 비명을 지르지 않았다. 그저 위를 올려다봤다.

닉 파딩이 끝이 뾰족한 연필을 주먹에 쥔 채 보드를 내려다보며 씩 웃었다.

"난 네가 두렵지 않아."

닉 파딩이 나지막하게 속삭였다.

보드는 자신의 손등을 보았다. 연필심에 찔린 곳에 작은 핏방울이 맺혀 있었다.

그날 오후 보드는 복도를 지나다가 모 퀼링과 마주쳤는데, 그녀가 보드를 보고 어찌나 눈을 크게 뜨는지 흰자위가 다 보일 정도였다.

"너는 참 이상한 아이야. 넌 친구가 하나도 없지?"

모 퀼링이 말했다.

"난 친구를 사귀려고 학교에 오는 게 아냐. 배우려고 오는 거지."

보드는 사실대로 말했다. 그러자 모가 코를 씰룩거렸다.

"그게 얼마나 이상한지 알아? 세상에 배우려고 학교에 오는 애가 어디 있어? 너도 학교에 와야 하니까 어쩔 수 없이 오는 거잖아."

보드는 어깨를 으쓱했다.

"난 네가 두렵지 않아. 네가 어제 어떤 속임수를 썼는지는 모르겠지만 난 너한테 하나도 겁먹지 않았어."

"그래? 알았어."

보드는 그렇게 말하고는 복도를 계속 걸어갔다.

보드는 자기가 애들 일에 말려드는 실수를 저지른 것은 아닐까 하고 생각했다. 쓸데없이 나섰던 것 자체가 잘못된 판단이었다. 모와 닉은 이미 보드의 얘기를 하고 돌아다니기 시작했고, 7학년생들도 아마 그럴 것이었다. 다른 아이들 역시 이제 보드를 보고는 손가락으로 가리키며 자기들끼리 수군거렸다. 보드는 어느새 존재감이 전혀 없던 아이에서 커다란 존재감을 지닌 아이가 되어 가고 있었고, 그로 인해 보드는 불편해졌다. 사일러스 아저씨는 항상 저자세로 삼가는 태도를 유지하라고 주의를 주며, 거의 눈에 보이지 않게 하다시피 해서 학교를 다니라고 신신당부했었다. 하지만 이제 모든 것이 달라지고 있었다.

보드는 그날 저녁 자신의 후견인에게 그동안 있었던 일을 모두 털어놓았다. 보드는 사일러스 아저씨가 어떤 반응을 보일지 예상할 수 없었다.

"아니, 네가… 그렇게까지 멍청하게 굴다니 믿을 수가 없구나. 눈에 띄지 않게 조심하라고 내가 그토록 누누이 일렀건만, 그런데 지금 학교에서 이야깃거리가 되었단 말이야?"

"그럼 아저씨는 제가 어떻게 하길 바라셨어요?"

"이건 아니야. 지금은 옛날과 달라. 그자들이 너를 계속 추적하고 있을 수도 있어, 보드. 그자들이 너를 찾아낼 수 있단 말이야."

전혀 미동도 없는 사일러스 아저씨의 모습은 마치 부글부글 끓는 용암을 품고 있는 단단한 바위 표면 같았다. 보드는 사일러스 아저씨를 잘 알고 있었기 때문에 아저씨가 지금 얼마나 화가 났는지 알 수 있었다. 사일러스 아저씨는 안간힘을 다해 분노를 억누르고 있는 것 같았다.

보드는 침을 꿀꺽 삼켰다.

"이제 어떡해야 하죠?"

보드가 간단히 물었다.

"학교로 돌아가지 마. 학교에 다니는 일은 하나의 실험이었어. 그냥 실패한 것으로 인정하고 끝내 버리자."

보드는 아무 말도 하지 않았다. 그러다가 잠시 뒤 이렇게 말했다.

"그냥 배우려고만 학교에 다니는 건 아니에요. 다른 것도 있어요. 아저씨는 살아 숨 쉬는 사람들로 가득한 교실에 있는 게 얼마나 좋은지 아세요?"

"나는 그런 데서 기쁨을 느끼지 않아. 자, 이제 얘긴 끝났어. 내일부터 학교에 가지 마."

"난 절대 도망치지 않을 거예요. 모와 닉한테서도, 학교로부터도 도망치지 않을 거라고요. 그럴 바에야 차라리 이곳을 먼저 떠나겠어요."

"시키는 대로 하라면 해."

단호히 말하는 사일러스에게서 어둠 속에서 억누른 분노의 기운이 느껴졌다.

보드가 뺨이 벌게져서는 대들었다.

"안 그러면 어쩌실 건데요? 저를 여기에 가둬 두기 위해 뭘 하실 건데요? 저를 죽이기라도 하시게요?"

그런 뒤 보드는 홱 돌아서서 묘지 정문으로 이어지는 오솔길을 걸어 내려가 묘지 밖으로 나갔다.

사일러스가 아이에게 돌아오라고 소리치기 시작했다. 그러다가 멈추고는 홀로 어둠 속에 가만히 서 있었다.

상황이 참 좋을 때조차 사일러스의 얼굴은 읽기가 힘들었다. 그런데 지금 그의 얼굴은 오래전 잊힌 언어, 상상조차 되지 않는 문자로 쓰인 책 같았다. 사일러스는 어둠을 담요처럼 두르고 아이가 가 버린 길을 눈길로 뒤쫓을 뿐, 아이를 따라가려고 움직이지는 않았다.

닉 파딩은 자신의 침대에 잠들어 있었다. 햇볕이 내리쬐는 푸른 바다 위의 해적들 꿈을 꾸고 있었다. 그런데 갑자기 모든 것이 뒤죽박죽되었다. 한순간 그는 해적선의 선장이 되어 있었다. 그 해적선은 말 잘 듣는 열한 살짜리 아이들이 자기 부하가 되어 타고 있는 행복한 곳이었다. 그리고 또 여자애들도 있었는데, 자신보다 다들 한두 살 많았으며 해적 복장을 하고 있어 유달리 예뻐 보였다. 다음 순간에는 혼자 갑판에 있던 중에 너덜너덜한 검정 돛을 달고 뱃머리에는 해골 모습의 조각이 있는, 유조선 크기의 거대하고 시커먼 배 한 척이 폭풍우를 뚫고 요란한 소리를 내며 자기를 향해 달려왔다.

그런데 바로 뒤, 꿈속에서는 대개 그러하듯이, 그는 그 새로운 배의 검정 갑판 위에 서 있었고 누군가 자신을 내려다보고 있었다.

"너는 나를 두려워하지 않는군."

닉을 내려다보듯 서 있는 그 사람이 말했다.

닉은 위를 올려다봤다. 꿈속에서 그는 정말 두려웠다. 해적 복장에 죽은 사람 같은 얼굴을 하고서 단검 손잡이에 손을 얹고 있는 그 사람은 정말 말도 못하게 두려웠다.

"닉, 넌 네가 해적이라고 생각해?"

닉을 포획한 그 사람이 물었다. 그러자 문득 닉은 그 사람이 왠지 낯익어 보였다.

"넌 그 애로군, 밥 오언스."

닉이 말했다. 그러자 닉을 포획한 그 사람이 말했다.

"나는 노바디야. 그리고 넌 바뀌어야 해. 새사람이 되어야 해. 행실을 고쳐야 해. 아무튼 싹 바뀌어야 한다고. 안 그러면 상황이 너한테 아주 안 좋게 돌아갈 거야."

"어떻게 안 좋게 되는데?"

"네 머릿속이 엉망진창이 될걸."

이렇게 대답한 해적왕은 이제 그냥 닉과 같은 반 아이일 뿐이었고, 어느새 그 둘은 해적선의 갑판이 아니라 학교 강당에 있었다. 하지만 폭풍우는 여전히 가라앉지 않은 채였고, 강당 바닥은 항해 중인 배처럼 상하좌우로 마구 요동쳤다.

"이건 꿈이야."

닉이 말했다.

"물론 꿈이지. 내가 무슨 괴물이 아닌 이상 현실에서는 이렇게 못 하지."

다른 아이가 대꾸했다.

"꿈속에서는 나한테 뭘 어떻게 할 수 있단 건데?"

닉은 그렇게 물은 뒤 히죽 웃으며 덧붙였다.

"나는 네가 두렵지 않아. 네 손등에는 아직도 내가 연필로 찌른 자국이 남아 있어."

닉은 보드의 손등에 난 검은 연필심 자국을 가리켰다.

"난 이렇게까지 되지 않기를 바랐어."

다른 아이가 말했다. 그런 뒤 무슨 소리에 귀를 기울이는 것처럼 고개를 한쪽으로 기울이며 덧붙였다.

"그들이 배고파하네."

"그들이라니?"

닉이 물었다.

"지하실에 있는 존재들일 수도 있고, 갑판 밑에 있는 존재들일 수도 있겠지. 이곳이 학교냐 배냐에 따라서 달라지겠지, 안 그래?"

닉은 이제 점점 공포에 사로잡히기 시작했다.

"아… 아냐. 거미는 아니겠지? 그렇지?"

닉이 말했다.

"그럴지도 모르지. 네가 한번 알아 볼래?"

다른 아이가 말했다.

닉은 고개를 내저었다.

"싫어, 진짜 싫단 말이야!"

"글쎄, 그건 전적으로 너한테 달려 있는 거 아냐? 이제껏 살아온 방식을 바꿀지, 아니면 지하실로 내려갈지는 말이야."

다른 아이가 말했다.

소리는 점점 더 커졌는데, 그건 뭔가가 종종걸음을 치는 소리 같기도 하고 휙휙 움직이는 소리 같기도 했다. 닉 파딩은 그게 대체 무슨 소리인지 전혀 알 수 없었지만 그게 무엇이 되었든지 간에 자기가 지금까지 맞닥뜨린 것들 가운데 가장 무시무시하고 소름 끼치는 존재라는 것만큼은 전적으로 확신했다. 가장 무시무시하고 끔찍한……

닉 파딩은 비명을 지르며 잠에서 깼다.

보드는 닉의 비명 소리를, 공포에 질린 외침 소리를 듣고는 일을 잘 해낸 것 같아 흡족했다.

그는 짙은 밤안개에 얼굴이 축축하게 젖은 채 닉의 집 앞 인도에 서 있었다. 보드는 기분이 아주 들뜨기도 했지만 무척 피곤하기도 했다. 꿈속으로 들어갔을 때 꿈속에는 닉과 자신 말고 다른 건 아무것도 없고 닉이 두려워하는 것은 오직 소리뿐이라는 사실을 파악한 상황에서 닉의 꿈을 가까스로 통제해 내느라 기운이 다 빠져 버렸던 것이다.

하지만 보드는 만족했다. 이제 닉은 자기보다 작은 아이들을 괴롭히기 전에 잠시나마 주저하게 될 것이다.

그런데 이제 어떻게 하지?

보드는 양손을 호주머니에 찔러 넣고는 어디로 가야 할지 정하지도 않은 채로 무작정 걷기 시작했다. 그는 묘지를 떠나온 것처럼 이제 학교도 떠나야겠다고 생각했다. 아무도 자기를 모르는 곳으로 가서 하루 종일 도서관에 앉아 책이나 읽으며 사람들 숨소리에 귀를 기울일까 하고 생각해 보았다. 또 배가 난파되는 바람에 로빈슨 크루소가 닿게 된 섬처럼 이 세상 어딘가에 아직도 버려진 섬들이 있을까 하고 생각했다. 그런 섬이 있다면 그곳에 가서 살 수도 있을 것 같았다.

보드는 고개를 숙인 채 걸었다. 만약 고개를 들어 위를 올려다봤더라면 연파랑 눈동자 한 쌍이 침실 창문으로 자신을 유심히 지켜보고 있는 것을 보았을 것이다.

골목길로 접어들어 불빛에서 벗어나자 보드는 더 편안한 기분이 되었다.

"그래, 이제 달아나는 거야?"

여자애의 목소리가 물었다.

보드는 아무 말도 하지 않았다.

"그게 바로 살아 있는 사람과 죽은 사람의 차이야."

그 목소리가 말했다. 보드는 그 목소리의 주인공이 리자 헴스톡이란 걸 알았지만 그 어린 마녀의 모습은 어디에도 보이지 않았다. 그 목소리가 계속 말했다.

"죽은 사람들은 너를 실망시키지 않아. 죽은 사람들에겐 그들만의 삶이 있고 늘 변함없이 해 왔던 행동을 하지. 우리는 변하지 않아. 하지만 살아 있는 사람들, 그들은 늘 실망을 안겨 줘, 안 그래? 아주 용감하고 훌륭한 아이도 다 키워 놓으면 달아나 버리지."

"알지도 못하면서 그런 소리 말아요!"

보드가 소리쳤다.

"내가 알던 노바디 오언스는 자기를 돌봐 준 사람들에게 작별 인사도 하지 않고 묘지에서 달아날 아이가 아냐. 네가 이렇게 가 버리면 오언스 부인이 얼마나 마음이 아플까."

보드는 거기에 대해서는 미처 생각해 보지 못했다.

"사일러스 아저씨와 다퉜어요."

"그래서?"

"아저씨는 내가 묘지로 돌아오길 원하세요. 학교를 그만두고 말이죠. 학교는 너무 위험하다고 생각하세요."

"왜? 너의 재주와 내 마법을 합치면 애들이 네가 있는지 거의 알아차리지 못하게 할 수 있을 텐데."

"내가 애들 일에 끼어들어 버렸어요. 다른 애들을 괴롭히는 애들이 있는데, 그 애들이 그런 짓을 못하게 막고 싶었어요. 그러다가 결국 난 학교에서 주목받는 아이가 되어 버렸고……."

이제 보드는 리자의 모습을 볼 수 있었는데, 흐릿한 형체가 보드와 보조를 맞춰 골목길을 걸어가면서 이렇게 말했다.

"그자가 어기 바깥세상 어딘가에 있어. 그자는 너를 죽이고 싶어 해. 네 가족을 죽인 그자가 말이야. 묘지에 있는 우리는 네가 살아 있기를 원해. 네가 우리에게 뜻밖의 기쁨을 안겨 주고, 실망도 주고, 감동도 주고, 깜짝 놀라게도 해 주기를 원해. 보드, 집으로 돌아가."

"하지만… 난 사일러스 아저씨한테 이러니저러니 온갖 소리를 다 했는걸요. 아저씨가 많이 화나셨을 거예요."

"아저씨가 너를 좋아하지 않는다면, 너 때문에 그렇게 속상하지 않겠지."

리사는 그렇게만 말했다.

보드의 발밑에 깔린 가을 낙엽이 미끄러웠다. 그리고 안개가 자욱하게 낀 세상은 테두리가 흐릿했다. 몇 분 전만 해도 이 정도까지는 아니었는데 이제 윤곽이 뚜렷한 건 아무것도 없는 것 같았다.

"조금 전에 꿈속으로 들어가는 걸 했어요."

보드가 말했다.

"정말? 어떻게 됐어?"

"좋았어요. 아니, 그냥 괜찮았어요."

보드가 대답했다.

"페니워스 선생님께 말씀드려. 기뻐하실 거야."

"맞아요. 그래야겠어요."

보드는 골목길 끝에 이르렀지만 원래 계획했던 대로 오른쪽으로 돌아 세상 속으로 들어가지 않고, 그 대신 왼쪽으로 돌아 큰길로 접어들었다. 그 길은 언덕 위의 묘지로 돌아가는 길이었다.

"어? 뭐 하는 거야?"

리자 헴스톡이 물었다.

"집으로 가려고요. 당신 말대로 하려고요."

보드가 대답했다.

이제 상점들에는 불이 들어와 있었다. 길모퉁이에 있는 피쉬앤칩스 가게에서는 뜨거운 기름 냄새가 났고 길에서는 포석들이 반짝거렸다.

"잘 생각했어."

리자 헴스톡이 말했는데, 이제 모습은 사라지고 또다시 목소리만 들렸다. 그런데 갑자기 리자의 목소리가 다급해졌다.

"도망쳐! 아니면 사라지든가! 뭔가 잘못됐어!"

보드는 그녀에게 아무것도 잘못된 게 없다고, 그녀가 바보처럼 굴고 있다고 말할 참이었다. 그런데 바로 그때 지붕에 번쩍거리는 등을 단 큰 차 한 대가 방향을 홱 틀어 도로를 가로질러 오더니 보드 앞에서 멈춰 섰다.

두 남자가 차에서 내렸다.

"애야, 잠깐만. 우리는 경찰이야. 이렇게 늦은 시간에 밖에서 뭘 하고 있지?"

한 남자가 말했다.

"늦은 시간에 밖에 있으면 안 된다는 법이 있는 줄 몰랐어요."

보드가 말했다.

둘 가운데 키가 더 큰 경찰관이 차의 뒷문을 열었다.

"꼬마 아가씨, 이 아이가 네가 아까 봤다는 그 애가 맞니?"

그 경찰관이 물었다.

모 퀼링이 그 차에서 내리더니 보드를 바라보며 씩 웃었다.

"맞아요. 저 애예요. 저 애가 우리 집 뒷마당에서 이것저것 부서뜨려 놓고는 달아났어요."

모 퀼링은 보드의 눈을 똑바로 쳐다보며 이렇게 밀했다.

"내 방에서 네가 하는 짓을 다 봤어."

그러고는 경찰관에게 덧붙여 말했다.

"지난번에 유리창을 깨뜨린 애도 얘 같아요."

"이름이 뭐지?"

키가 작은 경찰관이 보드에게 물었다. 그는 연한 적갈색 콧수염을 기르고 있었다.

"노바디예요."

보드는 이렇게 대답한 뒤 곧바로 "악!" 하고 소리를 지를 수밖에 없었다. 그 적갈색 콧수염을 기른 경찰관이 엄지와 검지로 보드의 귀를 세게 잡아당겼기 때문이다.

"요 녀석 봐라, 이름이 '아무도 아니*'라고? 어디서 그런 말도 안 되는 소릴 지껄이는 거야! 질문을 하면 공손하게 대답해, 알았어?"

그 경찰관이 말했다.

보드는 아무 말도 하지 않았다.

---

* 영어 단어 '노바디(Nobody)'를 단어 뜻 그대로 오해한 것이다.

"사는 곳이 정확히 어디야?"

경찰관이 물었다.

이번에도 보드는 아무 말 하지 않았다. 그는 눈앞에서 안 보이게 사라지려고 시도해 봤지만 허사였다. 눈앞에서 사라지는 기술은 ― 마녀가 옆에서 기운을 북돋워 줄 때조차도― 사람들의 관심이 자신에게 쏠리지 않아야 되는데, 지금은 모든 사람들의 관심이 ―커다란 손으로 보드의 귀를 잡고 있는 경찰관의 관심은 말할 것도 없고 ― 보드에게 쏠려 있었다.

"이름과 주소를 안 밝혔다고 해서 저를 체포할 순 없을 텐데요."

보드가 말했다.

"그래, 맞아. 그럴 순 없지. 하지만 너를 경찰서로 데려가서 너의 보호를 맡길 부모님이나 후견인이나 너를 책임지고 있는 어른의 이름을 받아 낼 때까지 우리가 너를 풀어 주지 않고 잡아 둘 순 있지."

그렇게 말한 경찰관이 보드를 밀어 넣은 차 뒷자리에는 모 쿨링이 카나리아를 모두 다 잡아먹은 고양이처럼 아주 희열에 찬 표정으로 미소를 띤 채 앉아 있었다.

"나는 내 방 창문으로 너를 봤어. 그래서 경찰을 부른 거야."

모 쿨링이 목소리를 낮춰 말했다.

"난 아무 짓도 안 했어. 난 심지어 너희 집 마당 근처에도 가지 않았단 말이야. 그런데 왜 경찰이 너를 데려와 나를 잡아가는 거야?"

"그 뒤에 조용히 못 해!"

몸집이 큰 경찰관이 외쳤다. 그런 뒤에는 모두 말없이 조용히 있었고, 이윽고 모 쿨링의 집일 게 분명한 어떤 집 앞에 차가 멈춰 섰다. 몸집이 큰 경찰관이 문을 열어 주자 모는 차에서 내렸다.

"우리가 내일 전화할 테니까 네 엄마 아빠께는 범인을 찾았다고 알려 드려라."

몸집이 큰 경찰관이 말했다.

"고마워요, 탬 삼촌. 그럴게요."

모는 미소를 지으며 말했다.

그들은 조용히 차를 몰고 다시 시내를 지나갔다. 보드는 사라지려고 최선을 다해 봤지만 성공하지 못했다. 보드는 속이 메스껍고 기분이 비참했다. 하룻밤 만에 너무나 많은 일이 있었다. 사일러스 아저씨와 처음으로 크게 다퉜고, 집에서 달아나려 했고, 달아나지도 못했고, 그런데 이제는 집으로 돌아가지도 못하고 있었다. 보드는 경찰에게 자기가 어디에 사는지, 이름이 무엇인지 말할 수 없었다. 말했다가 혹시라도 잘못되면 남은 평생을 경찰서 유치장이나 어린이용 교도소 같은 데서 살아야 할지도 몰랐다. '그런데 어린이용 교도소라는 게 있나?'라는 생각이 들었지만 보드는 거기에 대해서는 알지 못했다.

"저기요, 혹시, 어린이용 교도소도 있나요?"

보드가 앞자리에 앉은 경찰들에게 물었다.

"이제 슬슬 걱정이 되는 모양이군그래. 그래도 난 널 탓하지는 않아. 넌 아직 어리니까. 어릴 땐 거칠게 굴기도 하거든. 그래도 가끔 가둬 둬야 하는 애들이 있지."

모의 삼촌이라는 탬이 말했다.

보드는 그 대답이 어린이용 교도소가 있다는 건지 없다는 건지 확신할 수 없었다. 보드는 차창 밖을 흘끗 내다보았다. 차 위 한쪽 옆에서 뭔가 거대한 것이, 세상에서 가장 큰 새보다 더 시커멓고 더 큰 뭔가가 하늘을 날고 있었다. 성인 남자 크기의 그 뭔가는 마치 박쥐가 섬광처럼 번쩍하고 비행하듯이 깜박거리고 펄럭거리며 움직이고 있었다.

그때 연한 적갈색 콧수염을 기른 경찰이 이렇게 말했다.

"경찰서에 도착하는 대로 네 이름을 알려 주면 좋겠구나. 와서 너를 데려갈 사람 전화번호도 알려 주고. 너를 데리러 사람이 오면 우리가 엄하게 꾸짖었다고 말해 줄 테니까 넌 그 사람을 따라 집으로 돌아가면 돼. 알겠지? 네가 조금만 협조해 주면 서류 작업도 덜고 편안한 밤을 보낼 수 있어. 우린 네 편이란다."

"자네, 얘한테 너무 관대한 거 아냐? 유치장에서 하룻밤 보내는 것도 그렇게까지 힘들진 않아."

몸집이 큰 경찰관이 자신의 동료에게 말했다. 그런 뒤 그는 뒷자리의 보드를 돌아보며 이렇게 말했다.

"오늘 밤 너무 붐비지 않는다면 술고래들이 있는 방에다 넣어 줘야겠군. 그 아저씨들은 아주 고약할지도 몰라."

'이 남자는 거짓말을 하고 있어! 이 두 사람은 일부러 이러는 거야. 한 명은 친절하게 대하고, 다른 한 명은 거칠게 다루면서…….' 하고 보드는 생각했다. 브레이크를 급하게 끽 밟는 소리가 나더니 차가 멈췄고 연한 적갈색 콧수염을 기른 경찰관이 작은 소리로 욕설을 내뱉기 시작했다.

"그자가 갑자기 도로로 뛰어들었어! 자네도 봤지?"

그 경찰관이 말했다.

"난 제대로 못 봤어. 하지만 자네가 뭔가를 친 것 같아."

몸집이 큰 경찰관이 대꾸했다.

두 사람은 차에서 내려 손전등으로 여기저기를 비춰 보았다.

"그자는 검은 옷을 입고 있었어! 그래서 자네가 못 본 거야."

연한 적갈색 콧수염의 경찰이 말했다.

"저쪽에 쓰러져 있군."

몸집이 큰 경찰관이 소리쳤다. 두 사람은 손전등을 들고 땅바닥에 쓰러진 사람을 향해 급히 달려갔다.

보드는 뒷좌석 손잡이를 잡고 문을 열려고 애썼지만 문은 꿈쩍도 하지 않았다. 앞좌석과 뒷좌석 사이에는 쇠창살이 설치돼 있었다. 그래서 보드가 안 보이게 사라진다 하더라도 여전히 경찰차 뒷좌석에 갇힌 신세가 될 게 뻔했다.

보드는 무슨 일이 벌어졌는지, 길에 쓰러져 있는 게 뭔지 알아보려고 목을 길게 빼면서 몸을 최대한 차창 쪽으로 붙였다.

연한 적갈색 콧수염의 경찰관이 길에 쓰러진 사람 옆에 쪼그리고 앉아 그 사람을 살펴보고 있었다. 몸집이 큰 경찰관은 손전등으로 쓰러진 사람의 얼굴을 비추며 그 옆에서 지키고 서 있었다.

보드는 도로에 쓰러진 사람의 얼굴을 바라보았다. 다음 순간 그는 유리창을 주먹으로 미친 듯이 두드리기 시작했다.

몸집이 큰 경찰관이 차로 와서 짜증스레 물었다.

"뭐야?"

"아저씨들이 우리… 우리 아빠를 치었어요."

보드가 말했다.

"설마, 농담이겠지."

"아무래도 우리 아빠 같아요. 제대로 좀 볼 수 있을까요?"

몸집이 큰 경찰관의 어깨가 축 처졌다.

"이봐, 사이먼! 이 애가 그 사람이 자기 아빠 같대."

그 경찰관이 자기 동료에게 말했다.

"지금 장난쳐? 헛소리 집어치워."

"내가 보기에는 진심인 것 같아."

몸집이 큰 경찰관이 그렇게 말하면서 차문을 열어 주었고, 보드는 차에서 내렸다.

사일러스는 차에 치인 곳의 바닥에 등을 댄 채 큰 대자로 뻗어 있었다. 그는 죽은 사람처럼 꼼짝도 하지 않았다.

보드는 눈이 시큰거렸다.

"아빠? 아저씨들이 우리 아빠를 죽였어요."

보드가 경찰관들을 향해 말했다.

'이건 거짓말이 아니야. 참말도 아니긴 하지만.' 하고 보드는 속으로 생각했다.

"구급차를 불렀어."

연한 적갈색 콧수염을 기른 경찰관 사이먼이 말했다.

"이건 사고였어."

다른 경찰관이 말했다.

보드는 사일러스 옆에 쪼그리고 앉아 그의 싸늘한 손을 꼭 쥐었다. 경찰이 이미 구급차를 불렀다면 시간이 별로 없었다.

"이제 아저씨들 경찰 생활은 끝났어요."

보드가 말했다.

"그냥 사고였다니까. 너도 봤잖아!"

"이 사람이 툭 튀어나와서……"

경찰들이 변명을 하려 들자 보드가 말허리를 잘랐다.

"제가 본 건 조카딸의 부탁을 들어주려고 학교에서 조카딸과 싸운 아이를 겁준 경찰들이에요. 조카딸 부탁 때문에 아저씨들은 밤 늦게 다닌다는 이유로 영장도 없이 저를 체포했고, 그러자 우리 아빠가 도로로 달려들어 아저씨들 차를 세워서 어떻게 된 일인지 자초지종을 알아보려고 했더니, 아저씨들이 의도적으로 우리 아빠를 치었어요."

"이건 사고였단 말이야!"

사이먼은 같은 말만 되풀이했다.

"학교에서 모랑 싸웠나 보구나?"

모의 삼촌 탬이 몰랐던 것처럼 말했지만 진짜 그런 것처럼 들리지는 않았다.

"우린 둘 다 올드 타운 학교 8학년 B반이에요. 그리고 아저씨는 우리 아빠를 죽였어요."

보드가 말했다.

멀리서 구급차의 사이렌 소리가 들렸다.

"사이먼, 나랑 얘기 좀 하지."

몸집이 큰 경찰관이 말했다.

쓰러진 사일러스와 보드를 어둠 속에 내버려 두고, 두 사람은 차의 반대편으로 걸어갔다. 곧이어 두 사람이 열을 올리며 다투는 소리가 들렸다. "이게 모두 자네의 그 빌어먹을 조카딸 때문이야!", "자네가 전방을 주시했더라면 이런 일은 벌어지지 않았어!" 같은 말들이 오가며, 사이먼이 탬의 가슴을 손가락으로 쿡쿡 찔러대고 있었다.

보드는 혼자 속삭였다.

"저 사람들이 보고 있지 않아. 바로 지금이야."

보드는 눈에 보이지 않게 사라졌다. 그러자 한결 짙은 어둠이 소용돌이치더니 땅바닥에 쓰러져 있던 사일러스가 이제 보드 옆에 서 있었다.

"집으로 데려갈 테니 팔을 내 목에 둘러."

사일러스가 말했다.

보드는 후견인의 목에 팔을 두르고 단단히 잡았다. 그들은 어둠 속으로 뛰어들어 묘지로 향했다.

"죄송해요."

보드가 말했다.

"나도 미안하구나."

사일러스가 말했다.

"안 아팠어요? 차에 그렇게 치였는데요?"

"아팠지. 너는 네 어린 마녀 친구한테 고마워해야 해. 그녀가 나를 찾아와서 네가 지금 곤경에 처했으며 어떤 곤경에 처했는지 자세히 알려 줬단다."

그들은 묘지에 내려앉았다. 보드는 마치 처음 보는 것처럼 자신의 집인 묘지를 바라보았다.

"오늘 밤 일어난 일은 정말 바보 같았죠? 그러니까, 저 때문에 일이 위태로운 지경에 이르렀었어요."

보드가 말했다.

"네가 아는 것보다 더 많은 일이 있었지, 노바디 오언스 군. 그래, 맞아."

"아저씨가 옳았어요. 난 돌아가지 않을 거예요. 학교로도, 그와 비슷한 어떤 곳으로도 말이에요."

모 퀼링은 평생 최악의 한 주를 보냈다. 닉 파딩은 이제 더 이상 그녀에게 말도 걸지 않고 있었다. 삼촌 탬에게는 오언스인지 뭔지 하는 아이 일로 호되게 야단만 맞았고 그날 밤 일은 어느 누구한테도 절대 입도 뻥긋하지 말라는 당부의 말을 들었다. 그랬다간 삼촌이 직장을 잃을 수도 있는데 만약 그런 일이 벌어진다면 평생 그녀의 편을 들어줄 수 없다고 엄포까지 놓았다. 그녀의 부모도 격노하여 펄펄 뛰었다. 모린 퀼링은 세상 사람들에게 배신당한 기분이었다. 심지어 7학년생들도 더 이상 그녀를 두려워하지 않았다. 그건 정말 끔찍했다. 그녀는 비참한 고통 속에서 몸부림치며 이제까지 자신에게 일어난 모든 일은 다 그 오언스라는 아이 탓이라고 생각했기에 그 애를 만나고 싶었다. 만약 그 애가 체포되는 것을 끔찍이 싫어한다면……. 그러면 머릿속으로 징교한 복수 계획을 꾸밀 것이다. 그것도 아주 복잡하고 악랄한 계획을. 그것만이 그녀의 기분을 풀어 줄 수 있을 것 같았지만 그것도 사실 별로 도움이 되지 않았다.

모린 퀼링을 오싹하게 만드는 일이 하나 있다면 그건 과학 실험실 정리로, 화학 실험용 버너를 치우고 시험관과 배양 접시, 사용하지 않은 여과지 같은 것들을 모두 제자리에 갖다 놓는 일이었다. 실험실 정리는 모든 학생들이 두 달에 한 번씩 돌아가며 꼭 하게 되어 있었기 때문에 그녀도 할 수밖에 없었다. 그런데 하필이면 그녀가 자기 인생에서 최악의 한 주를 보내는 이 시점에 그에 걸맞게 과학 실험실 정리할 차례까지 돌아왔던 것이다.

다행히 과학을 가르치는 호킨스 선생님이 수업을 모두 마친 뒤 그곳에 남아 서류와 이런저런 것들을 정리하고 있었다. 호킨스 선생님이라도 그곳에 있으니 모 퀼링은 마음이 놓였다.

"모린, 수고가 많구나."

호킨스 선생님이 말했다.

방부세가 든 병 속에서 백사 한 마리가 텅 빈 시선으로 그들을 빤히 내려다보고 있었다.

"별말씀을요."

모린 퀼링이 말했다.

"원래 두 사람이 정리하기로 되어 있지 않니?"

호킨스 선생님이 물었다.

"오언스라는 아이와 같이하기로 되어 있었는데 그 애가 요 며칠 학교에 나오지 않아서요."

모가 대답했다.

호킨스 선생님은 얼굴을 찡그렸다. 그러고는 멍하니 물었다.

"어떤 애지? 출석부에는 이름이 안 올라 있는데."

"밥 오언스라고 머리가 약간 갈색이고 좀 길죠. 별로 말수가 없었어요. 지난번 간단한 구술 시험을 볼 때 사람 뼈의 명칭을 모두 다 대던 아이인데, 기억 안 나세요?"

"기억이 잘 안 나네."

호킨스 선생님이 솔직하게 말했다.

"기억해 내셔야 해요! 아무도 그 애를 기억하지 못해요! 커비 선생님조차도 말이에요!"

호킨스 선생님은 나머지 서류를 가방에 쑤셔 넣고는 말했다.

"아무튼 혼자 정리하느라 고생이 많구나. 잊지 말고 작업대 위도 닦고 가도록 해라."

호킨스 선생님은 문을 닫고 나갔다.

과학 실험실은 지은 지 오래된 곳이었다. 실험실에는 길고 색이 진한 나무 탁자 몇 개가 있었고, 탁자마다 붙박이로 가스버너, 수도 꼭지, 싱크대가 갖춰져 있었다. 짙은 색상의 나무 선반들에는 각종 생물 표본들이 커다란 유리병들에 담겨져서 진열되어 있었다. 유리

병 속에 떠 있는 생물들은 죽은 것들, 그것도 아주 오래전에 죽은 것들이었다. 실험실 한쪽 구석에는 누레진 해골도 하나 서 있었다. 모는 그게 진짜 사람의 뼈인지 아닌지 몰랐지만 지금 당장은 그 해골 때문에 오싹 소름이 돋았다.

그녀가 내는 모든 소리가 기다란 실험실에 울려 퍼졌다. 그녀는 그곳을 조금이라도 덜 무섭게 만들려고 천장 등을 모두 켜고, 심지어 화이트보드를 비추는 등까지 켰다. 그러자 이제 실험실 안은 추운 느낌이 들기 시작했다. 그녀는 자기가 실내 온도를 높일 수 있으면 좋겠다고 생각했다. 그녀는 커다란 리디에이터 가운데 하나로 다가가서 손을 대 보았다. 라디에이터는 엄청 뜨끈뜨끈했다. 그런데도 그녀는 여전히 몸이 덜덜 떨렸다.

실험실이 텅 비어서 그런지 자꾸 불안한 생각이 들었다. 모는 실험실에 자기 혼자 있는 게 아니라 누군가 자신을 지켜보고 있는 것 같은 기분이 들었다.

'음, 당연히 누군가 나를 지켜보고 있는 게 맞잖아. 저 해골은 말할 것도 없고 유리병 속에 든 죽은 생물 수백 가지가 다들 나를 바라보고 있으니까.'

모는 그렇게 생각하며 선반 쪽을 흘끗 올려다봤다.

바로 그때였다. 유리병 속에 든 죽은 생물들이 움직이기 시작했다. 희뿌연 눈알을 멀거니 뜨고 있는 뱀은 알코올로 가득 찬 유리병 속에서 똬리를 풀었다. 얼굴이 없는 가시투성이 바다 생물은 액체로 된 자신의 집에서 몸을 비틀며 빙빙 돌았다. 수십 년 전에 죽은 새끼 고양이는 이빨을 드러내며 앞발로 유리를 긁어 댔다.

모는 눈을 꼭 감았다.

'이런 일이 일어날 리가 없어. 내가 헛것을 본 거야. 상상한 거라고.'라고 생각하고는 일부러 큰 소리로 말했다.

"난 하나도 무섭지 않아."

"그래야지. 무서워하는 건 정말 형편없는 일이거든."

뒷문 옆 그림자 속에 서 있는 누군가가 말했다.

"선생님들조차 너를 기억하지 못해."

모가 말했다.

"하지만 너는 나를 기억하잖아."

모의 모든 불행의 근원인 그 아이가 말했다.

모는 유리 비커를 집어 그 아이를 향해 던졌지만 표적을 빗나가면서 비커가 벽에 부딪쳐 박살이 났다.

"닉은 어떻게 지내?"

마치 방금 전 아무 일도 없었다는 듯한 태도로 보드가 물었다.

"그건 네가 더 잘 알 텐데? 닉은 이제 나한테 말도 안 해. 그 앤 수업 중에도 입 딱 다물고 있고 학교를 마치면 곧장 집으로 돌아가 숙제를 하지. 아마 지금쯤 모형 철도를 만들고 있을걸."

"잘됐네."

보드가 말했다.

"그리고 너! 너는 일주일이나 학교에 안 나왔어. 밥 오언스, 넌 이제 큰일 났어. 며칠 전에 경찰이 왔어. 경찰이 너를 찾고 있던데."

"그 말을 하니까 생각나는데…… 너의 탬 삼촌은 어떻게 지내?"

보드의 말에 모는 아무런 대꾸도 하지 않았다. 그러자 보드가 이렇게 말했다.

"어떤 점에서는 네가 이겼어. 난 이제 학교를 떠날 거니까 말이야. 또 어떤 점에서는 네가 졌어. 모린 퀼링, 너 혹시 유령에게 시

달려 본 적 없어? 거울을 들여다볼 때 거울 속에서 너를 바라보는 두 눈이 과연 자신의 눈이 맞을까 하고 의심해 본 적 없니? 아무도 없는 빈 방에 혼자 앉아 있는데, 혼자가 아니라는 느낌을 받아 본 적 없어? 그건 유쾌한 일이 아니지."

"네가 유령처럼 나를 따라다니며 괴롭히겠단 말이야?"

그녀의 목소리는 떨리고 있었다.

보드는 아무 말도 하지 않고 그저 모를 빤히 바라보기만 했다. 실험실의 저쪽 구석에서 뭔가 떨어지는 소리가 났다. 의자에 놓아두었던 모의 가방이 바닥에 떨어진 소리였다. 그리고 모가 소리 나는 쪽을 본 뒤 다시 고개를 돌렸을 때, 그녀는 실험실에 혼자 있었다. 아니, 적어도 모의 눈에 더 이상 자기와 함께 그곳에 있는 사람은 아무도 없었다.

이제 모가 집으로 돌아가는 길은 그녀에게 아주 멀고 어둡게 느껴질 것이다.

아이와 후견인은 마을의 불빛을 내려다보며 언덕 꼭대기에 서 있었다.

"아직도 아파요?"

아이가 물었다.

"조금. 하지만 난 회복이 빠른 편이야. 금방 예전처럼 좋아질 거야."

아이의 후견인이 대답했다.

"아저씨가 그런 걸로 죽을 수도 있어요? 달리는 차에 뛰어드는 그런 걸로요?"

사일러스는 고개를 가로저었다.

"나와 같은 존재들도 죽는 경우가 몇 가지 있지. 하지만 차에 치여서는 죽지 않아. 나는 나이가 아주 많은 만큼 아주 강하단다."

"제 생각이 틀렸던 거죠? 원래는 아무도 눈치 못 채게 하려고 했어요. 하지만 그러다가 학교에서 애들 일에 말려들고 말았어요. 그 다음에 일어난 일이야 아저씨도 잘 아시죠. 경찰도 오고 온갖 일이 일어났죠. 이게 다 제가 이기적으로 굴었던 탓이에요."

사일러스는 한쪽 눈썹을 치켜 올렸다.

"넌 이기적이지 않았어. 넌 너와 같은 살아 있는 사람들 속에서 살아 보는 경험이 필요했어. 충분히 이해할 수 있어. 다만 저기 바깥의 살아 있는 사람들의 세상은 여기보다 더 위험하고, 또 바깥세상에서는 우리가 너를 이곳에서처럼 쉽게 보호할 수가 없어. 난 너를 전적으로 안전하게 지키고 싶었던 거야. 비록 너와 같이 살아 있는 사람들에게도 전적으로 안전한 장소가 딱 하나 있기는 하지만 너의 모든 모험이 모두 끝나고 그 어떤 모험도 더 이상 중요하지 않을 때까지 그곳에 이를 수는 없을 거야."

보드는 토머스 R. 스타우트(1817~1851, *그를 아는 모든 사람이 깊은 애도를 표합니다.*)의 비석을 손으로 쓰다듬었는데, 손가락 밑에서 이끼가 바스러지는 느낌이 났다.

"그 사람은 아직 저 바깥세상에 있어요. 나의 첫 번째 가족을 죽인 사람 말이에요. 저는 아직도 살아 있는 사람들에 대해 배워야 해요. 제가 묘지를 떠나겠다고 하면 막으실 거예요?"

보드가 물었다.

"아니. 그건 실수였고, 우리 둘 다 그 실수로부터 교훈을 얻었지."

"그럼 이제 어떻게 하죠?"

"이야기와 책 그리고 세상에 대한 너의 관심을 충족하기 위해 최선을 다해야지. 물론 도서관을 가는 것도 좋고, 할 수 있는 건 많아. 살아 있는 사람들 틈에서 연극이나 영화를 보는 것도 많은 방법 중에 하나겠지."

"그게 뭐죠? 축구 같은 건가요? 학교에서 아이들이 축구하는 걸 봤는데 재미있었어요."

"축구라. 흠. 축구는 대개 낮에 하니까 내가 데려가기에는 좀 일러. 하지만 다음에 루페스쿠 선생님이 오시면 너를 축구 경기에 데려가 주실 거야."

"좋아요."

보드가 말했다.

그들은 언덕을 걸어 내려가기 시작했다.

"지난 몇 주 동안 우리 두 사람은 너무 많은 자취와 흔적을 남겼어. 그자들이 아직도 너를 찾아다니는데 말이야."

"그 얘기는 아까도 하셨잖아요. 아저씨는 그걸 어떻게 아세요? 그자들은 대체 누구예요? 원하는 게 뭘까요?"

하지만 사일러스는 고개만 가로저을 뿐 더 이상은 이야기하려 들지 않았다. 보드는 당분간 그 정도로 만족해야 했다.

⁷장
모두 다 잭

사일러스는 지난 몇 달 동안 어딘가에 몰두해 있었다. 그는 한 번에 며칠씩, 어떤 때는 몇 주씩 묘지를 떠나 있었다. 크리스마스 무렵에는 루페스쿠 선생님이 와서 사일러스 대신 3주 동안 보드를 돌봐 주며 올드 타운에 있는 그녀의 작은 아파트에서 보드와 같이 식사를 하기도 했다. 그녀는 사일러스가 약속한 대로 축구 경기에 보드를 데려가 주었다. 하지만 그녀마저 보드의 양쪽 볼을 꼬집으며 보드를 부르는 자신만의 애칭인 '니메니*'라고 부른 뒤 그녀가 '고국'이라고 부르는 곳으로 돌아가 버렸다.

　이제 묘지에는 사일러스 아저씨도 루페스쿠 선생님도 없었다. 오언스 부부는 조사이어 워딩턴의 무덤에 앉아 그와 얘기를 나누었다. 그들 모두 표정이 어두웠다.

　"그러니까 그가 당신들 어느 누구에게도 자기가 어디로 가는지,

---

* 'nimeni'는 루마니아 어로 'nobody'란 뜻이다.

자기가 가고 나면 아이를 어떻게 보살필 것인지 말해 주지 않고 떠났다는 말이오?"

조사이어 워딩턴이 물었다.

오언스 부부가 고개를 끄덕이자 조사이어 워딩턴이 다시 물었다.

"음, 그가 대체 어디에 있을 것 같소?"

오언스 부부는 그 질문에 대답할 수 없었다. 오언스 씨는 대신 이렇게 말했다.

"그가 이렇게 오랫동안 떠나 있었던 적은 한 번도 없었어요. 그는 약속했는걸요. 아이가 우리한데 있을 때 그가 이 묘지에 머물며 아이를 돌봐 주겠다고, 혹시라도 그렇게 하지 못할 때는 자기를 대신할 사람을 구해 이 묘지에서 아이를 돌보는 일을 돕게 하겠다고 말이에요. 분명히 그렇게 약속했다고요."

"그에게 틀림없이 무슨 일이 생긴 것 같아 걱정이에요."

이렇게 말한 오언스 부인은 금방이라도 눈물을 흘릴 것처럼 보였다. 그러더니 곧이어 눈물이 분노로 바뀌면서 이렇게 소리쳤다.

"너무해요! 그가 어쩜 이럴 수 있죠! 그를 찾거나 다시 불러올 방법이 없을까요?"

"내가 알기로는 없소이다. 하지만 아이가 먹을 음식을 위해 그가 지하실에 돈을 남겼을 것이라고 믿소."

조사이어 워딩턴이 말했다.

"돈이라고요! 돈이 대체 무슨 소용이에요?"

오언스 부인이 소리쳤다.

"보드가 묘지 밖으로 나가서 음식을 사려면 돈이 필요할 거요."

오언스 씨가 옆에서 말을 꺼내자 오언스 부인은 남편을 쏘아붙였다.

"당신도 너무하긴 매한가지예요!"

그녀는 워딩턴의 무덤을 떠나 자기 아들을 찾으러 갔다. 예상한 대로 보드는 언덕 꼭대기에서 마을을 빤히 내려다보고 있었다.

"무슨 생각을 그렇게 골똘히 하니? 동전 하나 줄 테니까 말해 보렴."

오언스 부인이 말했다.

"동전도 없으시면서."

보드가 말했다. 이제 열네 살이 된 보드는 자기 엄마보다 키가 더 컸다.

"관 속에 두 개 있어. 이제 초록색 녹이 좀 슬기는 했겠지만 아직도 잘 간직하고 있단다."

"바깥세상에 대해 생각하고 있었어요. 제 가족을 죽인 사람이 아직 살아 있다는 걸 우리가 어떻게 알아요? 그 사람이 아직 저 바깥세상에 있단 걸 어떻게 알죠?"

"사일러스가 그렇다고 말해 줬으니까."

오언스 부인이 대답했다.

"하지만 사일러스 아저씨는 그것 말고 다른 얘기는 안 해 주시잖아요."

"그게 너를 위해 최선이라고 생각해서 그런 거야. 너도 알잖니."

그러자 보드가 시큰둥하니 말했다.

"고맙기도 하셔라. 그런데 아저씨는 어디에 계시죠?"

오언스 부인은 아무런 대답도 하지 않았다.

"어머니는 제 가족을 죽인 사람을 보셨죠? 저를 입양하신 날 말이에요."

오언스 부인은 고개를 끄덕였다.

"어떻게 생겼던가요?"

"그때 난 거의 너만 바라보고 있었는걸. 가만 있자…… 머리카락 은 어두운 색, 그래, 아주 검은색이었어. 그 사람을 보자 얼마나 섬 뜩했는지 몰라. 선이 날카로운 얼굴이었고, 굶주린 동시에 화가 나 보였어. 사일러스가 그 사람을 조용히 돌려보냈지."

"사일러스 아저씨는 왜 그 사람을 그냥 죽여 버리지 않으셨어요? 그때 그 사람을 죽이셨어야죠."

보드가 사납게 말했다. 그러자 오언스 부인이 차가운 손가락으로 보드의 손등을 어루만지며 말했다.

"보드, 그는 괴물이 아니란다."

"아저씨가 그때 그 사람을 죽여 버리셨다면 제가 지금 안전할 거 잖아요. 어디든지 갈 수 있고요."

"사일러스는 네가, 아니 우리 가운데 어느 누가 아는 것보다 이 모든 일에 대해 더 많이 알고 있어. 그리고 삶과 죽음에 대해서도 잘 알고 있지. 그게 그렇게 쉬운 일이 아니란다."

"그 사람 이름이 뭐였죠? 우리 가족을 죽인 사람 말이에요."

"자기 이름을 밝히지 않았단다. 그때는 말이야."

보드는 고개를 한쪽으로 기울인 채 먹구름만큼이나 어두운 눈빛 으로 그녀를 빤히 쳐다봤다.

"하지만 어머니는 그 사람의 이름을 아시는군요?"

"보드, 네가 할 수 있는 일은 아무것도 없어."

"아니에요. 저는 배울 수 있어요. 제가 알아야 할 필요가 있는 것 은 뭐든 다 배울 수 있어요. 배울 수 있는 건 뭐든 다 배울 거라고 요. 저는 구울들의 문에 대해서도 배웠어요. 그리고 꿈속으로 들어 가는 것도 배웠고요. 루페스쿠 선생님한테서 별자리 보는 법도 배웠어요. 사일러스 아저씨는 제게 망각을 가르쳐 주셨어요. 저는 유령처럼 나타날 수도 있어요. 안 보이게 사라질 수 있고요. 그리고 이 묘지의 구석구석을 다 알아요."

오언스 부인은 손을 뻗어 아들의 어깨를 어루만졌다.

"언젠가……"

그녀는 말을 하려다가 잠시 망설였다. 그녀는 '언젠가 이 아이를 만질 수 없겠지.', '언젠가 이 아이는 자신들을 떠나겠지.' '언젠가……' 하고 속으로 생각하다가 계속 말했다.

"사일러스가 네 가족을 죽인 사람의 이름이 잭이라고 내게 말해 주더구나."

보드는 아무 말도 하지 않았다. 잠시 뒤 보드는 고개를 끄덕였다.

"어머니?"

"왜, 아들?"

"아저씨는 언제 돌아오실까요?"

차가운 한밤의 바람이 북쪽에서 불어왔다.

오언스 부인은 더 이상 화가 나 있지 않았다. 그녀는 자기 아들이 걱정되었다. 그녀는 이렇게만 말했다.

"그걸 알면 얼마나 좋을까, 내 사랑스러운 아가. 나도 그게 궁금하단다."

그 순간, 이제 열다섯 살이 된 스칼릿 앰버 퍼킨스는 구식 이층 버스 위층에 앉아 있었다. 그녀의 마음속은 격렬한 증오로 가득했다. 스칼릿은 이혼한 부모님을 증오했다. 스코틀랜드를 떠나 온 엄마도, 자기가 가 버려도 상관하지 않는 듯한 아빠도 미웠다. 자기가 자란 글래스고*와 전혀 다른 이 도시도 싫었다. 그리고 가끔 모퉁이를 도는 버스의 창밖을 내다볼 때, 세상이 못 견딜 정도로 눈에 다 비슷비슷해 보이는 것도 싫었다.

그날 아침 스칼릿은 자제력을 잃고 엄마에게 화풀이를 했다.

"적어도 글래스고에서는 친구들이라도 있었다고요! 이제 두 번 다시 친구들을 못 볼 거예요!"

그나마 스칼릿은 말로 했지, 고함을 지르거나 흐느껴 울지는 않았다.

그러자 그녀의 엄마는 이렇게만 대꾸했다.

"적어도 넌 예전에 살던 곳으로 온 거야. 그러니까, 네가 어렸을 때 우린 여기에서 살았던 적이 있어."

"기억 안 나요. 그리고 내가 여기에 아직도 아는 사람이 있는 것도 아니잖아요. 엄마는 내가 다섯 살 때 놀았던 옛 친구들을 찾기라도 바라는 거예요? 정말 그러길 바라는 거냐고요!"

스칼릿이 따져 물었다.

"글쎄, 네가 그렇게 하겠다고 한다면 나야 말릴 이유가 없지."

스칼릿의 엄마가 말했다.

스칼릿은 학교에 와서도 내내 화가 나 있었고, 지금도 마찬가지 상태였다. 그녀는 학교도 세상도 다 싫었다. 그리고 지금 당장은 이 도시의 버스를 운행하는 방식이 특히 싫었다.

방과 후가 되면 매일, 스칼릿은 학교 정문 앞에서 시민회관행 97번 버스를 타고 그녀의 엄마가 임대한 작은 아파트가 있는 거리의 끝에서 내리곤 했다. 오늘처럼 바람이 심한 4월 날, 그녀는 버스 정

---

* 스코틀랜드의 항구 도시.

류장에서 거의 반 시간이나 기다렸지만 97번 버스는 오지 않았다. 그래서 121번 버스에 '시민회관'이 적힌 것을 보고 그 버스에 올라 탔다. 하지만 97번 버스가 늘 우회전하는 곳에서 이 버스는 좌회전을 하더니 올드 타운으로 접어들어 올드 타운 광장에 있는 시청 정원을 지나고 조사이어 워딩턴 준남작의 동상을 지나 높은 집들이 줄지어 늘어선 구불구불한 언덕길을 기어 올라갔다. 그러자 스칼릿은 가슴이 철렁 내려앉으며 마음에 가득하던 분노가 비참함으로 바뀌었다. 스칼릿은 아래층으로 걸어 내려가 조금씩 앞쪽으로 다가갔다. 버스가 운행 중일 때는 운전사에게 말을 걸지 말라는 문구가 눈에 들어왔지만 그녀는 어쩔 수 없이 운전사에게 말을 걸었다.

"저기요, 이 버스가 아카시아가로 가나요?"

덩치가 크고 피부가 스칼릿보다 훨씬 검은 여자 운전사가 대답했다.

"거기로 가려면 97번 버스를 탔어야죠."

"하지만 이 버스도 시민회관으로 간다고 적혀 있어서요."

"가긴 가죠. 하지만 시민회관에 도착해도 아카시아가로 가려면 학생은 다시 돌아와야 해요."

여자 운전사는 한숨을 쉬었다. 그러고는 말을 이어 갔다.

"학생이 할 수 있는 최선의 방법은 여기서 내려 언덕을 도로 걸어 내려가는 거예요. 그러면 시청 앞 정류장이 나와요. 거기에서 4번이나 58번 버스를 타요. 두 버스 다 아카시아가 근처까지 갈 거예요. 스포츠센터 앞에서 내려 조금만 걸어 올라가면 아카시아가예요. 알아들었어요?"

"4번이나 58번 버스라고 하셨죠? 알아들었어요."

"그럼 학생을 여기서 내려 줄게요."

그곳은 언덕 비탈에 있는 간이 정류장으로, 열려 있는 커다란 한 쌍의 철문을 바로 지나서 있었다. 별로 내리고 싶은 마음이 들지 않을 만큼 음울해 보이는 곳이었다. 버스 문이 열렸는데도 스칼릿이 내리지 않고 출입문 앞에 서 있자 운전사가 "자, 어서 내려요." 하고 재촉했다. 스칼릿이 버스에서 인도로 내려서자 버스가 시커먼 연기를 내뿜으며 요란스레 떠나갔다.

바람이 불자 그곳의 담장 안쪽에 있는 나뭇가지들이 서로 부딪치며 소리를 냈다.

스칼릿은 언덕을 도로 걸어 내려가기 시작했다. '이러니까 휴대 전화가 필요해.' 하고 그녀는 생각했다. 5분만 집에 늦게 가도 그녀의 엄마는 기겁을 했지만 그래도 스칼릿에게 휴대 전화를 사 주려고 하지는 않았다. 에라, 할 수 없지 뭐. 그녀는 또다시 엄마와 언성을 높이며 벌이는 실랑이를 견뎌 내야 할 것이다. 그건 뭐 처음 있는 일도 아니고, 그렇다고 마지막이 될 일도 아니었다.

이제 스칼릿은 열린 정문 앞을 지나고 있었다. 그녀가 그 안을 흘끗 봤는데……

"이상하네."

스칼릿은 혼자 큰 소리로 말했다.

*기시감*이란 분명 처음인데 예전에 와 본 느낌이 들거나 왠지 이미 꿈에서 봤거나 마음속으로 경험한 것 같은 느낌을 뜻한다. 스칼릿은 기시감을 느껴 본 적이 있었다. 어떤 선생님이 휴일에 인버네스*에 다녀왔다고 아이들에게 막 이야기하려는 순간, 스칼릿은 선생님이 그 말을 할 것 같다고 느꼈다. 또 누군가 숟가락을 떨어뜨렸

---

* 스코틀랜드의 북부 지역에 위치한, 네스 호로 유명한 관광 도시.

는데 전에도 똑같이 그런 식으로 숟가락을 떨어뜨린 것을 본 적이 있다고 느낀 적도 있었다. 그런데 이번 경우는 달랐다. 이건 예전에 와 본 것 같다는 단순한 느낌이 아니었다. 이건 진짜로 와 본 적이 있다는 확신이었다.

스칼릿은 열린 정문을 통과해 묘지 안으로 걸어 들어갔다.

그녀가 안으로 들어서자 까치 한 마리가 높이 날아올랐다. 검정 색과 하얀색 그리고 무지갯빛 초록색 깃털을 지닌 그 까치는 주목 나무 가지에 앉아 그녀를 지켜보았다.

저 모퉁이를 돌아가면 교회가 있고, 그 교회 앞에는 벤치가 하나 있어. 스칼릿은 생각했다. 그리고 모퉁이를 돌자 정말로 교회가 보였다. 머릿속에 떠오른 것보다는 훨씬 더 크기가 작았는데, 회색 돌로 지은 고딕 양식의 불길한 느낌의 뭉툭하고 작은 그 건물에는 튀어나온 첨탑이 달려 있었다. 교회 앞에 빛바랜 나무 벤치가 하나 있었다. 그곳으로 걸어간 스칼릿은 벤치에 앉아 아직도 자신이 꼬마 아이인 것처럼 두 다리를 앞뒤로 흔들었다.

"어이, 거기, 학생!"

뒤쪽에서 어떤 목소리가 들려왔다.

"폐가 되지 않으면 손 좀 빌릴 수 있을까? 미안하지만 이리 와서 이것 좀 잡아 줄래?"

스칼릿이 주변을 둘러보니, 엷은 황갈색 비옷을 입은 사람이 비석 앞에 쪼그리고 앉아 있었다. 그는 바람에 이리저리 날리는 커다란 종이를 붙잡고 있었다. 스칼릿은 부리나케 그쪽으로 갔다.

"여기를 꼭 잡고 있어. 한 손은 이쪽, 다른 손은 저쪽. 그래, 그렇게. 이상한 부탁이지? 정말 고마워."

남자가 말했다. 그는 옆에 놓아둔 비스킷 깡통에 손을 넣더니 작은 양초 크기의 크레용처럼 생긴 것을 꺼냈다. 그러고는 수월하고 숙련된 손놀림으로 종이를 댄 비석 전체에 걸쳐 그걸로 이리저리 문지르기 시작했다.

"다 됐다. 어디 한 번 볼까……. 이런, 여기 아래쪽이 조금 흔들 렸군. 담쟁이덩굴 같은데. 빅토리아 시대 사람들은 물건에 담쟁이를 새기는 걸 좋아했거든. 깊은 상징적인 의미를 지니고 있으니까 말이야……. 자, 이제 정말 다 됐어. 그만 놔도 돼."

그가 쾌활하게 말했다.

그는 일어서더니 한 손으로 잿빛 머리키락을 쓸어내렸다.

"아야, 좀 일어서야겠군. 오래 쪼그려 앉아 있었더니 다리가 저려. 그래, 이걸 보니까 어떤 것 같아?"

녹황색으로 뒤덮인 실제 비석은 워낙 많이 닳고 빛바래 있어서 글자를 읽기가 거의 힘들었지만, 탁본된 글자는 알아보기 쉬웠다. 스칼릿은 탁본을 보며 큰 소리로 읽었다.

"마엘라 갓스피드, 이 교구의 노처녀, 1791~1870, *모두 사라져 도 기억만은 남으리.*"

"그리고 아마 지금쯤은 그마저도 사라졌겠지."

남자가 말했다. 머리숱이 별로 없는 그가 주저하는 듯한 미소를 지으면서 작고 동그란 안경을 쓴 눈으로 그녀를 보며 눈을 깜박이자 친숙한 올빼미처럼 보였다.

굵은 빗방울 하나가 탁본한 종이에 떨어졌다. 사내는 탁본한 종이를 서둘러 돌돌 말더니 크레용이 담긴 깡통을 집어 들었다. 빗방울이 또 몇 방울 더 떨어지자 스칼릿은 사내가 가리키는, 비석 옆에 기대 놓은 탁본첩을 챙겨 사내를 따라 비를 피할 수 있는 교회의 자그마한 현관으로 들어갔다.

"정말 고마워. 비가 많이 올 것 같지는 않아. 일기예보에서 오늘 오후는 대체로 맑다고 했거든."

사내가 말했다. 그러자 그 말에 대꾸라도 하듯, 갑자기 바람이 차갑게 휘몰아치면서 본격적으로 피가 퍼붓기 시작했다.

"난 학생이 무슨 생각을 하는지 알아."

비석을 탁본한 사내가 스칼릿에게 말했다.

"그래요?"

스칼릿은 '아마 엄마가 나를 죽이려 들 거야.'란 생각을 하고 있었다.

"학생은 지금 '여기가 교회일까? 아니면 장례 예배당인가?'란 생각을 하고 있지 않아? 내가 확인한 바로는 이 자리에 정말로 작은 교회가 있었고 원래 이 묘지는 그 교회의 부속 묘지였어. 그건 8세기나 9세기로 거슬러 올라가는 아주 오래전 일이야. 교회는 여러 번에 걸쳐 재건되고 확장되었지. 하지만 1820년대에 여기에서 화재가 발생했는데, 그 무렵 이 교회는 이 지역 사람들을 수용하기에는 이미 턱없이 작았어. 여기 주위 사람들은 마을 광장에 있는 세인트 던스턴 교회를 자신들의 교구 교회로 이용하고 있었지. 그래서 사람들은 이 교회를 재건해 장례 예배당으로 만들었어. 그래도 교회의 본모습은 많이 남아 있대. 저쪽 벽의 스테인드글라스 유리창도 원래 있던 거라고 하고… "

"사실 저는 엄마가 나를 죽이려 들 거란 생각을 하고 있었어요. 버스를 잘못 타는 바람에 이미 귀가 시간이 많이 늦어졌거든요……."

스칼릿이 말했다.

"저런, 가엾게도. 있잖니, 난 바로 저기 길 아래에 살아. 그러니 여기서 잠깐만 기다려."

그렇게 말하면서 그는 탁본첩과 크레용 통, 돌돌 만 탁본 뜬 종이를 그녀의 손에 냅다 떠안기고는 들이붓듯이 쏟아지는 빗줄기에 어깨를 움츠린 채 빠른 걸음으로 정문 쪽으로 내려갔다. 이삼 분 정도 지나자 자동차 불빛이 보이며 경적 울리는 소리가 났다.

스칼릿은 정문 쪽으로 뛰어 내려갔다. 그곳에는 낡은 초록색 소형차가 한 대 서 있었다. 그녀와 얘기를 나눈 사내가 운전석에 앉아 있었다. 그가 창문을 내리고 말했다.

"어서 타. 정확히 어디로 태워다 주면 되니?"

스칼릿은 빗물이 목을 타고 흘러내리는 가운데 그 자리에 서서 이렇게 말했다.

"저는 낯선 사람 차에는 안 타요."

"물론 그래야지. 하지만 난 도움을 받았으니 은혜를 갚으려는 거야. 음, 정말 그뿐이야. 참, 비에 젖으면 안 되니까 내 물건들은 뒷좌석에 내려놔 주겠니?"

그는 조수석 문을 열어 주었다. 스칼릿은 차 안으로 몸을 기울이고는 탁본 도구들을 최대한 조심스럽게 뒷좌석에 내려놓았다. 그러자 그가 말했다.

"있잖니, 그럼, 네가 네 어머니께 전화를 해서 내 차량 번호를 말씀드리는 게 어떻겠니? 전화는 내 것을 쓰고. 차에 타서 전화를 하는 게 좋겠다. 밖에 그렇게 서 있으니까 다 젖잖니."

스칼릿은 망설였다. 비에 젖어 머리카락이 착 달라붙기 시작했다. 그리고 무척 춥기까지 했다.

사내가 손을 뻗어 자신의 휴대 전화를 스칼릿에게 건넸다. 스칼릿은 휴대 전화를 바라보았다. 문득 그녀는 자신이 그 차에 타는 것보다 엄마한테 전화 거는 것을 더 두려워한다는 사실을 깨달았다.

"경찰에 전화해도 되죠?"

"물론이지. 아니면 집까지 걸어가도 되고. 아니면 어머니한테 전화해서 차로 태우러 오시라고 해도 돼."

스칼릿은 조수석에 올라탄 뒤 차 문을 닫았다. 그녀는 사내의 전화기를 손에 꼭 쥐고 있었다.

"어디에 사니?"

사내가 물었다.

"그러실 필요 없어요. 그러니까 제 말은, 그냥 버스 정류장까지만 데려다주시면 된··· "

"집까지 데려다줄게. 주소가 어떻게 되니?"

"아카시아가 102a번지예요. 큰길에서 조금 떨어진 곳에 있어요. 대형 스포츠 센터를 조금 지나서······."

"너 정말 길을 엉뚱한 데로 빙빙 돌아왔나 보구나? 좋아, 이제 집으로 데려다줄게."

그는 핸드 브레이크를 풀고 차를 빙 돌린 다음 언덕길을 내려갔다.

"여기 산 지 오래됐어?"

그가 물었다.

"그렇진 않아요. 크리스마스 지나고 바로 이사를 왔거든요. 그렇지만 다섯 살 때 여기서 살았어요."

"억양을 보니까 사투리를 쓰는 것 같네."

"스코틀랜드에서 10년 동안 살았어요. 거기 살 때는 다른 사람들과 억양이 똑같으니까 잘 몰랐는데 여기 오니까 정말 표가 확 나나 봐요."

스칼릿은 농담처럼 얘기하려고 했지만 그것은 사실이었다. 이곳에서 말을 할 때면 스칼릿 자신의 귀에도 그게 느껴졌으니까. 하지만 그건 그녀에게 웃기는 일이 아니라, 정말 쓰라린 일이었다.

사내는 아카시아가로 차를 몰고 가서 그녀의 집 앞에 차를 세우고는 굳이 현관문까지 바래다주겠다고 우겼다. 그리고 현관문이 열리자 사내가 먼저 입을 열었다.

"정말 죄송합니다. 실례를 무릅쓰고 따님을 댁으로 데려다주러 왔습니다. 따님을 정말 잘 가르치셨더군요. 낯선 사람의 차는 타지 않으려고 하더라고요. 하지만 비도 오고, 따님이 비스도 잘못 타는 바람에 마을 반대편까지 가는 상황에 처하고 말았답니다. 사실 우리는 도처에서 때때로 곤경에 처하곤 하지요. 부디 너그러운 마음으로 따님을 용서해 주시기 바랍니다. 제발 그렇게 해 주십시오. 그리고 저도 용서해 주시기 바랍니다."

스칼릿은 자기 엄마가 두 사람을 향해 고함을 지를 거라고 예상했지만, 자기 엄마가 그냥 "그랬군요. 요즘 같은 세상에는 아무리 조심해도 지나치지 않죠. 저기, 뭐라고 불러야 할지를 모르겠네요. 음, 선생님, 들어오셔서 차라도 한 잔 하시겠어요?"라고만 말하자 놀랍기도 하고 안심이 되기도 했다.

'음, 선생님'은 자신의 이름이 프로스트지만 그냥 '제이'로 불러 달라고 말했다. 그러자 퍼킨스 부인은 미소를 지으며 자신을 '누나*'라고 불러 달라고 말했다. 그녀는 찻주전자에 전원을 이미 켜 놓은 상태였다.

차를 마시면서 스칼릿은 엄마에게 이야기를 들려주기 시작했다.

---

* 손위의 여자를 지칭하는 국어 낱말 '누나'가 아니라 이름이 '누나'이다.

버스를 잘못 탄 이야기부터 시작해서 자기가 어쩌다 묘지에 들어가게 되었으며, 프로스트 씨를 만나게 된 곳은 그 묘지에 있는 작은 교회 옆이란 얘기를 하는데……

스칼릿의 엄마가 갑자기 찻잔을 떨어뜨렸다.

그들은 부엌 식탁에 둘러앉아 있었기 때문에 그리 높은 데서 떨어진 게 아니라서 찻잔은 깨지지 않고 그냥 차만 바닥에 엎질러졌다. 스칼릿의 엄마는 멋쩍은 표정으로 죄송하다고 말하고는 싱크대에 있는 행주를 가져와서 엎질러진 차를 닦았다. 그런 뒤 그녀가 스칼릿에게 물었다.

"언덕 위에 있는 그 묘지 말이니? 올드 타운에 있는 그 묘지?"

"제가 그쪽 부근에 살고 있습니다. 비석의 탁본을 뜨는 일을 하지요. 엄밀히 따져 말하면 그곳이 자연보호구역이라는 건 아시는지요?"

프로스트 씨가 말했다.

"알아요."

스칼릿의 엄마는 입술을 앙다물며 대답했다. 그런 뒤 바로 덧붙여 말했다.

"프로스트 씨, 스칼릿을 집까지 태워다 주셔서 정말 감사해요. 이제 그만 가 보셔야죠?"

그녀의 입에서 나오는 낱말 하나하나가 얼음장처럼 차가웠다. 그러자 프로스트 씨는 상냥한 말투로 말했다.

"제가 뭔가 실수라도 한 모양이군요. 기분을 상하게 할 의도는 없었습니다. 제가 한 말 때문에 그러십니까? 탁본은 이 지역 역사 연구 사업을 위한 거예요. 유골이나 뭐 그런 걸 파내는 게 아니에요."

스칼릿 생각에는 당장이라도 자기 엄마가 무척 걱정스러운 표정을 짓고 있는 프로스트 씨를 한 대 칠 것만 같았다. 하지만 스칼릿의 엄마는 고개를 내저으며 말했다.

"죄송해요. 우리 가족과 관련된 옛날 일이 떠올라서 그랬어요. 선생님 잘못이 아니에요."

스칼릿의 엄마는 의식적으로 애써 밝은 표정을 지으려 노력하며 말을 이어 갔다.

"있잖아요, 사실은 스칼릿이 어렸을 때 그 묘지에 가서 놀곤 했어요. 그러니끼 그게, 오, 빌써 10년 전 일이네요. 스칼릿에게는 가상의 친구도 하나 있었어요. 노바디란 이름의 어린 남자애였죠."

순간 프로스트 씨의 입가가 씰룩하며 미소를 띠었다.

"허깨비를 본 모양이로군요?"

"아뇨. 그런 것 같지는 않아요. 그 아이는 그냥 그곳에서 살았어요. 스칼릿은 그 애가 사는 무덤을 가리키기까지 했는걸요. 그래서 저는 그 애가 틀림없이 유령이었다고 생각해요. 얘야, 너도 기억나지?"

스칼릿은 고개를 내저으며 말했다.

"그때는 제가 별난 애였던 게 틀림없어요."

"내 생각에 넌 전혀……."

프로스트 씨는 스칼릿에게 말을 하려다가 말고 그냥 스칼릿의 어머니를 향해 말했다.

"누나, 따님을 잘 키우셨네요. 차 잘 마셨습니다. 새로운 친구를 사귀는 건 언제나 기쁜 일이지요. 저는 이제 그만 가 봐야겠습니다. 집에 가서 간단히 저녁을 차려 먹고 지역 역사 학회 모임에 참석해야 하거든요."

"저녁을 직접 차려 드시나 봐요?"

스칼릿의 엄마가 물었다.

"예, 제가 차려 먹습니다. 음, 사실은 냉동식품을 녹여서 먹어요. 또 끓는 물에 넣기만 하면 되는 즉석식품도 즐겨 먹고요. 저 혼자 먹으니까요. 혼자 살거든요. 약간 무뚝뚝한 노총각이지요. 사실, 신문에서는 이렇게 사는 사람을 늘 동성애자라고 몰아가더군요. 하지만 전 동성애자가 아니고, 아직 제 짝이 될 여자를 못 만났을 뿐이에요."

그러면서 그는 잠시 슬픈 표정을 지었다.

요리하는 걸 싫어하는 스칼릿의 엄마는 자기가 주말이면 항상 음식을 너무 많이 만든다고 말했다. 스칼릿의 엄마가 프로스트 씨를 현관까지 배웅하러 갔을 때, 프로스트 씨가 기꺼이 토요일 밤에 저녁 식사를 하러 들르겠다고 대답하는 소리가 스칼릿의 귀에 들렸다.

스칼릿의 엄마가 현관에서 돌아와 스칼릿에게 한 말은 "어서 가서 숙제해."가 다였다.

그날 밤 스칼릿은 침대에 누워 큰길에서 덜커덩거리며 지나가는 자동차 소리를 들으며 그날 오후에 있었던 일에 대해 곰곰이 생각해 보았다. 자신은 어릴 적에 그 묘지에 가 본 적이 있었다. 그래서 모든 것이 그토록 친숙하게 느껴졌던 것이다.

그녀는 마음속으로 상상하고 기억을 더듬어 보다가 자기도 모르게 잠이 들었다. 하지만 꿈속에서도 그녀는 여전히 묘지의 오솔길을 걸어가고 있었다. 밤이었지만 대낮처럼 모든 것을 또렷이 볼 수 있었다. 그녀는 언덕 비탈에 있었다. 그곳에서 그녀 또래로 보이는 남자아이가 그녀에게 등을 돌린 채 도시의 불빛들을 내려다보며 서 있었다.

"얘, 여기서 뭐 해?"

스칼릿이 물었다.

남자아이는 뒤를 돌아봤지만 초점 조절이 어려워 잘 안 보이는 것처럼 두리번거렸다.

"말한 사람이 누구야? 아… 이제야 네가 살짝 보여. 내 꿈속으로 들어온 거야?"

남자아이가 말했다.

"응, 넌 꿈을 꾸고 있는 것 같아."

스칼릿이 말했다.

"내 말은 그런 뜻이 아니야. 아무튼 좋아. 안녕, 나는 보드라고 해."

남자아이가 말했다.

"난 스칼릿이야."

그 아이는 처음 만난 사람을 쳐다보듯 다시 그녀를 보더니 이렇게 말했다.

"그래, 너였구나! 어쩐지 네가 낯익다 했어. 오늘 너는 종이를 들고 다니는 그 남자와 묘지에 있었지."

"그분은 프로스트 씨야. 정말 좋은 분이셔. 나를 집까지 태워다 주셨어. 우리를 봤니?"

"응. 나는 묘지에서 일어나는 대부분의 일에서 눈을 떼지 않고 있어."

"보드라니 무슨 이름이 그래?"

"노바디를 줄여서 그렇게 불러."

"이제야 알겠어! 내가 왜 이런 꿈을 꾸는지. 넌 내 어린 시절 가상의 친구야. 이제 완전히 다 컸네."

그 아이는 고개를 끄덕였다.

그 아이는 스칼릿보다 키가 컸다. 회색 옷을 입고 있었는데, 스칼릿은 그 아이의 옷차림을 정확히 설명하기 힘들었다. 그 아이는 머리카락이 무척 길었는데 머리를 깎은 지 제법 오래된 것 같다고 스칼릿은 생각했다.

"넌 정말 용감했어. 우리는 함께 언덕 속 깊숙한 곳으로 내려가서 온몸이 남색인 남자도 보았지. 그리고 우리는 슬리어도 만났어."

그 아이가 그렇게 말하는 순간 그녀의 머릿속에서 무슨 일이 벌어졌다. 갑작스레 쇄도했다가 흐트러지고, 소용돌이치는 어둠 속에서 요란한 소리를 내며 부서지는 영상들……

"이제 다 기억나."

스칼릿이 이렇게 말했지만, 이제 그녀는 자기 침실의 텅 빈 어둠에 대고 혼잣말을 하고 있었다. 멀리서 대형 트럭이 밤공기를 가르고 덜컹거리며 지나가는 소리가 나지막하게 들리는 것 말고는 아무런 대답도 들리지 않았다.

보드는 오래가는 종류의 음식들을 비축해 두고 있었다. 지하실에도 감춰 두고, 다른 곳보다 더 쌀쌀한 무덤과 지하 납골당, 웅장한 능에도 그보다 좀 더 많이 은닉시켜 놓았다. 사일러스 아저씨가 반드시 그렇게 하라고 일렀던 것이다. 보드에게는 두어 달은 너끈히 버틸 수 있는 음식이 있었다. 그는 사일러스 아저씨나 루페스쿠 선생님이 묘지에 없을 때는 절대로 묘지를 벗어나지 않으려 했다.

묘지 정문 너머의 세상이 그리웠지만 보드는 그곳이 안전하지 않다는 사실을 잘 알고 있었다. 아직은 그렇지 않았다. 하지만 묘지는 그의 세상이자 그의 영토였고, 그는 묘지를 자랑스러워했으며 열네 살밖에 되지 않은 소년이 할 수 있는 최대한으로 묘지를 사랑했다.

그렇지만……

묘지에서는 어느 누구도 변하지 않았다. 보드가 어릴 때 함께 놀던 꼬마들은 여전히 꼬마들이었다. 한때 그의 단짝이었던 포틴브라스 바틀비는 이제 보드보다 네댓 살 정도 어렸고, 서로 만나도 예전처럼 함께 나눌 얘기가 별로 없었다. 새커리 포린저는 키나 나이가 보드와 비슷했다. 새커리는 예전보다 한결 성질을 누그러뜨리고 보드를 대했다. 그는 밤이면 보드와 함께 묘지를 거닐며 자기 친구들이 겪은 불행한 일들을 들려주기도 했다. 그의 이야기들은 대개 자신들이 저지르지 않은 범행이나 실수로 저지른 일로 친구들이 교수형을 당해 죽음에 이르는 것으로 끝나곤 했다. 더러는 그냥 아메리카 대륙의 식민지로 추방된 친구들도 있었는데, 그 친구들은 교수형을 당하지는 않았지만 끝내 돌아오지는 못했다는 것으로 끝나곤 했다.

지난 6년 동안 보드의 친구였던 리자 헴스톡은 그들과는 다른 식으로 예전과 달랐다. 보드가 그녀를 만나러 쐐기풀 숲으로 가면 그녀는 그곳에 없을 때가 많아졌다. 아주 드물게 어쩌다 그곳에 있어도, 그녀는 성질을 부리고, 괜히 시비를 걸고, 완전히 무례하게 구는 일이 잦았다.

보드가 오언스 씨에게 그 얘기를 하자 그의 아버지는 잠시 골똘히 생각하더니 이렇게 말했다.

"그건 그냥 여자라서 그런 거 아닐까? 그녀는 꼬마인 너를 좋아했는데, 이제 청년이 다 되었으니 네가 과연 누구인지 확신이 안 들어서 그런 걸 거야. 나도 옛날에 매일 오리연못 가에서 어떤 여자애랑 놀곤 했는데, 그 여자애는 네 나이쯤 되었을 때 갑자기 내 머리에다 사과를 던지더니 내가 열일곱 살이 될 때까지 나한테 한 마디 말도 안 하지 뭐야."

오언스 부인이 콧방귀를 꼈다. 그러면서 이렇게 톡 쏘아붙였다.

"내가 던진 건 사과가 아니라 배였어요. 그리고 난 당신과 얼마 안 가 다시 말을 하기 시작했다고요. 당신 사촌 네드의 결혼식에 가서 춤을 추느라고 말이에요. 그리고 그건 당신의 열여섯 번째 생일에서 겨우 이틀이 지난 뒤였어요."

"당연히 당신 말이 맞지요, 부인."

말은 그렇게 했지만 오언스 씨는 보드를 향해 눈을 찡긋하면서 그 말은 전혀 자신의 진심이 아니란 걸 알려 주었다. 그러고는 '열일곱 살'이라고 소리 죽여 입모양만으로 정말 자신의 진심을 보여 주었다.

보드는 살아 있는 친구들은 사귈 생각도 하지 않았다. 그가 예전에 짧게 학교생활을 하던 당시 깨달은 바에 따르면, 그런 건 오직 말썽만 일으킬 뿐이기 때문이었다. 그래도 그는 스칼릿만큼은 기억하고 있었다. 스칼릿이 떠나 버린 뒤 그는 여러 해 동안 그녀를 그리워하다가 결국 두 번 다시 만나지 못할 것이라는 사실을 받아들였다. 그런데 그녀가 여기 그의 묘지에 찾아온 것이다. 물론 처음에는 그녀를 알아보지 못했지만……

보드는 담쟁이덩굴과 나무들이 한데 뒤엉켜 있어서 아주 위험한 묘지 북서쪽 깊은 곳을 헤매고 있었다. 방문객들에게 출입 금지를 알리는 표지판이 여기저기 있었지만 사실 표지판은 필요가 없었다. 일단 그 담쟁이덩굴을 지나면 더 깊이 들어가고 싶은 마음이 생기지 않는 으스스한 곳이 나타났기 때문이다. 그 담쟁이덩굴은 이집트 오솔길의 끝과 사람들의 마지막 안식처로 이어지는 이집트 풍 담장에 달린 검은 문이 있는 곳임을 알리는 표지 역할을 했다. 묘지 북서쪽은 거의 100년 동안 사람의 손길이 닿지 않아 자연 상태로 돌아가고 있었다. 여기저기 넘어진 비석들, 잊힌 채 방치된 무덤들, 초록색 담쟁이덩굴과 50년 된 낙엽 아래에 파묻혀 아예 보이지도 않는 무덤들도 있었다. 오솔길도 사라져 버려 통행이 불가능했다.

보드는 조심해서 걸었다. 그는 이 지역이 얼마나 위험한지 아주 잘 알고 있었다.

아홉 살 때 보드는 이 지역을 탐험하다 갑자기 발밑의 땅이 푹 꺼지는 바람에 거의 깊이가 6미터나 되는 구덩이 속으로 굴러떨어졌다. 그 구덩이는 무덤이었는데, 관을 여러 개 넣을 수 있도록 깊이 파놓은 상태였다. 하지만 그곳에는 비석도 없었고 바닥에 오직 관 하나만이 놓여 있었다. 그 관에는 다소 흥분을 잘하는 카스테어스라는 의사가 들어가 있었다. 그는 보드의 등장에 신이 난 표정으로 보드가 얼른 구덩이 밖으로 나가서 도와줄 사람들을 데려와 달라고 부탁했지만 그전에 먼저 (구덩이로 굴러떨어질 때 나무뿌리를 잡다가 꺾여 버린) 보드의 손목을 진찰해 주겠다고 우겼다. 아무튼 보드는 겨우겨우 그를 설득해 무사히 밖으로 빠져나온 적이 있었다.

보드는 진창 같은 낙엽과 담쟁이덩굴을 헤치며 묘지의 북서쪽 지역을 나아가고 있었다. 그곳은 여우가 집을 짓고 타락한 천사들이 맹목적으로 하늘을 빤히 올려다보는 곳이었다. 보드는 시인과 얘기하고 싶은 간절한 마음을 안고 그에게 가는 길이었다.

시인의 이름은 니허마이어 트롯이었다. 풀로 뒤덮인 그의 비석에는 이렇게 적혀 있었다.

시인

니허마이어 트롯

여기에 잠들다

1741~1774,

백조는 죽기 전 단 한 번이자 마지막으로 노래한다.

"트롯 선생님? 조언을 좀 구할 수 있을까요?"

보드가 말했다.

니허마이어 트롯은 파리한 얼굴로 활짝 웃었다.

"물론이지, 용감한 친구. 시인들의 조언은 왕들이 베푸는 온정과도 같지! 내가 어떻게 자네의 아픔에 고약을, 아니 고약이 아니라 연고를 발라 줄 수 있을까?

"사실은 제게 아픔이 있는 건 아니고요. 저는 그냥⋯ 그게 저, 제가 알던 여자애가 있는데 제가 그 애를 찾아가서 말을 걸어야 할지 아니면 그냥 잊어버려야 할지 모르겠어서요."

니허마이어 트롯은 결연히 가슴을 펴고 똑바로 섰다. 그래도 그는 보드보다 작았다. 그는 흥분하여 가슴에 두 손을 얹고 말했다.

"오! 그녀에게 가서 구애를 해야지. 그녀를 '나의 테르프시코레*', '나의 에코**', '나의 클리템네스트라***'라고 불러야지. 그녀에게 바치는 시도 써야지. 웅장한 송가가 좋겠군. 그걸 쓰는 건 내가 돕지. 이런 식으로 하면, 아무튼 이런 식으로만 하면, 자네는 연인

---

*그리스 신화에서 춤과 합창의 여신인 뮤즈.

**그리스 신화에 나오는 숲의 요정.

***그리스 신화에 나오는 아가멤논의 아내로 정부와 공모해 트로이 전쟁에서 돌아온 남편을 살해했다.

의 마음을 사로잡을 수 있어."

"그 애의 마음을 사로잡으려는 게 아니에요. 그 애는 저의 연인
도 아니에요. 그냥 제가 이야기를 나누고 싶은 사람이라고요."

"인간의 모든 신체 기관 가운데 혀가 가장 놀라워. 달콤한 포도
주도 쓰디쓴 독약도 모두 혀로 맛을 보고, 또한 똑같은 혀로 달콤한
말도 쓴 말도 내뱉으니 말이야. 그녀에게로 가! 그녀에게 말해!"

"못 하겠어요."

"못 하다니! 해야만 해! 이 전쟁의 승패가 결정되면 난 그것에 대
해 시를 써야겠어."

"그렇지만 제가 한 사람만을 위해서 안 보이는 상태로 있다가 모
습을 드러내면, 다른 사람들 눈에 더 잘 띌 거예요……."

"아, 내 말을 들어 보게, 젊은 레안드로스여, 젊은 헤로*여, 젊은
알렉산드로스**여. 그렇게 겁을 먹고 용감히 나서지 않다가 시간이
끝나 버리면 그땐 아무것도 얻을 수가 없어."

"바로 그거예요."

보드는 그 시인에게 조언을 구하러 올 생각을 한 것이 기쁘고 좋
았다.

'정말이지 합리적인 조언을 해 주는 시인을 믿지 못한다면 과연
누구를 믿을 수 있단 말이야?' 하고 생각하자 보드의 머릿속에 무언
가가 떠올랐다.

"트롯 선생님? 복수에 대해 말씀 좀 해 주세요."

---

* 그리스 신화에 나오는 아프로디테 신전의 여사제. 평범한 청년 레안드로스와
연인 사이로, 익사한 레안드로스를 따라 죽은 비극의 여인이다.
** 트로이의 왕자 패리스의 호메로스 시대 이름. 절세 미녀인 스파르타의 왕비
헬레네와 사랑에 빠져 도주를 해 트로이 전쟁의 원인이 되었다.

보드가 말했다.

"복수는 식혀서 먹어야 최상인 음식과 같지. 순간적으로 발끈한 상태에서는 복수를 하지 않는 게 좋아. 그 대신 복수하기에 좋은 시간이 올 때까지 기다려야 해. '오리어리'라는 아일랜드 출신의 삼류 문인이 있었네. 뻔뻔스럽게도 그자는 얇은 내 첫 시집『훌륭한 신사를 위해 엮은 아름다운 꽃다발』에 대해 전혀 읽을 가치라고는 없는 질 낮은 엉터리 시집이라고 혹평을 하면서, 내 시가 적힌 종이가 다른 용도로 —그 용도가 뭔지 내 입으로는 차마 말 못 하겠고, 아주 상스러운 소리였단 것만 알고 있게.— 사용하는 게 더 나았을 거라는 거야."

"그래서 선생님은 그 사람한테 복수를 하신 거로군요?"

보드가 궁금해하며 물었다.

"그자뿐만 아니라 그자와 같은 성가신 종자들 전체에게 복수했지! 난 복수를 했다네, 오언스 군. 그것도 아주 지독한 복수를 말이야. 나는 편지를 써서 여러 장 찍어 낸 다음, 삼류 작가들이 자주 드나드는 술집 문마다 박아 두었어. 그 편지에는 이렇게 적었지. 천재적인 작품을 그렇게 쉽게 부셔 버렸으니, 나는 이 이후로 나 자신을 위해서도, 후세와 그들 비평가들을 위해서도 글을 쓰지 않을 것이며, 내가 살아 있는 한 더 이상 시집은 출판하지 않겠노라고, 특히 그들을 위해서는 절대로 출판하지 않겠노라고 적었지. 그래서 나는 내가 죽으면 내 시를 출판하지 말고 모두 나와 함께 묻어 달라는 지시를 남겼어. 또한 후세 사람들이 나의 천재성을 뒤늦게 깨닫고 수백 편이나 되는 내 시가 묻힌 채 세상에서 사라져 버렸다는 사실을 깨달으면, 오직 그때에만 땅에 묻은 내 관을 다시 파내 나의 차가운 손에 들린 시들을 세상 사람들을 위해 마침내 출판해 모두의 칭찬과 기쁨을 받게 해도 좋다고 했지. 시대를 앞서간다는 건 끔찍한 일이야."

"그럼 선생님이 돌아가신 뒤에 사람들이 관을 다시 파내고 시를 출판했나요?"

"아니, 아직은 아니야. 하지만 시간은 앞으로도 많아. 후세 사람들도 어마어마하게 많을 테고."

"그러니까… 그게 선생님이 복수하시는 방식인가요?"

"그래. 그것도 아주 강력하고 치밀한 복수 방식이지."

"네에. 그렇군요."

보드는 납득하지는 못했지만 그렇게 말했다.

"천천히, 차갑게. 그렇게 하는 게 최상의 복수야."

니허마이어 트롯이 자랑스럽게 말했다.

보드는 묘지의 북서쪽을 떠나 이집트 오솔길을 지나서 정리가 잘되고 엉킨 덩굴이 별로 없는 길을 되돌아왔다. 어느새 묘지에는 황혼이 깃들고 있어 보드는 낡은 예배당 쪽으로 다시 발길을 옮겼다. 사일러스 아저씨가 여행에서 돌아왔을 거라고 기대했기 때문이 아니라, 이제껏 황혼녘이면 늘 예배당을 찾고는 했었으니 아저씨가 없어도 규칙적으로 생활하는 게 좋을 것 같았기 때문이다. 그리고 아무튼 배도 고팠다.

보드는 지하실 문을 스르르 통과해 안으로 들어갔다. 그는 돌돌 말린 축축한 교구 신문지로 가득 찬 종이 상자를 갖고 와 오렌지 주스 한 통, 사과 하나, 막대 빵 한 상자, 치즈 한 덩어리를 꺼내 먹으면서 스칼릿을 찾아내야 할지 말지, 찾아낸다면 어떻게 찾아내야 할지 곰곰이 생각해 보았다. 아무래도 스칼릿의 꿈속으로 들어가야 할 것 같았다. 스칼릿도 그런 식으로 자신에게로 왔으니 말이다.

그가 밖으로 나가 회색 나무 벤치에 앉으려고 그쪽으로 걸어가던 바로 그때, 그는 뭔가를 보고 머뭇거렸다. 누군가 이미 그곳, 자신의 벤치에 앉아 있었다. 그녀가 잡지를 읽고 있었다.

보드는 그냥 사라져서 그림자나 나뭇가지처럼 눈에 띄지 않는 묘지의 일부가 되었다.

하지만 그녀는 고개를 들더니 그가 있는 쪽을 똑바로 바라보며 말했다.

"보드? 너니?"

그는 아무 말도 하지 않았다. 그러다가 입을 열었다.

"넌 어떻게 나를 볼 수 있지?"

"거의 안 보여. 처음엔 그림자나 뭐 그런 건 줄 알았어. 하지만 너는 내 꿈에 나타난 모습과 비슷하게 보여. 그래서 차츰 뚜렷하게 보였어."

그는 벤치로 다가갔다.

"그 잡지를 읽을 수 있어? 너한테 여긴 너무 어둡지 않아?"

스칼릿이 잡지를 덮었다.

"이상해. 너는 여기가 어두울 거라고 생각하는데 나는 잡지를 아무 문제없이 잘 읽을 수 있는걸."

"너는… "

보드는 스칼릿에게 무엇을 물어봐야 할지 몰라 말끝을 흐렸다.

"여기 혼자 있는 거야?"

스칼릿은 고개를 끄덕였다.

"학교가 끝나고 이곳에 와서 프로스트 아저씨가 비석의 탁본 뜨는 일을 하는 걸 도와드렸어. 그런 뒤 아저씨한테 여기 잠시 앉아 생각을 하고 싶다고 말했어. 내가 여기 볼일을 다 본 뒤엔 아저씨네로 가서 차를 한 잔 마실 거고, 그런 뒤 아저씨가 나를 집까지 태워다 주실 거야. 아저씨는 왜냐고 묻지도 않았어. 그냥 자기도 묘지에 앉아 있는 걸 좋아한다면서 묘지가 이 세상에서 가장 평화로운 곳 같다고 하셨어."

그녀가 잠깐 말을 멈췄다가 덧붙여 말했다.

"널 안아 봐도 될까?"

"그러고 싶어?"

보드가 물었다.

"응."

"음, 그렇다면, 난 괜찮으니까 그렇게 해."

보드는 잠시 생각하다가 승낙했다.

"내 손이 네 몸을 뚫고 지나간다거나 그러지는 않겠지? 넌 정말 거기 있는 거야?"

"내 몸을 뚫고 지나가지는 않을 테니 걱정 마."

보드가 말하자 그녀는 두 팔로 그를 안았는데, 어찌나 힘껏 껴안았는지 보드는 숨을 쉬기조차 힘들었다.

"아파."

보드가 말하자 스칼릿이 팔을 풀었다.

"미안해."

"아냐. 좋았어. 정말이야. 예상한 것보다 너무 세게 껴안아서 그랬어."

"난 단지 네가 실제로 존재하는지 알고 싶었을 뿐이야. 난 오랫동안 네가 내 머릿속에서 만들어 낸 존재라고 생각했어. 그러다가 나는 너를 잊어버렸지. 하지만 내가 널 만들어 냈던 게 아냐. 그렇기 때문에 내 머릿속에서는 물론이고 실제 세상 속에서도 너는 되

살아날 수 있었어."

보드는 미소를 지었다.

"넌 옛날에 외투 같은 걸 즐겨 입었었는데, 그건 오렌지색이었지. 그래서 난 오렌지색만 보면 네 생각을 하곤 했어. 아직도 그 외투를 가지고 있는 건 아니겠지."

"지금은 없어. 안 입은 지 오래됐어. 지금 나한테는 너무 작을 거야."

"그래, 물론 그렇겠지."

"이제 그만 집에 가 봐야 해. 하지만 주말에 다시 올 수 있을 것 같아."

스칼릿은 이렇게 말한 뒤 보드의 얼굴에 어린 표정을 보고는 덧붙였다.

"오늘은 수요일이야."

"좋아. 알았어."

그녀는 가려고 돌아서다가 물었다.

"다음번엔 너를 어떻게 찾아야 해?"

"내가 널 찾을 테니 걱정 마. 그냥 혼자만 있어. 그러면 내가 널 찾을게."

보드가 대답하자 그녀는 고개를 끄덕이고는 그곳을 떠나갔다.

보드는 다시 묘지 속으로 들어가 언덕을 오른 다음 프로비셔가의 능 앞에 도착했다. 하지만 능 안으로 들어가지는 않았다. 그는 굵은 담쟁이 뿌리를 밟고 건물 측면으로 기어 올라가서 돌로 된 지붕에 걸터앉아, 묘지 너머의 움직이는 것들의 세상을 내려다보며 생각에 잠겼다. 스칼릿이 자신을 안았을 때 아주 잠시긴 했지만 자신이 얼마나 안전한 기분이 들었는지 기억해 냈다. 그리고 묘지 너머의 세상에서 안전하게 걸어 다닐 수 있으면 얼마나 멋질까, 자신만의 작은 세상의 주인이 된다면 얼마나 좋을까 하고 생각했다.

프로스트 씨가 차를 권했지만 스칼릿은 괜찮다고 사양했다. 또한 초콜릿 비스킷도 사양했다. 그러자 프로스트 씨는 염려했다.

"솔직히 넌 유령을 본 사람처럼 보여. 음, 묘지에서는 때론 그런 것들이 보이기도 하지. 이 아저씨한테는 당신이 키우는 앵무새가 귀신이 들린 것 같다고 주장했던 고모가 한 분 계셨지. 그 앵무새는 진홍색 금강앵무새였어. 고모는 건축기였고. 나도 자세한 내용은 몰라."

"저는 괜찮아요. 그냥 긴 하루를 보내서 그런 것뿐이에요."

스칼릿이 말했다.

"그럼 내가 집까지 바래다주마. 여기 뭐라고 적혀 있는지 알겠어? 반 시간이나 이것 때문에 머리를 쥐어짜고 있었어."

그는 작은 탁자에 놓인 탁본을 가리켰다. 탁본의 각 모서리에 잼병이 올려진 채라 탁본은 평평하게 펴져 있었다.

"이름이 글래드스톤이라고 적힌 것 같지 않니? 총리의 친척일 수도 있겠군. 하지만 다른 건 아무것도 못 알아보겠어."

"저도 잘 못 알아보겠어요. 하지만 토요일에 오면 다시 한번 봐 볼게요."

스칼릿이 말했다.

"네 어머니도 그때 잠깐 얼굴을 내미실 것 같니?"

"엄마는 그날 아침에 저를 여기에 내려다 주겠다고 하셨어요. 그런 뒤 저녁에 요리할 재료를 사러 가야 한다고 하셨어요. 저녁 때 통닭구이를 하실 거래요."

"구운 감자도 하실 것 같니?"

프로스트 씨가 기대감을 안고 물었다.

"예, 아마 그러실 거예요."

그 말을 듣고 프로스트 씨는 기쁜 표정을 지으며 말했다.

"내가 폐를 끼치는 건 아닌지 모르겠네."

"아니에요. 엄마도 좋아하시는걸요."

스칼릿은 솔직하게 말하고는 덧붙였다.

"집까지 태워다 주신다니 고마워요."

"내가 더 고마운걸."

프로스트 씨가 말했다. 두 사람은 프로스트 씨의 높고 홀쭉한 집에 있는 계단을 함께 내려와 계단 아래쪽의 작은 현관으로 갔다.

크라쿠프*의 바벨 언덕에는 오래전 용이 죽은 곳이라 해서 '용의 굴'이라 이름 붙인 동굴이 있다. 관광객들이 잘 아는 동굴이었다. 그러나 그 동굴 밑에는 관광객들이 전혀 알지도 못하고 절대 들어가 보지도 못하는 동굴들이 또 있었다. 아주 깊고, 누군가가 살고 있는 동굴들이었다.

사일러스가 앞장을 서고 그 뒤를 거대한 회색 몸을 한 루페스쿠가 따랐다. 그녀는 사일러스의 뒤에 바짝 붙어서 네발로 조용히 기어갔다. 그들 뒤에는 붕대로 몸을 칭칭 감은 아시리아의 미라 칸다르가 따라오고 있었는데, 루비 같은 눈을 지닌 칸다르에게는 독수리의 날개처럼 생긴 강한 날개가 달려 있었다. 칸다르는 작은 돼지 한 마리를 품에 안고 있었다.

---

* 폴란드 남부의 도시로 폴란드 왕국의 옛 수도.

본래는 네 사람이었지만 하론은 위쪽 동굴에서 목숨을 잃었다. 그와 같은 이프리트*들이 모두 그러하듯 본디 지나치게 자신만만했던 하론은 번쩍번쩍 윤이 나는 청동 거울 세 개로 둘러싸인 공간에 발을 들여놓는 순간, 청동 거울의 빛이 번쩍하더니 잡아먹히고 말았다. 잠시 후 그 이프리트는 거울 속에서만 그 모습을 볼 수 있었을 뿐 더 이상 실제로 존재하지 않았다. 거울 속에서 하론은 이글이글 불타는 눈을 부릅뜨고서 뭔가를 말하듯 입을 움직이고 있었는데 마치 그들에게 당장 떠나라고, 조심하라고 외치고 있는 듯했다. 그런 뒤 바로 하론은 점점 히미해지더니 기울 속에서 완전히 사라져 버렸다.

거울 따위 앞에서는 전혀 거리낌이 없는 사일러스가 거울 가운데 하나를 자신의 외투로 감싸 그 거울 뒷을 쓸모없게 만들어 버렸다.

"그럼 이제 우리 셋밖에 안 남았군."

사일러스가 말했다.

"돼지도 있지."

칸다르가 말했다.

"돼지는 왜 데려왔어?"

늑대의 이빨 사이로 혀를 보이며 루페스쿠가 물었다.

"행운의 상징이니까."

칸다르가 말했다.

루페스쿠는 전혀 납득이 되지 않는다는 듯 으르렁거렸다.

"하론이 돼지를 가지고 있었던가?"

칸다르가 간단히 반문했다.

---

* 아랍이나 이슬람 신화에 등장하는 초자연적 존재.

"쉿. 놈들이 오고 있어. 소리를 들어 보니 수가 아주 많아."

사일러스가 말했다.

"올 테면 오라지."

칸다르가 나지막이 속삭였다.

루페스쿠가 목덜미 털을 바짝 곤추세웠다. 그녀는 아무 말도 하지 않았지만 놈들을 맞을 만반의 태세가 되어 있었다. 다만 자제심을 발휘해 고개를 뒤로 젖히며 울부짖지는 않았다.

"여긴 참 아름답네."

스칼릿이 말했다.

"응."

보드가 말했다.

"그럼, 너희 가족이 모두 살해당한 거야? 누가 그런 짓을 했는지 아는 사람 없어?"

스칼릿이 물었다.

"없어. 내가 알기로는 없어. 사일러스 아저씨는 그런 짓을 한 그자가 아직 살아 있다는 말씀만 하셨어. 그리고 언젠가 나한테 자신이 아는 나머지도 모두 말해 줄 거라고 하셨어."

"언젠가?"

"내가 준비가 되었다고 판단되면."

"그 아저씨는 뭘 두려워하는 걸까? 네가 총이라도 들고 밖으로 뛰쳐나가서 네 가족을 죽인 그자한테 복수라도 할까 봐?"

보드는 심각한 얼굴로 그녀를 바라보았다.

"그래, 맞아. 하지만 총은 아니야. 그렇지만 그 말은 맞아. 총 대신 그것 비슷한 걸 쓰겠지만."

"농담이지?"

보드는 아무 말도 하지 않았다. 보드는 입술을 꾹 다물었다. 그러고는 고개를 내저으며 말했다.

"농담 아니야."

햇살이 내리쬐는 눈부신 토요일 아침이었다. 둘은 이집트 오솔길의 초입을 막 지나 직사광선을 피해 소나무와 아무렇게나 뻗어 나가는 칠레삼나무가 우거진 곳 아래로 들어섰다.

"네 후견인라는 그 아저씨도 죽은 사람이야?"

"아저씨 애기는 안 할래."

보드의 말에 스칼릿은 상처받은 듯했다.

"나한테도?"

"응. 너한테도."

"뭐, 그럼 그렇게 하든가."

"저기, 미안해, 내 말은 그게 아니라… "

보드가 말을 하려는데 스칼릿이 말허리를 잘랐다.

"프로스트 아저씨한테 그리 오래 있지 않겠다고 약속했어. 그만 돌아가 봐야 할 것 같아."

"그래."

보드는 스칼릿의 마음을 상하게 한 것 같아 걱정스러웠지만 스칼릿의 마음을 풀어 주고 싶어도 뭐라고 말을 건네야 할지 알 수가 없었다.

그는 스칼릿이 그곳을 떠나 구불구불한 오솔길을 따라서 예배당으로 다시 돌아가는 모습을 지켜봤다. 그때 낯익은 여자의 조롱 섞인 목소리가 들려왔다.

"저 계집애 좀 봐! 잘난 척하는 꼴이라니!"

하지만 목소리의 주인공은 보이지 않았다.

보드는 불편한 마음을 안고 이집트 오솔길로 돌아갔다. 보드는 릴리벳과 바이얼릿의 허락을 받고 낡은 문고판 책들로 가득한 종이 상자를 그들의 무덤에 보관해 두고 있었다. 보드는 읽을거리를 찾아서 그곳으로 갔다.

스칼릿은 프로스트 씨가 비석의 탁본을 뜨는 것을 돕다가 정오가 되자 점심을 먹기 위해 하던 일을 잠시 멈추었다. 프로스트 씨가 도와줘서 고맙다며 스칼릿에게 피쉬앤칩스를 사 주겠다고 제안했고, 두 사람은 언덕길 아래쪽에 있는 피쉬앤칩스 가게로 갔다. 그들은 다시 언덕길을 걸어 올라가며 식초와 소금을 뿌린, 김이 모락모락 나는 피쉬앤칩스를 종이 봉지에서 꺼내 먹었다.

"아저씨는 살인 사건에 대해 알아보고 싶으면 어디를 찾아보시 겠어요? 인터넷은 이미 다 검색해 봤어요."

스칼릿이 말했다.

"음. 그건 어떤 사건이냐에 따라 달라. 네가 알고 싶은 건 어떤 종류의 살인 사건이지?"

"이 지역에서 벌어진 사건인 것 같아요. 십삼사 년 전에요. 이 근처에서 일가족이 살해당했었어요."

"어휴, 정말 그런 일이 있었니?"

프로스트가 말했다.

"예, 그래요. 아저씨, 괜찮으세요?"

"별 거 아냐. 사실 내가 좀 겁쟁이라서 말이야. 그런 일, 그러니 까 이 지역에서 벌어진 진짜 범죄 사건에 대해 넌 생각도 하기 싫지 않아? 이곳에서 그런 일이 일어나다니. 게다가 네 나이 대의 여자애가 그런 일에 관심을 갖는 것도 뜻밖인걸."

"사실은 제가 아니라 제 친구 때문에 관심을 갖게 된 사건이에
요."

스칼릿이 말했다.

프로스트 씨는 마지막 대구 튀김까지 다 먹어 치웠다.

"도서관에 가 보면 되지 않을까? 인터넷에 나오지 않는다면 신문
철을 뒤져 보면 있을지도 몰라. 그런데 무엇 때문에 그 사건에 대해
알려고 하는 거지?"

"아, 제가 아는 남자애가 있는데요. 그 애가 그 시간에 대해 물어
서요."

스칼릿은 가능한 한 거짓말을 하고 싶지 않았다.

"도서관엔 분명 있을 거야. 살인 사건이라니… 으으으… 오싹 소
름이 쫙 끼치네."

"저도 조금 소름이 끼쳐요. 저기, 혹시 오늘 오후에 저를 도서관
까지 태워다 주시면 안 될까요?"

스칼릿이 말했다.

프로스트 씨는 커다란 감자튀김 하나를 반쯤 베어 물어 씹으며
실망스런 표정으로 남은 반 토막을 바라보았다.

"벌써 감자튀김이 다 식어 버렸군. 1분 전만 해도 입천장이 델 정
도로 뜨거웠는데 이렇게 금방 식어 버리다니."

"죄송해요. 귀찮게 여기저기 다 태워 달라고 해서……."

"전혀 죄송해할 것 없어. 나는 오늘 오후를 어떻게 하면 즐겁게
보낼 수 있을지, 네 어머님이 초콜릿을 좋아하실지 생각하고 있었
어. 포도주를 가져갈까, 아니면 초콜릿을 가져갈까? 잘 모르겠네.
그냥 둘 다 가져갈까?"

"저는 도서관에서 혼자 집으로 돌아갈 수 있어요. 그리고 엄마는 초콜릿을 무척 좋아하세요. 저도 그렇고요."

스칼릿이 말했다.

"그럼 초콜릿을 가져가야겠구나."

프로스트 씨는 후련한 표정으로 말했다. 둘은 어느새 테라스가 있는 높은 집들이 줄지어 늘어서 있는 언덕길 중간쯤에 도착했다. 바깥에는 초록색 소형차가 세워져 있었다.

"차에 타. 도서관에 데려다줄게."

도서관은 지난 세기 초에 벽돌과 돌로만 지은 정사각형 건물이었다. 스칼릿은 주변을 둘러보고 나서 안내 데스크로 갔다.

"무엇을 도와드릴까요?"

여자가 물었다.

"오래된 신문 기사를 좀 봤으면 해요."

스칼릿이 말했다.

"학교에서 필요한 건가요?"

여자가 물었다.

"지역 역사를 알고 싶어서요."

스칼릿은 이렇게 대답하며 사실 거짓말을 한 건 아니라고 생각하며 만족스럽게 고개를 끄덕였다.

"지역 신문은 마이크로필름에 저장되어 있어요."

여자가 말했다. 여자는 덩치가 컸고 커다란 은색 링 귀고리를 하고 있었다. 스칼릿은 가슴이 쿵쾅거렸다. 그러면서 자기가 죄를 지은 사람이나 의심스러운 사람처럼 보인다고 확신했다. 하지만 여자는 스칼릿을 컴퓨터 화면처럼 보이는 상자들로 가득한 방으로 데려가 그것들의 사용법을, 단추를 한 번 누를 때마다 신문 한 면씩 화면에 뜨게 하는 방법을 알려 주었다.

"언젠가는 이 모든 자료를 디지털화하려고 해요. 그런데 찾고자 하는 신문의 날짜가 어떻게 돼요?"

여자가 물었다.

"십삼사 년 전이에요. 그보다 더 구체적인 날짜는 알 수가 없어요. 하지만 제가 찾고 있는 신문 기사가 나오면 바로 알아볼 수 있을 거예요."

여자는 스칼릿에게 5년 치의 신문 기사가 저장된 마이크로필름이 담긴 작은 상자를 건네며 말했다.

"열심히 찾아봐요."

스칼릿은 일가족 살인 사건이라면 신문 1면에 실렸을 거라고 추측했다. 그런데 막상 찾고 보니 기사는 5면에 묻혀 있었다. 그 사건은 13년 전 10월에 벌어진 일이었다. 흑백 기사는 구체적인 설명 없이 그냥 짤막하게 사건의 정황만을 제시하고 있었다.

건축가 로널드 도리언(36세)과 출판업자인 그의 아내 칼로타(34세)와 그들의 딸 미스티(7세)가 던스턴로 33번지에서 사망한 채로 발견되었다. 살해당한 것으로 추정되며 경찰 대변인은 아직 수사 초기 단계라 무언가 단정짓기에는 이르며, 사건의 중요한 단서가 될 만한 것들을 찾고 있다고 말했다.

기사에는 가족이 어떻게 죽었는지에 대한 언급이 없었다. 또한 실종된 아기에 대한 이야기도 전혀 실리지 않았다. 그 뒤 몇 주 동안의 신문 기사를 살펴봐도 후속 기사 하나 없었다. 경찰도 그 사건에 대해 전혀 언급하지 않았다. 아무튼 스칼릿이 살펴본 바로는 그랬다.

하지만 그것으로 충분했다. 주소를 보고 스칼릿은 확신했다. 던스턴로 33번지에 있는 그 집을 그녀는 알고 있었다. 그 집에 가 본 적도 있었다.

스칼릿은 마이크로필름이 담긴 상자를 안내 데스크에 반납하고 사서에게 고맙다고 인사한 다음, 4월의 햇살을 받으며 집으로 걸어왔다. 그녀의 엄마는 부엌에서 요리를 하고 있었는데, 실내에 가득한 냄비 바닥 태운 냄새로 보아하니 전적으로 성공적이지는 않은 듯했다. 스칼릿은 자신의 방으로 들어가서 탄내를 밖으로 내보내기 위해 창문을 활짝 열어젖혔다. 그런 다음 그녀는 침대에 걸터앉아 전화를 걸었다.

"여보세요? 프로스트 아저씨?"

"스칼릿, 오늘 저녁을 위한 준비는 다 잘돼 가고 있는 거지? 어머니도 잘 계시고?"

"그럼요. 다 잘돼 가고 있어요."

스칼릿이 대답했는데, 사실 이 말은 조금 전 스칼릿이 물었을 때 그녀의 엄마가 했던 대답 그대로였다.

"음, 그런데 프로스트 아저씨, 지금 사시는 집에서 얼마나 사셨어요?"

"얼마나 살았냐고? 음, 이제 넉 달 정도 됐어."

"그 집은 어떻게 찾아내셨어요?"

"부동산 중개인을 통해서. 집이 비워져 있는데다 가격도 적당했거든. 음, 비싸지도 싸지도 않았지. 또 난 묘지에서 걸어갈 수 있는 거리에 있는 집을 원했기 때문에 내겐 이 집이 완벽한 장소였어."

"프로스트 아저씨,"

스칼릿은 잠시 그 일에 대해 어떻게 말해야 할지 생각하다가 그냥 말해 버렸다.

"지금 아저씨가 사시는 집에서 13년 전쯤에 세 사람이 살해당했어요. 도리언 씨 일가가요."

전화기 저편에서는 아무 말도 없었다.

"프로스트 아저씨? 제 말 듣고 계세요?"

"음, 듣고 있단다. 스칼릿. 미안해. 전혀 생각지도 못한 그런 일이라서 깜짝 놀라는 바람에 그만. 오래된 집이라서 옛날에 이런저런 일들이 벌어졌으리라 예상은 할 수 있었지만, 그래도 그런 일까지는 아니었는데……. 그런데 이 집에서 무슨 일이 있었던 거니?"

스칼릿은 그에게 어디까지 얘기를 해 주어야 할까 고민하다가 입을 열었다.

"옛날 신문에 그 사건에 대한 짤막한 기사가 실려 있었는데, 거기에는 주소 말고 다른 건 아무것도 안 나와 있었어요. 그래서 저도 그 가족이 어떻게 죽었는지 하는 것들은 몰라요."

"그랬구나. 하느님, 맙소사."

프로스트 씨는 스칼릿이 예상한 이상으로 그 소식에 강한 흥미를 보이는 듯했다.

"스칼릿, 이런 일은 우리 같은 지역 역사학자들이 역량을 발휘할 일인 것 같아. 그러니까 이 일은 나한테 맡겨 둬. 내가 알아낼 수 있는 건 뭐든 다 알아내서 네게 보고해 줄 테니까."

"고마워요."

스칼릿은 마음이 놓였다.

"음, 아무래도 네가 이렇게 전화한 건, 비록 13년 전 일이긴 하지만, 우리 집에서 그런 끔찍한 살인 사건이 벌어졌다는 걸 네 어머니가 아시게 되면 두 번 다시 네가 나를 못 만나게 하거나 묘지에 못가게 할까 봐 그런 것 같은데. 그러니까 말이지, 음, 우리 이렇게 하기로 하자. 네가 이 일을 누구한테도 발설하지 않으면 나도 아무한테도 발설하지 않을게."

"고마워요, 프로스트 아저씨!"

"그럼 일곱 시에 보자. 초콜릿도 갖고 갈게."

저녁은 놀랄 만큼 즐거웠다. 부엌에서 탄내라고는 전혀 나지 않았다. 통닭구이도 맛있었지만 샐러드는 더 맛있었다. 구운 감자는 지나치게 바삭바삭했지만 기분이 아주 좋은 프로스트 씨는 딱 자기가 좋아하는 정도로 바삭바삭하다고 칭찬하며 한 번 더 담아 먹기까지 했다.

꽃도 반응이 좋았고 후식으로 먹은 초콜릿도 완벽했다. 프로스트 씨는 스칼릿 모녀와 함께 앉아 이런저런 얘기도 하고 텔레비전도 보다가 밤 열 시가 되자 이제 그만 집으로 돌아가야겠다고 말했다.

"세월과 역사 연구는 사람을 기다려 주지 않는 법이죠."

그렇게 말하면서 프로스트 씨는 스칼릿의 엄마와 열정적으로 악수를 한 뒤 서로 뭔가 공모를 한 사람처럼 스칼릿을 향해 눈을 찡긋하고는 문을 나섰다.

그날 밤 스칼릿은 꿈에서 보드를 찾으려고 했다. 잠자리에 들면서 보드를 생각하다가 그를 찾아 묘지를 돌아다니는 상상을 했다. 하지만 정작 꿈을 꾸었을 때 그녀는 예전에 다니던 학교의 친구들과 글래스고 시민 회관 근처를 돌아다니고 있었다. 그들은 어떤 특정한 거리를 찾고 있었지만 계속해서 막다른 길만 나왔다. 막다른 길에 이어 다시 막다른 길이…….

크라쿠프의 언덕 아래 깊이, '용의 굴'이라 불리는 동굴 아래 가장 깊은 곳에서, 루페스쿠가 비틀거리다가 쓰러졌다.

사일러스가 그녀 옆에 쪼그리고 앉아 그녀의 머리를 두 손으로 감싸 안았다. 그녀의 얼굴은 피투성이였는데, 그 피 가운데 일부는 그녀 자신의 피였다.

"저는 내버려 두고 그냥 가세요. 그 아이를 구해야 해요."

이제 그녀는 반쯤 뒤섞인 모습이었다. 회색 늑대와 여사가 반씀 뒤섞인 그런 모습을 하고 있었다. 하지만 얼굴만큼은 여자의 얼굴이었다.

"안 돼. 당신을 두고 갈 수는 없소."

사일러스가 말했다.

사일러스의 뒤에서 미라인 칸다르는 아이가 인형을 안듯 새끼 돼지를 소중히 품에 안고 있었다. 그 미라의 왼쪽 날개는 갈기갈기 찢겨 있었는데, 이제 그는 두 번 다시 하늘을 날 수 없었다. 하지만 수염이 덥수룩한 그의 얼굴은 변함없이 적개심에 불타고 있었다.

"사일러스, 놈들이 다시 올 거예요. 이제 얼마 안 있으면 해가 떠올라요."

루페스쿠가 속삭이듯 말했다.

"그렇다면 놈들이 공격 태세를 갖추기 전에 처치해 버려야지. 일어설 수 있겠소?"

사일러스가 물었다.

"그럼요. 나는 하느님의 사냥개인걸요. 일어설 수 있어요."

루페스쿠는 그렇게 말한 뒤 얼굴을 낮춰 그림자 속으로 들어가 손가락을 풀었다. 다시 고개를 들었을 때 그녀의 머리는 늑대의 머리로 변해 있었다. 그녀는 앞발을 바위에 올려놓고 힘들게 몸을 일으켜 서 있는 자세를 취했다. 그녀는 털과 주둥이에 유혈이 낭자한 채로 곰보다 큰 회색 늑대의 모습을 하고 있었다.

루페스쿠는 고개를 뒤로 젖히고 분노와 도전의 울부짖음을 길게 토해 냈다. 그녀는 날카로운 이빨을 드러내며 다시 고개를 숙였다.

"자, 이제 끝을 봐야죠."

루페스쿠가 으르렁거리며 말했다.

일요일 오후 늦게 전화벨이 울렸다. 스칼릿은 아래층에 앉아서 자신이 보고 있던 만화책에 나오는 얼굴들을 종이쪽지에 열심히 따라 그리고 있었다. 스칼릿의 엄마가 전화를 받았다.

"어머, 신기하기도 해라. 우린 지금 당신 이야기를 하고 있었어요."

비록 스칼릿이랑 그런 적은 없었지만 스칼릿의 엄마는 그렇게 거짓말을 하고 계속 이야기를 이어 갔다.

"어제저녁은 좋았어요. 정말 즐거웠는걸요. 솔직히 전혀 수고롭지 않았어요. 초콜릿이요? 완벽했어요. 진짜 완벽 그 자체였어요. 당신께 전하라고 스칼릿에게 말해 놨는데, 저녁을 드시고 싶을 땐 미리 말씀만 해 주시고 언제라도 오세요. 스칼릿이요? 예, 여기 있어요. 바꿔 드릴게요. 스칼릿! 전화 받아라!"

"엄마, 바로 여기 있잖아요. 그렇게 소리치지 않으셔도 돼요."

스칼릿이 전화기를 건네받았다.

"프로스트 아저씨?"

"스칼릿이냐?"

프로스트 씨는 흥분한 듯한 목소리로 말했다.

"저기, 음, 우리가 어제 나눈 얘기 있잖아. 우리 집에서 일어났다는 그 사건 말이야. 네가 어제 말한 네 친구한테는 얘기해도 될 것 같아. 내가 알아낸 것을…… 음, 그런데, 가만, '우린 지금 당신 이야기를 하고 있었어요.'라고 말하며 대충 '우리'라고 둘러대는 경우처럼, 너도 어제 혹시 친구 일이라고 둘러대면서 실제로는 있지도 않은 친구를 만들어 낸 것 아니니? 개인적인 질문이 아니라면 대답해 줄… "

"그 일에 대해 알고 싶어 하는 친구가 진짜로 있어요."

스칼릿은 재미있어하며 말했다.

스칼릿의 엄마는 무엇 때문에 그러느냐는 듯 스칼릿에게 어리둥절한 표정을 지어 보였다.

"스칼릿, 네 친구한테 전해 줘. 내가 그 일에 대해서 좀 캐 봤는데, 아, 땅을 캐 봤다는 게 아니라 여기저기 찾아 뒤져 가며 캐 봤는데, 아주 중요한 정보일지도 모르는 걸 발견했다고 말이야. 어쩌다 보니 운 좋게도 감춰진 정보를 손에 넣게 되었다고 말이지. 그런데 내 생각엔 여기저기 퍼뜨려서는 안 되는 정보인 것 같은데… 음, 아무튼 내가 이것저것 좀 알아냈어."

"예를 들면요?"

스칼릿이 물었다.

"저기… 내가 미쳤다고 생각하지는 말아 줘. 아무튼 내가 밝힐 수 있는 것은 세 사람이 살해당했다는 거야. 그리고 가족 가운데 한 사람, 내 생각에는 갓난아기 같은데, 그 아기는 살해당하지 않았어. 가족은 셋이 아니라 넷이라는 거지. 넷 가운데 세 사람만 죽었어. 네 친구한테 나를 만나러 오라고 전해. 그 친구한테 내가 직접 설명해 줄 테니까."

"그렇게 전할게요."

스칼릿은 전화기를 내려놓았는데, 작은 북을 마구 두드리는 것처럼 가슴이 두방망이질을 쳤다.

보드는 6년 만에 처음으로 좁은 돌계단을 내려갔다. 그의 발소리가 언덕 속 깊은 곳에 있는 방에 울려 퍼졌다.

보드는 계단을 다 내려간 다음 슬리어가 모습을 드러낼 때까지 기다렸다. 기다리고 또 기다렸지만 아무것도 나타나지 않았고, 아무것도 속삭이지 않았고, 아무것도 움직이지 않았다.

보드는 죽은 사람처럼 볼 수 있었기에 짙은 어둠에도 아무런 구애를 받지 않고 그 방을 둘러보았다. 그는 바닥의 제단으로 다가갔다. 거기에는 잔과 브로치, 돌칼이 놓여 있었다.

그는 손을 뻗어 칼날을 만져 보았다. 생각보다 날카로워 칼날에 손가락을 베였다.

"그건 슬리어의 보물이다."

세 개로 이뤄진 목소리가 속삭였지만 보드가 기억하는 것보다 소리는 더 작았으며 더 망설이는 듯했다.

"당신은 이곳에서 가장 오래된 존재예요. 당신과 얘기하려고 찾아왔어요. 조언을 구하고 싶어서요."

보드가 말했다.

잠시 침묵이 흘렀다.

"어떤 존재도 조언을 구하러 슬리어를 찾아오지는 않는다. 슬리어는 이곳을 지킬 뿐이다. 슬리어는 기다릴 뿐이다."

"저도 알아요. 하지만 사일러스 아저씨가 여기에 안 계세요. 그래서 저는 누구와 얘기를 나눠야 할지 모르겠어요."

아무 말도 들려오지 않았다. 돌아오는 대답은 먼지와 외로움을 퍼뜨리는 침묵뿐이었다.

"어떻게 해야 할지 모르겠어요."

보드는 솔직하게 말했다.

"저는 누가 우리 가족을 죽였는지 알아낼 수 있다고 생각해요. 누가 저를 죽이려고 하는지도요. 하지만 그러려면 묘지를 떠나야 해요."

슬리어는 아무 말도 하지 않았다. 덩굴손 모양의 연기가 방 안 여기저기를 서서히 휘감았다.

"죽는 게 두려워서 못 떠나는 게 아니에요. 그냥 제가 좋아하는 수많은 사람들 때문에, 저를 안전하게 지켜 주고, 가르쳐 주고, 보호해 주느라 정말 많은 시간을 제게 쏟은 그 사람들 때문에 그러는 거예요."

또다시 침묵이 흘렀다.

"이 일은 저 혼자해야 해요."

보드가 말했다.

"그렇게 하도록 하라."

"그게 다예요. 귀찮게 해서 죄송해요."

바로 그때, 보드의 머릿속에 매끄럽고 간사하고 미끄러지는 듯한 슬리어의 속삭임이 들렸다.

"슬리어는 우리의 주인님이 돌아올 때까지 보물을 지켜야 한다. 혹시 네가 우리의 주인님인가?"

"아니에요."

그러지 기대에 부푼 애저로운 목소리로 슬리어가 다시 속삭였다.

"네가 우리의 주인님이 되어 주면 안 되겠는가?"

"죄송하지만 그러고 싶지 않아요."

"우리의 주인님이 되어 준다면 우리가 영원히 똬리로 너를 꼭 감싸 주겠다. 우리의 주인님이 되어 준다면, 이 세상이 끝나는 날까지 너를 안전하게 지켜 주고 보호해 주고 세상의 위험을 절대 겪지 않게 해 주겠다."

"저는 당신들의 주인이 아니에요."

"그래, 아니다."

보드는 슬리어가 자신의 마음속을 꿈틀거리며 돌아다니는 것을 느꼈다.

"그럼 네 이름을 찾아라."

그 말과 함께 보드의 마음도, 그 방도 텅 비어 보드는 이제 그 방에 혼자 남게 되었다.

보드는 조심스럽게 하지만 빠르게 다시 계단을 올라갔다. 이제 그는 결정을 내렸고, 그 결정이 여전히 머릿속에서 불타오르고 있을 때 재빨리 행동에 옮겨야 했다.

스칼릿은 예배당 옆 벤치에서 그를 기다리고 있었다.

"어떻게 할 거야?"

그녀가 물었다.

"그렇게 할 거야. 가자."

두 사람은 묘지 정문으로 이어진 오솔길을 나란히 걸어갔다.

33번지에 있는 집은 테라스가 달린 집들 중간쯤에 자리한, 높으면서도 막대기처럼 홀쭉한 모양의 집이었다. 붉은 벽돌로 지어진 그 집은 기억에 남을 만큼 인상적이지는 않았다. 보드는 왜 그 집이 낯익거나 특별해 보이지 않을까 생각하며 머뭇머뭇 그 집을 바라보았다. 그 집은 다른 집들처럼 그냥 평범한 집이었다. 정원이 아니라 콘크리트가 깔린 자그마한 공간이 있었고, 초록색 소형차가 도로에 세워져 있었다. 오래전 밝은 파란색 페인트로 칠해졌던 현관문은 이제 세월이 흐르고 햇빛에 바래 흐릿해져 있었다.

"안 들어가?"

스칼릿이 말했다.

보드는 현관문을 두드렸다. 아무런 대답이 없었다. 하지만 잠시 뒤 집 안에서 계단을 내려오는 발소리가 들리더니 현관문이 열리면서 입구 통로와 계단이 보였다. 현관문에는 희미해져 가는 회색 머리에 안경을 쓴 남자가 서 있었다. 그는 눈을 깜박거리며 두 사람을 보다가 보드에게 손을 불쑥 내밀고는 초조하게 미소를 지었다.

"퍼킨스 양이 말하던 그 신비로운 친구인 모양이군. 만나서 반가워."

"이 친구는 보드예요."

스칼릿이 말했다.

"밥?"

"보드요, 밥이 아니라 보드요. 보드, 이쪽은 프로스트 아저씨야."

보드와 프로스트 씨는 악수를 나눴다.

"주전자를 올려놨어. 차를 마시면서 정보를 교환하는 게 어때?"

프로스트 씨가 말했다.

그들은 프로스트 씨를 따라 계단을 올라가서 부엌으로 갔다. 프로스트 씨는 차를 세 잔 따르고 나서 두 사람을 작은 거실로 데려갔다.

"집이 위로만 삐죽 솟았지? 이 위층에는 화장실이 있고, 또 그 위층에는 내 사무실과 침실들이 있어. 계단이 많아서 건강에 좋아."

그들은 커다랗고 극단적인 자주색 소파("이 소파는 내가 이사 왔을 때부터 여기 있던 거야.")에 앉아 차를 홀짝거렸다.

스칼릿은 프로스트 씨가 보드한테 온갖 질문을 퍼부을까 봐 걱정했지만 그는 그러지 않았다. 프로스트 씨는 어떤 유명한 사람의 잃어버린 비석을 발견하고서 세상에 알리고 싶어 죽겠는 사람처럼 무척 흥분한 것 같았다. 그는 그들에게 전해 줄 엄청난 정보가 있는데 바로 말해 주지 않으려니 힘들어 못 참겠는 사람처럼 의자에 앉아 안절부절못하며 계속 몸을 꼼지락거렸다.

"그래, 아저씨가 알아내셨단 게 뭐예요?"

스칼릿이 물었다.

"음, 네 말이 맞았어. 그러니까 이 집이 그 사람들이 살해당한 그 집이 맞았어. 그리고… 내 생각에 그 사건은… 음, 당국에서 쉬쉬하며 은폐한 게 아니라… 그냥 어쩌다 보니 잊힌 거야."

"이해가 안 돼요. 살인 사건은 그렇게 덮고 넘어가지 않는 법이잖아요."

스칼릿이 말했다.

"어쨌든 그 사건은 그렇게 됐어."

프로스트 씨는 차를 쭉 들이켠 뒤 계속 말했다.

"세상에는 영향력을 행사하는 사람들이 있어. 그 사건은 그렇게밖에 설명할 수 없어. 그리고 갓난아기는 어떻게 됐냐면… "

"어떻게 됐죠?"

보드가 물었다.

"아기는 살아남았어. 확실해. 하지만 아기를 수색하는 일은 없었어. 유아가 실종되면 대개 전국적인 뉴스거리가 되곤 하지. 하지만 그 사람들이 그 소식이 새어 나가지 못하게 어떻게든 원천봉쇄한 게 틀림없어."

"그 사람들이 누구죠?"

보드가 물었다.

"여기 살던 가족을 살해한 사람들."

"그것 말고 더 아는 건 없으세요?"

"아니, 조금 더 있는데……"

프로스트 씨는 말끝을 흐렸다. 그러더니 이렇게 덧붙였다.

"미안해. 정말로. 하지만 내가 알아낸 것들이 말이지, 너무나 황당한 것들이라서."

스칼릿은 슬슬 짜증이 나기 시작했다.

"그게 뭔데요? 아저씨, 대체 뭘 알아내셨는데요?"

프로스트 씨는 겸연쩍은 표정이었다.

"네 말이 맞아. 미안해. 비밀로 하는 건 좋은 생각이 아냐. 역사학자들은 진실을 묻어 두지 않는 법이지. 우리는 진실을 파헤치는 사람들이야. 드러내 보여 주는 사람들이지. 그래, 맞아."

그는 말을 멈추고 잠시 망설이다가 다시 입을 열었다.

"사실 편지를 한 통 찾았어. 위층에서. 헐거워진 마루청 밑에 숨겨져 있었지."

그는 보드 쪽을 보며 말을 이어 갔다.

"젊은 친구, 나는 이 끔찍한 사건에 대한 자네의 관심이 개인적인 이유 때문이라고 생각하는데, 내 생각이 맞니?"

보드는 고개를 끄덕였다.

"그럼 더는 묻지 않을게."

프로스트 씨는 그렇게 말하고 자리에서 일어섰다.

"같이 가 보자."

그가 보드에게 말하고는 스칼릿을 보며 말했다.

"넌 안 되니까 여기 있어. 아직은 안 돼. 이 친구한테 먼저 편지를 보여 주고 괜찮다고 하면 너한테도 보여 줄게. 알았지?"

"알았어요."

스칼릿이 말했다.

"오래 걸리지 않을 거야. 자, 그럼 가자."

프로스트 씨가 말했다.

보드는 자리에서 일어서면서 스칼릿에게 걱정스런 눈길을 던졌다.

"괜찮아. 난 여기서 기다릴게."

스칼릿은 이렇게 말하며 보드가 안심할 수 있도록 활짝 미소를 지어 보였다.

스칼릿은 두 사람이 그 방을 나가 계단을 올라가는 모습을 그들의 그림자를 통해 지켜보았다. 그녀는 불안했지만 한편으로는 기대되기도 했다. 보드가 어떤 정보를 얻을지 궁금했고, 동시에 보드가 먼저 그 정보를 확인하게 되어 기뻤다. 결국 그건 보드의 이야기이니 보드에게 권리가 있었다.

바깥의 계단에서는 프로스트 씨가 앞장서서 안내했다.

보드는 이 집 꼭대기를 향해 걸어 올라가면서 주위를 둘러봤지만 낯익은 것이 하나도 없는 듯했다. 모든 것이 낯설어 보였다.

"꼭대기까지 올라가야 해."

프로스트 씨가 말했다. 그들은 한 층을 더 올라갔다.

"저기… 원치 않으면 대답하지 않아도 되지만… 음, 네가 그 아이지, 그렇지?"

보드는 아무 말도 하지 않았다.

"자, 다 왔다."

프로스트 씨가 말했다. 그는 집 꼭대기 층에 있는 문에 열쇠를 꽂아 돌린 다음 문을 밀어서 열었다. 두 사람은 안으로 들어갔다.

그곳은 천장에 경사가 진 아주 작은 다락방이었다. 13년 전 그곳에는 유아용 침대가 있었다. 성인 남자와 사내아이가 들어서자 방이 꽉 찼다.

프로스트 씨가 말했다.

"정말 뜻밖의 행운이었어. 바로 내 코앞에 있었으니까 말이야."

그는 쪼그리고 앉아 올이 다 드러난 카펫을 젖혔다.

"그럼 아저씨는 제 가족이 왜 살해당했는지 아세요?"

보드가 물었다.

"네가 궁금한 건 이 안에 모두 들어 있어."

프로스트는 길이가 짧은 마루청 하나로 손을 뻗더니 마루청을 눌러서 들어올렸다.

"여기가 그 아기의 방이었을 거야. 내가 보여 주려는 건… 너도 알다시피, 이제 우리가 모르는 유일한 것은 과연 누가 그런 짓을 저질렀느냐 하는 거지. 우린 아주 작은 단서 하나 잡지 못하고 있고."

"범인의 머리가 검다는 것은 알아요. 그리고 이름이 잭이라는 것도 알고요."

과거에 자신의 침실이었던 방에서 보드가 말했다.

프로스트 씨는 마루청을 들어내고 비어 있는 공간으로 손을 밀어 넣었다.

"거의 13년이 지났어. 13년이면 머리카락도 빠지고 희끗희끗하게 셌을지도 몰라. 하지만, 그래, 맞아. 그의 이름은 잭이야."

프로스트 씨는 일어나 똑바로 섰다. 바닥의 구멍 속으로 들어갔다 나온 그의 손에는 크고 날카로운 칼이 들려 있었다.

"자, 어린 친구. 이제 마무리할 시간이야."

잭이라는 사내가 말했다.

보드는 눈을 동그랗게 뜨고 그자를 빤히 쳐다봤다. 마치 프로스트 씨라는 존재는 그자가 걸치고 있던 외투나 모자였는데, 이제 그 존재를 벗어던져 버린 것만 같았다. 상냥하던 그의 모습은 이미 사라지고 없었다.

그의 안경과 칼날이 반짝 빛났다.

바로 그때 계단 저 아래쪽에서 그들을 부르는 목소리가 들렸다. 바로 스칼릿의 목소리였다.

"프로스트 아저씨? 누가 현관문을 두드려요. 제가 나가 볼까요?"

잭이 한순간 휙 눈길을 돌렸다. 보드는 그 순간을 놓치지 않고 자신이 가진 전부를 걸어야 한다는 걸 알고서 잭의 눈앞에서 완전히 사라졌다. 잭은 보드가 서 있던 자리로 다시 눈길을 돌렸다가 깜짝 놀라며 두리번거렸다. 얼굴에는 당황스러운 표정과 분노한 표정이 동시에 떠올라 있었다. 잭은 방 안쪽으로 한 걸음 더 내디디며 먹잇감의 냄새를 맡는 늙은 호랑이처럼 고개를 좌우로 돌려 댔다.

"여기 숨어 있다는 거 다 알아. 냄새가 나는걸!"

잭이 으르렁거렸다.

그 순간 그의 뒤편에서 다락방 침실의 작은 문이 '쾅' 하며 닫혔다. 잭이 깜짝 놀라 휙 돌아서는 순간, 문밖에서 열쇠로 방문을 잠

그는 소리가 났다.

잭은 목청을 돋워 잠긴 문틈으로 소리쳤다.

"시간을 벌겠다는 수작인가 본데, 그런 걸로는 날 막지 못해. 너와 나, 우리 사이에는 아직 해결해야 할 일이 남아 있단 말이야!"

보드는 몸을 내던지다시피 해서 계단을 달려 내려갔다. 벽에 몸을 부딪쳐 가며 스칼릿에게로 급하게 뛰어가다가 하마터면 거꾸로 곤두박질칠 뻔했다.

"스칼릿! 그 사람이 범인이야! 빨리 도망쳐!"

보드는 스칼릿을 보자마자 소리쳤다.

"그 사람이라니? 무슨 소리를 하는 거야?"

"그 사람 말이야, 프로스트! 그 사람이 바로 잭이란 말이야. 그 사람이 나를 죽이려고 했어!"

그 순간 "쾅!" 하는 소리가 위에서 들려왔다. 잭이 방문을 차고 있는 소리였다.

"하지만… 하지만 아저씨는 좋은 분이야."

스칼릿은 자신이 듣고 있는 말을 이해하려고 애쓰며 말했다.

"아냐, 아니야. 그렇지 않아."

보드는 이렇게 말하며 스칼릿의 손을 붙잡고 계단을 끌고 내려가 현관으로 갔다.

스칼릿이 현관문을 당겨서 열었다.

"아, 안녕, 어린 아가씨! 우리는 프로스트 씨를 찾아왔는데, 여기가 프로스트 씨 댁이 맞니?"

문밖에 서 있던 남자가 그녀를 내려다보며 말했다. 은백색 머리카락을 지닌 그 남자에게서는 향수 냄새가 났다.

"아저씨 친구 분들이세요?"

스칼릿이 물었다.

"그렇단다."

은백색 머리카락의 남자 바로 뒤에 서 있던, 체구가 더 작은 남자가 말했다. 그 남자는 검은 콧수염을 짧게 기르고 있었고 남자들 가운데 유일하게 모자를 쓰고 있었다.

"틀림없단다."

세 번째 남자가 말했는데, 그 남자는 더 젊고 덩치가 크고 북유럽 사람 같은 금발을 하고 있었다.

"우리 모두가 다 그렇단다."

마지막 남자가 말했는데, 그는 어깨가 떡 벌어지고 황소처럼 생겼으며 머리가 엄청나게 컸다. 그 남자의 피부는 갈색이었다.

"아저씨, 그러니까 프로스트 씨는 볼일이 생겨서 잠깐 외출하셨어요."

스칼릿이 말했다.

"하지만 그의 차가 여기 있는데?"

머리가 하얀 남자가 말했다. 그러자 금발의 남자도 끼어들어 물었다.

"그런데 아가씨는 누구지?"

"프로스트 아저씨는 저희 엄마의 친구예요."

스칼릿이 말했다. 그녀는 이제 보드의 모습을 볼 수 있었는데, 보드는 찾아온 사람들 너머의 맞은편에서 남자들을 내버려 두고 자기를 따라오라고 미친 듯이 손짓을 하고 있었다.

"아저씨는 방금 막 외출하셨어요. 신문을 사러요. 저쪽 모퉁이에 있는 가게에요."

스칼릿은 최대한 쾌활하게 말했다. 그런 다음 밖으로 나와 현관문을 닫고, 그 사람들 옆을 빙 돌아 나와 그곳에서 벗어나기 위해 걷기 시작했다.

"어디 가는 거니?"

콧수염을 기른 사내가 말했다.

"버스를 타야 해서요."

스칼릿이 말했다. 그녀는 버스 정류장과 묘지 쪽을 향해 언덕길을 걸어 올라가면서 결단코 뒤를 돌아보지 않았다.

보드는 스칼릿 옆에서 걸어갔다. 스칼릿에게조차 그는 짙어 가는 황혼 속에서 그림자처럼 보였다. 잠깐 소년인 것처럼 보이긴 했지만 거의 그곳에 없는 뭔가, 아른거리는 아지랑이, 바람에 나부끼는 나뭇잎처럼 보였다.

"더 빨리 걸어. 저 사람들이 모두 너를 보고 있어. 하지만 뛰지는 마."

보드가 말했다.

"저 사람들은 누굴까?"

스칼릿이 나직이 물었다.

"나도 몰라. 하지만 저 사람들 모두 섬뜩한 느낌이 들어. 진짜 사람이 아닌 것 같아. 돌아가서 저 사람들이 하는 얘기를 들어 보고 싶어."

"내 눈엔 진짜 사람들로 보이는데."

스칼릿은 보드가 아직도 자기 곁에 있는지 확신하지 못한 채 달리지는 않고 최대한 빠른 걸음으로 언덕길을 올라갔다.

그 네 사람은 33번지 문 앞에 그대로 서 있었다.

"정말 맘에 안 들어."

황소처럼 목이 굵고 덩치가 큰 사내가 말했다.

"타르, 자네도 맘에 안 들지? 하긴 우리 가운데 누가 이게 맘에 들겠어? 다 엉망이야. 모든 일이 잘못돼 가고 있어."

머리가 하얀 사내가 말했다.

"크라쿠프도 끝장났어. 그들은 대답도 하지 않아. 멜버른과 밴쿠버 다음에… 아마 이제 우리 넷밖에 안 남았을 거야."

콧수염을 기른 사내가 말했다.

"케치, 제발 좀 조용히 해. 지금 생각 중이니까."

머리가 하얀 사내가 말했다.

"미안해."

케치는 장갑 낀 손으로 콧수염을 쓰다듬으며 다시 언덕을 아래위로 바라보다가 휘파람을 불었다.

"내 생각에는… 아까 그 계집애를 뒤쫓아야 할 것 같아."

황소처럼 목이 굵은 타르라는 사내가 말했다.

"내 생각엔 자네들이 내 말을 좀 들어야 할 것 같은데. 내가 조용히 하라고 했지? 그럼 다들 조용히 해야 할 것 아냐."

머리가 하얀 사내가 말했다.

"미안해, 댄디."

금발의 사내가 말했다.

그들은 조용해졌다.

주위가 조용해지자 그들은 집 내부의 높은 곳에서 나오는 쿵쿵거리는 소리를 들을 수 있었다.

"내가 들어가 볼게. 타르, 자네는 나를 따라와. 님블과 케치는 그 계집애를 잡아서 데려와."

댄디가 말했다.

"죽여서? 아니면 산 채로?"

케치가 의기양양한 미소를 띠며 물었다.

"이 멍청아, 당연히 산 채로 잡아 와야지. 그 계집애가 뭘 아는지 알아내야 할 것 아냐."

댄디가 말했다.

"어쩌면 그 계집애도 그놈들하고 한통속인지 몰라. 밴쿠버와 멜버른에서 우리를 해친 그놈들 말이야."

타르가 말했다.

"그 계집애를 잡아 와. 지금 당장!"

댄디가 말했다. 금발의 사내와 모자를 쓰고 콧수염을 기른 사내가 황급히 언덕을 올라갔다.

댄디와 타르는 33번지의 문밖에 서 있었다.

"문을 부숴."

댄디가 말했다.

타르는 문에 어깨를 갖다 대고 있는 힘껏 체중을 실었다.

"보기보다 센데? 꿈쩍도 안 해."

타르가 말했다.

"잭이 해 놓은 건 다른 어떤 이도 부술 수 없지."

댄디는 그렇게 말하더니 장갑을 벗고 문에 손을 대고는 영어보다 오래된 어떤 언어로 뭐라고 중얼거렸다.

"자, 이제 다시 해 봐."

댄디의 말에 타르는 문에 몸을 기대고는 끙끙거리며 힘껏 밀었다. 이번에는 자물쇠가 떨어져 나가며 문이 활짝 열렸다.

"잘했어."

댄디가 말했다.

그 순간 그들 위로 집 꼭대기 쪽에서 "쾅" 하는 소리가 들렸다.

잭은 계단을 내려오다 중간쯤에서 그들과 마주쳤다. 댄디는 어떠한 장난스런 기색도 없이 완벽하게 이를 드러내며 활짝 웃었다.

"잘 있었나, 잭 프로스트. 난 자네가 그 아이를 잡은 줄 알았어."

"잡았지. 그런데 달아나 버렸어."

잭이 말했다.

"또 말인가? 잭, 한 번은 실수지. 허나 두 번은 재앙이야."

댄디는 더 활짝, 더 싸늘하게, 훨씬 더 완벽한 미소를 지었다.

"녀석을 잡을 거야. 오늘 밤에는 끝장을 보고야 말겠어."

잭이 말했다.

"그래, 그러는 게 좋을 거야."

댄디가 말했다.

"녀석은 묘지에 있을 거야."

잭이 말했다. 세 사람은 서둘러 계단을 내려왔다.

잭은 코를 킁킁거리며 냄새를 맡았다. 소년의 냄새를 맡자 목덜미의 털이 곤두섰다. 그는 여러 해 전에 이 모든 일이 일어났던 것처럼 느꼈다. 잠시 현관에 멈춰 선 그는 프로스트 씨의 트위드 재킷이나 엷은 황갈색 비옷 옆에 어울리지 않게 걸려 있던 긴 검정 외투를 걸쳤다.

현관문은 도로 쪽으로 열려 있었고, 햇빛은 이제 거의 사라지고 없었다. 이번에는 자신이 어디로 가야 할지 잭은 정확히 알고 있었다. 그는 거침없이 집에서 나와 서둘러 언덕길을 올라 묘지로 향했다.

스칼릿이 묘지 정문에 도착했을 때 문은 이미 닫혀 있었다. 스칼릿은 문을 붙잡고 필사적으로 당겨 보았지만 밤이 되어 문에는 자물쇠가 채워진 상태였다. 어느새 보드가 그녀 옆에 와 있었다.

"열쇠가 어디 있는지 아니?"

스칼릿이 물었다.

"시간이 없어."

보드가 말했다. 그는 묘지 정문의 쇠창살에 몸을 바짝 붙였다.

"두 팔로 나를 껴안아."

"뭐라고?"

"그냥 두 팔로 나를 껴안고 눈을 감아."

스칼릿은 마치 어떻게 좀 해 보라는 듯이 보드를 빤히 쳐다보았다. 그러다가 그녀는 보드를 꼭 껴안고 눈을 질끈 감았다.

"시키는 대로 했어."

보드는 묘지 정문의 쇠창살에 몸을 기댔다. 묘지 사람들은 쇠창살도 묘지의 일부로 여겼다. 보드는 자신이 얻은 묘지의 특권이 딱 이번 한 번만 묘지 바깥의 살아 있는 다른 사람에게도 통했으면 하고 바랐다. 그런 뒤 보드는 연기처럼 쇠창살 사이를 미끄러지듯 통과했다.

"이제 눈 떠도 돼."

보드의 말에 스칼릿은 눈을 떴다.

"어떻게 한 거야?"

"여기는 내 집이야. 나는 이곳에서 많은 것들을 할 수 있어."

인도를 또각또각 밟는 구두 소리가 들리더니 정문 바깥에서 두 사내가 정문을 마구 흔들고 잡아당겼다.

"어이."

잭 케치가 콧수염을 씰룩거리며 말했다. 그는 비밀을 지닌 토끼처럼 쇠창살 사이로 스칼릿을 바라보며 씩 웃었다. 그의 왼쪽 팔뚝에는 검은색 비단 끈이 감겨 있었는데, 그는 장갑을 낀 오른손으로 그 끈을 잡아당기고 있었다. 그는 그 끈을 팔에서 풀어 손에 쥐더니 마치 실뜨기 놀이를 하듯이 그 끈을 이쪽 손에서 저쪽 손으로 넘기며 끈의 상태가 괜찮은지 시험해 봤다. 그러면서 스칼릿을 향해 말했다.

"아가씨, 이리로 나와. 괜찮아. 아무도 널 해치지 않아."

그러자 덩치가 크고 금발인 님블도 옆에서 이렇게 말하며 거들었다.

"몇 가지 질문에 대답만 해 주면 돼. 우리는 지금 공적인 일을 수행 중이야."(그는 거짓말을 했다. 온갖 업계의 잭들이 다 모인 그들의 조직에서 공적인 것은 하나도 없었다. 비록 정부나 경찰이나 그와 유사한 다른 곳에도 잭들은 있었지만 말이다.)

"달려!"

보드가 스칼릿의 손을 끌어당기며 소리쳤다. 스칼릿은 달렸다.

"봤어?"

그들이 케치라고 부르는 잭이 말했다.

"뭘?"

"그 계집애가 누군가와 같이 있었어. 남자애 같았는데."

"우리가 찾는 바로 그 남자애 말이야?"

님블이라고 불리는 잭이 물었다.

"그걸 내가 어떻게 알아? 자, 손으로 나를 받쳐 줘."

덩치가 큰 사내가 양손을 내밀어 깍지를 껴서 발을 디딜 수 있게 만들었다. 그러자 잭 케치는 손으로 만든 계단을 시커먼 구둣발로 밟고 올라섰다. 동료가 밀어 올려 주자, 잭 케치는 정문 꼭대기로 기어올라 가더니 묘지 안쪽의 진입로로 폴짝 뛰어내려 개구리처럼 양손과 양발을 짚으며 착지했다. 그가 일어서며 동료에게 말했다.

"자넨 다른 방법을 찾아 들어와. 내가 녀석들을 뒤쫓고 있을게."

그런 뒤 그는 묘지 깊숙한 곳으로 이어지는 구불구불한 오솔길을 전력 질주해 올라갔다.

"지금 우리가 뭘 하고 있는지만 말해 줘."

스칼릿이 말했다.

보드는 어슴푸레한 묘지를 빠른 걸음으로 지나가고 있었다. 하지만 그는 아직 달리고 있지 않았다.

"그게 무슨 소리야?"

"아까 그 사람이 나를 죽이려는 것 같아. 아까 그 검은 끈으로 그 사람이 어떻게 하는지 봤지?"

"그래, 그러려는 게 분명해. 잭, 아니지, 너의 프로스트 아저씨, 바로 그자가 날 죽이려고 했어. 그 사람은 칼을 갖고 있었어."

"그는 *나의* 프로스트 아저씨가 아니야. 그래, 뭐 어느 정도는 그렇다고 치자고. 미안해. 그런데 우린 지금 어디로 가는 거야?"

"일단 너를 안전한 곳에 데려다 놓고, 그런 다음에 저 사람들을 상대할 거야."

보드 주위에는 묘지에 사는 사람들이 잠에서 깨어 걱정스럽고 놀란 표정으로 모여들고 있었다.

"보드? 무슨 일이 벌어지고 있는 건가?"

카이우스 폼페이우스가 물었다.

"나쁜 사람들이 따라와요. 그자들을 좀 감시해 주시겠어요? 그 사람들이 어디 있는지 계속 알려 주세요. 그리고 스칼릿을 숨겨야 하는데 어디가 좋을까요?"

"예배당 지하실은 어때?"

새커리 포린저가 말했다.

"거기를 제일 먼저 살펴볼 거야."

"누구하고 얘기하는 거야?"

스칼릿이 미친 사람을 바라보듯 눈이 휘둥그레져서 보드를 쳐다보며 물었다.

"그럼 언덕 속은?"

카이우스 폼페이우스가 말했다.

보드는 잠시 생각했다.

"예, 거기가 좋겠어요. 스칼릿, 우리가 온몸이 남색인 남자를 만난 곳 기억나?"

"조금. 어두운 곳이었잖아. 내 기억으로 별로 무서워할 만한 건 없었던 것 같아."

"너를 그리로 데려갈게."

두 사람은 서둘러 오솔길을 올라갔다. 스칼릿은 보드가 걸어가면서 사람들과 대화를 나눈다는 것은 알았지만 그녀에게는 보드가 하는 말만 들렸다. 그것은 마치 누군가와 전화 통화를 하는 것을 옆에서 듣는 것과 같았다. 그러자 스칼릿은 어떤 생각이 떠올랐다.

"엄마가 화가 많이 나셨을 거야. 난 죽었어."

"아냐. 넌 죽지 않았어. 아직은 아냐. 앞으로도 오랫동안은 아닐 거야."

보드는 스칼릿에게 그렇게 말하고 나서 보이지 않는 다른 누군가에게 말했다.

"이제 두 사람이 온다고요? 같이요? 알았어요."

그들은 프로비셔가의 능 앞에 도착했다.

"동굴로 들어가는 입구는 왼쪽 맨 밑의 관 뒤편에 있어. 내가 아닌 다른 누군가가 오는 소리가 들리면 곧장 아래로 내려가서 맨 밑의… 참, 불을 밝힐 만한 거 있어?"

"응. 열쇠고리에 작은 LED 등이 달려 있어."

"좋아."

그는 프로비셔가의 능으로 들어가는 문을 당겨서 열었다.

"조심해. 발을 헛디뎌 넘어지거나 그러지 말고."

"너는 어디로 가는데?"

스칼릿이 물었다.

"이곳은 내 집이야. 내 집을 지켜야지."

스칼릿은 LED 등이 달린 열쇠고리를 손에 꼭 쥐고 두 손 두 발로 기어서 내려갔다. 보드가 말한 그 관의 뒤쪽 공간은 비좁았지만 그녀는 그곳에 있는 구멍을 통해 언덕 속으로 들어간 다음 관을 다시 힘껏 끌어당겨 구멍을 막았다. 흐릿한 LED 불빛 속에서 돌계단이 보였다. 스칼릿은 이제 똑바로 서서 손으로 벽을 짚으며 계단을 세 칸 내려갔다. 그리고 그곳에서 멈춘 다음 바닥에 앉아 보드가 지금 하고 있는 일을 잘 해내기를 바라며 기다렸다.

"그 사람들은 지금 어디 있죠?"

보드가 물었다.

"한 친구는 너를 찾으러 이집트 오솔길 쪽으로 올라갔고 다른 친구는 저 아래 골목길 쪽 담장 옆에서 기다리고 있어. 다른 세 사람도 커다란 쓰레기통을 밟고 골목길 쪽 담장을 넘어오고 있어."

그의 아버지가 말했다.

"사일러스 이지씨가 이곳에 계시다면 얼마나 좋을까요. 아저씨라면 간단히 해치우셨을 텐데 말이죠. 아니면 루페스쿠 선생님이라도 계셨으면."

"넌 그 두 사람이 없어도 잘 해낼 수 있어."

오언스 씨가 아들의 기운을 북돋아 줬다.

"엄마는 어디에 계세요?"

"저 아래 골목길 쪽 담장 옆에."

"엄마한테 스칼릿을 프로비셔가의 능 안쪽에 숨겼다고 말씀드려 주세요. 그리고 저한테 무슨 일이 생기면 스칼릿을 잘 지켜봐 달라고 전해 주세요."

보드는 어두컴컴해진 묘지를 달려갔다. 묘지의 북서쪽으로 가려면 이집트 오솔길을 통해서 갈 수밖에 없었다. 그리고 그곳에 가려면 어차피 검은색 비단 끈을 가지고 있는 키 작은 사내를 지나쳐야 했다. 자신을 찾아다니는 그 사내, 자신을 죽이려는 그 사내……

'난 노바디 오언스야. 난 묘지의 일부야. 난 괜찮을 거야.' 하고 보드는 속으로 혼잣말을 했다.

보드는 케치라는 그 키 작은 사내를 하마터면 놓칠 뻔했다. 케치라고 불리는 잭은 이집트 오솔길로 황급히 들어서고 있었는데, 그 사내의 모습은 거의 그림자의 일부처럼 보였다.

보드는 숨을 들이마시고 모습을 감추었다. 그러고는 저녁 산들바람에 휘날리는 먼지처럼 사내를 스치고 지나갔다.

보드는 녹색 잎들이 길게 내걸린 이집트 오솔길을 따라 걸어가다가 마음을 단단히 먹고 모습을 드러내면서 돌멩이를 걷어찼다.

보드는 아치형 구조물 옆에 딱 붙어 있던 그림자 하나가 구조물에서 떨어져 나오는 것을 보았다. 사내는 이제 죽은 사람처럼 거의 소리도 내지 않고 보드의 뒤를 쫓았다.

보드는 이집트 오솔길을 가로막은 치렁치렁한 담쟁이덩굴을 손으로 헤치면서 묘지의 북서쪽으로 들어갔다. 속도를 적당히 잘 조절해야 했다. 너무 빨리 가면 사내가 자신을 놓칠 것이고, 너무 천천히 가면 사내의 검정 비단 끈에 목이 졸려 죽을 수도 있었다.

그가 담쟁이덩굴 사이를 손으로 요란스레 밀치고 지나자 묘지에 사는 여우 한 마리가 깜짝 놀라며 덤불 속으로 쏜살같이 숨었다. 그곳은 밀림이나 마찬가지였다. 쓰러진 비석과 목이 달아난 조각상이 여기저기 뒹굴었고 갖가지 나무와 가시덤불, 반쯤 썩어서 미끌미끌한 낙엽 더미가 가득했다. 하지만 아무리 그곳이 밀림 같다고 해도 보드에게는 자신이 혼자서 걸어 돌아다닐 수 있게 된 꼬마 시절부터 탐험을 해 온 익숙한 곳이었다.

보드는 이곳이 자신이 크고 자란, 자신만의 묘지라는 것에서 그나마 자신감을 얻어 담쟁이덩굴에서 돌로, 돌에서 흙으로 조심스럽게 발걸음을 내디디며 서둘러 걸었다. 묘지가 그를 숨겨 주려고, 보호해 주려고, 사라지게 해 주려고 애쓰고 있는 게 느껴졌다. 하지만 보드는 그런 것들을 뿌리치고 눈에 띄기 위해 계속 애썼다.

보드는 니허마이어 트롯과 마주치자 잠시 머뭇거렸다.

"어이, 보드 군!"

시인이 소리쳤다.

"흥분은 시간의 주인이라더군. 자네는 창공을 가로지르는 혜성처럼 이 지역을 훨훨 날아다니고 있고. 그래, 어떻게 지내나, 보드 군?"

"거기 서 계세요. 지금 계신 바로 그 자리에요. 그리고 뒤돌아 제가 달려온 길을 보고 계시다가, 그 사람이 가까이 다가오면 제게 알려 주세요."

보드는 시인에게 부탁한 뒤 담쟁이가 뒤덮인 카스테어스의 무덤을 빙 둘러서 갔다. 그런 뒤 일부러 숨이 찬 것처럼 헐떡거리며 추격자 쪽으로 등을 돌리고 서 있었다.

그렇게 서서 보드는 기다렸다. 단 몇 초밖에 기다리지 않았지만 보드에게는 영원처럼 느껴졌다.

("보드, 그 사람이 오고 있어. 이제 네 뒤로 스무 걸음 정도 떨어져 있어." 니허마이어 트롯이 말했다.)

케치라고 불리는 잭은 자기 앞에 그 아이가 있는 것을 보았다. 그는 검정 비단 끈을 두 손 사이에 잡고 탱탱하게 잡아당겼다. 그 끈은 여러 해에 걸쳐 수많은 사람의 목을 조르는 데 사용되었고, 그 끈에 목이 졸린 사람은 모두 최후를 맞이했다. 그 끈은 아주 부드러우면서도 매우 질겼고 엑스레이로 찍어도 보이지 않았다.

케치는 콧수염을 한두 번 씰룩거렸을 뿐 다른 부분은 전혀 움직이지 않았다. 바로 그의 눈앞에 놓인 먹잇감이 깜짝 놀라 달아나 버리면 곤란했다. 그는 그림자처럼 조용히 먹잇감을 향해 살금살금 다가갔다.

보드가 몸을 펴고 똑바로 섰다.

잭 케치는 앞으로 쏜살같이 달려 나갔다. 그의 윤이 나는 검정 구두는 부엽토를 밟아도 아무런 소리가 나지 않았다.

("그 사람이 바로 뒤에 있어, 보드!" 니허마이어 트롯이 소리쳤다.)

보드가 몸을 돌리는 순간, 잭 케치가 보드를 향해 풀쩍 뛰어올랐는데……

다음 순간 케치는 세상이 폭삭 무너지며 자기 발밑이 움푹 꺼지는 것을 느꼈다. 장갑을 낀 손으로 세상에 있는 것들을 잡아 보려

했지만 결국 6미터 깊이의 오래된 무덤 속으로 굴러떨어지고 말았다. 그가 카스테어스의 관에 "쿵" 하고 떨어지는 순간, 관 뚜껑이 부서지면서 동시에 그의 발목도 부러졌다.

"한 사람은 처리했어."

마음은 결코 차분하지 않았지만, 보드는 차분하게 말했다.

"멋지게 해치웠군. 송가를 하나 지어야겠어. 여기서 내가 지은 송가를 들어 보겠니?"

니허마이어 트롯이 말했다.

"죄송하지만 지금은 그럴 시간이 없어요. 다른 사람들은 어디에 있죠?"

보드가 물었다.

"그들 가운데 세 사람이 남서쪽 오솔길을 따라 언덕을 올라오고 있어."

유피미아 호스폴이 말했다.

"그리고 한 사람이 더 있어. 그는 지금 예배당 주변을 배회하고 있어. 지난달에도 묘지를 휘젓고 다닌 사람이야. 하지만 지금은 그 때와 뭔가 달라 보여."

톰 샌즈가 말했다.

"카스테어스 씨의 무덤에 빠진 사람을 잘 감시해 주세요. 그리고 카스테어스 씨께 죄송하다는 말씀도 좀 전해 주세요."

보드는 고개를 숙여 소나무 가지 밑으로 빠져나갔다. 그는 언덕을 성큼성큼 달려 내려가 오솔길을 따라 달리더니 오솔길에서 벗어난 다음에는 기념비와 비석을 폴짝폴짝 건너뛰며 더 빨리 내려갔다.

보드가 오래된 사과나무를 지나갈 때였다. 날카로운 여자 목소리가 들렸다.

"아직 네 사람이 남았어. 네 사람 모두 살인마야. 남은 사람들은 무덤구덩이로 굴러떨어질 만큼 호락호락하지 않을 거야."

"안녕하세요, 리자. 난 당신이 아직도 나한테 화가 나 있는 줄 알았어요."

"그럴 수도 있고 아닐 수도 있어. 하지만 결코 네가 그 사람들 손에 잡혀 죽게 놔둘 수는 없어."

리자의 모습은 보이지 않고 목소리만 들렸다.

"그럼 저를 위해 그 사람들을 함정에 빠뜨려 줘요. 발이 걸려 넘어지게 해 주고 혼란스럽게 만들어 빨리 쫓아오지 못하게 막아 줘요. 그렇게 해 줄 수 있죠?"

"다시 네가 달아나는 동안 말이지? 노바디 오언스, 그냥 사라지는 게 어때? 사라져서 너희 어머니의 편안한 무덤 속에 숨어 있으면 되잖아. 그곳에 있으면 그 사람들은 결코 너를 찾아낼 수 없을 거야. 그리고 얼마 안 가 사일러스가 와서 그 사람들을 처치해 줄 테니까…"

"사일러스 아저씨가 돌아오더라도 그 사람들을 처치할 수 있을지 어떨지는 몰라요. 아무튼 나중에 벼락 맞은 나무 옆에서 만나요."

"난 아직 너랑 얘기하고 싶은 생각 없어."

리자 헴스톡이 공작처럼 거만하고 참새처럼 건방진 목소리로 말했다.

"실제로는 아니잖아요. 그러니까 제 말은 우린 지금 서로 얘기하고 있잖아요."

"지금은 비상 상황이니까 그렇지. 이 상황이 끝난 뒤에는 한 마디도 안 할 거야."

보드는 벼락 맞은 나무로 다가갔다. 20년 전에 벼락을 맞아 새카맣게 타 버린 참나무였다. 지금은 하늘에 매달린 시커먼 가지 하나에 불과했다.

보드에게 좋은 수가 하나 있기는 했지만 아직 완벽하게 구상된 건 아니었다. 그것의 성공 여부는 루페스쿠 선생님의 수업 내용과 어릴 때 보고 들은 모든 것들을 기억할 수 있느냐에 달려 있었다.

그 무덤은 생각보다 찾기 힘들었다. 열심히 찾아다닌 끝에 그는 간신히 그 무덤을 찾아냈다. 이상한 각도로 삐뚜름하게 기울어져 있고 매우 보기 흉한 무덤이었다. 무덤의 비석 위에는 목이 떨어져 나가고 물때가 낀 천사의 조각상이 붙어 있었는데, 그 조각상은 거대한 곰팡이처럼 보였다. 조각상에 손을 대어 서늘한 기운을 느끼는 순간, 보드는 바로 그 무덤이 자신이 찾는 무덤이란 걸 확실히 알 수 있었다.

그는 무덤 위에 앉아서 자신의 모습이 완전히 보이게 만들었다.

"모습이 사라지지 않았잖아. 그러다간 누구든지 너를 찾아내겠어."

리자의 목소리였다.

"괜찮아요. 그 사람들이 날 찾아냈으면 하니까요."

보드가 말했다.

"뭐야! 그런 바보 멍청이 짓이 어디 있어!"

리자가 말했다.

달이 떠오르고 있었다. 거대한 달이 하늘에 낮게 걸려 있었다. 보드는 휘파람까지 불기 시작하면 너무 지나친 행동일까 생각했다.

"저기 있다!"

어떤 사내가 돌부리에 발이 걸려 넘어지면서도 보드를 향해 달려 왔다. 다른 두 사내가 그 뒤를 바짝 따랐다.

보드는 죽은 사람들이 그들 주변으로 모여들어 그 광경을 지켜보고 있다는 것을 인식했지만 그들에게 신경 쓰지 않으려고 애썼다. 보드는 보기 흉한 무덤 위에 앉아 더 편안한 마음이 되고자 노력했다. 보드는 덫 안에 놓인 미끼가 된 기분이었는데, 그건 그다지 좋은 기분이 아니었다.

황소처럼 생긴 사내가 제일 먼저 그 무덤에 도착했다. 바로 그 뒤에 말을 많이 하던 백발의 사내와 키가 큰 금발의 사내도 도착했다.

보드는 그 자리에 그대로 있었다.

"아하, 교묘히 잘도 피해 다니는 도리언가의 꼬마 녀석이 여기 있었군. 정말 놀라워. 우리의 잭 프로스트는 네 녀석을 찾아 온 세계를 다 뒤지고 돌아다녔는데, 네 녀석은 여기, 13년 전 잭이 네 녀석을 놓친 바로 그 자리에 있다니 말이야."

머리가 하얀 사내가 말했다.

"그 사람이 우리 가족을 죽였어요."

보드가 말했다.

"그래, 맞아. 잭이 죽였지."

"왜죠?"

"그게 뭐가 중요해? 넌 이제 다른 사람한테 얘기도 못 하고 죽을 텐데."

"그렇다면 마지막이니까 나한테 말해 줘도 상관없잖아요. 안 그래요?"

머리가 하얀 사내는 큰 소리로 웃었다.

"하! 재미있는 녀석인걸. 이 몸이 궁금한 건 13년 동안이나 묘지에 살았는데 어떻게 누구도 낌새를 채지 못했느냐는 거야."

"내 질문에 먼저 대답하면 나도 당신 질문에 대답할게요."

그러자 황소처럼 목이 굵은 사내가 끼어들었다.

"댄디한테 그런 식으로 버르장머리 없이 말하지 마, 이 무례한 코흘리개 녀석! 그냥 찢어 버릴 테다, 내가 그냥 네 놈을… "

머리가 하얀 사내가 그 무덤 쪽으로 한 걸음 다가서며 동료를 말렸다.

"진정해, 잭 타르. 좋아. 서로의 질문에 답하기로 하지. 우리는, 내 친구들과 나는, 비밀 결사 조직의 회원이지. 우리 조직은 '온갖 업계의 잭들 모임'이나 '만물박사', '만무방', 그 밖의 여러 다른 이름들로 알려져 있어. 우리 조직은 아주 긴 역사를 자랑하지. 우리는 알고 있… 우리는 대부분의 사람들이 잊어버린 것들을 기억하지. 오래된 지식을 말이야."

"마법이군요. 그러니까 마법을 어느 정도 안다는 거네요."

보드의 말에 사내는 고개를 끄덕였다.

"그렇게 부르고 싶다면 마법이라고 해 두지. 하지만 그것은 아주 특수한 마법이야. 죽음으로 얻는 마법이 있지. 어떤 것이 세상을 떠나면 다른 어떤 것이 세상에 들어오게 돼."

"우리 가족은 왜, 대체 왜 죽었죠? 마력을 얻기 위해서? 그건 정말 말도 안 돼요."

"아니야. 우리는 우리 자신을 보호하기 위해 네 가족을 죽였어. 오래전, 그러니까 이건 이집트에서 피라미드를 건설하던 시대로 거슬러 올라가는 얘긴데, 우리 조직의 일원이 예언을 했어. 언젠가 산 자들과 **죽**은 자들의 경계를 넘나드는 아이가 태어날 거라고 말이야. 그 아이가 자라 어른이 되면 우리 조직과 우리가 신봉하는 모든 것이 끝장날 거라는 예언도 했지. 우리한테는 점성가들이 있었어. 런던이 마을이 되기 전부터 말이야. 점성가가 말한 아이는 바로 너였어. 그리고 우리는 뉴암스테르담이 뉴욕으로 불리기 전에* 이미 너희 가족을 목표로 삼았지. 우리는 너를 살해하기 위해 모든 잭들 가운데 가장 뛰어나고 날카롭고 위험한 암살자를 보냈어. 그 일만 제대로 해냈다면 나쁜 주물이란 주물은 모두 차지해 우리에게 유리하도록 사용해서, 또 다른 5천 년 동안 모든 것을 성공적으로 해낼 수 있었어. 하지만 그가 일을 제대로 처리하지 못한 거야."

보드는 세 사람을 쳐다보았다.

"그런데 그 사람은 어디 있죠? 왜 여기 오지 않았죠?"

보드가 묻자 금발의 사내가 대답했다.

"우리는 너를 해치울 수 있어. 냄새를 잘 맡는 잭 프로스트는 지금 네 여자 친구를 뒤쫓고 있고. 목격자를 살려 둬선 안 되니까. 목격자를 그냥 놔둘 순 없지. 이런 일에는 더더욱 살려 둘 수 없어."

보드는 몸을 앞으로 기울이며 방치된 무덤에서 자란 거친 잡초 속으로 두 손을 집어넣었다. 보드는 "그럼 와서 나를 잡아 봐요."라고만 말했다.

금발의 사내는 씩 웃었고 목이 두툼한 사내는 보드를 잡으려고 달려들었으며 댄디도 앞으로 몇 걸음 걸어왔다.

보드는 잡초 속으로 최대한 깊이 손을 밀어 넣고 입을 벌려 온몸이 남색인 사람이 태어나기 전에도 이미 오래된 언어였던 옛날 말

---

* 뉴암스테르담은 미국 뉴욕의 옛 이름이다. 1625년 네덜란드인이 현재의 뉴욕 맨해튼 남쪽에 식민 도시를 건설해 '뉴암스테르담'이라는 이름을 붙였는데, 1664년 영국이 이곳을 점령하면서 '뉴욕'으로 이름이 바뀌었다.

로 세 단어를 외쳤다.

"스카아! 데흐! 카바가!"

보드는 구울들의 문을 열었다.

보드가 잡초를 힘차게 잡아당기자 무덤이 뚜껑 문처럼 홱 열려 젖혀졌다. 보드는 그 문 아래의 깊은 구덩이 속에서 별들을, 희미한 빛들로 가득한 어둠을 볼 수 있었다.

황소처럼 목이 굵은 타르는 구덩이 앞까지 달려와서 멈추지 못하고 놀라 버둥거리다가 어둠 속으로 굴러떨어졌다.

님블은 두 팔을 벌리고 보드를 향해 펄쩍 뛰어올라 구덩이를 건너뛰려고 했다. 하지만 구덩이를 건너지 못하고 한순간 허공의 정점에서 멈춰 있다가 결국 구덩이 속으로, 아래로 아래로 한없이 빨려 들어갔다.

댄디는 구울들의 문 가장자리에 서시 입술이 돌처럼 굳은 채 발밑의 어둠을 내려다보았다. 그러다가 시선을 들어 보드를 쳐다보며 얇은 입술로 씩 웃었다.

"방금 네가 뭘 어떻게 했는지는 모르겠다만, 너는 실패했어."

댄디는 그렇게 말하더니 장갑 낀 손을 호주머니에서 꺼냈는데, 그의 손에는 권총이 들려 있었다. 그는 보드를 향해 바로 총을 겨누었다.

"13년 전에 이렇게 했어야 했어. 다른 사람을 믿어선 안 돼. 중요한 일은 자기가 직접 처리해야 하지."

열린 구울들의 문에서 모래가 뒤섞인 뜨겁고 건조한 사막 바람이 불어 올라왔다.

"저 아래에 사막이 있어요. 물을 마시고 싶으면 찾아 나서야 하죠. 열심히 찾아보면 먹을 것도 있을 거예요. 하지만 나이트곤트들의 반감을 사지 않게 주의하세요. 굴하임도 피하고요. 시체를 뜯어 먹고 사는 구울들한테 잡히면 그들은 당신 기억을 모두 지워 버리고 자기들처럼 만들지도 몰라요. 아니면 구울들은 당신의 몸이 썩을 때까지 기다렸다가 먹어 버릴 수도 있어요. 어느 쪽이든 조심해야 하죠."

총은 조금도 흔들리지 않았다.

"왜 나한테 그런 소리를 하지?"

댄디가 말했다.

보드는 손가락으로 묘지 저쪽으로 가리켰다.

"저 사람들 때문이죠."

보드가 그 말을 하는 순간 댄디는 흘끗 뒤쪽을 바라보았고, 그 짧은 순간 보드는 눈앞에서 사라졌다. 댄디가 눈을 한 번 깜박인 뒤 고개를 다시 돌렸을 때 보드는 더 이상 부서진 조각상 옆에 있지 않았다. 그 순간 구덩이 깊은 곳에서 무슨 소리가 들려왔다. 밤하늘을 날아다니는 새가 외롭게 울부짖는 소리 같았다.

댄디는 이마를 찡그린 채 망설임과 분노가 가득한 몸짓으로 주변을 두리번거렸다.

"어디로 갔어? 이 망할 녀석! 대체 어디로 갔어?"

그가 으르렁거리며 소리쳤다. 바로 그때 그에게 어떤 목소리가 들리는 것 같았다.

"구울들의 문은 열리고 나서 다시 닫히게 되어 있어요. 계속 문을 열어 둘 순 없어요. 문이 닫히고 싶어 해요."

구덩이 입구가 가볍게 떨리다가 세게 흔들리기 시작했다. 댄디는 몇 년 전 방글라데시에서 지진을 겪어 보았다. 그때도 지금 같은 느낌을 받았다. 땅이 흔들리면서 댄디는 그 자리에서 넘어졌다. 하마터면 구덩이의 어둠 속으로 굴러떨어질 뻔했지만 쓰러진 비석을 간신히 붙잡아 두 팔로 비석을 꼭 끌어안았다. 그는 자기 발아래에 무엇이 있는지 몰랐다. 알고 싶은 마음도 없었다.

땅이 흔들리면서 비석이 그의 체중을 못 이기고 움직이는 것이 느껴졌다.

그는 위를 올려다보았다. 그 아이가 그곳에 서서 호기심 어린 시선으로 그를 내려다보고 있었다.

"이제 문을 닫아야겠어요. 비석을 계속 그렇게 붙들고 있으면 문에 몸이 끼이게 돼요. 그러면 몸이 짓뭉개질지도 몰라요. 아니면 그냥 문에 흡수되어 문의 일부가 되어 버릴지도 몰라요. 어떻게 될지는 잘 모르겠어요. 하지만 당신이 제 가족에게 준 적 없는 기회를 한 번 드리죠."

땅이 다시 크게 요동쳤다. 댄디는 보드의 회색 눈을 올려다보며 욕설을 퍼붓고는 이렇게 말했다.

"너는 결코 우리에게서 달아나지 못해. 우리는 온갖 업계의 잭들이 모인 조직이야. 우리는 어디에나 있어. 아직 끝나지 않았어."

"그건 그쪽 생각이죠. 당신 조직의 사람들과 당신네들 모두가 끝났어요. 이집트에서 당신 조직원이 예언했듯 말이에요. 당신들은 나를 죽이지 못했어요. 당신들은 어디에나 있었죠. 하지만 이제 완전히 끝났어요."

보드는 그렇게 말하고 나서 미소를 지으며 덧붙였다.

"그게 바로 사일러스 아저씨가 하시는 일이죠? 당신네들을 없애는 곳에 사일러스 아저씨가 계셨던 거예요."

댄디의 표정은 보드가 생각한 모든 것이 사실임을 확인해 주었다.

하지만 댄디가 뭐라 말했을지 보드는 끝내 알지 못했다. 사내가 비석을 붙잡고 있던 손을 놓고 열린 구울들의 문 속으로 천천히 떨어졌기 때문이다.

"웨흐 카라도스!"

보드가 소리쳤다.

구울들의 문은 이제 그냥 다시 무덤에 지나지 않는 모습으로 돌아왔다.

뭔가가 보드의 소매를 잡아당겼다. 포틴브라스 바틀비가 보드를 올려다보고 있었다.

"보드! 예배당 옆에 있던 남자, 그 남자가 지금 언덕을 올라가고 있어."

잭은 자신의 코가 알려 주는 대로 언덕을 올라갔다. 그는 다른 사내들을 떠나 혼자 언덕으로 올라왔는데, 잭 댄디의 지독한 향수 냄새 때문에 그보다 더 미묘한 냄새를 맡는 것이 불가능했기 때문이다.

잭은 냄새로 그 남자애를 찾아낼 수는 없었다. 여기 묘지에서는 그게 불가능했다. 그 남자애한테서는 묘지의 냄새가 났다. 하지만 그 여자애한테서는 그 애 엄마의 집에서 맡은 냄새가 났다. 그날 아침 학교에 가기 전에 목에 살짝 바른 향수 냄새 같은 그런 냄새가 났다. 여자애에게서는 동시에 희생물의 냄새가 났다. 그의 희생물들이 그랬던 것처럼 여자애도 겁을 먹고 식은땀을 흘리고 있는 것 같다고 잭은 생각했다. 그리고 그 여자애가 있는 곳에 그 남자애도 조만간 올 것이라고 생각했다.

잭은 칼 손잡이를 단단히 쥐고 언덕을 올라갔다. 꼭대기까지 거의 올라갔을 때 어떤 생각이 뇌리를 스치고 지나갔다. 그의 예감은 적중했다. 잭 댄디와 나머지 동료들은 모두 사라졌다. *좋았어. 가장 높은 곳에는 언제나 자리가 있는 법이지.* 하고 잭은 생각했다. 이제 조직의 우두머리 자리가 그를 기다리고 있었다. 사실 도리언 가족을 모두 제거하는 일에 실패하면서 조직 내에서 잭의 신분 상승은 제동이 걸렸다. 그 일로 조직의 어느 누구도 더 이상 그를 신뢰하지 않는 것 같았다.

하지만 이제 곧 모든 것이 달라질 것이었다.

언덕 꼭대기에서 잭은 그 여자애의 냄새를 놓치고 말았다. 하지만 그 여자애는 가까운 곳에 있는 게 분명했다.

그는 아무 일도 없었던 것처럼 자신이 걸어온 길을 되돌아가다가 15미터 가량 떨어진 곳에서 다시 여자애의 향수 냄새를 맡았다. 그곳은 자그마한 능 옆이었는데 능의 철문은 닫혀 있었다. 그가 잡아당기자 문이 활짝 열렸다.

이제 여자애의 냄새는 강하게 났다. 잭은 그 애가 두려움에 떨고 있다는 것을 냄새로 알 수 있었다. 그는 선반에 쌓인 관들을 하나씩 끌어 내렸다. 관들이 땅바닥에 떨어지면서 덜커덕거리는 소리를 냈다. 오래된 나무가 박살나면서 그 안에 있던 내용물이 능의 바닥으로 흘러나오기도 했다. 관 속에 숨어 있을 줄 알았던 여자애는 관 속에 없었다.

그렇다면 어디에 숨었을까?

그는 벽을 살펴보았다. 벽은 단단했다. 그는 바닥에 엎드려 마지막 관을 끌어낸 다음 관이 있던 자리로 손을 밀어 넣어 보았다. 그의 손에 그곳에 있는 구멍이 만져졌다.

"스칼릿!"

그는 자신이 프로스트 아저씨로 행세할 때 그녀의 이름을 부르던 기억을 떠올리려 애쓰며 상냥하게 그녀의 이름을 불러 보았지만, 더 이상 자신에게서 그런 부분을 발견할 수는 없었다. 이제 그는 잭이었고 그게 그의 모습 전부였다. 그는 벽에 뚫린 구멍 속으로 기어 들어갔다.

스칼릿은 머리 위에서 "쿵" 하는 소리가 들려오자 조심스럽게 계단을 내려갔다. 왼손으로는 벽을 더듬었고 오른손으로는 LED 등이 달린 작은 열쇠고리를 쥐고 있었는데, 그 등은 발을 내디딜 자리를 간신히 볼 수 있을 정도로만 불빛을 드리워 주었다. 돌계단을 다 내려가자 방이 나왔다. 그녀는 가슴이 쿵쿵 뛰는 가운데 뒤로 조금 물러났다.

그녀는 겁이 났다. 상냥했던 프로스트 씨도 그보다 더 무서웠던 그의 동료들도 모두 무서웠다. 이 방도 무섭고 이 방에 대한 기억도 무서웠다. 그리고 이제는 솔직히 보드도 약간 두려웠다. 보드는 더 이상 그녀가 어릴 적 알고 지낸 신비롭고 말수 적은 아이가 아니었다. 그는 뭔가 달라 보였고, 뭔가 인간 같지 않은 데가 있었다.

'지금 엄마는 무슨 생각을 하고 있을까? 엄마는 내가 언제 집에 들어올지 알아보려고 프로스트 씨 집으로 계속해서 전화를 걸고 있을 거야. 여기서 살아서 나가면 엄마한테 휴대 전화를 사 달라고 졸라야겠어. 정말 말도 안 돼. 우리 학년에서는 휴대 전화가 없는 애는 나밖에 없잖아.'

'엄마가 보고 싶어.'

스칼릿은 이런 생각들을 하고 있었다.

어둠 속에서 조용히 어떤 사람이 다가오는 것을 그녀는 전혀 알아차리지 못했다. 그런데 갑자기 장갑을 낀 손이 뒤에서 그녀의 입을 틀어막았다. 그러고는 아무런 감정도 실리지 않은 목소리가 귓가에 들려왔는데, 그녀는 그것이 프로스트 아저씨의 목소리라는 것을 겨우 알아차릴 수 있었다.

"조금이라도 허튼짓을 했다가는 목이 달아날 줄 알아. 내 말 알아듣겠으면 고개를 끄덕여."

스칼릿은 고개를 끄덕였다.

보드는 프로비셔가의 능 바닥이 온통 어질러진 것을 보았다. 관들이 바닥에 떨어져 있었고 관에 든 내용물들이 통로에 아무렇게나 흩어져 있었다. 온통 뒤엉킨 내용물들을 보며 프로비셔 가족들과 몇몇 페티퍼 가족이 화나고 경악스런 표정을 짓고 있었다.

"그자는 벌써 아래로 내려갔어."

에프라임이 말했다.

"고마워요."

보드가 말했다.

그는 구멍으로 기어 들어가 언덕 내부에서 계단을 내려갔다.

보드는 죽은 사람들처럼 볼 수 있었다. 그는 계단을 보고 계단 맨 밑에 있는 방도 보았다. 그리고 계단을 절반쯤 내려갔을 때 잭이 스칼릿을 붙잡고 있는 것을 보았다. 잭은 그녀의 한쪽 팔을 그녀의 등 뒤로 비틀어 올린 상태에서 그녀의 목에 크고 위험해 보이는 뾰족한 칼을 겨누고 있었다.

잭이 어둠 속에서 올려다보았다.

"안녕, 친구."

그가 말했다.

보드는 아무 대꾸도 하지 않았다. 그는 사라지기 위해 정신을 집중하며 계단을 한 칸 더 내려갔다. 그러자 잭이 말했다.

"내가 널 볼 수 없을 거라고 생각하는군. 그래, 맞아. 나는 볼 수 없어. 그건 사실이야. 하지만 나는 네 두려움의 냄새를 맡을 수 있어. 그리고 나는 네가 움직이는 소리와 숨소리를 들을 수 있어. 그리고 이제 네가 눈앞에서 사라지는 놀라운 마술을 부린다는 것까지 다 알고 있어. 무슨 말이라도 해 봐. 말을 해야 내가 들을 수 있을 것 아냐. 말을 안 하면 이 어린 숙녀를 칼로 갈가리 찢어 버리겠어. 알아들었어?"

"예, 알았어요."

보드가 말하자 보드의 목소리가 방 안에 울려 퍼졌다.

"좋아. 자, 이리로 내려와. 얘기나 좀 나누자고."

잭이 말했다.

보드는 계단을 내려가기 시작했다. 그는 두려움을 불러일으키는 일에 정신을 집중하며, 방에 두려움의 정도를 높여 지독한 공포를 몸으로 느낄 수 있게 만드는 일에 정신을 집중했다.

"그만해. 지금 뭘 하는지 모르겠지만 당장 그만둬."

잭이 말했다. 보드는 그의 말에 따랐다.

"나를 상대로 하찮은 마술을 부릴 수 있다고 생각하지? 이봐, 어린 친구. 내가 누군지 알아?"

"당신은 잭이잖아요. 당신이 우리 가족을 죽였죠. 그리고 나까지 죽였어야 했고요."

잭은 한쪽 눈썹을 치켜 올렸다.

"너까지 죽였어야 했다고?"

"예, 그래요. 그 늙은 사내 말로는 내가 자라서 어른이 되면 당신의 조직이 붕괴될 거라던데요. 나는 이제 다 자랐어요. 당신은 실패했고, 졌어요.”

“우리 조직은 고대 바빌론 시대보다 더 이전에 생겨났어. 그 어떤 것도 우리 조직에 해를 입힐 수 없어.”

“그들이 말 안 해 줬나 보죠? 아까 그 네 사람은 잭들의 조직에서 마지막 남은 사람들이었어요. 뭐라더라, 크라쿠프, 밴쿠버, 멜버른……. 당신 조직은 다 사라졌어요.”

보드는 잭에게서 다섯 걸음가량 떨어진 곳에 서 있었다.

“보드, 이 사람이 날 놓게 좀 해 줘.”

스칼릿이 말했다.

“걱정 마.”

그의 마음은 전혀 침착하지 않았지만, 보드는 스칼릿에게 침착하게 말했다. 그런 뒤 다시 잭에게 말했다.

“이제 스칼릿을 다치게 해 봤자 의미 없잖아요. 마찬가지로 나를 죽여 봤자 아무 의미 없고요. 모르겠어요? 온갖 업계의 잭들 조직 같은 건 이제 있지도 않아요. 더 이상 존재하지 않는다고요.”

잭은 생각에 잠겨 고개를 끄덕였다.

“만약 그 말이 사실이라면 그리고 내가 유일하게 살아남은 잭이라면, 나한테는 너희 둘 다를 죽여야 할 그럴싸한 이유가 있는 셈이지.”

보드는 아무런 대꾸도 하지 않았다.

“자존심. 내 일에 대한 자존심. 내가 시작한 일을 마무리 짓는 자존심.”

잭은 그렇게 말하다가 갑자기 소리쳤다.

“지금 뭐 하는 거야?”

보드는 온몸의 털이 곤두섰다. 덩굴손 같은 연기가 방 안을 휘감고 있는 것이 느껴졌다.

"내가 그런 게 아니에요. 슬리어예요. 슬리어는 이곳에 묻힌 보물을 지키죠."

"거짓말하지 마."

"거짓말하는 게 아니에요. 정말이에요."

스칼릿이 말했다.

"정말? 보물이 묻혀 있어? 설마 날 놀리는… "

"슬리어는 주인님을 위해 보물을 지킨다."

"누가 말한 거야?"

잭이 방을 둘러보며 물었다.

"그 소리가 들렸어요?"

보드가 당혹스런 표정으로 물었다.

"그래, 들렸어."

"나는 아무 소리도 못 들었어."

스칼릿이 말했다.

"꼬마, 여긴 뭐 하는 곳이야? 지금 우리가 있는 곳이 어디지?"

잭이 물었다.

보드가 입을 열기도 전에 슬리어의 목소리가 방 안에 울려 퍼졌다.

"이곳은 보물을 위한 곳이다. 이곳은 강한 힘이 생기는 곳이다. 이곳은 슬리어가 보물을 지키면서 주인님이 돌아오기를 기다리는 곳이다."

"잭?"

보드가 잭을 불렀다.

잭은 고개를 한쪽으로 기울이더니 말했다.

"네 입에서 내 이름을 듣다니 기분이 좋군, 꼬마. 예전에 내 이름을 불러 줬더라면 좀 더 일찍 너를 찾아낼 수 있었을 텐데."

"잭, 나의 본래 이름이 뭐죠? 우리 가족이 나를 뭐라고 불렀어요?"

"이제 와서 그게 왜 중요해?"

"슬리어는 내게 이름을 찾으라고 했어요. 내 이름이 뭐죠?"

"가만 있자, 네 이름이 뭐였더라? 피터? 아님 폴? 아님 로더릭? 그래, 넌 로더릭처럼 생겼군. 어쩌면 스티븐인지도 몰라."

그는 보드를 갖고 놀았다.

"그냥 말해 줘도 되잖아요. 아무튼 당신은 나를 죽일 테니까요."

보드가 이렇게 말하자 잭은 어깨를 으쓱거리며 마치 '그렇고말고'라고 말하는 것처럼 어둠 속에서 고개를 끄덕였다.

"스칼릿은 보내 줘요."

보드가 말했다.

잭은 어둠 속을 가만히 들여다보다가 말했다.

"저게 제단이로군, 그렇지?"

"그런 것 같아요."

"칼? 잔? 브로치?"

잭은 지금 어둠 속에서 미소를 짓고 있었다. 보드는 그의 얼굴에서 미소를 볼 수 있었다. 그런 얼굴에는 어울리지 않는 낯설고 기쁨으로 가득한 미소였고, 뭔가를 발견한 뒤 그것이 무엇인지 이해한 듯한 미소였다. 스칼릿은 캄캄한 어둠 말고는 아무것도 볼 수 없었다. 하지만 가끔 번쩍하고 그녀의 눈망울에 뿜어져 나오는 눈빛으로 보아 하니 스칼릿도 잭의 목소리를 듣고 그가 기뻐한다는 사실 정도는 알아차린 것 같았다.

"이제 조직은 무너졌고 회합은 끝났어. 하지만 온갖 업계의 잭들 가운데 살아남은 사람이 나밖에 없다 해도 그게 무슨 상관이야? 예전보다 더 힘이 센 새로운 조직을 만들면 되는데."

잭이 말했다.

"힘."

슬리어의 목소리가 다시 울려 퍼졌다.

잭이 계속 말을 이어 갔다.

"이곳은 완벽해. 우리를 봐. 우리는 지금 우리 조직원들이 수천 년 동안 찾아다닌 곳에 들어와 있는 거야. 우리를 기다리는 의식을 치르기 위해 필요한 모든 것이 있는 곳에 말이야. 신의 섭리를 저절로 믿게 되지 않아? 조직이 거의 붕괴되어 힘든 이 시점에, 우리보다 먼저 떠난 모든 잭들의 응집된 기도 덕분에 이런 곳에 오게 되었으니 말이야."

보드는 슬리어가 잭의 말에 귀를 기울인다는 것을 느낄 수 있었다. 흥분해서 나지막이 속삭이는 소리가 방 안에서 점점 커져 가는 것을 느낄 수 있었다.

"꼬마, 내가 한 손을 내밀 테니, 스칼릿, 칼이 아직 네 목을 겨누고 있으니까 내가 손을 뗀다고 해서 달아날 생각은 꿈도 꾸지 마. 잔과 칼과 브로치를 내 손에 올려."

"슬리어의 보물은 항상 제자리로 돌아온다. 우리는 주인님을 위해 보물을 지킨다."

뒤엉킨 세 개의 목소리가 속삭였다.

보드는 허리를 굽히고 제단에 놓인 물건들을 집어 잭의 장갑 낀 손에 올려놓았다. 그러자 잭은 활짝 웃었다.

"스칼릿, 이제 너를 놓아주마. 내가 칼을 치우면 바닥에 배를 깔고 엎드려 있어. 양손은 머리 뒤로 올리고 말이야. 움직이거나 허튼 수작을 부리면 고통스럽게 죽여 버리겠어. 알아들었어?"

그녀는 침을 꿀꺽 삼켰다. 입이 바짝 말라 있었지만 비틀거리며 앞으로 한 걸음 나아갔다. 등허리까지 비틀려 올라가 있었던 오른 팔은 이제 감각이 둔해졌다. 단지 어깨가 바늘로 콕콕 쑤시듯 저린 느낌이었다. 그녀는 딱딱한 바닥에 뺨을 붙이고 엎드렸다.

나랑 보드는 이제 죽겠구나. 스칼릿은 생각했다. 그녀는 별다른 감정을 느낄 수 없었다. 이 상황이 마치 다른 사람들에게 벌어지는 일을, 어둠 속의 살인 게임으로 바뀌어 버린 한 편의 초현실적 드라마를 지켜보고 있는 기분이었다. 그녀는 잭이 보드를 붙잡는 소리를 들었다.

"스칼릿은 보내 줘요!"

보드의 목소리가 들렸다.

그러자 잭의 목소리가 이렇게 말했다.

"내가 하라는 대로만 하면 여자애는 죽이지 않을 거야. 그렇게만 하면 상처조차 입히지 않을 거야."

"나는 당신을 믿을 수 없어요. 스칼릿은 당신을 알아볼 수 있어요."

"아니야. 못 알아볼 거야."

잭의 목소리는 확신에 가득 차 있었다.

"만 년이 지났지만 칼날이 아직도 날카로워."

혼자 중얼거리는 잭의 그 목소리에는 감탄의 빛이 뚜렷했다. 그런 뒤 그는 보드를 향해 말했다.

"이봐, 꼬마. 제단으로 다가가서 무릎을 꿇어. 두 손은 등 뒤로 하고. 지금 당장."

"너무나 오랜 세월이었다."

슬리어가 말했다. 하지만 스칼릿의 귀에는 뭔가 거대하게 돌돌 말린 것이 방 안을 이리저리 돌아다니는 것처럼 미끄러지듯 나아가는 소리밖에 들리지 않았다.

그러나 잭은 들을 수 있었다.

"이봐, 친구. 내가 너의 피를 제단에 뿌리기 전에 네 이름을 알고 싶겠지?"

보드는 목에 차가운 칼날이 닿는 느낌이 났다. 그리고 그 순간 보드는 깨달았다. 모든 것이 느리게 움직였다. 모든 것이 초점이 맞춰져 또렷하게 보였다.

"난 내 이름을 알아요. 난 노바디 오언스예요. 그게 바로 나라고요."

보드가 차가운 돌 제단에 무릎을 꿇자 그 모든 것은 아주 간단해 보였다.

"슬리어, 아직도 주인님을 원해?"

그는 허공을 향해 말했다.

"슬리어는 주인님이 돌아올 때까지 보물을 지킨다."

"음, 넌 네가 찾던 주인님을 마침내 만난 것 같은데?"

보드가 말했다.

보드는 슬리어가 몸을 비틀며 팽창하는 것을 느낄 수 있었다. 수천 개의 죽은 나뭇가지가 긁히는 듯한 소리도 들렸다. 그것은 근육질의 거대한 생물이 방 안을 꿈틀거리며 돌아다니는 소리 같았다. 그 순간 보드는 처음으로 슬리어를 보았다. 그는 자신이 본 것을 나중이 되어서도 결코 말로 표현할 수 없었다. 그것은 엄청나게 거대한 괴물이었다. 굉장히 커다란 뱀의 몸통에 머리는……

세상에, 머리도 목도 세 개씩 달려 있었다. 얼굴은 이미 죽어서 마치 누군가 인간과 동물의 사체를 가지고 인형을 만든 것 같았다. 얼굴을 뒤덮은 자줏빛 무늬들, 그러니까 남색 소용돌이 문신들은 죽은 얼굴들을 야릇하고 표정이 풍부한 괴물의 모습으로 바꿔 놓았다.

슬리어의 얼굴들은 마치 잭을 쓰다듬고 싶은 것처럼 잭 주위의 공기를 망설이듯 킁킁거리며 들이마셨다.

"무슨 일이야? 이게 뭐지? 지금 뭐 하는 거야?"

잭이 물었다.

"슬리어예요. 이곳을 지키죠. 주인의 지시를 기다리고 있어요."

보드가 말했다.

잭은 손에 쥔 부싯돌 칼을 치켜들며 혼잣말을 했다.

"아름답군."

그러고는 이렇게 말했다.

"물론 나를 기다렸겠지. 그래, 맞아. 내가 너의 새로운 주인이야."

슬리어는 방 안을 둥글게 둘러쌌다.

"주인님?"

슬리어는 너무나 오랜 세월을 참을성 있게 기다려 온 개처럼 말했다.

"주인님?"

슬리어가 그 단어를 음미하듯 다시 말했다. 그리고 그 단어가 좋은지 슬리어는 기쁨과 갈망이 가득한 목소리로 다시 한 번 주인을 불렀다.

"주인님."

잭은 보드를 내려다보았다.

"13년 전에 나는 너를 놓쳤어. 그리고 지금 우리는 다시 만났지. 이제는 정말 이 일을 끝내고 또 다른 일을 시작해야 할 때가 된 것 같아. 잘 가라, 꼬마."

그는 한 손에 든 칼을 소년의 목에 갖다 댔다. 그의 다른 손에는 술잔을 들려 있었다.

"보드, 난 꼬마가 아니라 보드예요."

그런 뒤 보드가 목청을 돋워 허공을 향해 말했다.

"슬리어, 새로운 주인님을 위해 무엇을 해 줄 거야?"

슬리어는 한숨을 쉬었다.

"우리는 이 세상이 끝날 때까지 주인님을 보호해 줄 것이다. 우리 슬리어는 똬리를 틀어 영원히 주인님을 꼭 감싸고 세상의 위험을 절대 겪지 않게 해 줄 것이다."

"그렇다면 주인님을 보호해 줘. 지금 당장."

보드가 말했다.

"내가 너의 주인님이야. 그러니까 넌 내 말에 복종해야지."

잭이 말했다.

"슬리어는 너무나 오랫동안 기다렸다. 너무 오랜 시간이었다."

슬리어는 세 가지 목소리가 섞인 목소리로 의기양양하게 말했다.

그러고는 잭의 주위를 서서히 맴돌며 거대한 몸을 동그랗게 말기 시작했다.

잭은 손에 들고 있던 술잔을 떨어뜨렸다. 이제 그는 양손에 하나씩 칼을 들고 있었다. 한 손에는 부싯돌로 만든 칼, 다른 손에는 검은 뼈 손잡이가 달린 칼을 들고 있었다.

"뒤로 물러서! 내게서 떨어지란 말이야! 더는 다가오지 마!"

잭이 소리쳤다. 그는 슬리어가 자신의 몸을 휘감자 칼을 마구 휘둘렀다. 슬리어는 똬리를 틀어 으스러뜨릴 듯 움직이며 잭을 순식간에 칭칭 감아 버렸다.

보드는 스칼릿에게 달려가서 그녀를 일으켜 세웠다.

"나도 보고 싶어. 무슨 일이 일어나고 있는지 나도 보고 싶어."

스칼릿은 그렇게 말하면서 열쇠고리를 꺼내 불을 켰다.

스칼릿이 본 것은 보드가 본 것과는 달랐다. 그녀는 슬리어를 보지 못했는데, 오히려 그게 다행스런 일이었다. 하지만 그녀는 잭을 볼 수 있었다. 잭의 얼굴에서 공포를 사로잡힌 표정을 볼 수 있었다. 그 표정을 하고 있으니 예전의 프로스트 아저씨처럼 보이기도 했다. 공포에 사로잡힌 그는 다시 한 번 그녀를 집으로 태워다 주던 마음씨 좋은 아저씨의 모습을 하고 있었다. 그는 허공에 둥둥 떠다니고 있었는데, 처음에는 바닥에서 1.5미터 높이에 있다가 다음 순간 3미터 높이까지 올라갔다. 그는 스칼릿의 눈에는 보이지 않는 무언가를 찌르려는 듯 허공을 향해 양손에 쥔 두 칼을 마구 휘둘렀지만 아무 소용도 없어 보였다.

프로스트 씨든, 잭이든, 아무튼 이름이 뭐든 간에 그는 두 사람한테서 멀어졌다가 다음 순간 본래 자리로 당겨졌다. 급기야 그는 벽면에 붙어 팔다리를 펼친 채 마구 허우적거리고 있었다.

스칼릿이 보기에 프로스트는 벽으로, 벽의 돌 속으로 빨려 들어가는 것 같았다. 벽은 그의 몸을 꿀꺽 삼켜 버렸다. 이제 벽에서는 그의 얼굴밖에 보이지 않았다. 그는 미친 듯이 필사적으로 소리를 질렀다. 보드에게 이런 짓을 그만하라고, 제발 살려 달라고 외치고 있었다. 제발… 제발… 그러다가 잭의 얼굴은 완전히 벽 속으로 끌려들어 갔고 목소리조차 잠잠해졌다.

보드는 제단으로 돌아갔다. 그는 돌칼과 술잔, 브로치를 바닥에서 주워 들고 본래 있던 자리에 갖다 놓았다. 바닥에 떨어진 검은 칼은 그대로 내버려 두었다.

"슬리어는 사람들을 해칠 수 없다고 네가 말했던 것 같은데. 나는 슬리어가 할 수 있는 건 우리한테 겁을 주는 게 다인 줄 알았어."

스칼릿이 말했다.

"응, 맞아. 하지만 슬리어는 보호해 줄 주인님을 원했어. 나한테 그렇게 말했어."

보드가 말했다.

"넌 알고 있었단 뜻이구나. 넌 이런 일이 일어날 줄 알고 있었던 거야."

"응. 이런 일이 일어나길 바랐지."

그는 스칼릿을 부축해서 계단을 올라가 난장판이 된 프로비셔가의 능으로 나왔다.

"여길 다 치워야겠어."

보드는 태연하게 말했다. 스칼릿은 바닥에 뒹구는 것들을 보지 않으려고 애썼다.

두 사람은 묘지로 나갔다.

"너는 이런 일이 벌어질 줄 알고 있었어."

스칼릿이 다시 한 번 했던 말을 느리게 반복했다.

보드는 이번에는 아무 대꾸도 하지 않았다.

그녀는 의심스러운 눈길로 그를 바라보았다.

"그러니까 너는 알고 있었어. 슬리어가 잭을 삼켜 버릴 거라는 사실을. 그래서 나를 저 아래쪽에 숨겼어? 그런 거였니? 그러니까 나를 미끼로 삼은 거야?"

"그런 게 아냐. 우린 아직 살아 있어. 그렇지? 그리고 잭은 더 이상 우리를 괴롭힐 수 없어."

보드가 말했다.

스칼릿은 화가 치밀어 오르고 분노가 솟구쳤다. 두려움은 어느덧 사라지고 이제 그녀에게 남은 건 마구 비난하고 고함치고 싶은 욕구였다. 그녀는 그런 충동과 싸웠다.

"그건 그렇고 다른 사람들은 어떻게 됐어? 네가 그 사람들도 죽인 거야?"

"나는 어느 누구도 죽이지 않았어."

"그럼 그 사람들은 어디 있어?"

"한 사람은 발목이 부러진 채 깊은 무덤의 바닥에 있어. 나머지 세 사람은 아주 먼 곳에 있어."

"그 사람들을 죽이지 않았단 말이지?"

"물론 안 죽었어. 여기는 내 집이야. 그 사람들이 평생 이곳을 배회하는 걸 내가 좋아할 것 같아? 걱정 마. 그 사람들은 내가 다 처리했어."

스칼릿은 보드에게서 한 걸음 떨어지더니 이렇게 말했다.

"너는 사람이 아니야. 사람들은 너처럼 행동하지 않아. 너도 잭만큼이나 나빠. 넌 괴물이야."

보드는 얼굴에서 핏기가 가시는 것을 느꼈다. 그날 밤, 온갖 험한 일을 겪었고 별의별 일이 다 벌어졌지만 보드는 지금 이 순간이 가장 견디기 힘들었다.

"아니야, 스칼릿. 그런 게 아니란 말이야."

스칼릿은 뒷걸음질을 치기 시작했다.

한 걸음, 두 걸음 물러서다가 급기야 몸을 돌려 미친 듯이 달아났다. 달빛이 비치는 묘지에서 멀리 필사적으로 달려가던 그녀는 검은 벨벳 옷을 입은 키 큰 남자가 자신의 팔을 잡는 것을 느꼈다.

"아가씨는 보드를 오해하고 있군. 하지만 이 모든 것을 잊어버리면 확실히 더 행복해질 거야. 그러니까 나랑 같이 걸으면서 지난 며칠 동안 아가씨한테 벌어진 일에 대해 얘기를 나눠 보고, 어떤 일을 기억하고 어떤 일을 잊어버리면 좋을지 판단하기로 하지."

"사일러스 아저씨, 그러지 말아요. 스칼릿이 저를 잊어버리게 만들지 말아요."

보드가 말했다.

"그게 가장 안전할 거야. 스칼릿한테는 말이다. 우리 모두를 위해서가 아니라."

사일러스가 간단히 말했다.

"저는, 저는 이 일에 아무런 발언권도 없는 건가요?"

스칼릿이 물었다.

사일러스는 아무 말도 하지 않았다. 보드는 스칼릿을 향해 한 걸음 다가서면서 말했다.

"스칼릿, 이제 끝났어. 힘들었다는 건 나도 알아. 하지만 우리는 해냈어. 너와 내가 함께, 우리가 그 사람들을 물리쳤단 말이야."

스칼릿은 자신이 보고 겪은 모든 일을 부인하듯 고개를 가볍게 가로저었다. 그녀는 사일러스를 올려다보며 그저 이렇게만 말했다.

"집에 가고 싶어요. 데려다주실래요?"

사일러스는 고개를 끄덕였다. 그는 스칼릿과 함께 묘지 밖으로 이어지는 오솔길을 걸어 내려갔다. 보드는 스칼릿이 뒤를 돌아보고 미소를 짓거나 두려움이 사라진 눈빛으로 그저 자신을 바라봐 주기만을 바라며 그녀가 멀어져 가는 모습을 지켜보았다. 하지만 스칼릿은 몸을 돌리지 않았다. 그냥 걸어가 버렸다.

보드는 프로비셔가의 능으로 다시 돌아갔다. 그곳에서 할 일이 있었다. 그는 땅바닥에 떨어진 관들을 바로 세우고 잔해를 치웠다. 그리고 구경하러 모여든 프로비셔가와 페티퍼가의 많은 사람들 가운데 어느 누구도 어느 뼈가 어느 관에 들어가는지 확신하지 못하는 것을 보고는 낙담한 채로 바닥에 굴러다니는 뼈들을 관에 집어넣었다.

어떤 남자가 스칼릿을 집에 데려다주었다. 스칼릿의 엄마는 딸을 데려다준 남자에게서 마음씨 착한 제이 프로스트 씨가 부득이하게 그 도시를 떠날 수밖에 없었다는 말을 듣고 실망했지만, 나중에는 그 남자가 자기한테 무슨 말을 했는지 잘 기억나지 않았다.

그는 부엌에서 모녀와 그들의 삶과 꿈에 대해 얘기를 나누었고 대화가 끝나갈 즈음 스칼릿의 엄마는 어떻게든 글래스고로 돌아가기로 마음을 굳혔다고 말했다. 또한 스칼릿이 자기 아버지 가까이에서 살 수도 있고 옛 친구들을 다시 만날 수도 있으니 행복해할 거라고도 말했다.

사일러스는 부엌에서 얘기를 나누는 모녀를 남겨 두고 집을 나왔다. 모녀는 스코틀랜드로 돌아가는 문제를 의논하고 있었다. 스칼릿의 엄마는 스칼릿에게 휴대 전화를 사 주겠다고 약속했다. 그들은 사일러스가 자기네 집에 찾아왔다는 것조차 제대로 기억하지 못했는데, 그게 사일러스가 선호하는 방식이었다.

사일러스가 묘지로 돌아오니 보드가 굳은 표정으로 기념비 옆에 있는 원형 극장에 앉아 있었다.

"스칼릿은 어때요?"

"그 애의 기억을 지웠어. 그 애는 엄마와 함께 글래스고로 돌아갈 거야. 그곳에 친구들이 있으니까."

"스칼릿이 어떻게 나를 잊게 할 수 있죠?"

"사람들은 불가능한 일들은 잊어버리고 싶어 해. 그게 그들의 세상을 더 안전하게 만들어 주니까."

사일러스가 말했다.

"저는 스칼릿을 좋아했어요."

"유감이구나."

보드는 미소를 지으려 애썼지만 자기 안에서 미소를 찾을 수는 없었다.

"그 사람들은… 크라쿠프와 멜버른 그리고 밴쿠버에서 어려움을 겪었다고 말했어요. 아저씨가 그런 거죠?"

"나 혼자가 아니었어."

사일러스가 말했다.

"루페스쿠 선생님도요?"

보드는 자신의 후견인의 얼굴에 떠오른 표정을 보고 다시 물었다.

"선생님은 괜찮으세요?"

사일러스는 고개를 가로저었다. 그리고 그의 얼굴에는 보드가 차마 볼 수 없을 정도로 끔찍한 표정이 잠시 어렸다.

"그녀는 용감하게 싸웠어. 보드, 너를 위해 싸웠단다."

"슬리어가 잭을 삼켰어요. 다른 세 사람은 구울들의 문으로 들어갔고요. 카스테어스의 무덤 아래에 굴러떨어진 사람은 부상을 입었지만 아직 살아 있어요."

"그 사람이 마지막 남은 잭이로군. 그럼 난 해가 뜨기 전에 그자와 얘기를 나눠 봐야겠어."

사일러스가 말했다.

묘지로 차가운 바람이 불어왔지만 두 사람 모두 바람을 느끼지 못한 것처럼 보였다.

"스칼릿은 저를 두려워했어요."

보드가 말했다.

"그래."

"하지만 왜요? 전 그 애의 목숨을 구해 줬다고요. 전 나쁜 사람이 아니에요. 그리고 저도 스칼릿과 똑같은 사람이잖아요. 저도 살아 있잖아요."

그 말을 하고 난 잠시 뒤에 보드가 물었다.

"루페스쿠 선생님은 어떻게 돌아가신 거예요?"

"용감하게 전사하셨단다. 다른 사람들을 지키려다가."

보드의 두 눈이 어두워졌다.

"선생님을 이곳으로 모시고 돌아올 수 있었잖아요. 여기 묻었어야죠. 그렇게 하면 제가 선생님과 얘기를 나눌 수 있을 텐데."

"그건 우리가 선택할 수 있는 게 아니야."

보드는 눈이 시큰거렸다.

"루페스쿠 선생님은 저를 *니메니*라고 부르곤 하셨어요. 이제 어느 누구도 저를 그렇게 부르지 않겠죠."

"우리 먹을 것 좀 사러 갈까?"

사일러스가 물었다.

"*우리*라고 하셨어요? 저도 아저씨랑 같이 가도 돼요? 묘지 밖으로요?"

"이제 아무도 너를 죽이려고 하지 않아. 지금 당장은 말이야. 이제 더 이상 그들이 이런저런 위험한 일들을 하지는 않아. 그러니 나랑 같이 나가도 돼. 뭐 먹고 싶니?"

보드는 배가 고프지 않다고 말할까 생각했지만 그건 사실이 아니었다. 몸도 조금 아프고 머리도 약간 어지럽고 배도 고팠다.

"피자 어때요?"

보드가 제안했다.

그들은 묘지의 정문을 향해 걸어 내려갔다. 보드는 걸어가는 동안 묘지의 주민들을 볼 수 있었다. 하지만 그들은 말 한마디 없이 소년과 그의 후견인이 지나갈 수 있게 길을 터 주었다. 그들은 가만히 지켜보기만 했다.

보드는 그들에게 도와줘서 고맙다며 소리 높여 감사 인사를 했지만 죽은 사람들은 아무 말도 없었다.

피자 가게의 불빛은 보드가 불편할 정도로 밝았다. 보드와 사일러스는 안쪽 자리에 앉았는데, 사일러스는 보드에게 메뉴를 보고 음식 주문하는 법을 가르쳐 주었다.(사일러스는 물 한 잔과 간단한 샐러드를 주문했다. 하지만 포크로 샐러드를 뒤적거리기만 하고 입에는 사실 전혀 대지도 않았다.)

보드는 손가락으로 피자를 집어 열심히 먹었다. 보드는 질문을 하지 않았다. 사일러스도 꼭 필요한 말만 하고 거의 말이 없었다.

"우리는 그 사람들을… 잭이란 자들을… 아주 오래전부터 알고 있었어. 하지만 그들의 활동 결과를 통해서만 그들에 대해 알 수 있었지. 우리는 그 뒤에 조직이 있다고 의심했지만 그들은 너무나 잘 숨어 다녔어. 그러다가 그 사람들이 너를 찾아 나섰고

네 가족을 죽였어. 그러면서 서서히 나는 그들 뒤를 추적할 수 있었어."

"우리라면 아저씨와 루페스쿠 선생님을 말하는 건가요?"

"루페스쿠와 나 그리고 우리 같은 사람들이 또 있어."

"*근위병*을 말하는 거군요."

"그건 어디서 들었지? 뭐 상관없어. *아이들은 귀가 밝다*는 속담이 있다더니 맞는 말이군. 맞아. *근위병*이야."

사일러스는 물 잔을 집어 들었다. 그는 물 잔을 입술에 갖다 대물로 입술을 적신 다음 반들거리는 검은색 탁자에 컵을 내려놓다.

탁자 표면은 하도 반들거려서 마치 거울 같았다. 그때 누군가 탁자를 유심히 들여다보았다면 키 큰 남자의 모습이 탁자에 비치지 않는다는 것을 관찰할 수 있었을지도 모른다.

"이제 아저씨는 일을 다 마치셨잖아요……. 모든 관련된 일들을요. 그래도 계속 묘지에 머무르실 건가요?"

"내가 약속한 적 있지. 네가 다 자랄 때까지 이곳에 있기로."

"저는 다 자랐어요."

"아냐. 거의 다 자랐지. 아직은 아냐."

사일러스는 탁자에 10파운드짜리 지폐 한 장을 내려놓았다.

"그 여자애, 스칼릿 말인데요. 아저씨, 그 앤 왜 그렇게 저를 무서워했을까요?"

하지만 사일러스는 아무 말도 하지 않았다. 밝은 피자 가게에서 어두운 밤거리로 걸어 나올 때까지 사일러스는 보드의 질문에 답하지 않았다. 두 사람은 곧바로 어둠에 파묻혔다.

8장

떠남 그리고 이별

때때로 보드는 죽은 사람들을 더 이상 볼 수 없었다. 그런 현상은 한두 달 전, 그러니까 4월인가 5월부터 시작되었다. 처음에는 가끔만 그랬는데 지금은 점점 더 그런 일이 잦아지는 것 같았다.

세상이 변하고 있었다.

묘지를 돌아다니던 보드는 묘지의 북서쪽, 주목나무에 늘어진 담쟁이덩굴이 이집트 오솔길의 출구를 절반쯤 가리고 있는 곳으로 갔다. 붉은 여우와 목과 발에 흰색 털이 나 있는 커다란 검은 고양이가 보였다. 여우와 고양이는 오솔길 한복판에 앉아 얘기를 나누고 있었다. 보드가 다가가자 그들은 깜짝 놀라며 그를 쳐다보고는 마치 음모를 꾸미다가 들킨 것처럼 얼른 덤불 속으로 달아났다.

보드는 이상하다고 생각했다. 그는 여우가 새끼였을 때부터 알고 지냈다. 고양이 역시 보드가 기억하는 오래전부터 묘지를 돌아다니던 녀석이었다. 여우와 고양이는 분명 보드를 알고 있었다. 친근한 느낌이 들 때는 보드가 자신들을 쓰다듬게 내버려 두기까지

했다.

보드는 담쟁이덩굴 사이를 통과하려 했지만 길이 막혀 있었다. 그는 허리를 굽혀 담쟁이를 걷어 내고는 간신히 길을 만들어 비집고 지나갔다. 그런 뒤 고랑과 구덩이를 피해 조심스럽게 오솔길을 걸어 내려가다가 '알론소 토마스 가르시아 존스(1837~1905, *나그네, 이곳에 자신의 지팡이를 내려놓다.*)'의 마지막 안식처를 표시해 주는 인상적인 비석 앞에 이르렀다.

보드는 지난 몇 달 동안 며칠에 한 번씩 이곳을 찾아왔다. 알론소 존스는 세상 곳곳을 돌아다닌 사람으로 자신의 여행담을 보드에게 들려주는 일을 커다란 즐거움으로 삼았다. 그는 "나한테 재미있는 일이라곤 없었어."라며 이야기를 시작한 뒤, 곧이어 침울하게 "나는 내가 아는 이야기를 너한테 모두 들려주었어."라고 덧붙였다가, 다시 눈을 반짝거리며 "그런데… 이 얘기는 해 준 적이 없는 것 같은데……"라고 운을 떼고는 그 다음에 "내가 모스크바에서 탈출한 얘기는?", "내가 엄청난 가치가 있는 알래스카의 금광을 놓친 얘기는?", "남미의 대초원에서 소들이 우르르 몰려다닌 얘기는?" 하며 물었다. 그때마다 보드는 늘 고개를 내저으며 기대하는 표정을 짓곤 했는데, 그러면 이내 그의 머릿속은 대담한 행동과 강렬한 모험담, 아름다운 아가씨들과 입맞춘 이야기, 악당들에 총과 칼로 맞선 이야기, 황금 자루와 엄지손톱만큼 큰 다이아몬드에 관한 이야기, 잃어버린 도시들과 거대한 산맥들에 대한 이야기, 증기 기관차와 쾌속선에 대한 이야기, 대초원, 바다, 사막, 툰드라에 대한 이야기들로 넘실거리곤 했다.

보드는 끝이 뾰족한 그 비석으로 다가갔는데, 키가 크고 횃불이 거꾸로 조각된 비석이었다. 그는 그곳에서 기다렸지만 아무도 보이지 않았다. 보드는 알론소 존스를 불렀다. 비석 옆을 두드려 보기까지 했지만 아무런 응답이 없었다. 보드는 몸을 구부려 머리를 무덤 안으로 밀어 넣고 친구를 부르려고 했다. 그런데 그의 머리는 더 깊은 그림자 속을 통과하는 그림자처럼 단단한 땅바닥 사이를 통과하는 대신, 땅바닥에 "쿵" 하고 아프게 부딪쳤다. 보드는 다시 친구의 이름을 불러 보았지만 그 어떤 것도, 어느 누구도 보이지 않았다. 그는 조심스럽게 회색 비석들이 뒹굴고 초록 잎들이 엉킨 풀숲을 빠져나와 오솔길로 돌아왔다. 그가 지나가자 산사나무에 앉아 있던 까치 세 마리가 하늘로 날아올랐다.

보드는 단 하나의 영혼도 보지 못한 채로 묘지 남서쪽 비탈에 이르렀고, 비로소 그곳에서야 백정 할머니의 낯익은 모습을 발견할 수 있었다. 보닛 모자를 쓰고 망토를 두른 자그마한 할머니는 비석 사이를 걸어 다니며 머리를 숙이고 야생화를 들여다보고 있었다.

"이봐, 애야!"

백정 할머니가 보드를 불렀다.

"여기에 한련이 피었구나. 나를 위해 좀 따서 내 비석 옆에 가져다주지 않겠니?"

보드는 붉고 노란 한련을 따서 백정 할머니의 비석으로 가져갔다. 비석은 하도 금이 많이 가고 닳고 비바람에 깎여, 이제 거기에 남아 있는 글자라고는 'LAUGH*'뿐이었다.

지역 역사학자들은 그 낱말 때문에 백 년도 넘는 세월 동안 혼란스러워했다. 보드는 비석 앞에 꽃을 공손히 내려놓았다.

백정 할머니는 그를 향해 미소를 지었다.

---

* 도살이란 뜻의 'SLAUGHTER'에서 다 지워지고 'LAUGH(웃음)'만 남은 것이다.

"착한 아이로구나. 네가 없으면 우리가 뭘 할 수 있을지 모르겠어."

"고맙습니다. 그런데 다들 어디 있어요? 오늘 밤에는 할머니밖에 못 봤어요."

할머니는 보드를 날카로운 눈길로 응시했다.

"이마는 왜 그래?"

할머니가 물었다.

"존스 씨의 무덤을 찾아갔다가 이마를 찢었어요. 딱딱한 데다가요. 저는…"

하지만 할머니는 입을 오므리고 고개를 갸우뚱하고 있었다. 보닛 모자 아래에 있는, 나이는 들었지만 밝은 눈으로 할머니는 보드를 세심히 살폈다.

"내가 너를 '아이'라고 불렀지? 하지만 시간은 눈 깜짝할 사이에 흘러 이제 어엿한 청년이 다 되었구나. 지금 몇 살이나 됐지?"

"열다섯 살쯤 된 것 같아요. 그렇지만 저는 아직도 예전과 같은 느낌인걸요."

그러자 백정 할머니는 보드의 말을 가로막으며 말했다.

"나도 마찬가지야. 오래전 풀밭에서 데이지를 꺾어 목걸이를 만들던 때가 바로 어제 일처럼 느껴져. 너는 언제까지나 너야. 그건 결코 변하지 않아. 몸은 계속 변하겠지. 하지만 거기에 대해 네가 할 수 있는 건 아무것도 없어."

할머니는 자신의 깨진 비석 위에 앉더니 말을 이었다.

"네가 이곳에 오던 날 밤이 기억나는구나, 얘야. 나는 '우리는 저 어린 것을 떠나보낼 수 없어요.' 하고 말했지. 그러자 너희 엄마도 동의를 하더구나. 모두가 그 일로 시끄럽게 논쟁을 벌일 때 회색마를 탄 여인이 다가왔지. 그 여인이 '묘지에 사시는 여러분, 백정 할머니의 말에 귀를 기울이세요. 여러분에게는 자비로운 마음이 조금도 없으세요?' 하고 말하자 모두 내 의견에 동의했어."

백정 할머니의 목소리가 점점 작아졌고, 그녀는 가볍게 머리를 흔들었다.

"이곳에서는 하루가 가고 다음 날이 와도 별다른 일이 일어나지 않고 매일매일이 다 비슷하단다. 계절이 변하고 담쟁이가 자라고 비석이 떨어져 나갈 뿐이지. 하지만 네가 이곳에 오고 나서… 음, 난 네가 와서 그저 기뻤단다."

할머니는 자리에서 일어서더니 소매 속에서 지저분한 천 조각을 꺼내 침을 탁 뱉은 뒤 최대한 손을 높이 들고 보드의 이마에 묻은 핏자국을 문질렀다.

"자, 이렇게 해 놓으니까 남들 앞에 내놓을 만하잖아."

할머니는 다소 엄하게 말한 다음 이렇게 덧붙였다.

"언제 또 만날지 모르겠지만 잘 지내야 해."

언제인지 기억은 잘 나지 않지만 예전처럼 당황스런 기분으로 보드는 오언스 부부의 무덤으로 돌아왔다. 무덤 옆에서 부모님이 자기를 기다리는 것을 보고 그는 기뻤다. 하지만 막상 그들을 향해 다가가자 기쁨은 불안으로 바뀌었다.

'왜 두 분이 무덤 양옆에서 마치 스테인드글라스에 그려진 사람들처럼 서 계신 걸까?'

그는 부모님의 표정을 전혀 읽을 수가 없었다.

그의 아버지가 앞으로 한 걸음 다가서며 말했다.

"보드, 나는 네가 잘 지내리라 믿는다."

"아무렴요."

보드가 말했는데, 그건 오언스 씨가 친구들이 자기에게 안부를 물을 때면 늘 하던 대답이었다.

"네 엄마와 나는 생전에 얼마나 긴 세월 동안 아이를 가지기를 간절히 바랐는지 몰라. 너보다 더 훌륭한 청년은 아마 이 세상에 없을 거야, 보드."

오언스 씨는 뿌듯한 표정으로 아들을 올려다보았다.

"어, 저기, 그렇게 말씀해 주시니 고맙긴 한데, 하지만 왜 갑자기……"

보드는 어머니를 졸라 상황이 어떻게 돌아가는지 들을 생각으로 어머니를 향해 돌아섰다. 하지만 그녀는 이미 그 자리에 없었다.

"어머니는 어디에 가셨어요?"

"아, 그래."

오언스 씨는 뭔가 불편해 보였다.

"아, 넌 네 어머니를 잘 알잖니. 가끔은 그럴 때가 있잖아. 그러니까, 음, 뭐라고 말해야 할지 모를 때가. 무슨 말인지 알겠니?"

"아뇨."

"사일러스가 너를 기다리고 있을 거야."

그의 아버지는 그렇게 말한 뒤 가 버렸다.

자정이 지난 시간이었다. 보드는 낡은 예배당을 향해 걸어갔다. 첨탑의 홈통 밖으로 자라난 나무가 지난번 폭풍우에 쓰러져 지붕의 검은 타일이 들러붙은 채 땅바닥에 나뒹굴고 있었다.

보드는 회색 나무 벤치에 앉아 기다렸지만 사일러스의 흔적은 없었다.

강한 바람이 불어왔다. 여름밤이라 그런지 밤이 깊었는데도 하늘은 여전히 어슴푸레하고 날은 따스했다. 하지만 보드는 양팔에 소름이 돋는 것을 느꼈다. 그러고는 그의 귓가에 어떤 목소리가 말했다.

"내가 보고 싶을 거라고 말해, 이 바보야."

"리자?"

그는 온갖 업계의 잭들과 싸운 그날 밤 이후 1년이 넘도록 어린 마녀를 보지도, 그녀의 목소리를 듣지도 못했었다.

"그동안 어디 있었어요?"

"지켜보고 있었어. 숙녀가 자신이 하는 일을 일일이 다 말해야겠어?"

"*나*를 지켜봤다고요?"

보드가 물었다.

"살아 있는 자들은 삶을 헛되이 쓴단 말이야, 노바디 오언스. 우리 둘 중 하나는 너무나 멍청해서 살아가기 힘들겠어. 물론 그건 내가 아니지만. 아무튼 내가 보고 싶을 거라고 말해."

리자의 목소리가 그의 귀 가까이에서 들려왔다.

"어디로 가는데요? 물론 당신이 어디로 가든 저는 당신을 보고 싶어 할 거예요."

"정말 멍청하구나."

리자 헴스톡의 목소리가 속삭였다. 보드는 그녀의 손이 자신의 손에 닿는 느낌이 들었다.

"이리 멍청해서 어찌 살아갈는지."

그녀의 입술이 자신의 뺨과 입술 가에 닿는 느낌이 들었다. 그녀가 보드에게 부드럽게 입을 맞추자 보드는 너무 당황스럽고 난처해서 뭐라고 말해야 할지 알 수가 없었다.

"나도 네가 그리울 거야, 늘."

리자가 말했다.

어쩌면 그녀의 손길이었을지도 모를 바람 한 점이 불어와 그의 머리카락을 헝클였다. 그리고 다시 보드는 벤치에 홀로 남겨져 있었다.

보드는 자리에서 일어섰다.

예배당 문으로 걸어가서 현관 옆에 있는 돌을 들고 그 밑에 놓인 여분의 열쇠를 꺼냈다. 그건 오래전에 죽은 교회지기가 놓아둔 열쇠였다. 그는 문을 그냥 통과할 수 있는지 시도도 해 보지 않고 열쇠로 커다란 나무 문을 열었다. 문은 끼익 소리를 내며 항의하듯 힘겹게 열렸다.

예배당 내부는 어두웠다. 보드는 눈을 가늘게 뜨고 안을 살폈다.

"들어와라."

사일러스의 목소리였다.

"아무것도 안 보여요. 너무 어두워요."

"벌써 그렇게 되었니?"

사일러스는 한숨을 내쉬었다. 벨벳 옷자락이 바스락거리는 소리가 들리더니 성냥을 긋는 소리가 들리면서 성냥에 불이 붙었다. 사일러스는 방 뒤편에 있는 조각된 커다란 나무 촛대로 다가가 양초 두 개에 불을 붙였다. 촛불 불빛 속에서 보드는 자신의 후견인이 커다란 가죽 상자 옆에 서 있는 것을 보았다. 여행용 트렁크라고 부르는 종류의 그 상자는 키 큰 사람이 안에 들어가 몸을 웅크리고 자도 될 만큼 컸다. 그 옆에는 사일러스의 검은색 가죽 가방도 있었는데, 이전에도 몇 번 본 적이 있는 그 가방은 보드에게 여전히 인상적이었다.

여행용 트렁크에는 하얀 안감이 대어져 있었다. 보드가 트렁크에 손을 넣어 보았더니 비단으로 된 안감과 마른 흙이 만져졌다.

"여기에서 주무시는 거예요?"

보드가 물었다.

"집에서 멀리 떨어져 있을 때는 그렇단다."

보드는 깜짝 놀랐다. 사일러스 아저씨는 보드가 기억할 수 있는 것보다 더 오래전부터 이 묘지에 있었다.

"그럼 여기 이 묘지가 아저씨 집이 아닌 거예요?"

사일러스는 고개를 끄덕였다.

"내 집은 여기서 굉장히 멀리 떨어져 있어. 그래서 그곳이 여전히 살 수 있을 만한 곳인지는 모르겠구나. 문제가 좀 있는 곳이었지. 내가 돌아갔을 때는 어떻게 되어 있을지 전혀 알 수가 없구나."

"돌아가시려고요?"

보드가 물었다. 절대 변하지 않았던 것들이 이제 변하고 있었다.

"아저씨, 정말 떠나실 거예요? 아저씨는 저의 후견인이시잖아요."

"너의 후견인이었지. 하지만 넌 이제 스스로를 지킬 수 있을 만큼 컸어. 앞으로 나는 다른 것들을 지켜야 해."

사일러스는 갈색 가죽 트렁크의 뚜껑을 닫고 끈을 묶은 뒤 버클을 채웠다.

"저는 더 이상 여기에 머물 수 없나요? 여기 이 묘지에요?"

"그렇단다."

사일러스는 보드가 기억할 수 있는 그 어느 때보다도 부드러운 말투로 말했다.

"이곳에 있는 사람들은 모두 자기 인생을 살았어, 보드. 비록 그 인생이 짧았다고 하더라도 말이야. 이제 네 차례야. 너도 네 인생을 살아야 해."

"아저씨를 따라가면 안 돼요?"

사일러스는 고개를 저었다.

"아저씨를 다시 만날 수 있을까요?"

"어쩌면."

사일러스의 목소리에는 다정함과 함께 그보다 더 많은 뭔가가 담겨 있었다.

"네가 나를 만나든 만나지 않든 나는 틀림없이 너를 지켜볼 거야."

그는 가죽 트렁크를 벽에 기대 놓고 저쪽 구석에 있는 문으로 걸어갔다.

"따라오렴."

보드는 사일러스를 따라 지하실로 가는 작은 나선형 계단을 내려갔다.

"내 멋대로 그래서 미안하다만 너에게 주려고 가방을 하나 싸 뒀어."

사일러스가 이렇게 설명했을 때 그들은 지하실에 도착했다.

곰팡이가 슨 찬송가 책들이 들어 있는 상자 위에 가죽으로 된 작은 여행 가방이 놓여 있었다. 가방은 사일러스의 가방과 크기만 다를 뿐 모양이 똑같았다.

"네 물건들은 모두 여기에 들어 있어."

사일러스가 말했다.

"사일러스 아저씨, 근위병에 대해 얘기 좀 해 주세요. 아저씨는 근위병이시죠. 루페스쿠 선생님도 근위병이셨고요. 또 누가 있죠? 수가 많은가요? 어떤 일을 하죠?"

"우리는 하는 일이 그다지 많지 않아. 주로 경계 지역을 지키지. 여러 존재들의 경계를 지켜."

"어떤 종류의 경계예요?"

사일러스는 아무 말도 하지 않았다.

"잭과 그 일당을 막는 것과 같은 그런 일을 말씀하시는 거예요?"

"우리는 해야만 하는 일을 하지."

사일러스는 지친 것 같았다.

"하지만 아저씨는 옳은 일을 하셨어요. 잭 일당을 막으셨잖아요. 그들은 정말 끔찍했어요. 그들은 괴물이었어요."

사일러스는 보드 가까이 한 걸음 다가섰다. 그러자 보드는 키가 큰 사일러스의 창백한 얼굴을 보기 위해 머리를 뒤로 젖히고 올려다보아야 했다.

"내가 항상 옳은 일을 한 건 아니야. 나도 젊었을 때는… 잭보다 더 나쁜 짓을 저지르고 다녔어. 그들 어느 누구보다 악한이었지. 그때 나는 괴물이었어, 보드. 어떤 괴물보다 더 못된 괴물이었지."

보드는 자신의 후견인이 거짓말을 하는지 농담을 하는지 궁금한 마음도 들지 않았다. 보드는 자신이 진실을 듣고 있다는 사실을 잘 알았다.

"하지만 아저씨는 더 이상 그런 짓을 하지 않잖아요, 그렇죠?"

"사람은 변할 수 있어."

사일러스는 그렇게 말하고 나서 침묵에 잠겼다. 보드는 자신의 후견인이, 아니 사일러스 아저씨가 기억을 떠올리고 있는 것인지 궁금했다. 그 순간 사일러스가 다시 입을 열었다.

"애야, 너의 후견인이어서 영광이었다."

사일러스는 망토 속으로 손을 넣더니 낡고 오래된 지갑을 꺼냈다.

"선물이란다. 가져가."

보드는 지갑을 받아 들었지만 열어 보지는 않았다.

"그 안에 돈이 들어 있어. 세상에서 첫출발을 할 수 있을 만큼밖에 안 돼."

"오늘 알론소 존스를 만나러 갔는데 없었어요. 있었는데 제가 못봤는지도 모르죠. 저는 그 사람이 여행한 먼 곳들에 대해 얘기를 듣고 싶었어요. 섬과 돌고래, 빙하와 산들에 관한 얘기를요. 아주 이상한 옷을 입고 이상한 음식을 먹는 사람들이 사는 곳 얘기도요."

보드는 거기까지 말하고 잠시 망설이다가 계속 말했다.

"그런 곳들, 아직도 그런 곳들이 있겠죠? 제 말은, 저기 바깥의 세상은 아주 넓으니까요. 저도 그런 것을 볼 수 있을까요? 그런 곳에 갈 수 있을까요?"

사일러스가 고개를 끄덕였다.

"그럼. 저기 바깥에는 아주 넓은 세상이 펼쳐져 있어. 여행 가방의 안쪽 주머니에 네 여권이 들어 있단다. 여권은 노바디 오언스라는 이름으로 발급받았어. 발급받기가 쉽지 않더군."

"제가 마음이 바뀌면 여기로 돌아올 수 있을까요?"

보드는 그렇게 물어 놓고 스스로 대답했다.

"제가 돌아온다면, 이곳은 그냥 하나의 장소이지 더 이상 제 집은 아니겠죠."

"정문까지 같이 걸어가 줄까?"

사일러스가 물어보자 보드는 고개를 저었다.

"혼자 가는 게 나을 것 같아요. 음, 사일러스 아저씨, 혹시 어려움에 처하면 저를 부르세요. 제가 달려가서 도울게요."

"나는 어려움에 처하는 일이 없어."

"그래요. 아저씬 그렇지 않을 거라고 생각해요. 하지만 그래도……"

지하실은 어두웠고 곰팡이와 눅눅하고 오래된 돌 냄새가 났다. 처음으로 지하실이 아주 작아 보였다.

"저는 세상을 보고 싶어요. 두 손으로 세상을 잡아 보고 싶어요. 사막 섬의 모래에 발자국도 남기고 싶어요. 사람들과 축구도 하고 싶고, 또……"

보드는 잠시 말을 멈추고 생각에 잠겼다.

"저는 모든 것을 다 해 보고 싶어요."

"좋아."

사일러스는 눈앞을 가린 머리카락을 쓸어 넘기려는 듯이 한 손을 들었는데, 전혀 그답지 않은 몸짓이었다.

"혹시라도 내가 어려움에 처하면 너를 꼭 부르마."

"아저씨가 어려움에 처하지 않더라도 저를 부르실 거죠?"

"네가 말한 대로 하마."

사일러스의 입가에 언뜻 뭔가가 보였는데, 미소였을 수도 있고, 후회였을 수도 있고, 그냥 그림자가 진 것이었을 수도 있었다.

"사일러스 아저씨, 그럼 안녕히 가세요."

어릴 적에 그랬던 것처럼 보드가 한 손을 내밀자 사일러스는 낡은 상앗빛의 차가운 손으로 보드의 손을 잡고 엄숙하게 흔들었다.

"잘 가, 노바디 오언스."

보드는 작은 여행 가방을 집어 들었다. 그는 문을 열고 지하실을 빠져나와 뒤돌아보지 않고 완만한 비탈을 걸어 올라 오솔길로 들어섰다.

정문이 잠긴 지 한참이나 지난 때였다. 그는 정문으로 다가가면서 정문이 쇠창살 사이로 자신을 그냥 빠져나가게 해 줄지 아니면 예배당으로 돌아가 열쇠를 가져와야 하는지 궁금했다. 그런데 묘지 입구에 도착하고 보니 보행자용 작은 문이 잠기지 않은 채로, 마치 보드를 기다리고 있었던 것처럼, 마치 묘지가 보드에게 작별 인사를 하고 있는 것처럼 활짝 열려 있었다.

창백하고 통통한 형상 하나가 열린 문 앞에서 기다리고 있었다. 보드가 그녀를 향해 가까이 가자 그녀는 보드에게 미소를 지어 보였는데, 달빛 속에서 그녀의 눈에 맺힌 눈물이 보였다.

"어머니,"

오언스 부인은 손가락 마디로 눈을 비비고는 앞치마로 눈물을 찍어 내며 고개를 흔들었다.

"이제 앞으로 뭘 할 건지 정했니?"

그녀가 물었다.

"세상을 보고 싶어요. 어려움도 겪어 보고. 또 어려움에서 벗어나도 보고요. 밀림에도 가 보고 화산에도 가 보고 사막과 섬에도 가 볼래요. 그리고 사람들을 만날 거예요. 정말 많은 사람들을 만나고 싶어요."

오언스 부인은 아무런 말도 하지 않았다. 그녀는 보드를 빤히 올려다보고 나서 보드가 기억하는 노래를 부르기 시작했다. 보드가 갓난아기였을 때 불러 주곤 했던 노래, 보드가 어렸을 적 불러 주던 자장가를.

잘 자라 우리 아가
잠에서 깰 때까지 잘 자거라

잠에서 깨면 너도 세상을 보게 되겠지
내 생각이 틀리지 않다면……

"맞아요. 어머니 생각은 틀리지 않았어요. 저는 꼭 그럴 거예요."
보드가 속삭이듯 말했다.

사랑하는 사람과 입도 맞추고
음악에 맞춰 춤도 추고
네 이름도
땅에 묻혀 있는 보물도 찾고……

오언스 부인은 그 노래의 마지막 소절을 마침내 생각해 내고는
아들에게 불러 주었다.

용감하게 너의 인생을 마주하거라
인생의 고통도, 즐거움도 맛보거라
모든 길을 다 가 보거라.

"모든 길을 다 가 보거라."
보드가 마지막 가사를 따라 읊조리더니 말했다.
"어려운 도전이겠지만 최선을 다해 볼게요."
남들이 볼 때는 보드가 길에 혼자 있었기 때문에 안개를 껴안으
려 하는 것처럼 보였을지 몰라도 보드는 어릴 때처럼 어머니를 두
팔로 꺼안으려 했다.
보드는 앞으로 한 걸음 내디뎌 문을 통해 묘지 밖으로 나갔다.

"아가, 나는 네가 정말 대견하단다."

보드는 그런 목소리를 들었다고 생각했지만 어쩌면 그것은 그의 상상인지도 몰랐다.

한여름의 하늘이 이미 동쪽에서부터 밝아 오고 있었다. 보드는 그 방향으로 걷기 시작해 언덕길을 내려가 살아 있는 사람들과 도시와 여명을 향해 걸어갔다.

보드의 가방에는 여권이, 주머니에는 돈이 들어 있었다. 그의 입가에서 미소가 춤을 추었다. 물론 세상은 언덕에 있는 작은 묘지보다 확실히 더 넓은 곳이었기 때문에 그의 미소가 조심스럽기는 했다. 세상에는 위험도, 신비도, 새로 사귈 친구도, 다시 만날 옛 친구도, 앞으로 하게 될 실수도, 걸어 볼 길도 많을 것이다. 그 모든 일을 겪어 본 뒤 마지막으로 그는 묘지로 돌아오거나 그 여인과 함께 거대한 회색마의 넓은 등에 올라타 달릴 수도 있을 것이다.

하지만 지금부터 그때까지의 사이에는 바로 살아 있는 '삶'이 있었다. 보드는 두 눈을 크게 뜨고 가슴을 활짝 편 채로 그 삶 속으로 걸어 들어갔다.

감사의 말

무엇보다도 먼저 그리고 영원히, 러디어드 키플링과 그의 뛰어난 두 권짜리 작품 『정글 북』에 알게 모르게 큰 신세를 졌음을 밝힌다. 나는 어린 시절 『정글 북』을 읽고 더없는 흥분과 감동을 받아 그 뒤로 도 여러 번을 읽고 또 읽었다. 만약 여러분이 디즈니 만화 영화로 된 〈정글 북〉에만 익숙하다면 책으로도 꼭 한번 읽어 보기를 바란다.

이 책은 나의 아들 마이클에게서 영감을 얻어 집필하게 되었다. 내 아들이 겨우 두 살이던 해의 여름, 그 아이가 작은 세발자전거를 타 고 묘비 사이를 누비고 다니는 모습을 보고 내 머릿속에 이 책에 대 한 영감이 떠올랐다. 하지만 그 뒤 이 책을 집필하기까지는 20년이 넘는 세월이 걸렸다.

이 책을 쓰기 시작해(4장부터 쓰기 시작했다.) 처음 두세 쪽만 써 놓았을 때, 나의 딸 매디가 다음에 무슨 일이 일어나느냐고 자꾸 물 어보는 바람에 나는 이야기를 계속 써 나갈 수밖에 없었다. 또 다른 딸 홀리는 명확히 어떤 일을 한 것은 아니지만 전반적으로 이 책의 모든 것들을 한결 좋아지게 만들었다.

가드너 도즈와와 잭 댄이 '마녀의 비석' 부분을 먼저 간행했고, 조 지아 그릴리 교수는 내가 이 책의 주제에 집중할 수 있도록 도움을 주었다.

켄드라 스타우트는 내가 구울의 문을 처음으로 보게 된 날 그 자리에 함께 있었으며 친절하게도 나와 함께 묘지 몇 군데를 거닐어 주기도 했다. 그녀는 이 책의 앞부분 몇 장을 들어 주었는데 사일러스에 대한 그녀의 애정은 굉장했다.

화가 겸 작가인 오드리 니페네거 또한 묘지 안내자가 되어 하이게이트 묘지 서쪽의 담쟁이덩굴로 뒤덮인 경이로운 장소로 나를 안내해 주었다. 그녀가 들려준 이야기의 상당 부분이 7장과 8장에 스며들어 있다. 과거에 인터넷 요정이었던 올가 누니스와 내겐 딸과도 같은, 무시무시한 헤일리 캠벨 덕택에 묘지를 둘러보는 일을 실행에 옮길 수 있었으며, 이 두 사람도 함께 묘지를 걸어 주었다.

이 책을 써 나가는 동안 댄 존슨, 게리 K. 울프, 존 크롤리, 모비, 파라 멘들손, 조 샌더스를 비롯한 많은 친구들이 원고를 읽고 현명한 제안을 아끼지 않았다. 그들 모두는 원고에서 수정해야 할 부분들을 찾아내 주었다. 그럼에도 불구하고 나는 내 최고의 비평가였던 존 M. 포드(1957~2006)가 그립다.

이사벨 포드, 엘리스 하워드, 세라 오데디나, 클라리사 허턴은 대서양 양쪽에서 편집을 맡아 이 책을 보기 좋게 잘 다듬어 준 사람들이다. 마이클 콘로이는 이 책의 오디오북 버전을 훌륭하게 연출해 냈다. 매킨은 멋진 그림을 그려 주었다. 메릴리 하이페츠는 이 세상에서 가장 훌륭한 대리인이며, 영국에서는 도리 시먼즈가 대리인 역할을 훌륭하게 수행해 주었다. 존 레빈은 아낌없는 조언과 함께 영화 판권과 관련된 사항을 맡아서 처리해 주었다. 나의 악필과 씨름해서 대개 승리를 거두곤 하는, 훌륭한 로레인 갈런드, 멋진 캣 미호스, 놀라운 켈리 빅맨에게도 감사의 말을 전한다.

나는 이 책을 여러 곳에서 집필했다. 그중에는 미국 플로리다에 있는 조너선과 제인의 집, 영국 콘월의 어느 오두막, 미국 뉴올리언스의 어느 호텔도 포함되어 있다. 아일랜드에 있는 토리의 집에서는 독감에 걸리는 바람에 글을 쓰지는 못했지만 그녀는 내게 많은 도움과 영감을 주었다.

그리고 깜박 잊고 미처 이 감사의 말에 언급하지 못한 아주 고마운 분은 분명 한 사람이 아니라 여러 사람이 될 것이다. 그분들께 미안하다는 사과의 말과 함께, 여러분 모두에게 감사의 말을 전한다.

-닐 게이먼

난 말했지
그녀는 죽었지만
난 살아 있다고, 이렇게 살아 있다고.
난 그레이브야드로 가서
노래를 불러 당신을 잠들게 할 거라고.

– 토리 에이머스*의 노래 〈그레이브야드〉

---

* 가수이자 닐 게이먼의 친한 친구.

뉴베리 상 수상 연설문

닐 게이먼은 2009년 7월 12일 시카고에서 열린
미국 도서관 협회의 연례회에서
『그레이브야드 북』에 대한 뉴베리 상 수상 소감을 연설했다.

1

제가 왜 이 단상에 올라와 있는지 의아해 하실 분을 위해 —사실 바로 지금 이 순간 저 또한 그게 무척 의아하기 때문에 그런 사람이 적어도 둘은 된다고 생각합니다만— 그 이유를 말씀드리자면, 제가 쓴 『그레이브야드 북』이란 책으로 2009년 뉴베리 상을 받았기 때문입니다.

뉴베리 상을 받은 덕분에 저는 제 딸들에게 감동을 안겨 주었습니다. 그리고 제가 뉴베리 상을 받았다는 사실을 아주 유쾌하게 공격한 〈콜베르 르포〉라는 TV 프로그램의 진행자 스티븐 콜베르에게 멋지게 대응해 낸 덕분에 제 아들에게는 훨씬 더 깊은 감동을 안겨 주었습니다. 이렇게 뉴베리 상을 받은 덕분에 저는 제 아이들에게 멋진 아빠가 될 수 있었습니다. 이건 정말 더할 나위 없이 좋은 일입니다. 자식에게 멋진 아빠가 되기란 아주 힘든 일이니까요.

2

어렸을 적, 그러니까 여덟 살 때부터 열네 살 때까지, 저는 학교가 쉬는 날이면 마을 도서관에서 살고는 했습니다. 도서관이 저희 집에서 약 2.5킬로미터 떨어진 곳에 있어서 부모님께서 일하러 가시는 길에 저를 그곳에 내려 주시면, 저는 도서관이 문을 닫을 때까지 도서관에 있다가 집으로 걸어오곤 했습니다. 제멋대로인데다 변덕스러우며 다루기 곤란한 아이였던 저는 우리 마을 도서관을 열광적으로 사랑했습니다. 저는 도서관의 카드 색인 목록을 굉장히 좋아했습니다. 특히 어린이 열람실의 카드 색인 목록을 좋아했는데, 그 목록에는 책 제목과 저자뿐만이 아니라 주제 분류도 적혀 있었기 때문이지요. 그 주제 분류를 보고 미법, 유령, 마녀, 우주와 같은 제가 좋아하는 주제의 책들을 찾아서 읽을 수 있었습니다.

하지만 저는 닥치는 대로, 기쁨에 겨워하며, 굶주린 듯 책을 읽었습니다. 문자 그대로 굶주린 듯이 말입니다. 가끔 저희 아버지께서 제게 샌드위치를 싸 주시고는 했지만, 저는 마지못해 샌드위치를 받아 와서는(부모란 절대 자녀에게 멋진 존재가 아니지요. 그리고 저는 저희 아버지가 샌드위치를 받으라고 고집하는 것을 저를 난처하게 만들려는 음흉한 술수로 여겼습니다.) 심하게 배가 고플 때 도서관 주차장에서 최대한 빨리 허겁지겁 먹어 치우고는 다시 책과 책장의 세상으로 뛰어들곤 했습니다.

저는 도서관에서 훌륭한 작가들이 쓴 멋진 책들을 많이 읽었습니다. 그중에는 J. P. 마틴, 마거릿 스토리, 니컬러스 스튜어트 그레이와 같이 지금은 잊히거나 인기가 없는 작가들도 있습니다. 저는 빅토리아 시대 작가들과 에드워드 7세 시대 작가들의 책도 읽었습니다. 지금 당장에도 기쁜 마음으로 다시 읽을 수 있는 책들을 발견했으며, 지금 그 시절로 다시 돌아가 읽는다면 재미가 없어서 안 읽힐 『앨프리드 히치콕과 소년 탐정단』 시리즈와 같은 책들도 집어삼킬 듯이 읽었습니다. 저는 책이라면 다 좋았고 좋은 책과 나쁜 책 사이에 구분을 두지 않았습니다. 오로지 제 맘에 쏙드는 책, 내 영혼에 와 닿는 책, 그저 좋은 책의 구분만이 있었을 뿐입니다. 저는 이야기가 어떻게 쓰였는지는 신경 쓰지 않았습니다. 나쁜 이야기는 없었고, 모든 이야기가 새롭고 즐거웠습니다. 저는 그렇게 학교가 쉬는 날이면 도서관에 앉아 어린이 열람실의 책을 읽었습니다. 어린이 열람실의 책을 다 읽은 뒤에는 그곳에서 나와 무시무시할 정도로 방대한 양의 서적이 있는 일반 열람실로 갔습니다.

사서들이 저의 열정에 반응했습니다. 사서들은 저에게 책을 찾아 주었습니다. 그들은 제게 도서관 상호 대출 제도를 가르쳐 주고 저를 위해 남부 잉글랜드 각지의 도서관에서 책을 빌려주었습니다. 일단 휴일이 끝나 불가피하게 제가 빌려 간 책들의 반납 기한이 지나면 그들은 한숨을 쉬며 인정사정없이 연체료를 징수하긴 했지만요.

사실 사서들은 제게 이런 이야기를 절대 하지 말라고, 특히 저 자신을 도서관에서 살며 참을성 있는 사서들의 손에 자란 야생아로 절대 묘사하지 말라고 당부했다고 언급해야 할 것 같습니다. 그랬다간 사람들이 제 이야기를 오해해 도서관을 무료 탁아소로 이용하는 핑계로 삼을까 봐 걱정스럽다고 하면서 말입니다.

3

그렇습니다. 제가 『그레이브야드 북』을 썼습니다. 2005년 12월에 쓰기 시작해, 2006년과 2007년 내내 집필에 매달렸고, 2008년 2월에 완성했습니다.

그리고 2009년 1월, 저는 산타모니카의 어떤 호텔에 있었습니다. 저의 책 『코렐라인』이 영화로 만들어져서 홍보를 위해 그곳에 가 있었지요. 이틀에 걸쳐 기자들을 상대하며 고단한 시간을 보낸 터라 그 일이 끝났을 때는 무척 기뻤습니다. 자정 무렵 거품 목욕을 한 뒤, 〈더 뉴요커(The New yorker)〉를 읽기 시작했습니다. 시간대가 다른 지역에 사는 친구와 통화도 했지요. 〈더 뉴요커〉를 다 읽고 나서 보니 새벽 세 시였습니다. 저는 열한 시로 알람을 맞춰 놓고 문 앞에 '방해하지 마시오.'라는 팻말을 걸어 놓았습니다. 잠자리에 들며 저는 "이틀 동안은 밀린 잠이나 실컷 자고 글 쓰는 것 말고는 아무것도 안 할 거야." 하고 혼잣말을 했습니다.

두 시간쯤 뒤 전화벨 소리가 들리는 것 같더군요. 사실 전화벨은 한참을 울렸던 모양이었습니다. 전화가 울렸다가 끊겼다 다시 울리기를 여러 차례 반복한 것 같아서 저는 일어나면서 누군가 긴급하게 전할 소식이 있나 보다고 생각했습니다. 호텔에 불이 났다거나 누군가가 죽었다거나 하는 그런 소식 말이지요. 저는 전화를 받았습니다. 몸 상태가 좋지 못한 개와 함께 저희 집에 자러 와 있던 저의 조수 로레인이었습니다.

로레인이 "선생님의 대리인인 메릴리에게서 전화가 왔는데, 누가 선생님과 연락하고 싶어 한대요."라고 말하더군요. 저는 로레인에게 지금 시간이 몇 시냐고 물었습니다. (사실 더 정확히 말하자면, 빌어먹게도 새벽 다섯 시 반밖에 되지 않은 이 시간에 전화하다니, 이제 잠 좀 자려고 하는데 제정신이냐고 타박했죠.)

로레인은 지금 산타모니카가 몇 시인지 잘 알지만 저의 저작권

대리인이자 제가 아는 가장 현명한 여인인 메릴리의 목소리를 들으니 중요한 일 같아서 전화할 수밖에 없었다고 했습니다.

저는 침대에서 일어나 음성 메시지를 확인했습니다. 그런데 아무도 저와 연락하고 싶어 한 사람이 없더군요. 저는 집으로 전화해 로레인에게 뭔가 잘못 안 것 같다고 말했습니다. 그러자 로레인이 "알았어요. 그런데 그쪽에서 집으로 전화를 했어요. 지금은 다른 전화로 통화 중이에요. 그쪽에 선생님 휴대폰 번호를 알려 드릴게요."라고 말하더군요.

저는 무슨 일이 벌어지고 있는 건지, 누가 무엇을 하고자 하는 건지 그때까지도 알지 못했습니다. 그때가 새벽 다섯 시 사십오 분이었습니다. 그래도 누가 죽었다는 소식이 아니란 건 확실히 알 수 있었습니다. 제 휴대 전화 벨이 울렸습니다.

"여보세요. 저는 로즈 트레비뇨라고 합니다. 미국 도서관 협회 뉴베리 위원회의 의장이지요."

그러자 저는 게슴츠레한 눈으로 '오, 뉴베리라, 좋았어. 멋진데. 내가 뉴베리 명예 상이나 뭐 그런 걸 받은 모양이군. 그것 참 근사한데.'라고 생각했습니다.

"우리는 지금 여기에서 뉴베리 위원회를 열어 투표를 했습니다. 그리고 우리는 선생님께 말씀드리고자 합니다. 선생님의 책,"

"『그레이브야드 북』이," 하고 열네 명의 목소리가 수화기 저쪽에서 크게 들려오자, 저는 '내가 아직도 자고 있는 걸지도 모르지만, 저 사람들이 명예 상 수상자에게 이렇게 전화를 해서 놀랄 만큼 흥분된 목소리로 외치지는 않을 것 같은데……'란 생각이 들었습니다.

"뉴베리 상,"

"수상작으로 결정되었습니다."라고 수화기 저쪽에서 모두 함께 외쳤습니다. 정말로 행복하게 들리더군요. 저는 아직도 제가 깊은 잠에 빠져 있는 게 아닌가 해서 호텔 방 안을 둘러보았습니다. 그런데 분명 꿈이 아니라 현실이었습니다.

'교사와 사서를 비롯한 대단하고 현명하고 훌륭한 사람들 열다섯 명과 내가 지금 스피커폰으로 통화를 하고 있는 게 맞아. 휴고상을 받았을 때처럼 흥분한 나머지 욕설이 들어간 감탄사부터 내지르지는 말자.' 하고 저는 생각했습니다. 그리고 그런 생각을 할 수 있어서 다행이었습니다. 그렇지 않았더라면 제 입에서 무지막지하게 상스러운 육두문자로 된 욕설이 감탄사처럼 터져 나왔을 테니까요. 제 말은 그러는 게 당연한 일이라는 뜻입니다. 그때 전 이렇게 말했던 것 같습니다.

"월요일에 말인가요?"

그리고 안 들리게 입속으로 상스러운 감탄사를 내뱉은 뒤 "감사합니다. 감사합니다. 정말 감사합니다. 괜찮아요. 이런 일이라면 얼마든지 깨우셔도 됩니다."라는 내용의 말을 했던 것 같습니다.

그런 뒤 세상이 정신없이 돌아갔습니다. 맞춰 놓은 알람이 울리기 훨씬 전에 저는 이미 차에 올라 공항으로 향하는 가운데 기자들의 질문을 잇달아 받았습니다. 기자들은 "뉴베리 상을 받으니 기분이 어떠십니까?"라고 물었습니다.

"좋아요." 하고 저는 대답했습니다. 정말로 기분이 좋았죠.

어린 시절, 저는 『시간의 주름』을 굉장히 좋아했습니다. 퍼핀 출판사에서는 첫 문장을 엉망으로 만들어 버렸지만 말이지요. 그 작품은 뉴베리 상 수상작이었고, 저는 영국인이었지만 미국의 문학상인 뉴베리 상이 제게는 중요하게 여겨졌습니다.

또 기자들은 대중적인 책들과 뉴베리 수상작들에 대한 논쟁을 잘 알고 있는지 그리고 제가 그 논쟁을 어떻게 생각하는지도 묻더군요. 저는 저 또한 그 논쟁을 잘 알고 있다고 대답했습니다.

이런 논쟁을 모르는 분을 위해 말씀드리자면, 최근 어떤 종류의 책들이 뉴베리 상을 받았으며, 앞으로 어떤 종류의 책들이 뉴베리 상을 받을 것이며, 뉴베리 상 같은 상들이 과연 어린이를 위한 것인지 어른을 위한 것인지에 대한 떠들썩한 공론이 온라인상에서 벌어진 바 있습니다. 저는 뉴베리 상 같은 상들은 도움을 필요로 하는 책들을 조명하기 위해 이용되는 경향이 있으며, 『그레이브야드 북』은 도움을 필요로 하지 않는다고 생각하고 있었기 때문에 『그레이브야드 북』이 뉴베리 상을 수상하게 된 것은 제게 놀라운 일이었다고 어떤 기자에게 인정했습니다.

저는 자신도 모르게 제 자신을 대중적인 작가 쪽으로 분류해 놓고 있었던 것이지요. 물론 뒤에 그게 제가 의도했던 바가 전혀 아님을 깨달았지만요.

그건 마치 책이 그저 즐겁게 읽기만 해도 되는 책과 유익하기만 한 책으로 나뉜다고 믿는 것과 같습니다. 저는 그 둘 중 어느 쪽인지 고르라는 요구를 받았던 것이지요. 우리는 모두 어느 쪽인지 고르라는 요구를 받곤 합니다. 하지만 저는 그렇게 나누는 것은 잘못된 것이라고 믿었으며, 지금도 제 믿음은 마찬가지입니다.

저는 과거에도 그랬고 지금도 여전히 여러분이 사랑하는 책들 편에 있습니다.

4

이 연설문은 두 달 전에 작성한 것입니다. 그런데 한 달 전에 저희 아버지께서 돌아가셨습니다. 뜻밖의 비보였습니다. 아버지는 건강하셨고, 행복하셨으며, 저보다 더 건강 상태가 좋으셨는데, 예고 없이 심장마비가 찾아왔던 것입니다. 그리하여 저는 망연자실하니 상심한 채로 대서양을 건너가 추도 연설을 하고, 십수 년간 보지 못했던 친척들에게서 제가 아버지를 얼마나 많이 닮았는지 이야기를 듣고, 제가 마땅히 해야 할 일을 했습니다. 저는 결코 울지 않았습니다.

일부러 울지 않으려고 했던 게 아니었습니다. 장례를 치르느라 혼란스럽고 경황이 없는 와중에 잠시 멈춰 슬픔을 어루만지며 제 안에 있는 감정을 표출할 시간이 전혀 없어서 그랬던 것 같습니다. 그래서 그렇게 하지 못했습니다.

어제 아침, 어떤 친구가 제게 읽어 보라며 원고를 하나 보냈습니다. 그 원고는 허구의 인물인 어떤 사람의 일생에 대한 이야기였습니다. 4분의 3쯤 읽었을 때 그 사람의 아내가 죽는 내용이 나왔습니다. 저는 소파에 앉아 얼굴이 눈물범벅이 될 정도로 아주 비통하게 흐느껴 울었습니다. 장례식에서 흘리지 않았던 아버지를 위한 눈물을 다 쏟아 내자, 저는 진이 다 빠졌습니다. 하지만 폭풍우가 지난 뒤의 세상처럼 마음이 깨끗이 씻기고 새로 시작할 준비가 된 기분이었습니다.

이 이야기를 말씀드리는 이유는 그로 인해 제가 잊고 있었던 어떤 일이 떠올랐기 때문입니다. 그것도 아주 날카롭고도 유익하게 떠올랐지요.

이제 제가 글을 쓴 지도 사반세기째입니다.

사람들이 제게 제 소설이 아이나 부모와 같은 사랑하는 사람을 잃은 슬픔을 극복하는 데 도움이 됐다고 말하거나 질병이나 개인적 비극을 이겨 내는 데 도움이 됐다고 말할 때, 또 사람들이 제게 제 소설을 읽고 책 읽기를 좋아하게 되었다거나 경력으로 내세울 만한 게 생기게 되었다고 말할 때, 사람들이 자신에게 아주 특별해서 어딜 가든 함께할 수 있도록 제 책에 나오는 이미지나 문구를 자신의 피부에 기념으로 새겨 놓은 문신을 저에게 보여 줄 때…… 이런 일들이 일어날 때, 이런 일들은 되풀이해서 일어나곤 하는데요, 저는 예의 바른 태도로 감사를 표하지만, 궁극적으로는 이런 일들을 저와는 무관한 일로 치부하고 그냥 넘겨 버리는 경향이 있었습니다.

저는 사람들이 힘든 상황과 곤란한 시기를 헤어날 수 있게 만들려고 소설을 쓴 것이 아닙니다. 저는 책을 읽지 않는 사람들이 책을 읽도록 만들기 위해 소설을 쓴 것도 아닙니다. 그저 소설에 흥미가 있었기 때문에 소설을 쓴 것입니다. 제 머릿속에 벌레처럼 꿈틀대는 아이디어가 떠오르면, 그 꿈틀대는 아이디어를 종이에 옮겨 놓고 살펴보며 어떤 생각과 느낌이 드는지 알아내려고 소설을 쓴 것이지요.

제가 만들어 낸 가상의 인물들에게 다음에는 어떤 일이 일어날지 알고 싶어서 소설을 썼습니다. 또한 제 가족을 먹여 살리기 위해서 소설을 썼습니다.

그래서 저는 사람들에게서 감사 인사를 받는 게 멋쩍게 느껴졌습니다. 저는 어린 시절 제게 소설이 어떤 의미를 지니고 있었는지를, 도서관에서 만난 소설이 제게 어떤 의미였는지를 잊고 있었던 것입니다. 그 시절 제게 소설은 견딜 수 없는 것들로부터의 도피처였으며, 모든 일들이 규칙이 있고 이해될 수 있는, 형용할 수 없을 정도로 좋은 세계로의 출입구였습니다. 이야기책을 통해 경험하지 않고도 인생을 배웠고, 이야기책을 통해 독약을 다루는 18세기 독살범의 삶을 체험한 덕택에 독살범이 아주 소량의 독만으로도 독약에 익숙하지 않은 사람을 살해하는 이야기도 다룰 수 있었습니다. 때로 소설은 독약과도 같은 세상을 헤치고 살아 나갈 수 있게 해 주는 힘이 되기도 합니다.

그러자 저는 기억이 났습니다. 저를 지금과 같은 모습으로 만들어 준 작가들이 ―특별한 작가들, 현명한 작가들, 때로는 그저 저보다 먼저 이 길을 간 작가들이― 없었더라면 지금의 저는 없었을 겁니다.

소설이 그렇게 독자들의 힘든 순간들이나 상황과 연결되어 독자들의 삶을 구하는 경우가 있으니 저와 무관하다고 치부할 수 없는 것이지요. 그것은 소설이 지니는 가장 중요한 가치입니다.

5

그래서 저는 묘지에 사는 자들에 관한 책을 썼습니다. 저는 묘지를 두려워하는 만큼 사랑한 아이였습니다. 제가 자란 서식스의 묘지에서 가장 근사하고 최고로 멋졌던 점은 그곳 묘지에 마을 번화가에서 화형당한 마녀가 묻혀 있다는 사실이었습니다.

10대가 되어 비석에 새겨진 글을 다시 읽고는 그 '마녀'가 전혀 제가 생각한 그런 종류의 것이 아니라는 사실을 깨닫고 (마녀의 무덤인 줄 알았던 무덤은 가톨릭교도인 여왕의 명령에 의해 화형 당한 프로테스탄트 순교자 셋의 무덤이었습니다.) 저는 무척 실망했습니다. 하지만 그것은 보석 박힌 코끼리 몰이용 막대기에 대한 키플링의 이야기와 더불어 '마녀의 무덤'이란 이야기의 출발점이 되었습니다. '마녀의 무덤'은 4장에 위치하고 있지만, 20년이 넘는 세월 동안 쓰고 싶어 했던 책 『그레이브야드 북』을 쓸 때 가장 처음 쓴 부분이었습니다.

이 책에 대한 구상은 아주 간단한 것으로, 묘지에서 자란 소년의 이야기를 하는 것이었습니다. 그런 구상을 하게 된 계기는 어떤 한 광경에서 영감을 얻었기 때문인데요, 바로 저의 어린 아들 마이클이 —그 당시 두 살이었던 제 아들은 이제 스물다섯 살로, 바로 그 당시의 제 나이가 되었고 이제 키는 저보다 더 큽니다.— 햇살 속에서 세발자전거를 타고 길을 가로질러 묘지로 들어가 제가 한때 마녀의 무덤이라고 생각했던 무덤을 지나는 광경을 보고 영감을 얻은 것이지요.

말씀드렸다시피 제가 스물다섯 살이었던 해에 저는 이 책에 대한 영감을 떠올렸으며 이 책이 대단한 책이 될 거라고 확신했습니다. 저는 곧바로 이 책을 쓰려고 했지만 작가로서의 제 능력은 이 책을 쓰기에는 한없이 부족했습니다. 그래서 저는 다른 글을 계속 쓰며 글 솜씨를 키워 나갔습니다. 20년 동안 글을 쓴 뒤에서야 비로소 『그레이브야드 북』을 쓸 수 있겠다고 생각했습니다. 아니 적어도 저의 글 솜씨가 이제 더 좋아질 수는 없을 것 같았습니다.

저는 이 책을 단편소설들로 구성하고 싶었습니다. 왜냐하면 『정글 북』이 단편소설들로 이루어져 있으니까요. 그런데 또 한편으로는 장편소설로 쓰고 싶기도 했습니다. 왜냐하면 제 머릿속에서 이 책은 이미 장편소설이었으니까요. 단편소설이냐 장편소설이냐 하는 고민은 작가로서 기쁨인 동시에 골칫거리였습니다.

저는 제 모든 능력을 기울여 이 책을 썼습니다. 그것이 제가 알고 있는 유일한 글쓰기 방법입니다. 그런 식으로 글을 쓴다고 해서 좋은 글이 나온다는 뜻은 아닙니다. 그저 시도하라는 뜻입니다. 그리고 무엇보다도 저는 제가 읽고 싶은 이야기를 썼습니다.

이 책을 쓰기 시작하는 데도 무척 오랜 시간이 걸렸지만, 끝내는 데도 굉장히 오랜 시간이 걸렸습니다. 그래도 결국, 2월의 어느 날 밤, 저는 마지막 두 페이지를 쓰기에 이르렀습니다.

1장에서 저는 자장가로 서투른 시를 쓰고 마지막 세 줄은 미완성인 채로 남겨 두었습니다. 이제 그것을 마무리할 시간, 즉 그 시의 마지막 세 줄을 완성해야 할 시간이었습니다. 그래서 저는 그렇게 했습니다. 제가 기억하기로 그 시는 다음과 같이 끝납니다.

용감하게 너의 인생을 마주하거라
인생의 고통도 즐거움도 맛보거라
모든 길을 다 가 보거라.

마지막 세 줄을 쓰고 나자 순간적으로 눈시울이 뜨거워졌습니다. 바로 그 순간, 오직 그 순간, 제가 쓰고 있는 책이 처음으로 명확히 보였습니다. 제가 쓰고 있는 책은 어린 시절에 대한 책이었습니다. 바로 보드의 어린 시절에 대한 책, 그것도 묘지에서 보낸 어린 시절에 대한 책이었지요. 하지만 그것은 다른 사람들과 전혀 다를 바 없는 어린 시절이었습니다. 또한 그 순간 저는 부모가 된다는 것과 부모 노릇을 하다 보면 겪게 되어 있는 근본적이지만 가장 기쁘고도 비극적인 일에 대해 쓰고 있었습니다. 바로 부모가 맡은 바 임무를 제대로 수행한다면, 부모로서 아이를 잘 키워 낸다면, 아이에게 부모는 더 이상 필요하지 않을 것이라는 사실에 대한 글을 쓰고 있었습니다. 부모가 부모 노릇을 제대로 해낸다면, 아이는 부모의 품을 떠나기 마련입니다. 그런 뒤 아이는 자신의 삶을 살고, 가족을 꾸리고, 미래를 펼쳐 나가겠지요.

정원의 가장 구석진 곳에 앉아 제 책의 마지막 페이지를 쓰면서 제가 쓴 책이 처음 쓰기 시작했을 때보다 더 나은 책이 되었단 사실을 알게 되었습니다. 어쩌면 저라는 사람보다 더 나은 책인 것 같았습니다.

그런 건 계획을 세워서 되는 일이 아닙니다. 때로는 최선을 다해 어떤 일을 해도 여전히 케이크는 부풀어 오르지 않기도 합니다. 하지만 때로는 꿈꿨던 것보다 훨씬 근사한 케이크가 나오기도 합니다. 그런 뒤에는 그 작품이 좋건 나쁘건, 그 작품이 작가로서 자신이 바라는 대로 되었든 아니든, 작가는 그저 어깨를 으쓱하고는 뭐가 됐건 그다음 작품으로 나아갑니다.

그것이 바로 우리 작가들이 하는 일입니다.

6

연설을 할 때는 하고자 하는 말을 한 뒤 요약하게끔 되어 있지요.

사실 저는 제가 오늘밤 무슨 말을 했는지 모르겠습니다. 하지만 제가 무슨 말을 하고자 했는지는 알고 있는데, 그 말은 다음과 같습니다.

독서는 중요합니다.

책도 중요합니다.

사서도 중요합니다. (또한 도서관은 보육 시설은 아니지만 가끔 야생아가 도서관의 책 더미 사이에서 스스로 자라기도 합니다.)

자신의 아이에게 멋진 부모가 되어 주는 일은 대단하지만 있을 법하지 않은 일입니다.

어린이를 위한 소설은 모든 소설 가운데서 가장 중요한 소설입니다.

그래요. 이야기를 만드는 우리는 생계를 위해 거짓말을 지어냅니다. 하지만 그런 거짓말은 참된 것들을 말하는 선한 거짓말이며,

최선을 다해 이야기를 지어내는 것이야말로 독자들에 대한 우리 작가들의 의무입니다. 그건 바로 세상 어딘가에 우리가 지어낸 이야기를 필요로 하는 누군가가 있기 때문입니다. 다른 환경에서 자라 그런 이야기가 없으면 딴 사람이 될 누군가가, 또 그런 이야기가 있으면 희망이나 지혜, 다정함이나 위안을 얻을지도 모르는 누군가가 말이지요.

그리고 그것이 바로 우리가 글을 쓰는 이유입니다.

그레이브야드 북

펴낸날 초판 발행 2016년 1월 25일
지은이 닐 게이먼 | **옮긴이** 황윤영
펴낸이 신형건 | **펴낸곳** (주)푸른책들 | **등록** 제321-2008-00155호
주소 서울특별시 서초구 양재천로7길 16 푸르니빌딩 (우)06754
전화 02-581-0334~5 | **팩스** 02-582-0648
이메일 prooni@prooni.com | **홈페이지** www.prooni.com
카페 cafe.naver.com/prbm | **블로그** blog.naver.com/proonibook
ISBN 978-89-6170-530-1 03840

THE GRAVEYARD BOOK by Neil Gaiman
Text copyright © 2008 by Neil Gaiman
All rights reserved.
This Korean edition was published by Prooni Books, Inc. in 2016 by arrangement with Neil Gaiman
c/o Writers House LLC, New York, NY through KCC(Korea Copyright Center Inc.), Seoul.
이 책은 (주)한국저작권센터(KCC)를 통한 저작권자와의 독점계약으로 ㈜푸른책들에서 출간되었습니다. 저작권법
에 의해 한국 내에서 보호를 받는 저작물이므로 무단전재와 복제를 금합니다.

＊잘못된 책은 구입한 곳에서 바꾸어 드립니다.

이 도서의 국립중앙도서관 출판시도서목록(CIP)은 서지정보유통지원시스템 홈페이지
(http://seoji.nl.go.kr)와 국가자료공동목록시스템(http://www.nl.go.kr/kolisnet)에서 이용하실 수
있습니다.(CIP제어번호: CIP2015032476)

 Fall in book. Fan of literature. 에프는 종이책의 새로운 가치를 생각하는 푸른책들의 임프린트입니다.